シェルビー・ヴァン・ペルト/著
東野 さやか/訳

●●

親愛なる八本脚の友だち

Remarkably Bright Creatures

扶桑社ミステリー

1669

アンナに

親愛なる八本脚の友だち

登場人物

トーヴァ・サリヴァン――――――水族館の清掃員

キャメロン・キャスモア ―――――元バンドマン

マーセラス ―――――――――――水族館のミズダコ

イーサン・マック ――――――――スーパー〈ショップ・ウェイ〉の店主

ジーン ――――――――――――――キャメロンのおば

サイモン・ブリンクス ――――――不動産開発業者

エイヴリー ―――――――――――サーフショップのオーナー

とらわれの身の生活一二九九日め

ぼくには闇がしっくりくる。

毎晩、ぼくは頭上の照明がパチッと音を立て、メイン水槽の明かりだけになる瞬間を心待ちにしている。申し分のない暗さとは言えないけれど、まあまあいい線をいっている。

深海と同じ、ほとんどなにも見えない闇。捕まって幽閉される前、ぼくは深海で暮らしていた。もう思い出せないけれど、凍てつくような荒々しい海流の感触はいまも残ってる。ぼくの血液のなかを闇が流れてる。

おまえは誰だって？　ぼくはマーセラスだけど、ほとんどの人間はその名前で呼ばない。たいていは〝あいつ〟と呼ぶ。たとえばこんな感じ。〝あいつをごらん、ほら、そこにいるだろ。岩のうしろに脚が見える〟とか。

ぼくはミズダコだ。なんでわかるかと言えば、囲いのわきの壁についてる説明プレートにそう書いてあるから。

言いたいことはわかる。うん、ぼくは字が読める。きみたちが思いもよらないこともたくさんできる。

説明プレートにはほかにもいろいろ書いてある。体の大きさ、食べ物の好み、さらには、ここに閉じこめられていなければどんなところに棲んでるか。また、ぼくにはすぐれた知能があり、知識欲が旺盛である点にも触れられていて、どういうわけかそれを人間は意外に思うらしい。〝タコはすこぶる頭のいい生き物です〟と説明プレートに書いてある。擬態するから、砂に化けてるときにはうんと注意して見ないとわからないってことも。

説明プレートにはぼくがマーセラスって名前だとは書かれてない。でも、この水族館を経営してるテリーという人間がときどき、ぼくの水槽近くにいる来館者に教えてる。奥にいるのが見えるかい？　名前はマーセラスっていうんだ。特別なタコなんだよ。

特別なタコ。そのとおり。

テリーの幼い娘がぼくの名前を選んだ。フルネームはマーセラス・マクスクウィドルズ。うん、たしかにばかげた名前だ。おかげでぼくがイカだと思う人間は多いけど、侮辱にもほどがある。

じゃあ、なんて呼べばいいかって？　それはきみが決めればいい。たぶん、ほかの連中と同じで、〝あいつ〟と呼ぶんじゃないかな。勘弁してほしいと思うけど、そう呼ばれても根に持ったりはしない。しょせん、きみたちは人間なんだから。

きみたちと過ごせる時間はあまり長くないことは言っておく。説明プレートに、もう一点、書かれてる。ミズダコの平均寿命。四年。

ぼくの寿命は四年――一四六〇日。

ぼくは子どものときに連れてこられた。いずれここで、この水槽のなかで生涯を終えるだろう。刑期が終了するまで最長でもあと一六〇日。

一ドル銀貨大の傷

トーヴァ・サリヴァンは戦いの準備をする。彼女が敵の正体を見きわめるべく腰をかがめると、尻ポケットから黄色いゴム手袋がカナリアの羽根のように飛び出す。

チューイングガムだった。

「勘弁してよ、もう」彼女はピンクがかった汚れをモップの持ち手でつつく。スニーカーで何度も踏まれた表面には、汚れが点々とついている。

トーヴァはチューイングガムの目的を理解したためしがない。ほかの人もしょっちゅう忘れるようだ。おそらく、ガムをかんでいた当人はエンドレスでおしゃべりしていたときに、どうでもいい言葉からなる無意味な話に気を取られすぎ、ぽとりと落としてしまったのだろう。

腰をかがめ、へばりついたガムをへりから爪ではがそうとするが、タイルからはがれない。それもこれも、誰かさんが、わずか十フィート先のごみ箱まで行こうとしなかったせいだ。トーヴァは一度、まだ幼かったエリックが風船ガムを食堂のテーブルの裏にひっつけるのを目撃したことがある。あれ以来、風船ガムを買いあたえたことはないが、思春期を過ぎてからの小遣いの使い道は、ほかのもろもろと同じで彼女がどうこうできるものではなくなった。

専用の武器が必要だ。やすり、だろうか。ガムをはがせそうな道具はこのカートにない。

身を起こすと、腰の骨が鳴る。淡いブルーの光に照らされ、ゆるやかにカーブする無人の廊下に足音を響かせながら、彼女は用具庫に向かう。もちろん、床にへばりついたガムをほったらかしにしても、責められることはない。七十歳の彼女にそこまで徹底した掃除を望んでいる人などいない。それでも、少なくとも、できるだけのことはしておきたい。

なんといっても、それが仕事なのだから。

トーヴァはソーウェル・ベイ水族館の最年長の従業員だ。彼女は毎晩、床にモップをかけ、ガラスを拭き、ごみ箱を空にする。二週間に一度、休憩室の自分の棚に置かれた振込済証を受け取る。税金などが天引きされ、手取りは時給十四ドル。振込済証は自宅の冷蔵庫の上に置いた古い靴箱に、未開封のまましまう。金はソーウェル・ベイ地方銀行のほったらかしになっている口座にたまっていく。

いま彼女は用具庫に向かってずんずんと歩いていく。誰が見ても堂々とした歩きぶりだが、背中が曲がり、骨が鳥のようにもろい小柄な高齢女性なのだから思わず目をみはりそうになる。見あげると、隣の古いフェリー埠頭の防犯灯の強い光に照らされた天窓に雨が叩きつけている。霧に覆われた空のもと、銀色の滴がきらめくリボンとなってガラスを伝い落ちていく。みんな言っているが、今年の六月は悪天候つづきだ。トーヴァはじめじめした天気も気にならないが、少しは雨があがって自宅の前庭が乾いてほしいとは思っている。湿っているせいで、手押し芝刈り機に芝が詰まってしょうがないのだ。

中央に大水槽、それを取り囲むように小さな水槽が並ぶドーナツのような形をした丸天井の水族館は、とりたてて大きくもなくりっぱでもないが、大きくもなくりっぱでもないソーウェル・ベイの町にはこのくらいがふさわしいのかもしれない。トーヴァがチューイングガムを見つけた場所から用具庫まではこのドーナツの端から端までの距離がある。すでにきれいに掃除した部分を、白いスニーカーをキュッキュッと鳴らしながら進んでいく。磨きあげたタイルにうっすらとした足跡を残しながら。あとでまた、モップをかけることになるのは目に見えている。

実物大のアシカのブロンズ像をおさめた、壁の小さなくぼみの前で足をとめる。何十年にもわたって子どもたちがさわったり、またがったりしたせいで背中の斑点も禿頭もすっかりすべすべになっているが、それがかえって本物らしさを増している。自宅の暖炉の上に、十一、二歳のころのエリックの写真が飾ってある。このアシカ像にまたがって、いまにも輪縄を投げようとするように、片手を高々とあげている。海のカウボーイ。

その写真は、のびのびとあどけない表情の彼をとらえた最後のほうの一枚だった。トーヴァはエリックの写真を時系列に沿って保存している。歯が生えていない口で笑う赤ん坊から始まって、父親よりも背が高くなり、スタジアム・ジャンパー姿でポーズをとるハンサムなティーンエイジャーにいたるまでが並んでいる。ホームカミングに誘った相手の胸にコサージュをつけてやっているところ。紺碧のピュージェット湾の岩だらけの海岸に設置した仮設の表彰台で、ハイスクール・ヨット大会のトロフィーをしっかりとつかんでいるところ。アシカ像の前を通り過ぎるとき、トーヴァはひんやりした頭に触れて、いまエリックはどんな姿になっているだろうと、またも考えてしまう気持ちを抑えこむ。

トーヴァは薄暗い廊下をさらに進む。ブルーギルの水槽の前で立ちどまる。「こんばんは、みんな」

次はタカアシガニだ。「ハロー、いとしき者たち」

「元気?」と鼻のとがったカサゴに声をかける。

ウルフイールはあまり好みでないが、それでも会釈をする。失礼な態度をとってはいけない。他界した夫のウィルが化学療法による吐き気で眠れないときによく観ていた、ケーブルテレビのホラー映画を連想させるような魚が相手でも。いちばん大きなウルフイールが、特徴のある受け口の顔をしかめ、ごつごつした洞窟から滑るように現われる。ぎざぎざの歯が下顎から上に向かって小さな針のように突き出ている。ひかえめに言っても残念な外見だ。それでも、外見はあてにならない。トーヴァはウルフイールにほほえむが、相手は笑みを返せない。ああいうご面相では、ほほえみたくても無理だろう。

次の展示はトーヴァのお気に入りだ。彼女はガラスのすぐそばまで顔を近づける。

「さてさて、きょうはどんな一日だった？」

見つけるのに少し時間がかかる。岩のうしろにオレンジ色のものがちらりとのぞいている。見えるけれども、かくれんぼをしている子どもがうっかりやってしまうたぐいのミスだ。ソファのうしろから女の子のポニーテールが突き出ていたり、ベッドの下から靴下を履いた足がのぞいているのと同じ。

「今夜はずいぶんとはにかみ屋さんね」トーヴァは少しうしろにさがって待つ。ミズダコはぴくりとも動かない。彼女は昼間の様子を想像する。お客がガラスをコンコン叩き、なにも見えないと言ってぷりぷりしながら立ち去っていくところを。最近の人は辛抱というものを知らなすぎる。

「あなたを責めるわけにはいかないわ。たしかに、奥のほうが居心地がよさそうだもの」

オレンジ色の腕がぴくりとするが、体は奥に隠れたまま動かない。

チューイングガムはトーヴァのやすりに抗して勇猛果敢に戦うものの、最後は床からはがされる。

固くなった塊をごみ袋に放りこむと、小気味よいカサカサという小さな音を立ててビニール袋を転がり落ちていく。

それからモップをかける。あらためて。

レモンがほのかに香る酢のにおいが濡れたタイルから立ちのぼり、あたりにただよう。トーヴァがここで働きはじめたころに使われていたおぞましい液体、鼻が痛くなるあざやかな緑色の代物はひどかった。彼女はすぐに、使うのはいやだと訴えた。なにしろ頭がくらくらするし、おまけに床にみっともない筋が残ってしまう。最悪なのは、ウィルの病室のような、病気だったころのウィルのようなにおいがすることだったが、その不満についてはあえて口にしなかった。

用具庫の棚にはその緑色の代物が入った瓶がたくさん残っていたが、水族館の館長であるテリーはしばらく考えた末に肩をすくめ、持参するなら好きなものを使っていいと告げた。トーヴァはもちろん、同意した。かくして毎晩、彼女は酢が入った容器とレモンオイルの瓶を持ってきている。

さてと、ごみの回収がまだ途中だ。ロビーのごみ箱も、トイレを出たところのブリキの容器もすべて空にし、最後は休憩室のごみとカウンターにいつも散らばっている大量の食べかすを回収する。一週間おきにエランド社の専門スタッフが来てやってくれるから、トーヴァはやらなくてもよいのだが、古くさいコーヒーメーカーの下と跳ねが飛んでスパゲッティのにおいがする電子レンジの内部を必ず掃除している。しかし、きょうは、もっと大きな問題が待ちかまえている。空になったテイクアウトの容器が床に落ちている。全部で三つ。

「まったく、もう」彼女は無人の部屋に不満をぶつける。最初はガムで、今度はこれ。容器を拾いあげ、ごみ箱に投げ入れるが、なぜかいつもの位置よりも数フィートずれたところにある。ごみ箱の中身を回収袋にあけ、本来の位置に戻す。

ごみ箱の隣に小さなランチ用テーブルがひとつ置かれている。トーヴァは椅子(いす)の位置を直す。そのとき、それが目に入る。

なにかある。テーブルの下に。

濃いオレンジ色の物体が隅に押しこまれている。セーター？　入場窓口で働く人好きのする若い女性マッケンジーは、椅子の背にセーターをかけっぱなしにすることがよくある。トーヴァは拾ってマッケンジーの棚に入れてあげようと、膝をつく。すると、その物体が動く。

一本の触手が動く。

「やだ、びっくりさせないで」

ぶよっとした物体からタコの目がひょっこり現われる。大理石のような瞳孔が大きくなり、すぐにまぶたが細くなる。非難するように。

トーヴァは目がおかしくなったような気がしてまばたきをする。いったいどうして、ミズダコが水槽の外にいるの？

触手がまた動く。タコはごちゃごちゃした電源コードにからまっている。あのコードにはトーヴァも何度毒づいたことか。あれが邪魔できれいに掃除できないのだ。

「身動きが取れなくなっちゃったのね」彼女が小声で言うと、タコは大きくてまるい頭を仰向け、一本の脚を強く引く。その脚には細い電源コードが、携帯電話の充電に使うようなコードが巻きついている。タコが強く引けば引くほど、コードはますますきつく巻きつき、肉がコードとコードの隙間からはみ出す。いつだったか、エリックがおもしろショップで、こんなようなおもちゃを買ったことがある。円筒形に編んであり、どちらかの側から人差し指を入れたのち、筒を引っ張るのだ。強く引けば引くほど、ぎゅっと締めつけてくる仕組みになっている。

トーヴァはそろそろと近づいていく。それに対し、タコは一本の腕でリノリウムの床を叩く。近づくなよ、おばさん、とすごむように。

「わかった、わかった」トーヴァはつぶやきながら、テーブルの下から這い出る。「立ちあがって天井の明かりをつける。休憩室全体が蛍光灯の光に照らされ、彼女はふたたび腰を落としていく。今度はさらにゆっくりと。しかし、このときも例によって、腰の骨が鳴る。

その音にタコがまたも暴れ、びっくりするほどの力で椅子を押しやる。椅子は休憩室を滑っていき、反対側の壁にぶつかって跳ね返る。

テーブルの下で、ありえないほど澄んだタコの目が光る。

トーヴァは意を決し、手の震えを抑えながらそろそろと近づいていく。ミズダコの水槽につけられた説明プレートの前を、何度通り過ぎただろう？ タコが人間に危害をくわえるというようなことが書かれていた記憶はない。

あと一フィート足らず。タコはしだいに縮んでいくように見え、血の気が失せている。タコには歯があるのかしら？

「ねえ、聞いて」トーヴァはやさしく声をかける。「いまから手をまわしてコードをほどいてあげる」のぞきこんで、どのコードが原因かを確認する。そこならば手が届きそうだ。

タコがトーヴァの一挙手一投足を目で追う。

「痛くしないから」

からまっていない腕の一本が、家猫の尾のように床を叩く。

コンセントを抜くと、タコはびくりとして飛びのく。トーヴァもびくりとする。てっきり、ドアに向かって、引っ張っていたほうに向かって壁伝いに逃げるものと思っていた。

しかしどうしたわけか、タコはするすると近づいてくる。

触手の一本が黄褐色のヘビのように、トーヴァに向かってのびる。あっという間に彼女の前腕に巻きついて、メイポールのリボンのように肘(ひじ)と二の腕にからみつく。ひとつひとつの吸盤がぴったり吸いついているのがわかる。思わず腕を力まかせに引っ張るが、相手は不快感をもよおすほど、握る触手にさらに力をこめてくる。けれども、不思議にもその目はやんちゃな子どもの目のように、いたずらっぽく輝いている。

空のテイクアウト容器。いつもとちがう位置に置かれたごみ箱。ようやく合点がいく。

次の瞬間、あっという間もなく、タコはトーヴァから触手を離す。タコが八本の脚のそれぞれもっとも厚い部分で這いながら休憩室から出ていくのを、トーヴァは呆然(ぼうぜん)

とながめる。外套膜を引きずるようにしながら進んでいくタコは、さっきよりもさらに血の気がないように見える。そうとう無理をしているのだろう。トーヴァはあわててあとを追うが、廊下にたどり着いたときには、タコの姿はどこにもない。

トーヴァは手で顔をぬぐう。頭がおかしくなりかけている。きっとそうだ。そうやって始まるんじゃない？　タコが水槽を出て歩きまわる幻覚を見たりすることから。

何年も前、いまは亡き母の記憶があやしくなっていくのを目の当たりにした。最初はときどき物忘れをする程度だった。知り合いの名前や日付があやしくなった。けれどもトーヴァはいまも電話番号を忘れることはないし、名前をど忘れして必死に思い出そうとすることもない。腕に目を向けると、小さな円がびっしりついている。吸盤の跡だ。

なかば放心状態でその晩の仕事を終え、最後に館内をぐるっと一周しておやすみのあいさつをする。

おやすみ、ブルーギル、ウナギ、タカアシガニ、鼻のとがったカサゴ。おやすみ、イソギンチャク、タツノオトシゴ、ヒトデ。

カーブを曲がりながらつづける。おやすみ、マグロにヒラメにアカエイ。おやすみ、クラゲにナマコ。おやすみ、かわいそうなサメたち。トーヴァは水槽を四六時中周回しつづけるサメには、いつも少なからぬ共感を覚える。呼吸がとまらないよう、ひたすら動きつづけるのがどういうことか、よくわかるのだ。

タコはいつものように、岩のうしろに隠れている。ぷっくりした体の一部がのぞいている。さっき休憩室で見たときにくらべ、あざやかなオレンジ色に戻っているが、それでもいつもよりも青ざめている。まあ、それもしょうがない。水槽のなかでおとなしくしていればいいのに。なんで、外に出たりしたのかしら？　トーヴァは波打つ水に目をこらし、水槽のふちをうかがうが、壊れているところはなさそうだ。

「困ったちゃんなんだから」彼女は首を振る。しばらくタコの水槽の前にたたずんだのち、引きあげる。


スマートキーを操作すると、トーヴァの黄色いハッチバック車がピッピッと鳴り、車幅灯が点滅する。この仕様にはいまだ慣れない。みずからを愛情をこめて〝編み物（ニット・）仲間（ウィット）〟と呼ぶランチ仲間に、仕事を始めるなら車を買い替えなきゃだめよと諭されたのだった。古い車で夜道を運転するのは安全面で問題がある、というのがその理由だった。何週間にもわたって諭された。

あっさり譲歩したほうが簡単な場合もある。

酢の容器とレモンオイルの瓶を車のトランクにしまう。用具庫にしまってくれてかまわないと、テリーから何度も言われているが、いつなんどき、レモンオイルと夜酢が必要になるかわからない。トーヴァは桟橋に目を向ける。夜のこの時間ともなると夜釣り客はとっくに引きあげていて、人の姿はない。水族館の隣にある古いフェリー埠頭が朽ちかけたいにしえの機械のように鎮座している。もろくなった杭にフジツボがびっしりとついている。満潮になるとフジツボに海藻がからみついて、潮が引くと乾燥して暗緑色の断片が残る。

トーヴァは古びた厚板を歩いていく。いつもと同じ、古い切符売り場は駐車場からぴったり三十八歩の位置にある。

トーヴァはいま一度、そばに誰かいないか、長い影に誰か隠れていないかとあたりをうかがう。切符売り場のガラス窓に手を押しあてると、斜めに走るひびが人の頰に刻まれた古傷のように感じられる。

それから桟橋に足を踏み入れ、いつものベンチに向かう。塩を含んだしぶきでつるつるし、カモメの落とし物が点々とついている。トーヴァは腰をおろして袖をまくり、もう消えているのではとなかば期待しながら、奇妙なまるい跡に目をやる。けれども、まだしっかり残っている。手首の内側の、いちばん大きな跡を指でなぞる。一ドル銀貨ほどの大きさだ。この跡はいつまで残るのだろう？　あざになるだろうか？　このごろはあざになりやすく、この跡もすでに血豆のような栗色になりかけている。もしかしたら、いつまでも消えないかもしれない。一ドル銀貨大の傷として。

霧は風で内陸へと、山のふもとのほうへと追いやられ、すっかり晴れあがっている。南に目をやると、一隻の貨物船が係留している。甲板に子どもの積み木のようにコンテナが何段も積みあげられているせいだろう、船体がずいぶんと沈んでいる。海に映る月明かりが、何千本というキャンドルが水面で上下するように揺らめいている。トーヴァは目を閉じ、あの下であの子がキャンドルを差し出すところを思い描く。エリック。たったひとりのわが子。

とらわれの身の生活一三〇〇日め

カニ、ハマグリ、エビ、ホタテ、ザルガイ、アワビ、魚、魚卵。水槽のわきにある説明プレートには、ミズダコはそういうものを餌(えさ)にしていると書いてある。海ならばよりどりみどりだろう。どのごちそうも食べ放題だ。

だけど、ここでのメニューは? サバ、オヒョウ、そして——いちばん多いのが——ニシン。ニシン、ニシン、ニシンばっかり。あれは胸くそ悪い生き物で、見るに堪(た)えない。そいつをやたらと食べさせられる理由は、安いからのひとことにつきる。

大水槽のサメたちは、どんくさくしている見返りに新鮮なメバルをもらってるのに、ぼくにあたえられるのは解凍したニシン。ときには、一部が凍ったままのこともある。

そういうわけで、新鮮なカキの得(え)も言われぬ食感を欲したとき、あるいは、カニの甲羅をかみ砕く感触を味わいたくなったとき、締まってかみごたえのあるナマコが食べたくて食べたくてたまらなくなったときは、自力でなんとかするしかない。

ぼくをここに閉じこめてる連中がホタテの切れ端をくれることがたまにあるけど、

そういうもので釣って身体測定に協力させるときか、芸をさせようという下心があるときに限られる。テリーもたまに、ムール貝をいくつか放りこんでくれることがある。もちろん、カニ、ハマグリ、エビ、ザルガイ、それにアワビだって何度となく食べている。水族館の営業が終わったあと、自分で取りにいくだけのことだ。魚卵は味の面でも栄養の面でも理想的なおやつだ。

もうひとつ、人間の大好物ではあっても、ほとんどの知的生命体が食用に適さないと見なすものもたくさんある。たとえば、ロビーの自動販売機のなかのものがそれだ。けれども今夜は、それとはちがうにおいに誘われた。塩気を含んだ食欲をそそるにおい。その出所はごみ箱のなかにあり、ぺらぺらした白い容器におさまっていた。なんという食べ物かは知らないけど、うまかった。けれども、運が悪ければ、それのせいでぼくは命を落とすところだった。掃除の女の人。彼女のおかげで助かった。

偽りのクッキー

かつて編み物仲間は七人いた。いまは四人。数年おきに空席ができる。

「どうしたのよ、トーヴァ！」メアリー・アン・ミネッティはティーポットをテーブルにおろし、トーヴァの腕に目をこらす。ティーポットにはかぎ針編みの黄色いポットカバーがかぶせてある。週に一度のランチ会でみんなが編み物をしていたころに誰かが編んだ作品だろう。ポットカバーの色はメアリー・アンが黄褐色の巻き毛をとめるのに使っているビジューをあしらった黄色いバレッタと似た色合いだ。

ジャニス・キムが自分のカップにお茶を注ぎながらトーヴァの腕に目を向ける。

「アレルギー？」烏龍茶の湯気で丸眼鏡がくもり、彼女ははずしてTシャツの裾で拭う。Tシャツはジャニスの息子、ティモシーのものだろうとトーヴァは見当をつける。というのも、三サイズは大きいし、何年か前にティモシーが投資したレストランがテナントとして入っている、シアトルの韓国系ショッピングセンターのロゴが入っているからだ。

「たいしたことじゃないわ」

「これ？」トーヴァはセーターの袖を引っ張る。「たいしたことじゃないわ」

「ちゃんと診てもらわなきゃだめよ」バーブ・ヴァンダーフーフがお茶に三個めの角砂糖を落としながら言う。短く刈りこんだ白髪交じりの髪をジェルでつんつんに立たせているが、それがこのところのお気に入りのスタイルだ。この髪型をはじめて披露したとき、バーブにはとげがあるのがぴったりでしょと冗談をとばし、全員が笑った。いまにはじまったことではないけれど、トーヴァはつんつんに立った友人の髪を指でつつくところを想像する。水族館のウニみたいにちくりとするのかしら？　それともさわったとたんにくしゃっとなる？

「たいしたことじゃないわ」トーヴァは同じ科白を繰り返す。耳の先がだんだん熱くなる。

「あのね」バーブは音を立ててお茶をすすってから、先をつづける。「うちのアンディを知ってるでしょ？　あの子が去年、イースターで帰ってきたときにそういうおできができたの。言っておくけど、わたしは見てないわよ――できたのが、人に見せるような場所じゃなかったから。言ってる意味、わかるでしょ？　でも、ふしだらなことをしてできたわけじゃないのはたしか。ええ、ただのおでき。とにかく、わたしが通ってる皮膚科の先生に診てもらいなさいと言ったの。いい先生よ。なのにアンディときたら、とんでもなく強情で。おできはどんどん悪くなるし、おまけに――」

ジャニスがバーブの話に割って入る。「トーヴァ、ピーターにお勧めのお医者さんを訊いてみましょうか？」ジャニスの夫のピーター・キム医師は引退した身だが、医療業界にひろい人脈を持っている。

「お医者さまに診てもらうほどのことじゃないわよ」トーヴァはどうにかこうにか弱々しくほほえむ。「仕事でちょっとした事故があっただけ」

「仕事で！」

「事故！」

「なにがあったの？」

トーヴァは息を吸いこむ。触手が手首に巻きついてきたときの感覚がいまも残っている。ひと晩で薄くなったとはいえ、まだはっきりわかるほど色が残っている。彼女はいま一度、袖を引っ張る。

みんなに話すべきかしら？

「掃除道具でちょっとやっちゃって」彼女はようやく、そう説明する。

テーブルを囲む三組の目が一斉に細められる。

メアリー・アンがありもしないテーブルの汚れをティータオルで拭う。「例のあの仕事でしょ。この前、水族館に行ったら、においでおひるに食べたものを吐いちゃいそうになったわ。あなた、よくがまんできるわね」

トーヴァはメアリー・アンが置いた皿からチョコチップクッキーを一枚取る。メアリー・アンは友人たちが来る前にクッキーをオーブンで温めるようにしている。お茶を飲むなら、手作りのものをつままなくてはね、というのが彼女の持論だ。クッキーはメアリー・アンが〈ショップ・ウェイ〉で買った箱入りクッキーだけれど。このことは仲間の全員が知っている。

「あそこは古いものねえ。そりゃ、くさいでしょうよ」ジャニスが言う。「でも、まじめな話、トーヴァ、あなた大丈夫なの？　わたしたちの歳で肉体労働なんて。どうして働かなきゃいけないの？」

バーブが腕を組む。「リックが死んでしばらくのあいだ、わたしは聖アン教会で働いてたわ。暇つぶしに。仕事を全部まかされてたのよ」

「書類の整理でしょ」メアリー・アンが小声でつぶやく。「書類を整理してただけじゃない」

「しかも、ほかの人があなたの好みどおりに整理してくれないからって、辞めたんだったわね」ジャニスが素っ気ない声で言う。「とにかく両手両足をついて床掃除をしてたわけじゃないでしょ」

メアリー・アンが顔を近づける。「ねえ、トーヴァ、これだけは覚えておいて。もし援助が必要なら……」

「援助？」

「そうよ、援助。ウィルがあなたの老後の資金をどう手配したか知らないけど」トーヴァは身をこわばらせる。「お気遣いありがとう。でも、なにも困ってないから」

「でも、万が一ってこともあるでしょうに」メアリー・アンは唇を引き結ぶ。

「全然」トーヴァは抑えた声で答える。実際、それは事実だ。銀行口座には、いまのつつましい暮らしに必要な資金の数倍以上の残高がある。ほどこしなど必要ない。メアリー・アンからも、ほかの誰からも。しかもよりによって、腕に小さな跡がいくつかついている程度のことで、そんな話題を持ち出すなんて。

トーヴァは立ちあがってティーカップを置き、カウンターにもたれる。キッチンの流しの上の窓からメアリー・アンの庭が一望でき、低く垂れこめた灰色の空のもと、ツツジの植えこみが縮こまっている。風が枝を揺らすたび、赤紫色の華奢な花びらがぶるりと身を震わせるように見え、トーヴァはつぼみの状態に戻してやりたくなる。六月半ばなのに、この肌寒さは尋常じゃない。今年はあきらかに夏が来るのが遅い。

窓台に宗教的な置物がずらりと並んでいる。智天使の顔をした小さなガラスの天使像、キャンドル、大きさの異なるシルバーの十字架が兵士のように一列に並んでいる。メアリー・アンは毎日、これらをひとつひとつ、ぴかぴかになるまで磨いているにちがいない。

　ジャニスの手が肩に触れる。「トーヴァ？　ねえ、聞いてる？」

　トーヴァは思わずほほえんでしまう。ジャニスの陽気な声の響きからすると、またホームコメディドラマを観ているようだ。

「どうか怒らないで。メアリー・アンも悪気があって言ったんじゃないのよ。みんな心配してるだけなんだから」

「ありがとう。でも、本当に大丈夫」トーヴァはジャニスの手を軽く叩く。

　ジャニスはきれいに整えた眉（まゆ）を片方あげ、トーヴァをテーブルのほうへ引き戻す。トーヴァが本気で話題を変えたがっているのをわかっていたのだろう、ジャニスは手っ取り早い話題を振る。

「それで、バーブ、お孫さんたちはどうしてるの？」

「あら、話してなかったかしら？」バーブはわざとらしく息を吸いこむ。彼女はこれまでにも、娘や孫たちの暮らしぶりについて喜々として語ってきている。「夏休みのあいだ、アンディが孫娘たちをこっちに連れてくることになってたの。でも、計画に手違いがあったんですって。あの子がそう言ったのよ。手違いがあったって」

　ジャニスはメアリー・アンの刺繍（ししゅう）入りナプキンで眼鏡を拭く。「あら」

「去年の感謝祭からこっち、ちっとも顔を見せに来てくれないんだから！　娘とマークは孫たちを連れてクリスマスにラスヴェガスに出かけたんですって。信じられないわよねえ。せっかくの休暇をラスヴェガスで過ごすなんて」バーブはラスとヴェガスの両方を均等に強調し、かつ同じだけの嫌悪感をこめて発音する。腐ったミルクと言うときのように。

ジャニスとメアリー・アンは首を振り、トーヴァはクッキーをもう一枚取る。女性三人はうんうんと相づちを打ちながら、ここから二時間離れたシアトルに住む娘一家についてバーブが語るのに耳を傾ける。彼らに会ったという話をバーブがめったにしないことを考えれば、シアトルは地球の反対側にあるにひとしい。

「あの子たちに言ってやったわ。はやく孫娘たちを抱き締めたいわって。わたしだって老い先長くないんだから！」

ジャニスがため息をつく。「もうそのくらいにしておきなさいな、バーブ」

「ちょっと失礼」トーヴァの椅子がリノリウムの床にこすれ、不快な音を立てる。

名前でわかるように、ニット・ウィットは編み物同好会として始まった。二十五年前、ソーウェル・ベイ在住のひと握りの女性たちが毛糸を交換するために集まったのだ。そうこうするうち、ひとりきりの自宅を逃れ、子どもたちがひとり立ちしたことからくるうれしさと悲しみの入り交じった喪失感から逃避するための場所になった。

ほかにもいろいろ理由はあるが、トーヴァが当初、参加に抵抗を感じたのはそのためだ。そのころの彼女の喪失感にはうれしさなどひとかけらもなく、悲しみしかなかった。エリックがいなくなって五年が過ぎていた。当時は傷がまだ生々しく、ちょっとしたことでかさぶたがはがれ、そうなるとあらたに血がにじんでしまう状態だった。

　メアリー・アンの家の化粧室の蛇口をひねると、耳障りな音が漏れる。みんなの愚痴はもう何年もほとんど変わっていない。最初は、大学が車で何時間もかかるところにあって残念だとか、日曜の午後しか電話をよこさないなんてひどい、という内容だった。いまの話題の中心は孫やひ孫だ。ここに集う女性たちはいつも母性を前面に押し出すが、トーヴァはいつも自分というものを内に秘め、古い銃弾のように腹の奥深くに沈めている。誰にも見られぬように。

　エリックの行方がわからなくなる数日前、トーヴァは彼の十八歳の誕生日のためにアーモンドケーキをこしらえた。それから何日も、家のなかはマジパンのにおいがしていた。帰るタイミングのわからない察しの悪い客のように、いつまでもキッチンにただよっていたのをいまもよく覚えている。

　最初、エリックの失踪は家出と考えられた。彼の姿を最後に目撃したのは、その夜の最終便である十一時の南行きフェリーに勤務していた甲板員のひとりで、彼はとくに変わったところはなかったと報告している。エリックはそのあと、いつもきちんとやっているように、切符売り場に施錠することになっていた。エリックは鍵を預けられたことをたいそう喜んでいた。夏のあいだだけの仕事ではあったが。保安官によれば、切符売り場は施錠されておらず、レジの現金は全額残っていたとのことだった。エリックのリュックが椅子の下に突っこんであり、ポータブルカセットプレーヤーとヘッドホン、さらには財布もそのまま残っていた。事件の可能性が除外される前は、エリックはすぐに戻るつもりでちょっと持ち場を離れたのではと保安官は見ていた。

彼はなぜ仕事時間に売り場を離れたりしたのか？　トーヴァにはどうしても理解できなかった。きっと女性がらみだというのがウィルの持論だったけれど、女性——あるいは、場合によっては男性——の存在をうかがわせるものはなにひとつ見つからなかった。当時、つき合っている相手はいなかったと、息子の友人たちは断言している。エリックにつき合っている相手がいれば、みんなが知っていたはずだ。エリックはみんなから好かれていた。

一週間後、ヨットが見つかった。さびの浮いた古いサン・キャットというヨットは、フェリー埠頭の隣にあった小さなマリーナに置かれていたものだが、なくなっていることに誰も気づいていなかった。アンカーロープがすっぱり切断された状態で打ちあげられていた。舵（かじ）にエリックの指紋がついていた。証拠は不充分ながら、若きエリックがみずから命を絶ったことを示している。保安官はそう言った。

近所の人たちもそう言った。

どの新聞もそう言った。

誰もがそう言った。

トーヴァはそう思わなかった。一瞬たりとも。

顔を軽く叩いて水を飛ばし、化粧室の鏡に映る自分に目をこらす。ニット・ウィットの仲間は長年にわたる友人だが、いまも自分が、ちがうジグソーパズルにまぎれこんだピースのように感じることがある。


トーヴァは流しから自分のカップを取りあげて烏龍茶を淹れなおし、こっそりともとの椅子に戻って会話にくわわる。話題は、手術の出来に納得がいかず、整形外科医を訴えているメアリー・アンの隣人のことだ。医師に責任があるということで全員の意見が一致する。その後は、ハンドバッグに入れられてニット・ウィットの集まりによくやってくるジャニスの愛犬、ヨークシャーテリアのロロの写真をながめながらわいわい言いはじめる。きょうのロロは胃もたれのせいでお留守番だ。

「かわいそうなロロ」メアリー・アンが言う。「なにかよくないものでも食べたのかしら」

「人間の食べものをあたえるのをやめなきゃだめよ」バーブが言う。「うちのリックも残したおかずをこっそりサリーにやってたの。でも、必ずばれたわ。うんちがものすごくさくなるんだもの！」

「バーバラったら！」メアリー・アンが目をまるくし、ジャニスとトーヴァはげらげら笑う。

「やだ、つい口が滑っちゃった。でも、本当に部屋じゅうがにおったんだから。いまは天国で安らかに暮らしてますように」バーブはお祈りをするように両手を合わせる。

バーブがゴールデン・レトリーバーのサリーを心から愛していたのをトーヴァは知っている。亡くなった夫のリック以上に愛していたかもしれない。彼女は去年、二、三カ月のうちにその両方を失った。トーヴァはときどき考える。悲しい出来事が立てつづけに起こるほうが、ふさがっていない傷をうまく利用できていいのかもしれない。一回ですませてしまうほうがいいのかもしれない。絶望の淵にも必ず底があるのをトーヴァは知っている。いったん心の隅々にまで悲しみが染みわたれば、それ以上はあふれ出るだけ。エリックに自分でかけさせると、メープルシロップがパンケーキからテーブルに流れ落ちたのと同じように。

午後三時になり、ニット・ウィットの仲間が椅子の背にかけた上着やハンドバッグを手にしはじめると、メアリー・アンがトーヴァをわきへと引っ張る。

「助けが必要ならわたしたちに言ってちょうだいね」メアリー・アンはトーヴァの手

を握る。イタリア系の血を引く彼女のオリーブ色の肌はわりと若々しく、なめらかだ。スカンジナビア系のトーヴァの肌は、若いころはやさしかったが、歳を重ねるにつれて彼女にたてつくようになった。四十になるころにはトウモロコシ色の髪が灰色に変わった。五十になるころには、顔のしわが粘土に刻みこまれたようになった。このごろは、店のショーウィンドウに映る自分の姿が、猫背になりはじめているのが目に入る。あれが自分だなんて、とても思えない。

「大丈夫。助けは必要じゃないから」

「例のお仕事がきつくなったら、辞めなさいよ。わかった?」

「ええ、わかった」

「ならいいけど」メアリー・アンは納得していない様子だ。

「お茶をごちそうさま、メアリー・アン」トーヴァは上着をはおって仲間にほほえむ。

「いつもながら、楽しかった」

トーヴァはダッシュボードをぽんと叩き、アクセルペダルを踏みこみ、ハッチバック車をさらにシフトダウンさせる。車はうなりながら坂道をのぼっていく。

メアリー・アンの家があるのはひろい谷の底で、かつては水仙が一面に生えているだけだった。トーヴァは子どものころ、家のパッカードの後部座席で兄のラーズと揺られ、ここを走ったのを覚えている。パパがハンドルを握り、ママは助手席でウィンドウをおろし、スカーフが飛ばないよう顎のところでしっかり押さえていた。トーヴァは自分の横のウィンドウをおろし、思いきり首を出していた。谷間はかぐわしい堆肥のにおいがした。何百万という黄色いボンネット帽のような花が陽光の海に溶けこんでいた。

今日(こんにち)では、谷底は郊外型の住宅地になっている。地元では二年に一度、丘をくねくねとのぼる道路を作りなおす議論が持ちあがる。メアリー・アンは道路に関する苦情を地元自治体にしょっちゅう書き送っている。勾配が急すぎるし、いつ土砂崩れが起きてもおかしくない、というのが彼女の主張だ。

「わたしたちはそんなに急とは思っていないけど」ハッチバック車が頂上に到達したところでトーヴァは言う。

反対側に出ると雲の隙間から押し出された陽射(ひざ)しが水面に点となって映っている。次の瞬間、操り人形のひもが引っ張られたように、隙間がぱっくり割れ、ピュージェット湾にくっきりした光が降り注ぐ。

「ほうら、こんなにも美しいじゃないの」トーヴァはサンバイザーをおろす。目を細くし、右に折れ、海を見おろす稜線沿いに走るサウンド・ビュー・ドライブに入る。自宅に向かって。

ようやく晴れた！　庭のアスターの花殻を摘まなくては。太平洋北西岸の基準からしても季節はずれの寒くてじめじめした天気が何週間もつづいたことで、庭仕事への意欲がすっかりそがれていたのだ。有意義なことをすると考えたせいだろう、アクセルペダルを踏む足に思わず力が入る。夕食の前までに花壇全体の手入れを終えられるかもしれない。

裏庭に向かう途中、家のなかを通って水を一杯飲んで、ちょっと足をとめ、赤く点滅している留守番電話のボタンを押す。留守番電話は、ものを売りつけようとする人たちからのくだらないメッセージでいっぱいだけれど、彼女は必ず真っ先にメッセージを確認する。赤いライトが点滅しているのがわかっている状態で作業に身が入るはずがない。

録音された最初のメッセージは寄付を求める内容だ。削除。

二番めはあきらかに詐欺電話。こんな電話に愚かにもかけ直して銀行の口座番号を教える人なんかいるの？　これも削除。

三番めのメッセージは間違い電話。くぐもった声ののち、かちりという音とともに電話が切れる。ジャニス・キムなら、誤発信電話と言うだろう。電話をポケットにしまうおかしな習慣のせいで起こる事故だ。これまた削除。

四番めのメッセージは最初、しばらく沈黙がつづく。トーヴァが削除ボタンを押そうと指をのばしたとたん、女性の声がした。「トーヴァ・サリヴァンさんでしょうか?」相手は咳払いをする。「モーリーン・コクランと申します。チャーター・ヴィレッジ長期ケア施設の者です」

手にしている水飲みグラスがカウンターにぶつかって音を立てる。

「残念なお知らせをお伝えしなくてはなりません……」

トーヴァは鋭い音をさせてボタンを押し、機械を静かにさせる。これ以上は聞かなくてもわかる。しばらく前から予期していたメッセージにちがいない。

兄のラーズのことだ。

とらわれの身の生活一三〇一日め

方法はこうだ。

ぼくが閉じこめられている容器のてっぺん近くのガラスに穴があいていて、そこにポンプが設置されている。ポンプの筐体（きょうたい）とガラスとのあいだには隙間があり、そこから触手の先端を入れると筐体のねじをゆるめることが可能だ。するとポンプ本体が水槽のなかに落ちて、隙間があらわになる。小さな隙間だ。人間の指の二、三本分といったところ。

きみたちはきっとこう言うよね。**だけど、ものすごく小さいよ！　きみはばかでかいじゃないか。**

そのとおりだけど、ぼくにとって、体の形を変えてくぐり抜けるくらいわけはない。そこはすごく簡単なんだ。

ぼくはガラス伝いに這いおりて、水槽のうしろにあるポンプ室に入る。いよいよ冒険の始まりだ。刻一刻と時間が経過していく。きみたち人間ならそう表現するだろう。

水槽を出たら、十八分以内に水のなかに戻らなくてはならず、さもなければ〝副作用〟が現われる。十八分間なら水のなかでなくても生きられる。もちろん、その事実は水槽の説明プレートのどこを読んでも書いてない。ぼくがみずから算出した数字だ。冷たいコンクリートの床におり立つと、このままポンプ室にとどまるべきか、ドアの外に飛び出すべきか選択しなくてはならない。どちらを選んでもメリットとデメリットがある。

ポンプ室にとどまるほうを選んだ場合、自分の水槽からほど近い水槽にやすやすと接近できる。残念ながら、それらの水槽にはあまり魅力がない。ウルフイールはわかりきった理由で、一も二もなく却下。だって、あんな歯をしているんだから！　パシフィックシーネットルはぴりっとしすぎてるだし、黄色い腹をしたヒモムシはぶよぶよしている。ムール貝は味の面で可もなく不可もなしで、ナマコはおいしいけれど自制心が必要だ。食べ過ぎると、ぼくの行動をテリーに気づかれるおそれがある。

一方、ドアの外に出る道を選べば、廊下と大水槽をほしいままにできる。メニューがより豊富になる。けれども、それには代償をともなう。第一に、ドアをあけて出るのに数分を要する。しかも、ドアは重くて、あけっぱなしの状態をたもてないから、帰るときにまたあけなくてはならず、さらに数分が必要だ。

なにかをあてがってドアが閉まらないようにすればいいじゃないか。

うん、そう考えるのが当然だよね。

一度、ドアにつっかいをしたことがある。ぼくの水槽の下にある踏み台を使って。それで余分に得られた自由時間を使い、テリーが大水槽のハッチの下に置きっぱなしにしたバケツ一杯のぶつ切りのオヒョウをいただいた（思うに、ぶつ切りのオヒョウはサメたちの翌日の朝食だったんだろう。でも、おつむの弱いサメたちは昼も夜も区別がつかない。だから後悔はしていない）。

気晴らしという意味では、ほぼ楽しい夜だったと言える。とらわれの身になって以来、いちばん楽しい時間だったかもしれない。けれども帰る段になって、ある事実が判明した。いまにいたるまで原因はわからないものの、どうしたわけか踏み台がドアを押さえていなかったのだ。

教訓：ドアにつっかいをしておけば大丈夫だとは思わないこと。

どうにかこうにかあけたときには、ぼくは息も絶え絶えになっていた。〝副作用〟がそうとう強くなってきていた。

腕も脚ものろのろとしか動かず、目がかすんだ。外套膜が重くなって、床のほうにだらりと垂れた。ぼやけた視界の向こうに、つやのない茶灰色になった自分の肌が見えた。

ポンプ室の奥に向かってのろのろと進んだときには、床の冷たさを感じなくなっていた。どこに触れても熱いとも冷たいとも思わなかった。どうにかこうにか、ぎくしゃくとした動きで水槽を這いあがった。

触手と外套膜を隙間にくぐらせた。途中、ぼくは水面に覆いかぶさる恰好で動きをとめた。触手は完全に感覚を失い、なにも感じなくなっていた。

一瞬、それもいいような気がした。無こそすばらしいと。生の向こう側にはなにがあるんだろう？

水に迎え入れられるようにして、ぼくは戻った。水槽という見慣れた牢獄がはっきり見えるようになった。触手をポンプに巻きつけてもとの位置に戻し、隙間をふさいだ。割れ目に腕を突っこんで筐体を正しい位置にねじどめしていると、肌に色が少しずつ戻ってきた。外套膜をなびかせながら冷たい水のなかを力強く泳ぎ、岩の裏のねぐらに引っこんだ。オヒョウがぎっしり詰まったお腹が心地よくうずいた。

そのあと、ねぐらで休んでいると、三つあるぼくの心臓がどきどきいった。言葉で言い表わせない安堵感による鈍い鼓動。死に対する予想外の勝利に刺激された本能。ぼくにくちばしでつつかれて砂にもぐったザルガイも、きっとこんなふうに感じるんだろう。人間が言うところの、形勢逆転ってやつだ。

〝副作用〟を経験したのはそのときだけじゃない。自由に動ける範囲を押しひろげたことは、ほかに何度かある。でも、あのドアにつっかいをして楽しむ時間を数分のばすまねは二度としていない。

テリーが隙間の存在を知らないことは、説明するまでもない。知ってるのはぼくだけだ。いまの状態をつづけたいから、あらかじめ言っておくけど、みんなも黙っててくれるとありがたい。

これでみんなの質問に答えた。

こういう方法なんだ。

ウェリナ・トレーラーパークは恋人たちのための場所

キャメロン・キャスモアは容赦なく照りつける陽射しをよけつつ、まばたきをしてフロントガラスの向こうに目をこらす。サングラスを持ってくればよかった。土曜の朝の九時というめちゃくちゃな時間に二日酔いをこらえ、ウェリナまで駆けつけたせいで……まったくもう。喉がからからで、ブラッドのトラックのカップホルダーから蓋のあいた缶を手に取り、ぐびりと飲む。くそまずい栄養ドリンクだ。彼はひと声小さくうなると、あいたウィンドウごしに吐き出し、シャツの袖で口を拭って缶をつぶし、誰もすわっていない助手席に放る。

「なにがどうしたって？」キャメロンが車を借りたいと言うと、ブラッドは潤んだ目をしばたたいた。昨夜、〈デルの酒場〉でアバンギャルドメタルバンドのモス・ソーセージのライブをこなした彼は、ブラッドとエリザベスの家のソファに倒れこむようにして寝てしまったのだった。

「クレマチスだってよ」キャメロンは言った。ジーンおばさんが取り乱してかけてきた電話によれば、彼女のいけすかない大家から、クレマチスの蔓のことでまた文句を言われたらしい。前回は蔓を放っておいたら退去させると脅されて終わった。

「クレマチスってのはいったいなんだ?」ブラッドは顔に半笑いを浮かべている。「卑猥な響きがするな」

「植物の名前だよ、ばか」キャメロンはそれがキンポウゲの仲間で、花をつける蔓性の多年生植物であることは、あえてつけくわえない。中国と日本が原産でヴィクトリア時代に西ヨーロッパに持ちこまれ、トレリスに蔓をからませることができるので珍重されていたことも。

おれはなんでこんなくだらないことを覚えてるんだ? 脳に詰まった愚にもつかない知識をすべて除去できたらどんなにいいか。ジーンおばさんが住むトレーラーパーク方面に向かうハイウェイに乗るとスピードをあげ、ウィンドウをすべておろして煙草に火をつける。もう煙草を吸うことはほとんどなく、ごみのような気分になったときだけ吸っている。そして、けさは熱を持って湯気をあげてるごみのような気分だった。ウィンドウから流れ出た煙はマーセド渓谷の平坦で埃っぽい農地まで漂い、やがて見えなくなる。

ジーンおばさんの庭のヒナギクが風に揺れている。おばさんのところにはほかに、白い花が咲き乱れる大きな植えこみ、きらきら光るベールのようなイルミネーション、それに噴水がそなわっている。噴水はDDバッテリー六個で動いているが、キャメロンがそれを知ってるのは、ここを訪れるたび、電池交換を手伝ってほしいと頼まれるからだ。

それにカエル。いたるところにカエルがいる。ひびから苔(こけ)が生えているセメント製の小さなカエルの置物、カエルの形をした植木鉢(ばち)、さびの浮いた金属のフックで揺れる星条旗柄の吹き流しは愛国心を示す赤、白、青に塗られ、得意そうな笑みを浮かべるカエルが三匹、描かれている。

季節のカエルだ。

ウェリナ・トレーラーパークに庭の最優秀賞を競うコンテストがあれば、ジーンおばさんは絶対に賞をねらうだろう。そして見事に勝ち取るにちがいない。けれども、非の打ちどころのない庭とは対照的にトレーラーハウスのなかが惨憺(さんたん)たるありさまなのをキャメロンは知っている。

ポーチの階段をぎしぎしいわせながらワークブーツでのぼっていく。スクリーンドアの取っ手から紙切れが一枚のぞいている。へりを持ちあげ、ちらりとのぞく。ウェリナ・トレーラーパークのビンゴ選手権のチラシだ。キャメロンはそれをくしゃくしゃにまるめて、ポケットに突っこむ。ジーンおばさんがこんなくだらない催しに参加するはずがない。ここは本当にひどい場所だ。名前からしてひどい。ウェリナ。ハワイ語で〝歓迎〟という意味だ。どこから見ても、ここはハワイじゃない。呼び鈴――当然ながらカエルの形をしている――を押そうとしたとき、トレーラーハウスのなかから怒鳴り声があふれ出る。

「シシー・ベイカーのお節介ばばあが自分のことだけかまってれば、誰もそんなばかげたことは考えなかったんじゃないのかね、ええ？」すごみのあるジーンおばさんの声を聞いたとたん、お気に入りの灰色のトレーナー姿で樽のような尻に両手を当て、けわしい顔でにらんでいる姿がキャメロンの頭に浮かぶ。彼は苦笑しながらトレーラーハウスのわきをまわりこむ。

「ジーン、頼むからわかってくれ」大家は声をひそめ、恩着せがましく言う。ジミー・デルモニコ。最高にいけすかない野郎。「ほかの住民がヘビが出ると思って動揺してるんだ。それはわかってくれるよな？」

「あそこにはヘビなんかいないって言ってんだろ！　あたしんちの植えこみをああしろ、こうしろと指図するとは、あんた何様のつもりだい？」

「決まりってものがあるんだ、ジーン」

キャメロンは裏庭に駆けこむ。デルモニコがジーンおばさんを怖い顔でにらみつけている。おばさんは本当に例の灰色のトレーナー姿だ。顔を真っ赤にし、トレーラーハウスの背面に取りつけたトレリスをびっしり覆う、つやつやしたひとつかみの蔓植物をかかげている。先端に色あせた緑色のテニスボールをくっつけた愛用の杖が、羽目板の壁に立てかけてある。

「キャミー!」

キャメロンをそう呼んでいいのは、地球上でジーンおばさんひとりだ。

駆け寄ると、笑顔でおばさんのせわしない抱擁を受ける。おばさんはいつものように、古くなったコーヒーのにおいがする。それから彼は石のように無表情なデルモニコのほうを向いて尋ねる。「なにを言い争ってるんだい?」

ジーンおばさんは杖をつかみ、それを非難がましく大家のほうに向ける。「キャミー、こいつに言ってやっておくれ。あたしのクレマチスにヘビなんかいないって。これを全部撤去しろっていうんだよ。それもこれも、シシー・ベイカーがなんか見たってだけで。あのばばあがろくに見えないことくらい、みんな知ってるってのに」

「聞いただろ。ヘビなんかいない」キャメロンはクレマチスのほうに頭を傾け、きっぱりした口調で告げる。この前来たときからさらに鬱蒼とし、緑が濃くなっている。どのくらい前だっけ? 一カ月?

デルモニコは鼻梁をつまむ。「会いたかったよ、キャメロン」

「こっちこそ」

「あのな、こいつはウェリナ・トレーラーパークの規約なんだ」デルモニコはため息混じりに言う。「住民が苦情を申し立てたら、おれとしては調べなきゃならない。でもって、ミセス・ベイカーからヘビを見たと言われた。その植物のなかにいるところを。黄色い目が彼女に向かってまばたきしたそうだ」

キャメロンはせせら笑う。「疑いの余地なく、彼女はうそをついてる」

「疑いの余地なく、よ」ジーンおばさんが同じ言葉を繰り返すが、目の隅にけげんな表情が浮かんでいる。

「へーえ、そうかい」デルモニコは腕を組む。「ミセス・ベイカーはこのコミュニティの一員になって長いんだがな」

「シシー・ベイカーにはうんこバーガーよりもたくさんのくそが詰まってる」

「キャミー！」ジーンおばさんは汚い言葉をたしなめるように、彼の腕をぴしゃりと叩く。アルファベットを習っていたころの彼に、〝Aはいやなやつ（アスホール）のAよ〟と教えてくれた女性にそんなことを言われるとは傑作だ。

「どういうことだ？」デルモニコは眼鏡をずらす。

「ヘビはまばたきできない」キャメロンは目をぐるりとまわす。「できないんだよ。まぶたがないから。調べてみるといい」

大家は口をあけるが、すぐに閉じる。

「一件落着。ヘビはいない」キャメロンはデルモニコの二倍以上の直径をした腕を組む。近ごろではジムで上腕二頭筋を鍛えるのがイケてるのだ。

　果たしてデルモニコは、この場を立ち去りたいという顔になる。自分の靴をじっと見つめながら、ぼそぼそとつぶやく。「その、ヘビにまぶたがないって話が本当だとしてもだ……条例で決まってるんだ。文句があるなら郡に言ってくれ。けどな、おれの所有地に有害な生き物が出没してると通報があった場合――」

「だから言ってるでしょうが、ヘビなんかいないって！」ジーンおばさんは両手をあげる。杖が芝生に落ちる。「甥っ子が言ったのを聞いたろ。まぶたがないの！　それがどういうことかわかる？　シシー・ベイカーはあたしの庭に嫉妬してんのよ」

「わかってるよ、ジーン」デルモニコは片手をあげる。「あんたの庭がきれいなのは誰もが知ってる」

「シシー・ベイカーはうそつきだし、おまけにろくに目が見えないの！」

「そうだとしても、安全規定ってものがあってだな。危険な状況が生じた場合――」

　キャメロンはデルモニコに一歩近づく。「誰も危険な状況など望んでないと思うけど」ほとんどはったりだ。キャメロンは喧嘩が大嫌いだ。けれども、目の前にいる串に刺したエビみたいな男に、それを教えてやる必要はない。

　デルモニコは滑稽とも言える驚きの表情を浮かべてポケットを叩き、それからわざとらしく携帯電話を出してみせる。「おっと、申し訳ない。この電話には出ないと」

キャメロンは忍び笑いを漏らす。電話がかかってきたふりをするのは、昔からよくある手口だ。まったくむかつく野郎だぜ。

「少しは刈りこんでくれよ、いいな、ジーン？」デルモニコは肩ごしに大声でそう言うと、砂利敷きの通路をざくざく踏みしめながら道路のほうに歩いていく。

キャメロンが脚立に乗って、ジーンおばさんの細かい指示どおりクレマチスを剪定するのに、ほぼ一時間かかる。**もうちょっとそっちを切って。だめ、そんなに切っちゃ！　左を刈り込んで。ちがう、右。ううん、左。**下では、切り落とした茎と紫色の花をジーンおばさんが拾い集め、庭用集草袋に入れている。

「さっきのヘビの話は本当かい、キャミー？」

「もちろん」彼は脚立をおりる。

ジーンおばさんは顔をしかめる。「じゃあ、本当に、あたしのクレマチスにヘビはいないんだね？」

キャメロンは手袋を脱ぎながら、おばさんを横目でちらりと見る。「ヘビがクレマチスにいるのを見たことがあるの？」

「えっ……ないけど」

「だったらそれでいいじゃないか」

ジーンおばさんは満足の笑みを浮かべて裏口のドアをあけ、杖の先で新聞の山をわきに押しやる。「まあ、ゆっくりしていきな。コーヒーを飲むかい？　紅茶？　ウイスキー？」

「ウイスキー？　本気で言ってんの？」まだ午前十時にもなってない。酒を思い浮かべたとたん、キャメロンの胃袋が飛び出しそうになる。ドアをくぐり、何度かまばたきをして薄暗さに目をならすと、室内の様子に安堵のため息を漏らす。もちろん、いい状態ではない。しかし、前回訪ねたときより悪くもなってない。発情したウサギよろしく、がらくたが自己増殖しているような時期もあったのだ。

「じゃあ、普通のコーヒーにしようね」おばさんはそう言ってウィンクする。「歳をとったもんだね、キャミー。最近のあんたはちっともおもしろくない」

キャメロンはゆうべは思いっきりはじけたんだぜというようなことをぼそぼそつぶやき、ジーンおばさんは少しばかりおかしそうにうなずく。たしかにけさの彼はいらいらしているように見える。もしかしたら本当に歳を取ってきてるのかもしれない。これまでのところ、三十になってからうまくいかないことばかりだ。

おばさんは小さなキッチンカウンターの上にとっちらかった箱やら紙やらをひっかきまわし、コーヒーメーカーを探す。キャメロンはぐらつく小さなデスクを埋めつくしているがらくたのてっぺんに置かれたペーパーバックを手に取る。山の下のほうからいにしえのデスクトップパソコンの稼働音がする。手に取った本は、上半身裸で筋骨たくましい男が表紙のロマンス小説だ。それをもとの場所に放ると、積みあがったがらくたがカーペットになだれ落ちる。

　おばさんはいつからこんなふうになったんだろう？　本人は収集と称してる。キャメロンが子どものころはこんなじゃなかった。キャメロンはときどき、モデストでかつて住んでいた場所を、おばさんと暮らした寝室がふた部屋の家のあたりを通る。あの家のなかはいつもきれいだった。何年か前、前年の夏の一件による医療費の支払いに充てるため、おばさんはその家を売った。〈デルの酒場〉の駐車場で突き飛ばされたせいで財産が吹き飛ぶほどの大金を払わなくてはならなくなったからだが、そもそもジーンおばさんに落ち度はまったくなかった。よそから来たろくでなし野郎が騒ぎを起こしたところ、おばさんがみんなを落ち着かせようと割って入った。なにかのはずみで側頭部を殴られ、アスファルトに仰向けに倒れてしまった。重度の脳震盪、腰の骨折、何カ月にもおよぶ理学療法と作業療法。キャメロンはおばさんの世話をするため、見習いとして働くはずだった災害復旧会社でのまともな仕事を辞め、忘れずに薬を飲ませるためにおばさんの家のソファで寝起きし、ストックトンにいる頭部外傷の専門医のところへ車で送り迎えした。午後になるといつも、おばさんに気づかれないよう静かにドアをあけ、玄関ポーチで郵便配達が来るのを待った。彼のとぼしい口座残高ではほんの少しのあいだしか集金人を寄せつけないようにできなかった。

ついに自宅を売ったとき、ジーンおばさんはウェリナに居住できる年齢の五十二歳になったばかりだった。理由はいまもキャメロンには理解できないが、とにかく普通のアパートメントでなく、このトレーラーハウスを手もとに残ったわずかな現金で買って移り住んだ。収集癖が始まったのはあのときだったのか？　こうなったのは、みすぼらしいトレーラーパークのせいなのか？

去年の夏にウェリナで開催された持ち寄りパーティでの行き違いからずっと、シシー・ベイカーに恨まれているという話をえんえんとつづけながら(キャメロンはくわしく聞かせてほしいとは言ってない)、ジーンおばさんは湯気の立つマグカップをふたつ、コーヒーテーブルに置き、同じソファに並んですわるよう手招きする。

「で、仕事のほうはどうなんだい？」

キャメロンは肩をすくめる。

「またくびになったんだね、ちがう？」

彼は答えない。

ジーンおばさんは眉間(みけん)にしわを寄せる。「キャミー！　おまえをあの工事の仕事につかせるのに、あたしが役所にどれだけ根回ししたか、わかってるんだろうね」ジーンおばさんはいまも郡の役所で非常勤の受付係として働いている。勤めてかなり長い。もちろん、全員と顔見知りだ。たしかに、あの工事は大規模なものだ。郊外のオフィスパーク建設。でも、どうだっていい。二日めにたった十分遅刻したら、むかつく現場監督にもう来なくていいと言い渡された。現場監督の共感能力がゼロなのはキャメロンのせいなのか？

「根回ししてくれなんて頼んでないだろ」キャメロンはもごもご言って、いきさつを説明する。

「つまり、しくじったわけだ。完全に。で、どうするんだい？」

キャメロンはむくれて口を突き出す。おれに味方してくれたっていいじゃないか。含みのある沈黙が流れる。おばさんはコーヒーを口に運ぶ。彼女のマグカップには踊るカエルを描いた漫画調の絵にくわえ、真っ赤な文字が躍っている――誰がカエルを外に出した？　彼はかぶりを振って話題を変えようとする。「新しい旗、いいね。外のやつ」

「そう？」おばさんが顔をほんの少しだけ輝かせる。「カタログで買ったんだよ。通販で」

キャメロンはうなずく。そうだろうと思った。

「ケイティはどうしてるんだい？」おばさんが訊く。

「ケイティは問題ないよ」キャメロンは無頓着に答える。本当のことを言うと、きのうの朝、彼女が仕事に出かけるときに行ってらっしゃいのキスをして以来、顔を見ていない。モス・ソーセージの演奏を聴きに来てくれるはずだったが、くたくたで出かける気にならなかったらしい。そういうわけで、キャメロンは予定よりも遅くまで店に残り、ブラッドのところに泊まることになった。だけど、もちろん、ケイティは問題ない。やばいことになるような女じゃない。いつだって問題ない。

「あの子はおまえにぴったりの相手だ」

「うん、最高だよ」

「あたしはおまえに幸せになってもらいたいんだよ」

「おれは幸せだよ」

「せめて、二日以上、がんばって仕事をつづけてくれたらいいんだけどねえ」

やれやれ、またお説教かよ。キャメロンは渋い顔をし、手で顔をこする。目がずきずきする。どうやら、水を飲んだほうがよさそうだ。

「おまえはものすごく頭がいいじゃないか、キャミー。おそろしく頭が……」

キャメロンはソファから立ちあがって、窓の外に目をこらす。しばらくしてから口をひらく。「頭がいいだけじゃ給料はもらえない」

「そうは言うけどさ、おまえには払うべきだと思うね」おばさんはソファの自分の隣をぽんぽんと叩き、キャメロンはそこに腰をおろして、ずきずき痛む頭をおばさんの肩に預ける。ジーンおばさんのことは大切に思ってる。もちろん。でも、その気持ちはおばさんに伝わらない。

キャメロンの頭のよさはなにに由来するのか。それを知る者は家族にはひとりもいない。〝家族〟というのはキャメロン自身とジニーおばさんのことだ。それで全家族。母親の顔はろくに覚えていない。彼が九歳のとき、週末はおばさんのところにお泊まりだから荷物をまとめなさいと母に言われ、そのあとジーンおばさんがアパートメントに迎えに来てくれた。それ自体はめずらしくもなんともなかった。ひと晩、泊まることはよくあった。けれどもそのときは、母親は迎えに来なかった。抱き締められ、行ってらっしゃいと言われたのは覚えてる。母の顔は涙で化粧がにじんでいた。腕がやせ細っていたのを、いまもはっきり記憶している。

週末が一週間になり、やがて一カ月になった。そして一年がたった。ジーンおばさんは母が子どものころに集めた安っぽい陶器の置物をおさめている。形はハート、星、動物とさまざまだ。雑然としたキュリオキャビネットのどこかに、そのうちのいくつかには母の名が刻まれている――ダフネ・アン・キャスモア。ときどきジーンおばさんが、ほしいかどうか尋ね、そのたびにキャメロンはいらないと答える。子育てをしているあいだくらいクスリをやめることができなかった母の古いがらくたなど、ほしいと思うわけがない。

少なくともキャメロンは、破滅型のこの性格を誰から受け継いだのかはわかっている。

ジーンおばさんが裁判所に申し立てた単独親権は、なんの異議もなく認められた。ケースワーカーが小さな声でこう言ったのを覚えている。キャメロンにとって、〝保護施設に収容される〟よりも親族と一緒に暮らすほうが断然いいと。

ダフネより十歳上のジーンおばさんは一度も結婚したことがなく、自分の子どもを持ったこともなかった。おばさんはいつもキャメロンのことを、手に入れられるとは思ってなかった天の恵みと呼んだ。

ジーンおばさんのもとで過ごした子ども時代は楽しかった。おばさんは友だちのお母さんたちと全然ちがっていた。キャメロンがバート・シンプソンの仮装をした年、おばさんが手作りのマージ・シンプソンの衣装で小学校のパレードにやってきたあのハロウィーンのことは絶対に忘れられない。でもなぜかみんなに受けた。

学校でのキャメロンは成績優秀だった。そこでエリザベスと、つづいてブラッドと出会った。ときどき、大人たちが言うのが聞こえてきた。ああいう生い立ちのわりに、めずらしいくらいに溶けこんでいると。

父親はどうかって？　キャメロンの頭のよさは父親譲りの可能性がある。父親に関してはなんでもありだ。キャメロン自身もジーンおばさんも、父親が誰かまったく知らない。赤ん坊がどうやってできるのかも、少なくとも精子提供者が必要であることも知らなかった子ども時代のキャメロンは、自分には父親がいないと信じこんでいた。

「おまえのお母さんが遊びまわってた仲間が仲間だからねえ、いないほうがいい相手だったんだと思うよ」その話題になるといつも、ジーンおばさんはそう言う。けれどもキャメロンのほうはその言葉に疑問を抱いてきた。キャメロンを産んだとき、母は絶対にクスリをやっていなかったはずだ。写真を見たことがある。ゆるくカールした茶色い髪の母が、公園でキャメロンが乗った赤ちゃんブランコを押している。薬物に手を出して問題になったのは、そのあとだ、とキャメロンは確信している。

原因は自分だ。

ジーンおばさんが腰を浮かせる。「コーヒーをもっと飲むかい、ハニー？」

「おばさんはすわってて。おれが入れてくる」キャメロンは頭痛を振り払いながら言う。散乱したがらくたをよけ、そろそろとキッチンに向かう。

ふたつのカップにコーヒーを注ぎなおしていると、ジーンおばさんがソファから声をかけてくる。「ところで、エリザベス・バーネットはどうしてる？　たしか、この夏の終わりが予定日じゃなかった？　何日か前、あの娘のお母さんとガソリンスタンドでばったり会ったけど、ゆっくり話ができなくてさ」

「うん、もうじき生まれる。でも元気にしてるよ。彼女もブラッドも、ふたりとも元気だ」キャメロンがコーヒーにクリームを入れると、白い筋が渦を巻く。

「昔っから本当にやさしい娘だったたねえ。なんでおまえじゃなく、ブラッドを選んだんだか」

「ジーンおばさん！」キャメロンはむっとした声を出す。数えきれないくらい説明したはずだ。エリザベスとはそういう関係じゃないと。

「いいじゃないか、ちょっと言ってみただけなんだから」

キャメロン、ブラッド、エリザベスの三人は子どものころから仲がよく、いわば三銃士だった。それが気づいてみると、ほかのふたりは夫婦となって、子どもが生まれようとしている。そのちびっこがブラッドとエリザベスのお邪魔虫の座をキャメロンから奪うことくらい、充分にわかっている。

「それで思い出した。そろそろ帰らなきゃ。ブラッドが昼休みまでに車を返せって言ってるからさ」

「そうだ！　帰る前にひとつ渡すものがあるんだった」ジーンおばさんは杖を使ってソファから立ちあがろうと悪戦苦闘を始める。キャメロンが手を貸そうとするが、彼女は手を振って追い払う。

十年にも思えるほど長い時間、おばさんはべつの部屋のがらくたの山をあっちにこっちに動かしつづける。一方キャメロンは、テーブルに積みあげられた書類の山に思わず手をのばす。古い電気料金請求書（ありがたいことに支払い済み）、《テレビ・ガイド》（まだあったんだ、この雑誌）から破り取ったページ、それに町のドラッグストアに併設されてる小規模診療所でもらった大量の書類。いちばん上の書類に処方箋が一通、ステープルでとめてある。いけね、こいつは見ちゃいけないやつだ。しかし、その処方箋を書類の山に戻す前に、ちらりと見えたものに頰がほてる。冗談だろ？　ジニーおばさんが？　クラミジア感染症？

おばさんの杖の音が居間に近づく。キャメロンはすべてをもとの場所に押しやろうとするが、山全体が崩れて例の処方箋が彼の手に残る。彼は紙そのものが感染しているかのように、指先でつまんで持つ。事務用品経由でうつる感染症。

「ああ、それ」おばさんはすました顔で肩をすくめる。「そのうちトレーラーパーク全体に知れ渡るだろうね」

キャメロンはみぞおちを突かれたように感じる。ごくりと唾をのみこむ。「あのさ、こいつは笑い話にしていいことじゃないよ、ジーンおばさん。ちゃんと医者に診てもらってよかった」

「診てもらうに決まってるじゃないか」

「使ったほうがいいと思うよ、ええと、予防具をさ」こんな会話をするなんて、夢じゃないよな？

「うん、あたしはゴム派だけど、ウォリー・パーキンズはどうしても──」

「もういい。変なことを言ってごめん」

おばさんはけらけら笑う。「人のものをのぞいたりするからだよ」

「ごもっとも」

「それはそれとして、ほら、これ」おばさんはスリッパの足で、箱をキャメロンのほうに押しやる。そんなものが足もとにあったとは気づかなかった。「おまえの母さんのもの。ほしいんじゃないかと思ってね」

キャメロンは立ちあがる。「遠慮しとく」彼は箱をよく見もせずに言う。

とらわれの身の生活一三〇二日め

ぼくの現在の体重は六十ポンド。かなり大きい。

ぼくの身体検査はいつものごとく、バケツで始まった。サンチアゴ先生が水槽の蓋をはずし、黄色い大きなバケツをへりの高さまで持ちあげた。なかにはホタテ貝が七個、入っていた。サンチアゴ先生は水槽のふちから網(あみ)でぼくの外套膜をつついたけど、そんなことをする必要はない。新鮮なホタテ貝をもらえるなら、ぼくだっていそいそと網のなかに入る。

麻酔がぼくの皮膚に心地よく浸透していった。脚が動かなくなった。まぶたがおりる。

ぼくがこのバケツとはじめて遭遇(そうぐう)したのはずいぶん前のこと。とらわれの身になって三十三日めのことだ。当時は警戒心を抱いた。けれども、だんだんとバケツが好きになった。バケツを見ると、完全な無の感覚になれる。それは多くの点で、完全であるよりも快適だ。

腕をコンクリートの床に引きずられながら、サンチアゴ先生にテーブルまで運ばれた。先生はぼくをプラスチックの量りに積みあげるようにのせた。先生は息をのんだ。

「まあ、ずいぶん大きいこと！」

「どのくらい？」テリーが、いつもサバのにおいがする大きな茶色の手でぼくをつつく。

「先月よりも三ポンド増えてる」サンチアゴ先生は答えた。「餌を変えた？」

「聞いてないが、確認する」テリーは言った。

「頼んだわよ。こんなに増えるのは、ひかえめに言っても異常だもの」

言葉もない。要するにぼくは特別なタコなんだ。

六月のどんよりした天気

今夜、〈ショップ・ウェイ〉では見慣れない若者が袋詰めをしている。その彼がイチゴジャムとマーマレードの瓶を並べてレジ袋に入れるのを見て、トーヴァは口を真一文字に引き結ぶ。残りの買い物を入れるたび、瓶同士がぶつかる音がする。コーヒー豆、白ブドウ、冷凍豆、クマの形の容器に入った蜂蜜、それにボックスティッシュ。ティッシュはやわらかい保湿タイプだ。値段が高めのタイプ。入院していたウィルのためにと買うようになった。なにしろ病院のティッシュはサンドペーパーも同然だった。いまはトーヴァ自身がそのタイプに慣れてしまい、もっと手頃なブランドに替える気になれずにいる。

「そいつは見せてもらうまでもないよ、ラブ」トーヴァがお得意様カードを見せると、イーサン・マックが言う。レジを打っているこの人物はスコットランドなまりのきついおしゃべり好きな男性で、しかもこの店のオーナーでもある。彼は胼胝(たこ)のできたこぶしでしわだらけのこめかみをこつんと叩き、にんまりと笑う。「ここにちゃんと入ってる。きみが店に入ってきてすぐ、きみの番号を入力しておいた」

「ありがとう、イーサン」

「どうってことないさ」彼はレシートを渡し、ちょっといびつでありながら、人好きのする笑みを浮かべる。

トーヴァはレシートにざっと目を通し、ジャムがちゃんとセット価格になっているか確認する。ひとつお買い上げになれば、もうひとつは半額でご提供。疑うだけ無駄だ。イーサンの経営管理はしっかりしている。数年前、彼がこの町にやってきてここを買収して以来、〈ショップ・ウェイ〉の業績はずっと上向いている。近い将来、この新人くんも適切な袋詰め技術を身につけることだろう。トーヴァはレシートを財布に突っこむ。

「いかにも六月らしい天気だね」イーサンはうしろにもたれ、お腹の上で腕を組む。いまは夜の十時過ぎ。どのレジにも人は並んでおらず、新入りの男の子はデリカウンターの隣にある長椅子に引っこんでいる。

「ずっとしとしと降ってるものね」トーヴァも調子を合わせる。

「おれはでかいアヒルでね。いくら降っても背中を雨が流れてくから気にならない。けど、さすがに太陽がどんなんだったか、忘れちまいそうだ」

「ええ、まったく」

イーサンはレシートの束が白い煉瓦のようになるまでしわをのばしながら、トーヴァの手首についたまるい吸盤の跡に目をこらす。タコにつかまれて何日かたつのに、いまも消えていない。イーサンは咳払いをする。「トーヴァ、お兄さんのことは残念だった」

トーヴァは目を伏せるが、なにも言わない。

イーサンはつづける。「なにか助けが必要なら、なんでも言ってくれ」

トーヴァは彼と目を合わせる。イーサンとは長いつき合いだけれど、なにかにつけて世間話に花を咲かせずにいられない人だ。六十も過ぎた男の人で、どうでもいいおしゃべりをここまで楽しめる人にトーヴァは会ったことがない。だからまちがいなく、彼はトーヴァと兄が疎遠なのを知っているはずだ。慎重な口ぶりで切りだす。「ラーズとはあまり仲がよくなかったの」

ラーズと仲がよかったことなどあったろうか？　昔はたしかに仲がよかった。子どものころはまちがいなく。ティーンエイジャーのころも、おおむね。トーヴァとウィルの結婚式で、ラーズはウィルと並んだ。ふたりともグレーのスーツ姿だった。披露宴では、あの冷静沈着な父を含めた全員の目を潤ませるほど、すばらしいスピーチをしてくれた。その後何年にもわたり、トーヴァとウィルは毎年、大みそかをバラードにあるラーズの家で過ごし、ライスプディングを食べたり、真夜中には、幼いエリックがかぎ針編みのブランケットをかけてソファで眠るかたわらで、シャンパングラスを合わせたものだ。

けれどもエリックの死後、状況が変わりはじめた。ニット・ウィット仲間のひとりが折に触れ、ラーズとなにかあったのかと探りを入れてくると、トーヴァはとくになにもと答えるが、それはうそではない。じょじょにこうなったのだ。派手な言い争いも、殴り合いも、大声でわめき合うこともなかった。ある年の大みそか、ラーズからトーヴァに電話があって、彼とデニーズはほかの予定が入っていると告げた。とにかく、そのころはデニーズはラーズの妻だった。ラーズたちが食事に訪ねてくると、デニーズはトーヴァが肘まで石鹸水に浸けている横で、流しの近くをうろうろし、なにか話したいことがあるかもしれないから、そばにいるのよというようなことをことさら強調した。トーヴァが不快感をあらわにすると、おまえはあいつをよく知らないだろうけど、おまえを気遣ってのことなんだから大目に見てやれよとラーズに言われた。

ご破算になった大みそかのあと、イースターの昼食会が取りやめになり、誕生日のパーティが中止になり、クリスマスの集まりはそろそろ集まろうという状態から一向に進まなくなった。そういう年が何年かつづき、やがてそれが何十年にもなり、その結果、兄妹は他人同然になった。

イーサンはレジの抽斗からぶらさがっている銀色の小さな鍵をいじる。彼は声をひそめて言う。「それでも、家族は家族だからな」彼は顔をしかめ、ぎくしゃくとした動きでレジの隣にある回転椅子に腰をおろす。トーヴァはたまたま、その椅子が彼の腰痛対策になっているのを知っている。もちろん、あえて知りたいような話ではないけれど、ときとして、どうしても耳に入ってしまうこともあるのだ。ニット・ウィットの仲間はこういう話題でだらだらしゃべるのが大好きだ。

トーヴァはため息をつく。家族は家族。イーサンに悪気がないのはわかるものの、なんてばかげた言い方だろう、もちろん、家族は家族だ。それ以外の何物でもないに決まってる。ラーズは最後の存命中の近親者だった。もう何年もひとことも交わしてないが、それでも家族だ。

「もう帰らなくちゃ」彼女はようやくそう口にする。「仕事で脚がひどく痛むの」

「なんと！　水族館も大変だね」イーサンは話題が変わってほっとしたようだ。「ホタテ貝によろしく伝えてくれ」

トーヴァはまじめくさってうなずく。「よろしく言っておくわ」

「こっちの魚介のケースにいるお仲間たちにくらべたら、そっちはそうとう恵まれた生活をしてるんだぞと教えてやれよ」イーサンは店の奥にある鮮魚コーナーを頭で示す。地元で獲（と）れたものも若干置いているが、もとは冷凍されていたものがほとんどだ。

彼はレジカウンターに両肘をつき、おどけたような目を向ける。

トーヴァはイーサンの冗談に気づくのが遅すぎて、頬を赤らめる。冷蔵ケースに並ぶ、乳白色をした円形のホタテ貝……とにかく、ソーウェル・ベイはあまりに田舎で、タコを売る食品店はやっていけないのだ。買い物袋を持ちあげる。思ったとおり、中身が片側に傾いて、ジャムの瓶がまたも音を立てる。

ときには正しいやり方がひとつしかないこともある。

デリカウンター横の長椅子にだらしなくすわり、携帯電話をせわしなく操作している新入りの袋詰め係にきついまなざしを向けると、トーヴァは買い物袋をおろし、マーマレードの瓶をブドウの反対側に移動させる。最初からこうしてくれればよかったのに。

イーサンがトーヴァの視線の先に目を向ける。彼はすぐに立ちあがって、一喝する。

「タナー！　乳製品コーナーの補充はやったのか？」

若者は携帯電話をポケットに突っこみ、大股で店の奥に向かう。

悦に入っている顔のイーサンを見て、トーヴァは忍び笑いを漏らす。それに気づいた彼は、ごわごわした短いひげをさする。最近はほぼ真っ白だが、まだうっすら赤みが残っている。そろそろ、クリスマスに向けて、剃らずに長くのばすことになる。イーサン・マックが演じるスコットランド系サンタクロースはとても真に迫っている。十二月の土曜日はポリエステルの衣装をつけてコミュニティセンターに置かれた椅子にすわり、町の子どもたち、ときには子犬たちとも写真におさまる。ジャニスは毎年、ロロを連れてサンタに会いにいっている。

「若い者にはときどきちょっとばかり指示を出さないとな」イーサンは言う。「まあ、それは若い者にかぎらんが」

「そうね」トーヴァは買い物袋をあらためて持ちあげ、出口に向かう。

「なにか助けが必要なら……」

「ありがとう、イーサン。そう言ってくれてうれしいわ」

「安全運転でな」彼が言うのと同時に、ドアのチャイムが鳴る。


自宅に戻ったトーヴァはスニーカーのひもをほどき、テレビをつけてチャンネル4に合わせる。十一時のニュースで許容範囲なのはチャンネル4しかない。クレイグ・モレノとカーラ・ケッチャム、気象予報士のジョーン・ジェニソン。チャンネル7はゴシップばかりでくだらないし、チャンネル13のなにかとおおげさなフォスター・ウォレスを、みんなよくがまんして見ていられるものだと思う。チャンネル4は唯一まともな選択肢なのだ。

トーヴァが買ったものを袋から出していると、番組のオープニング曲が流れてくる。買ったものはたいして多くない。冷蔵庫のなかはすでに、この何日かでニット・ウィットの仲間や心やさしい人たちがラーズの死を悼み、玄関先に置いていってくれたキャセロールでぱんぱんだ。

「んもう、どうしたらいいの」彼女は腰をかがめ、満杯の冷蔵庫の中身をあっちにこっちに移動させ、きのうメアリー・アンが置いていった特大サイズのオーブン皿に入ったハムとチーズのグラタンのそばに、ブドウを入れるスペースをどうにかこうにかこしらえる。

ひっかくような音が聞こえ、トーヴァはぎくりとする。背筋をのばして立ちあがる。音は玄関のほうからしている。またキャセロールが届いたのかしら？　こんな夜遅く？　トーヴァはテレビが生命保険のコマーシャルをがなっている小部屋を通り抜ける。玄関のドアは買ったものを運びこむのにあけっぱなしで、網戸の向こうに目をこらす。ドアマットに届け物があるものとばかり思っていたが、なにもない。ドライブウェイにも車は見当たらない。

ぎしぎしいわせながら網戸をあける。「どなた？」

またひっかくような音。アライグマ？　ネズミ？

「誰かいるの？」

ひと組の黄色い目。それから、非難がましいニャーという鳴き声。

息をとめていたつもりはなかったが、思わずふうっと息をつく。この界隈には野良猫が多いが、玉座にすわる王のように玄関ステップに鎮座する灰色のこの猫ははじめて見る。猫はまばたきをして、彼女をにらみつける。

「なによ？」トーヴァは顔をしかめ、手をひと振りする。「シッ、シッ！」

猫は頭を傾ける。

「シッ、シッって言ったでしょ！」

猫はあくびをする。

トーヴァが腰に手を当てると、猫はのそのそ近寄ってきて、か細い体を彼女の脚のあいだにもぐりこませる。足首の骨に猫のあばら骨の一本一本が当たる。

トーヴァは舌打ちをする。「しかたないわね。ハムのグラタンがあるけど、それでいい？」

猫が喉を鳴らす音に甲高い声が混じる。よほどお腹がすいているのだろう。

「わかった。でも、うちの花壇をトイレにしてるのを見つけたら……」トーヴァはそろそろと家のなかに退却し、外に残されたキャット——トーヴァはそう呼ぶと決めた——は網戸からなかをのぞく。

食べ物満載の皿を持って戻ると、トーヴァは腰をおろし、キャットが冷えたハム、チーズ、ポテトをむさぼるように食べるのを、玄関ポーチのブランコからながめる。あとでメアリー・アンに皿を返すときに、誰がたいらげたかは言わないでおこう。

「無駄にするのはもったいないから、食べてもらえてありがたいわ」トーヴァはキャットに言う。本心からの言葉だ。まったく、みんな、わたしがどれだけ食べると思ってるの？　トーヴァは明日の朝、キャットの皿を回収することと心にメモをしてなかに引っこみ、ドアを閉める。

小部屋のほうから、ちょうどコマーシャルから切り替わったニュース番組の音声が流れてくる。「さて、カーラ、シアトルはそろそろ本格的な夏になりそうだね」クレイグ・モレノが含み笑いを漏らす。

「ええ、いよいよですね、クレイグ！」カーラ・ケッチャムの笑い声は精彩を欠いている。それから彼女はデスクに片腕をつき、カメラに向かってにこやかにほほえむと、共同キャスターに向き直る。きっと青い衣装を身につけているはずだ。自分でもその色がいちばん似合うと思っているようだから。それにきょうは雨が降ったから、彼女のブロンドの髪はボブに整えられず、波打っているにちがいない。もちろん、キッチンにいるトーヴァからはまったく見えないが、まちがいない。

「このあとジョーンにくわしく聞いてみましょう。お知らせのあとで！」

そこでカメラはクレイグ・モレノにふたたび切り替わる。彼の声はジョーンの名を口にするとき、わずかに高くなる。そうなったのは何週間か前のこと。おそらく、そのころ彼と気象予報士の女性は深い仲になったと思われる。

天気予報までは聞かない。そんな必要はない——どうせ、曇りときどき霧雨だから。
またも六月のどんよりした天気になるだけ。

若い娘を追いかけて

このごろは日向がお気に入りだが、イーサン・マックは霧深い夜もきらいじゃない。街灯のまわりに光の輪ができる。フェリーの汽笛が霧のかなたで響く。〈ショップ・ウェイ〉の前のベンチにすわってパイプをふかしていると、冷気が襟から染みこんでくる。

厳密に言えば、これは禁じられている行為だ。規則によれば、〈ショップ・ウェイ〉の従業員は煙草休憩をする場合、タイムレコーダーで退出を記録しなくてはならない。その規則を書いたのはもちろんイーサンだが、自分は例外だと主張することはしない。けれどもいまここにいるのは彼とタナーだけで、しかも若者は奥にいるからわかりっこない。

トーヴァが夜の闇に消えていくのを見るたび、心がざわざわする。警察無線の情報によれば、この界隈の道路には夜になると頭のおかしな連中が現われるらしい。どうして彼女はこんな遅い時間に買い物に来なくてはいけないのか?

彼女が夜遅くに来店するようになって二年近くになる。以来、イーサンは店に出る前にフランネルのシャツの襟にアイロンをかけるようになった。少しでもちゃんとしているように見せたくて。いくらかでも男前に見せたくて。

パイプの温かな煙を胸いっぱいに吸いこみ、それから吐き出す。煙が霧と混じり合う。

霧を見ると故郷を、スコットランド西部のジュラ海峡沿いにあるキルベリーの町を思い出す。アメリカに住んで四十年たつが、それでもそこが故郷だ。ダッフルバッグに荷物を詰め、ケナクレイグでの港湾作業員の仕事を辞めてから四十年。若い娘を追いかけてから四十年。

それはシンディとともに終わった。休暇旅行中のアメリカ人といい関係になり、ヒースロー空港からJFK空港までの航空券に全財産を注ぎこむなど、そもそも計画自体がお粗末だった。楕円形の窓の向こうに見える島々がしだいに小さくなっていく光景が、いまも記憶によみがえる。

タナーが羊のような頭をドアからのぞかせる。イーサンの規則違反に気づいたとしても、それを表情に出していない。この若者は少々どんくさい。「冷蔵ケースを全部やるんですか?」

「あたりまえだ。なんのために給料をもらってる?」

タナーは何事かぼやき、なかに引っこむ。イーサンは首を横に振る。このごろのガキどもときたら。

七〇年代のニューヨークは薄汚れていて、ほどなくイーサンとシンディはもっと大きな計画を立てた。シンディがブルックリンにあった自分のフラットを空にして古いフォルクスワーゲンのバンを買い、それで西へ西へと移動したが、アメリカという国の広大さにイーサンは頭が吹き飛ぶような衝撃を受けた。ペンシルヴェニア、インディアナ、ネブラスカ、ネヴァダ。どの州もスコットランドがすっぽりおさまるだけの大きさだった。

ふたたび海が見えてきたとき、イーサンはほっと胸をなでおろした。ふたりはカリフォルニア州北部の海岸に何週間も滞在し、巨大なセコイアの木陰で愛を交わし、その後、パシフィック・コースト・ハイウェイを北上した。オレゴンとの州境近くにある、いまにも崩れそうなチャペルで彼とシンディは結婚した。

それから何週間かたち、ワシントン州アバディーンでバンのトランスミッションがだめになった。イーサンはあれこれいじったが、もう無理だった。その翌朝、シンディがいなくなった。

それでおしまいだった。

イーサンはアバディーンが気に入った。同じ名を持つスコットランド北部の沿岸にある街を訪れたことはないが、それでもどこかなつかしさを感じた。雲が低く垂れこめた灰色の空。ぶっきらぼうながら勤勉な住民。彼は港湾労働者の職を得た。下宿屋にあきを見つけた。朝早くお茶を飲みながら、霧が船のマストのほうにただよっていくのをながめていた。

組合はよくしてくれ、彼は五十五歳で退職し、そこそこの年金を得られた。必要に迫られ、町なかに近い内陸に引っ越した。長年にわたって重い丸太を船にのせる作業をしていたせいで腰を痛めたのだが、それを矯正(きょうせい)してくれる理学療法士のところが近くなった。けれども仕事をしないでいるのは落ち着かなかった。半夜勤できる人材を求めていた〈ショップ・ウェイ〉は、イーサンが担当するレジにエルゴノミクスチェアをこころよく用意してくれた。彼はそこから一歩進めて貯金をかき集め、店を買い取った。

それから十年がたったが、イーサンは必ずしも店の売り上げを必要としていない。組合からの年金で家賃、食費、トラックのガソリン代がまかなえている。けれども、店の収益がぽつぽつあるおかげでレコードのコレクションを買い足せるし、たまに上等なスコッチウイスキーを買うこともできる。ハイランド産の粗悪品じゃなく、まっとうなアイラウイスキーを。

ヘッドライトが濡れた道路を照らし、車が一台、駐車場に入ってくる。イーサンはパイプをひと吸いして入り口から店のなかに戻る。

彼がレジに入ると、若い男女がおぼつかない足取りで入ってくる。腕をしっかり絡ませ合っているせいで、ひとりのように見える。ふたりはあっちへよろよろ、こっちへよろよろしながら通路を進み、うずたかく積んだポテトチップスやソーダにぶつかってはくすくす笑い合っている。レジではおぼつかない手つきでデビットカードを出す。ふたりを乗せた車が急発進で道路に出る際、店の正面側の窓が白い光に照らされる。

愚か者めが。そのうち誰か人を死なせることになるぞ。イーサンの妹のマライアのような誰かを。妹は十歳になるかならないかのときにトラックにひかれた。運転していたのはパブから自宅に帰る途中の漁師だった。世の中は愚か者で満ちている。トーヴァのハッチバック車もそんなやつらと同じ道を走っていると思うと、イーサンはいてもたってもいられなくなる。彼女の家の前まで行って、ちゃんと車がとまっているのをたしかめたくてたまらない。もしかしたら、家の電気がついているかもしれない。

しかし、やめておこう。女性を追いかけて、一度しくじった身としては。

とらわれの身の生活一三〇六日め

ぼくは秘密にしておくのが上手だ。

そうするしかないじゃないかと、きみたちは言うかもしれない。誰に秘密を打ち明けるのかって？　たしかに選択肢は乏しい。とらわれの仲間と意思疎通したかぎりでは、連中との退屈な会話が努力に値することなどそうそうあるものじゃない。愚鈍な頭に原始的な神経組織。それらはいずれも生存競争に勝つためのもので、その方面に関してはすぐれているのだろうが、ここにはぼくほどの知性を持つ生き物はいない。秘密を打ち明けられる相手がいれば、少しはちがうのかもしれない。なんともさびしい。

秘密はいたるところにある。人間のなかにはそれを山ほど抱えてる者もいる。それでよく爆発しないものだと思う。コミュニケーション能力がいちじるしく低いのは、人間という種の特徴らしい。ほかの種のほうがはるかにすぐれているわけではないけど、ニシンですら自分たちが属する群れがどっちに向かっていて、そのあとをついていくらいのことはできる。人間はどうして何百万とある言葉を駆使して、希望を伝えあわないんだろう?

海もまた、秘密にしておくのが上手だ。

それでもひとつだけ、ぼくは海の底から持ってきた。

赤ちゃんヘビはきわめて危険

その箱は、かれこれ三日間、キャメロンの自宅のキッチンカウンターに置きっ放しになっている。

ジーンおばさんみずからトレーラーから運び出した箱だ。なんだったら捨ててもいいけど、その前に中身くらいは確認しなさいよ。おばさんにはそう言われた。家族は大事なんだから、と。

キャメロンは天を仰いだ。家族ときたか。だが、自分の意思を曲げるつもりのないおばさん相手に、言い争っても意味はない。かくして箱は彼とともに自宅までやってきた。いまキャメロンはソファからそれに目をやり、『スポーツセンター』を放送中のテレビを消して、なかを見てみようかと考えている。質屋に持っていけるものが入っているかもしれない。そろそろ、七月分の家賃の半分をケイティに渡さなくてはならない。

昼めしを食べたらにしよう。

電子レンジがうなりをあげながらカップ麵を温めるのをぼんやりながめる。電磁波によって食品の分子が激しくぶつかり合い、その結果、火が通る。こんなものを思いついて、一般に売ろうと考えたのはいったいどこのどいつなんだろう。とにかく、そいつはきっと、スーパーモデルたちに囲まれて、山ほどの現金のなかを泳いでるにちがいない。人生はなんて不公平なんだ。

チン。

キャメロンは湯気のあがるカップを電子レンジから出す。それを持って、こぼさないよう注意しながらソファまで戻る途中、アパートメントのドアがきしみながらあき、彼はぎくりとする。

「あちっ！」熱々の液体が手にかかる。

「キャム！ 大丈夫？」ケイティが仕事用バッグを置いて駆け寄る。

「平気だよ」キャメロンはぼそぼそと答える。火曜の午後だってのに、彼女は家でなにをするつもりなんだ？ 彼女のほうも同じ質問をしてくるかもしれない。必死に頭をひねる。とは言うものの、きょうは仕事だと彼女に言ったっけ？ 彼女から訊かれたっけ？

「ちょっと待ってて」ケイティは言うと、グレーのスカートに包まれた完璧な形の小さなお尻を揺らしながらキッチンに入っていく。ケイティはフリーウェイ沿いの〈ホリデー・イン〉の受付として働いている。ありがたいことに、このところはずっと昼間の勤務だ。いまも夜の勤務だったら、とっくにばれていた。

彼女は濡らした布を二枚持って、小走りに戻ってくる。

「ありがとう」一枚を差し出した彼女にキャメロンは言う。手にひんやりとしてほっとする。それから彼女はしゃがんで、もう一枚の布でこぼれたスープを拭き取る。

「きょうは早いんだな」キャメロンは手伝おうとして腰をかがめ、つとめてなにげない口調をよそおう。

「午後に歯医者の予約があるから。覚えてる？　先週、その話をしたはずだけど」

「ああ、もちろん。覚えてる」キャメロンはそんなことを言っていたような気がするなと思いながらうなずく。

「あなたがきょうお休みだなんて、言われた記憶がないんだけど」彼女はカーペットに一本だけ落ちていた麺をつまむと、手にした布に落とし、細くした目でキャメロンを見あげる。

「うん、そうなんだ。おれはきょう休みなんだよ」そして心のなかでつけくわえる。明日も、その次の日も、そのまた次の日もだけどな。

「よくお休みをくれたわね。勤めはじめて、まだ三週間なのに」

「実は、きょうは会社が休みでさ」まずい、なんでそんなことを口走っちゃったんだ、おれは？

　ケイティは立ちあがる。「会社がお休みなの？」

「そう」説得力のないうそだ。「世界の建築業者の日。みんなきょうは休みなんだ」

　まったく、彼女になにを言えばいいんだ？　正直な話をすればいいのか？　おれはただ、少し時間がほしいだけだ。何日かあれば新しい仕事が見つかる。そしたら、すべてまるくおさまる。

「世界の建築業者の日」

「うん」

「みんなきょうはお休みなのね？」

「みんなだ」

「だったら、お隣の屋根の修理の人たちがまだ働いてるのは変じゃない？」

　キャメロンは口をひらきかけるが、隣の建物の屋根から、バシッ、バシッというネイルガンの音が響き、黙りこむ。

　ケイティの顔は冷ややかで表情というものがまったくない。「また、くびになったんでしょ」

「いや、その、正確には――」

「なにがあったの？」

「うん、だから、おれは――」

「いつ、話してくれるつもりだったの？」ケイティがさえぎる。

「いま言おうとしてるじゃないか。チャンスをくれよ！」

「あ、そう。いいわよ、もう」ケイティは仕事用バッグを手にすると、大股でドアに向かう。「そんなの聞いてる時間なんかないから。歯医者の予約に遅れちゃうし、チャンスならいままでさんざんあげたでしょうに」

チャンス。人生がチャンスの数を記録しているなら、キャメロンはそうとう大きな貸しがある。親が薬物依存であるのがどういうことか、ケイティにはわかるのか？彼の胸のうちに巣くい、けっして消えることのない強烈な憎しみがどんなものか、ケイティにわかるのか？

ハイスクールの卒業祝いに車を買ってくれるような両親を持つケイティ。グレーのタイトスカートを穿き、並びのいい真っ白な歯をしたケイティ。その歯をいま、粗末なイチモツをぶらさげた歯医者にきれいにしてもらっている。その歯医者では、帰るときに歯ブラシを一本、無料でくれる。ケイティはそれを包みもあけずにバスルームの抽斗に放りこむ。もともと、しゃれた電動歯ブラシを使っているからだ。

カウチに寝そべって低予算のアクション映画を見ていると、ようやく彼女が帰ってくる。ずいぶん時間がかかったような気がする。それこそ何時間も。すでに外はほぼ真っ暗だ。歯医者でこんなに時間がかかるはずはない——もっとも、キャメロン自身は実際どのくらいかかるのか知らない。もう何年も歯医者に行ってない。きっとケイティは虫歯がたくさんあったんだろう。根管治療とやらをしてもらったにちがいない。去年、根管治療を受けたジーンおばさんは、その後一週間、痛い痛いと文句を言ってたっけ。完璧なケイティが先のとがったドリルで口のなかをつつかれるところを想像すると、なんとなく痛快な気分になるが、それと同時に自分がいやしい人間になった気がしてくる。

「お帰り」彼は声をかけ、しばらく待っていると、彼女がせつなそうなため息を、まだへそを曲げているけれど、いくらかおさまっていることを意味するため息をつく。彼は悪かったと言い、彼女は顔をしかめるものの、本気ではない。キャメロンが彼女の脚に触れると、彼女は彼にもたれかかり、そのままふたりは横たわっていちゃいちゃしながらくだらない映画を見終え、喧嘩のあとのセックスをたっぷり楽しむため寝室に移動する。

しかし、ケイティは返事をしない。そのまま、まっすぐ寝室に向かう。キャメロンはうっすらほほえむ。前戯は抜きか？

そのとき、ドスンという音がする。なんだ、いまのは……？　確認しなくては。

寝室に入ると、自分のワークブーツが月明かりに照らされたバルコニーのへりを飛び越え、猫の額ほどしかないみすぼらしい芝生に落ちるのが目に入る。

ドスン。

靴の片割れはアプローチにぶつかって二度ほどはずみ、靴ひもを引きずりながら雑草の生えた割れ目を越える。

「ケイティ！　ちょっと話そう」

彼女は答えない。

「なあ、おれが悪かった。ちゃんと話すべきだった」

それに対しても、返事はない。

ヒュー。

野球帽がキャメロンの耳をかすめて飛んでいく。お気に入りのサンフランシスコ・フォーティナイナーズの帽子。そうか、わかった。ああ、たしかにくびになったことをちゃんと話すべきだった。けど、おれの持ち物を片っ端から投げ捨てる前に、ほんのちょっと話し合う時間を持ってもいいんじゃないのか。

「ケイティ」キャメロンはゆっくりと言う。野生動物を相手にするみたいに手をのばし、彼女の肩にそろそろと手を置く。

「さわらないで」ケイティは小声で言って身をよじる。簞笥（たんす）から彼のボクサーショーツを一枚、乱暴に引っ張り出してまるめ、バルコニーのドアに向かって力いっぱい投げる。けれども、いきおいがない。下着はひろがって、ひらひらと床に舞い落ちる。

キャメロンは腰をかがめて拾いあげる。「ちょっと話せないか？」

「これ以上こんなことはつづけるのはいやよ、キャム」きょう、歯医者に行くのに出かけてからはじめて、ケイティはキャメロンとまともに目を合わせる。目が燃えている。高地砂漠でのキャンプに出かけたときに、彼の愛車ジープの陰で熾（おこ）したたき火を思わせる。けれども、キャンプに行けたのは遠い昔のことだ。何カ月も前、ジープを取り立て屋に回収されてしまったからだ。キャメロンとしては銀行に電話して返済計画とやらを取り決めるつもりでいた。本当にそうするつもりだったのに、銀行側は有無を言わさずに取り立て屋をよこし、愛車を運び去ってしまった。彼のチャンスがまたひとつ減らされた。

「誓ってもいい、ちゃんと話すつもりだったんだ。それに、おれが悪いんじゃない」

「ええ、あなたが悪いんじゃないんでしょうよ。絶対に」

「そうなんだ！」彼女が突如として理解を示してくれたことで安堵したが、それも一瞬のことだ。当然、彼女は皮肉を言っている。キャメロンは頬がかっと熱くなるのを感じる。「だから、いろいろと複雑なんだって」当然、彼女は彼を追い出すだろう。キャメロンが彼女ならば、やはり追い出すところだ。

ケイティは目を閉じる。「キャメロン、ちっとも複雑なんかじゃない。小学生レベルのあなたの頭でも理解できるよう、うんと簡単に言ってあげる。もう、お・わ・り」

「でも、家賃はちゃんと払ってるじゃないか」キャメロンは食いさがりつつも、ジーンおばさんから渡された謎の箱の存在を思い出す。声に絶望の色がにじむ。彼は自分のボクサーショーツを持ったまま、ケイティを追って寝室を出てキッチンに入る。

「家賃のことを言ってるんじゃないの！　あなたがまともな人間になろうとしないことを言ってるの」彼女はカウンターに置いてあった謎の箱を手に取って寝室に戻ろうとする。バルコニーがあるほうに。キャメロンは意外にもはらわたが締めつけられるような感覚に襲われる。

「それはこっちによこせ」

「そう、好きにして。とにかく出てって」彼女が手を放すと、箱はゴンという音を立ててカーペットに落ちる。彼女の表情が変わり、目のなかで燃えていた炎が突如として消える。顔に疲労の色が浮かんでいる。

「いますぐか？」キャメロンは鼻息を荒くする。本気で言ってるはずがない。

「いいえ、今度の土曜日まで。あなたのものを放り出したのは、ちょっとやってみたかっただけ」彼女はそこで天井を仰ぐ。「もちろん、いますぐに決まってるじゃない」

「いまからどこに行けって言うんだよ？」

「そんなの、わたしに関係ない」ケイティはうつろな笑い声をあげる。

「どうでもいいことだけど、いつかはあなたも大人にならなくちゃいけないのよ。わかってるんでしょうね？」

箱は椅子代わりとしてそこそこすわれる。少なくとも縁石よりはましだ。暗いなか、横に荷物を積みあげ、キャメロンはブラッドが迎えに来るのを待っている。

ひたすら待っている。かれこれ一時間も。

こんなときにかぎって車がないなんて。

ようやくヘッドライトが角をさっと照らす。「いったい全体どうしたんだ？」ブラッドはトラックを降りてドアを乱暴に閉める。

「そっちこそなにやってたんだ！　なんでこんなに時間がかかった？」

「うーん、そうだな。たとえば、おれはもう寝てたとか？　火曜の夜の十一時近くなんだぜ」ブラッドはキャメロンの荷物をトラックの荷台に投げこみはじめる。「世の中には明日仕事の人間だっているんだよ」

「うるさい」

ブラッドは表情をゆるめ、にやりとする。「もうくびになったのか？　そりゃ悪かった」

「もう、いいよ。とにかく行こうぜ」キャメロンは服が詰まったごみ袋をかつぐ際、バルコニーに目を向ける。パティオのドアがまだあいていて、寝室の明かりがついている。道端でのこのやりとりをじっと見ているのはまちがいない。彼は最後にもう一度アパートメントに目を向けると、ギターケースを荷物の山の上にのせ、テールゲートをあげる。テールゲートは派手にギシギシいい、ガチャンと大きな音とともに閉まる。

「行くぞ」ブラッドは言い、助手席のドアのロックを解除する。「さあ、乗れ」

「助かるよ」キャメロンは小さくつぶやいて助手席におさまり、膝に箱をのせる。

ブラッドとエリザベスが住む家は町のはずれ、分譲住宅が悪性の発疹のようにひと晩で出現した地域にある。無意味な漆喰塗りの柱に、模造煉瓦の外壁、そして車が四台入るガレージ。なんとも金持ちぶった建物だ。数年前に結婚式を挙げたあと、エリザベスの両親が手付金に使うようにと、かなりの金をふたりにあたえたのだ。なんともうらやましい話だ。

けれども、キャメロンは彼のアパートメントからブラッドの自宅まで移動する十五分のあいだ、そのどれひとつとして愚痴を言わない。いや、彼のアパートメントではなく、彼のかつてのアパートメントと言うべきか。いまはケイティのアパートメントだ。賃貸借契約書に書かれているのは彼女の名前だけ。キャメロンが越してきた当初、彼女は大家に電話して契約書に彼の名前を書きくわえるよう、ひっきりなしにせっついた。ケイティは常にルールを守るタイプの人間だからだ。けれどもしばらくすると、うるさく言わなくなった。おそらく、いずれこういうことになると悟ったのだろう。

「その箱にはなにが入ってるんだ?」ブラッドに訊かれ、考え事がさえぎられた。

「子どものクサリヘビだ」キャメロンは間髪を容れず、無表情に答える。「何十匹と入ってる。エリザベスがヘビをきらいじゃないといいな」

半時間後、キャメロンが事情を説明し終えると、ブラッドはコースターをコーヒーテーブルに滑らせ、水滴のついたパイントグラスを渡す。

「ケイティもいずれ忘れるさ」ブラッドはあくび交じりに言う。「二日ほど、ひとりにしてやれ」

キャメロンは顔をあげる。「あいつはおれのものを芝生に放り出したんだぜ。女向けの映画かなにかみたいに。おれの持ち物をひとつ残らず」

ブラッドは隅に積みあげられたキャメロンの私物に目を向ける。「おまえの持ち物はあれで全部なのか?」

「ものたとえだって。でも、わかるだろ?」キャメロンは顔をしかめる。ケイティのテレビの下のキャビネットに置きっぱなしのXｂｏｘはどうなる? 発売当初、貸越手数料がかかるぎりぎりのところで購入したのに。けれども、いまはケイティのものも同然になっている。訪ねていって返してほしいと頼みこむなんて死んでもごめんだ。

いまここにある袋ふたつと、あやしげな箱ひとつが、いまのキャメロンの全財産なのかもしれない。

キャメロンがブラッドの家の大きな出窓に目をこらしながらつづける。「みんながみんな、こういう成金屋敷（マックマンション）に住めるわけじゃないしさ」ジョークのつもりで言ったが、その言葉は毒となって飛び散る。彼は響きをやわらげようとする。「だから、おれは前からミニマリズムを標榜（ひょうぼう）してるってことだ」

ブラッドは眉をあげ、しばらくキャメロンを見つめたのち、自分のパイントグラスを持ちあげる。「とにかく、あらたな出発を祝して」

「また泊めてくれてありがとな。ひとつ借りができた」キャメロンはグラスを合わせる。ラガーがふちからこぼれ、テーブルにしたたる。ブラッドが魔法でも使ったみたいにペーパータオルを出してきて、身を乗り出してこぼれたラガーを押さえる。

「おれへの借りは、ひとつどころか十はあるぜ。深夜のチェックインだから割増になるし」ブラッドはにやりと笑うが、目は真剣だ。「それと、同じことをまた繰り返す必要はないと思うが、家具をだめにしたら新しく買ってもらうからそのつもりで」

キャメロンはうなずく。先週、バーで飲んだあと、ここのカウチで寝たときにも同じことを言われた。ちょうどエリザベスが居間の家具を新しくしたばかりで、どうやら、すわるとかくつろぐとかいった居間における普通の行為は慎重を要するテーマらしい。以前、ここに泊まったときは客用の寝室を使ったが、いまは生まれてくる赤ん坊用にリフォームされている。つい先月、変てこなシステムラックを取りつけようとしてブラッドがはがした乾式壁を、キャメロンはピザの代金がわりに貼り直してやった。乾式壁を貼るくらい眠っていてもできるし、実際、一度、眠りながらやったこともある。少なくとも、そのときはうとうとしていた。とにかく、現場監督は仕事中に居眠りをしたとして、キャメロンをその場で解雇した。

「それと、まじめに聞いてほしいんだが、キャム」ブラッドはつづける。「長くてもふた晩だからな」

「了解（テン・フォー）」

「で、どこに行くつもりだ？」ブラッドはビールでぐっしょり濡れたペーパータオルを折りたたみ、テーブルのへりにきちんと置く。

キャメロンはスニーカーを履いた足を膝にのせ、ほどけた靴ひもを指に巻きつける。

「ダウンタウンに新しくできたアパートメントかな？」

ブラッドはため息をつく。「キャム……」

「なんだよ。友だちにあそこの仕事をやったやつがいてさ。そいつによれば、なかはけっこういらしいぜ」キャメロンは大きな革のソファに身を沈め、真新しいカーペットになにも履いていない足の指を沈めるところを思い浮かべる。当然、新しい薄型テレビも必要だ。せめて八十インチはないといけない。それを壁にかけ、コードはうしろには這わせて見えないようにしよう。

ブラッドが身を乗り出して、両手を組む。「おまえに貸してくれるとは思えないけどな」

「なんでだよ」

「無職だからさ」

「ちがう。いまは求職中だ」

「おまえが、その求職中とやらでなかったことなどあるのか？」

「建設業界は周期変動が激しいんだよ」キャメロンは背筋をのばし、とげをふくんだ声で言い返す。ブラッドなんかに本物の肉体労働のなにがわかる？　日がな一日、みすぼらしいちっぽけなオフィスで漫然と過ごし、地元の電力会社のために書類をめくってるだけのくせしやがって。

以前のブラッドは、会社を辞めてサンフランシスコあたりに移住するんだと言っていた。しかし、もう辞めることはないし、その理由をキャメロンは知っている。彼の両親はこの地に住んでいるし、エリザベスの両親もそれは同じで、四人は近々おじいちゃん、おばあちゃんになる。一家は日曜の夜に集まってディナーの席を囲む。ハニーハムとかそんなものを食べるんだろう。なのに、よそに移住する理由がどこにある？　普通の家庭の子どもだけにあたえられる、特別なしがらみというものがあるのだろう。キャメロンにはふさわしくないとされてきたしがらみが。

「キャム、おまえの信用格付け（クレジット・スコア）はいくつだ？」

キャメロンは言葉に詰まる。本当のところ、まったく見当もつかない。それを調べるような日は絶対に来ない。何年か前にジープを買ったときは六百点をちょっと超えた程度だったが、それは、いくつかの問題ある人生の選択をする前のことだ。皮肉めいた笑みを浮かべて彼は答える。「百二十」

ブラッドはかぶりを振る。「そいつはおまえのボーリングのスコアだろうが。どう考えてもクレジット・スコアじゃない」

「そんなのわからないだろ。おれはボーリングがへたくそなんだから」

「それはわかってる」

キャメロンはスニーカーの側面にあいたいくつもの穴に指を這わせる。ティーカップだかなんだかという名前のケイティの愛犬のせいだろう。あの犬はなぜか靴が好きで、とくにキャメロンの靴がお気に入りだ。本当に腹が立つ犬だ。ケイティが両親に飼ってもらおうと贈ったものの、訪ねてくるたび連れてくるのだ。少なくとも、これからはあの不細工の相手をしなくてすむ。

「学校に戻ったらどうだ？」ブラッドがそう提案するのは、これがはじめてじゃない。「準学士号でも取れよ」

キャメロンは小さくうなる。大学に行くには金がかかるし、その金がキャメロンにはないことくらい、ブラッドもわかってるはずだ。しかしそのときふと、考えがひらめく。いい考えが。「〈デルの酒場〉の上がアパートメントになってるのを知ってるだろ？」

ブラッドはうなずく。あの店の常連なら誰でも、上の部屋のことは知っている。バーテンダーのオールド・アルが時間いくらで貸し出して大もうけしてるんじゃないかと、ときどきみんなで冗談交じりに噂している。

「こないだの晩、あの部屋があいてるとオールド・アルが言ってるのを聞いた」キャメロンはつづける。「あれを貸してもらえるかもしれない」

「その前にツケを精算しろと言われると思うぜ。けど、貸してもらえるかもな」

「来週、おれたちのライブで行ったら訊いてみるよ」

ブラッドは咳払いをする。「来週？」

「ああ、わかった。明日、行く」

「ならいい」ブラッドはそこで目を伏せる。「ところでさ、おまえにひとつ言わなきゃならないことがある。全員が集まるときまで待つつもりだったんだが……」

「だが、なんだ？」キャメロンは顔をしかめる。「さっさと言えよ」

「ええと、来週、おれたちモス・ソーセージがライブをやるだろ？　おれはそれを最後にする」

「なんだと？」キャメロンは胸を蹴られたように感じる。

「ああ、おれはバンドを辞める」ブラッドの表情がゆがむ。「赤ん坊が生まれることだし、エリザベスとおれはそうするのが――」

「おまえはリードボーカルなんだぞ。辞めたらだめだろうが」

「すまん」ブラッドの体が椅子のなかでぐんぐん縮んでいく。「ほかの連中にはまだ黙っててくれないか？　本当は全員が揃ったところで言いたかったんだ」

キャメロンは立ちあがり、怒った様子で窓に歩み寄る。

「子どもができるとなると、いろいろちがってくるんだよ」ブラッドが説明をつづける。

キャメロンはブラッドとエリザベスの家の前庭を、煌々と灯る庭園灯を、ゴルフコースのような芝を、煉瓦の通路をじっと見つめる。自分でも驚いたが、胸に熱いものがこみあげてくる。赤ん坊が生まれたら、ブラッドがモス・ソーセージを去るのは当然だ。そのくらいわかっていなきゃおかしい。

「わかった」キャメロンはやっとのことで言う。

「でも、ライブには行くからな」

キャメロンは冷笑をのみこむ。ブラッドがいなければ、モス・ソーセージのライブなどできるはずがない。

「エリザベスも一緒だ。もしかしたら赤ん坊も連れていくかも」ブラッドは長々とため息を漏らす。「本当にすまない」

「いいことじゃないか」キャメロンはソファまで戻り、ごてごてしたクッションをどかしはじめ、それらを格別にきちんと積みあげることに集中する。「もう遅い。いいかげん寝るよ」

「ああ、わかった」ブラッドはそれでもしばらく立ち去らずにいるが、やがて空になったふたり分のグラスを手に取る。「ちょっと待て、シーツを持ってきてやる」彼は言うと廊下に姿を消す。

シーツ？　カウチに寝るのに？　いつからそうなった？

一分後、ブラッドは未開封の袋に入ったシーツを持って戻ると、それをキャメロンに投げる。紫と白のストライプのもので、全財産を賭けてもいいが、これはエリザベスの趣味だろう。昔から紫は彼女の大好きな色だ。

ブラッドはまたも、しつこい蚊のようにたたずんでいる。「ベッドメイクを手伝おうか?」

「いや、いい」キャメロンはそっけない笑みを浮かべる。「おやすみ」

「わかった。じゃあ……おやすみ」ブラッドはキッチンから声をかける。「子どものクサリヘビを箱から出すなよ」

キャメロンは返事をしない。

とらわれの身の生活一三〇七日め

人間には取り柄らしい取り柄はなきにひとしいが、指紋は小さな芸術作品だと思う。ぼくは指紋にくわしい。日がな一日、人間を、揺れる鼻くそとか汗で湿った腋(わき)の下、花のローションのにおいがするべとべとのてのひらとか棒つきアイスキャンディなんかを観察した結果、くわしくなったんだと思う。

けれども、夜になって全部のドアに錠がおろされ、照明が落とされると、ぼくの水槽の真ん前に、ガラスに描かれた息をのむほど美しく、精緻(せいち)な絵が残される。ときどきぼくはそれをながめ、じっくり観察して時間を過ごす。楕円形をした傑作。ぼくは溝のひとつひとつを外側から中央に向かって目でたどり、つづいて周辺部に向かって逆方向にたどる。どれひとつとして同じものはない。ぼくはすべてを記憶する。それぞれ特有の形を持つ指紋は、鍵と同じだ。

ぼくは鍵もすべて記憶している。

大きな歯

「サリヴァンさん？」

トーヴァが車のトランクをあけ、きょうの勤務の準備をしていると、背の低い男がマニラ封筒を振りながら、ソーウェル・ベイ水族館の駐車場を、ぽつぽつとまっている車をすり抜けるようにして小走りに近づいてくる。とまっているのは夜釣り客やこの日最後のジョガーたちの車だ。その大半はぱっと見てソーウェル・ベイの住民のものとわかる。トーヴァはどうしたわけか、男が飛び出してきた見慣れぬ灰色のセダンに気づかなかった。

「トーヴァ・サリヴァンさん？」男は近づきながら大声で尋ねる。

トーヴァはハッチバックをいきおいよく閉める。「なにかご用ですか？」

「よかった、やっとつかまった！」男は肩で息をしながら言う。息が整うと、満面の笑みを浮かべ、異様に大きな白い歯をのぞかせる。それを見てトーヴァは湾のへりの、海藻が点々とついた岩にへばりついている白いフジツボみたいだと思う。

男は話をつづける。「居場所を突きとめるのに苦労しました、まったく」

「どういうことでしょう？」

「ご住所を入力しても、わたしのGPSでは同じところをぐるぐるまわされるばかりですし、ご自宅に電話しても呼び出し音が鳴るばかりで、留守番電話につながりませんし。私立探偵を雇おうかとも考えました」

留守番電話の容量が満杯のままになっているのではと指摘されたのと、その指摘がおおむね正しいという事実にむっとしたのとで、トーヴァは首がしだいにほてってくる。それでも冷静な声で尋ねる。「私立探偵？」

「そういうことは、みなさんがお考えになるよりも頻繁にあるんですよ」男はかぶりを振り、片手を差し出す。「ブルース・ラルーといいます。ラーズ・リンドグレンさんの遺産をまかされている弁護士です」

「はじめまして」

「まずなによりも、お悔やみを言わせてください。お兄さんのことは残念でした」その口調はさして残念に思っているようには聞こえない。

「それほど仲がよかったわけではないので」トーヴァは説明する。またしても。

「そうでしたか……では、あまりお時間を取らせないようにします。ですが、これをお渡ししなくてはなりません」彼は持っていた封筒をトーヴァのほうに突き出す。

「ご存じかもしれませんが、お兄さんは若干の個人資産をお持ちでした」

「ラルーさん、兄がなにを持っていて、なにを持っていなかったか、わたしにはわかりません」トーヴァは封をした部分の下に指を差し入れ、なかをのぞく。書類だ。チャーター・ヴィレッジの便箋にリストのようなものが書かれている。

「ま、それでおわかりになったわけです。いずれどこかでお会いして、金融資産について整理をしなくてはなりませんが、とりあえず、いまお渡ししたのは身の回りの品のリストです。ほんの少ししかありませんが」

「そうみたいね」トーヴァは封筒を腋にはさむ。

「施設に電話して、いつ引き取りに出向けるか伝えてください」

「出向く？　チャーター・ヴィレッジはベリンガムにあるのよ。行くのに一時間はかかる距離だわ」

ラルーは肩をすくめる。「出向いて私物を引き取るか、引き取らないかのふたつにひとつです。誰も来なければ、施設のほうでいずれ処分するでしょう」

誰も来なければ。トーヴァの知るかぎり、ラーズはデニーズと離婚したあと再婚しなかったが、恋人のひとりやふたり、いてもおかしくないとつねづね思っていた。少なくとも親しい友人のひとりくらいはいるだろう。ああいうホームに移り住むのはそれも理由のひとつなんじゃない？　社交の場を求めることが？　けれども、このラルーとかいう人は、ラーズのもとを訪ねていった人はいないと言っているようだ。訪ねていった人は本当にひとりもいなかったかもしれない。兄はうんざり顔の看護師に見守られて亡くなったのだろうか？　あるいは勤務時間が終わるのを心待ちにしている看護助手に？

「うかがいます」彼女はぽつりと言う。

「よかった。ならば、とりあえずここでのわたしの仕事は完了です。またあらためてご連絡します」ラルーはまたもにやりと笑う。「なにかご質問は？」

おびただしい数の疑問がトーヴァの頭のなかで渦巻いているが、口を衝いて出たのはこれだ。「わたしがここにいるのがどうしておわかりになったのですか？」

「ああ、高台にあるスーパーに、とても気さくなレジ係がいましてね。おたくの自宅が見つけられなかったので、コーヒーを買いに立ち寄ったのですが、ちょっと立ち話をしたところ、あなたがこちらに現われるとうかがいました。いい人でしたよ。なまりが強かったですけどね。レプラコーンみたいなしゃべり方でした」

トーヴァはため息をつく。イーサンときたら、もう。

どうしたわけか、今夜の水族館はまあまあいい状態だ。ひからびたチューイングガム相手のバトルはなし。ごみ箱にべたべたするようなものは入ってない。口にするのもはばかられるようなトイレの惨状もなし。

しかもありがたいことに、どの個体も本来の水槽におさまっているようだ。

「そこにいるんでしょ」タコの展示水槽のガラスにはいくつもの指紋がべったりついており、トーヴァがそこに洗剤を吹きつけぞうきんで落とすのを、タコが上の隅からじっと見つめる。彼女はもう、タコが本来の水槽におらず、隣のナマコのところにもぐりこんでいても驚かなくなっている。どうやら、ナマコがお気に入りのおやつらしい。トーヴァもべつに容認しているわけではないが、見るとつい、頬がほころんでしまう。これはふたりだけの秘密だ。

タコは八本の腕をひろげ、トーヴァと目を合わせたまま、水槽の正面に向かって軽やかに移動する。

「今夜はおなかがすいてないみたいね」

タコはまばたきする。

「フリーウェイで一時間か」トーヴァはぶつぶつ言いながら、なかなか落ちないガラスの汚れをこすろうと水槽に顔を近づける。「フリーウェイを運転するのは気が進まないわ」

タコは先史時代の生き物のようなゆっくりした動きで一本の腕を水槽の内側にくっつけ、体を引き寄せる。今夜はガラスにぴったりくっついた吸盤が青みを帯びた紫色に見える。トーヴァはぞうきんを絞る。「それに、ああいうなんとかホームというのも好きじゃないの。老人ホームとか介護ホームとか……どれも同じ。いつも病人のにおいがする」

タコは目を異世界の大理石のように輝かせ、トーヴァがぞうきんをたたんでしまう動きのひとつひとつを追う。

トーヴァはカートにもたれる。「ラーズは昔からものを散らかしっぱなしにしてたっけ。おまけに、死んだあとまで片づけものを残すんだから。あの人はずっと計画性のない人生を歩んでた。あ、言っておくけど、だから口をきくのをやめたわけじゃないわよ。ええ、断じてそれが理由じゃない」

彼女は舌打ちをする。まったく、タコ相手におしゃべりなんかして、わたしったらいったいなにしてるのかしら？　ここの生き物たちにいつもあいさつしないというわけではないし、どれもみんな好きだけれど、これはそういうのとはちがう。おしゃべりだ。でも、タコが本当に話を聞いてるわけがないじゃない。

よりによってそんなことはありえない。

どう考えても。なんの根拠もない。なにひとつ。

「さてと、おやすみ」トーヴァはタコに向けて礼儀正しく会釈し、先に進む。

タツノオトシゴの水槽まで来ると、ガラスに手書きの貼り紙がある。テリーの殴り書きの文字だ。交尾中！ 邪魔するな！

「まあ！」トーヴァは胸を押さえ、貼り紙のわきからそろそろとのぞきこむ。またなの？

去年、タツノオトシゴが産卵したとき、テリーは全スタッフ――と言っても全部で八人だけど――を対象にささやかな〝ベビーシャワー〟を開催した。マッケンジーは入場係の勤務を終えたあとも残って風船を膨らませたり、旗に〝がんばれ、小さなカウボーイたち！〟の文字を書いたりした。獣医のサンチアゴ先生もアイシングで〝フレー、フレー、ヒッポカンポスの赤ちゃん！〟と筆記体で書かれたケーキを持って顔を出した。

トーヴァはふだん、パーティのたぐいは遠慮しているが、そのケーキには興味をかき立てられた。ハイスクールの二年生のとき、エリックが人間の脳の海馬をテーマにしたポスターボードをこしらえたことがある。パネルのすべてを使って海馬という名の語源について、古代ギリシャ語から派生したこと、タツノオトシゴ属の科学用語と意味を共有していること、海の怪物との神話的なつながりについて説明した。人間はみんな、頭のなかに海の怪物を飼ってるのかもしれないね。エリックはそう冗談を言いながら、自宅のダイニングルームのテーブルに置いたポスターボードに大量の紙を貼りつけていた。

とにかく、テリーとマッケンジーが今年も同じことを繰り返すつもりでいるなら、準備はかなり進んでいるはずだ。トーヴァはまだなにも聞かされていないが、自分が仲間はずれにされることがないのはわかっている。少なくとも、わざとそんなことはしないはず。

祝賀パーティが本当におこなわれるなら、終わったあとはそうとう散らかるだろう。ばかばかしい。去年、トーヴァがその話をしたとき、ニット・ウィットの仲間は口を揃えてそう言った。

タツノオトシゴの赤ちゃんのほうが人間の赤ちゃんよりもわくわくするのは、地球上でトーヴァひとりなのだろう。

トーヴァが〈ショップ・ウェイ〉に入っていくと、イーサンはレジをきれいに拭いている。彼は彼女に気づくと、顔をぱっと輝かせる。「トーヴァ!」

ショッピングバスケットは新聞スタンドの隣にきちんと積み重ねてあるが、トーヴァはそこを素通りし、重ね置きされたカートの短い列のわきも通り過ぎ、まっすぐレジに向かう。きょうの目的は買い物ではない。

「こんばんは、イーサン」

彼の顔が上気しはじめる。ほどなく、ひげと同じくらい赤くなる。

「いまさっき、職場にわたしを訪ねてきた人がいるの。あなた、なにか知らない？」

「ああ、でかい歯の男だろ」イーサンは決まり悪そうな顔でぞうきんをたたみ、エプロンのポケットに突っこむ。「大事な用だと言われなければ教えなかったさ。お兄さんの遺産だのなんだのという話だったから」

トーヴァは舌打ちをする。「遺産。その人がそう言ったの？」

「うん、まあ。誰だって遺産はほしいものだろ？」

トーヴァはため息をつく。イーサンが一枚かまない地元のドラマはあるのかしら？彼女はこわばった声でつづける。「どうやら、兄は最期のときを迎えた介護施設に私物をいくつか残したらしいの。とりたてて価値のあるものじゃないのはたしかだけど、受け取りに行かなきゃならなくて」

イーサンは心の底から申し訳ないと思っている顔になり、大きな緑色の目が後悔で曇る。「そうだったのか、トーヴァ。すまなかった」

「車で一時間はかかるわ」

「そうか、そりゃかなり遠いな」イーサンは親指の胼胝をいじりながら言う。

トーヴァは自分のスニーカーに目を落とす。人に助けを求めることはめったにないが、以前、イーサンは本気で力になろうとしているように見えたし、往復で二時間もフリーウェイを運転するのは不安だ。「あなたの申し出を受けるわ」

「申し出？」イーサンは顔をあげ、ほんの少し明るい声を出す。

「ええ。なにか助けが必要なら、って言ってくれたでしょ。で、助けてほしいことがあるの」

「なんでも言ってくれ。どうしてほしいんだ？」

トーヴァはごくりと唾をのみこむ。「ベリンガムまで車で連れていって」

とらわれの身の生活一三〇八日め

タツノオトシゴがまたやっている。

こんなことはめったにないとばかりに、人間は驚きと興奮をあらわにする。言っておくけど、めったにないことじゃないんだ。タツノオトシゴは毎年、この時期に産卵する。ここに閉じこめられてるあいだに、ぼくはあいつらの繁殖周期を四回、この目で見てきた。

そのうち、何百匹という子どもが生まれる。もしかしたら何千かもしれない。雲のようにただよっていたたくさんの卵が、数日後には、くねくね動く手脚のようになる。親とまったく似ていない。似ていないどころか、大水槽の砂の上をうごめく海のワーム類の小型版だ。

生まれたての生き物が生みの親とここまで似ていないのもおもしろい。

当然ながら、こういうのは人間にはあてはまらない。ぼくはあらゆるライフステージの人間を観察してきたが、どの段階であってもまぎれもなく人間だ。人間の赤ん坊は無力で、移動するのも親頼みだけど、ほかの生き物とまちがえられたりはしない。人間は小さい状態から大きい状態に育ち、その後、寿命の終わりに近づくと、ふたたび小さくなる場合もあるけれど、手脚が四本で、指は二十本、顔の正面側に目がふたつついているのは変わらない。

人間は親に依存する期間が異常なほど長い。だから、もっとも小さい段階の子どもが食べる、飲む、排尿、排便などのごく基本的な行為に補助が必要なのも当然の話だ。背が低くて手脚がうまく動かせないから、そういう行為がむずかしいのだ。でも、自分でできるようになっても、なぜだか苦労はつづく。靴ひもがほどけた、ジュースのパックのシールがはがせない、ほかの子とちょっと喧嘩になったといったささいなことで、いちいち母親、あるいは父親が呼ばれるようになる。

幼い人間は海ではどうしようもないほど無力だろう。

ミズダコがどのようにして子どもを作るのか、ぼくは知らない。ぼくの子どもはどんな形なんだろう？ タツノオトシゴと同じで形が変わるんだろうか？ それとも人間みたいにずっと変わらないままなんだろうか？ それをぼくが知ることはなさそうだ。

明日は人がたくさん来るだろう。タツノオトシゴの産卵を見物しようという人間でいつもよりも入場者が多くなるのを見越して、テリーは遅くまで正面玄関のドアをあけておくかもしれない。そうやって規則を曲げてもらった人たちは、ぼくの水槽の前を急ぎ足で通りすぎる。タツノオトシゴ以外にはなんの興味もない人たちがほとんどだ。

ときどき、この前で足をとめる人もいる。そういう人がいると、ぼくはいつもゲームをする。八本の腕をひろげ、ポンプによって作り出される人工的な水の流れに乗ってひらひらさせる。吸盤をひとつずつ、ガラスにくっつけていると、人間がひとり寄ってくる。そこでぼくは外套膜を水槽の正面側に近づけて、人間の目をのぞきこむ。その人間は仲間に向かって、見てごらんと声をかける。彼らの足音が聞こえるとすぐ、ぼくはいつもの岩のうしろに引っこんで、あとにはシューという水音がするだけになる。

人間というのは、本当にやることがわかりやすい。

でも、ひとり例外がいる。床のモップがけをする年配女性は、ぼくのゲームに興味を示さない。だけど、彼女はぼくに話しかける。ぼくたちは……会話する。

幸せな最期

もう何度めになるかわからないが、イーサンの思考はまたもニット・ウィットに舞い戻る。トーヴァはあの女性たちの誰かにベリンガムまで乗せていってほしいと頼めたはずだ。彼女がフリーウェイを運転するのが好きじゃないのをみんな知っているんだから。なのに彼女はおれに頼んだ。

けさはシャワーを浴びて、ひげを整え、きちんと身仕度ができるよう、一時間早く起きた。トーヴァがなんでもきちんとしているのが好きなのは、誰もが知っている。夜明けとともに目を覚ましたから、いつもよりも紅茶を一杯多く飲んでしまったが、ピアノの鍵盤を叩くように、ハンドルをひっきりなしに叩いているのはそのせいだろう。

「大丈夫？」助手席にすわるトーヴァがまた尋ねる。彼女はクロスワードパズルの答えを書きこむのに使っている鉛筆を膝にひろげた新聞の上に落とし、布張りシートから糸くずをひとつ払う。六時じゃなく五時にベッドを出ればよかった。そうしていれば、自分の身仕度だけじゃなく、車をきれいにする時間があったろうに。

「ああ、なんでもない。どうして？」

すてきな笑みが顔いっぱいに広がる。「ミツバチの手になってるから」

「ミツバチの手になってるって言ったの。つまり……せわしなく動いてるって意味。エリックが指を動かさずにいられないとき、よくその言い方をしたの」

その名前がふいに持ち出され、イーサンは大きく息を吸い、どうにかこうにか指の動きをとめる。「ミツバチの手か。うまいこと言うな」けさ、カフェインを摂り過ぎてしまってねという言い訳を頭のなかでまとめるが、しばらくしてちらりと見やると、彼女はふたたびパズルに夢中になっており、鉛筆の消しゴム部分で顎を軽く叩きながら、たたんだ新聞に目をこらしている。

こいつはボツだな。彼は昨夜さんざん練習したなかで、ほかに会話のきっかけとなるものはないかと脳内を検索するが、なぜかなにも思い出せない。唯一、浮かんだのは触れてはいけない話題だ。死んだ兄、死んだ夫、死んだ息子。くそ。さっき彼女の口からエリックの名が出たショックがまだ尾を引いてるが、あの瞬間はもう過ぎ去ったようだ。

そこで、こう問いかける。「なにをやってるんだ？」ばかな質問だ。クロスワードをやってることくらい誰にだってわかる。

トーヴァは顔をしかめる。「きのうのパズル。遅れを取っちゃって」

「遅れを取る？」イーサンはくすくす笑う。「つまり、毎日やってるってこと？」

「あたりまえでしょ。だって、毎日連載のクロスワードなんだもの。毎日、完成させてる」

「じゃあ、解かない日があると……遅れを取り戻すわけだ？」

彼女は鉛筆でマスに文字を書き入れる。「そういうこと」

チャーター・ヴィレッジ長期介護センターは、いくつものなだらかな緑の丘のなか、そこを貫くように走るくねくねした長い私道の先にある。敷地内を車で進んでいくと、細い構内路がいくつも枝分かれし、それぞれに表示がついている。**メモリーセンター**。**テニス施設**。**救急治療施設**。**クラブハウス**。ここにはなんでもある。ようやく、〝受付〟の方向を示す表示が現われ、イーサンはアクセルを踏みこむ。円形の通路をまわりこみ、えび茶色の煉瓦でできた、ツタをまとう一対の柱のあいだを抜けるとき、彼は小さく口笛を吹く。ずいぶんとしゃれている。年寄り連中がこの世を去る前にテニスをしにやってくるみじめな場所じゃなく、りっぱな私立中学か大学にしか見えない。

「ここだね、ラブ？」

トーヴァは無表情だ。「ええ、そうみたい」

イーサンはエンジンを切り、けげんな表情を彼女に向ける。「一度も来たことがないのかい？」

「ええ、一度も」

イーサンはまたしても低く口笛を吹きそうになるのを、どうにかこらえる。たしかラーズはここで十年暮らしたとトーヴァは言っていた。本当に一度も訪ねたことがないのだろうか？

トーヴァはバッグを引き寄せ、新聞を突っこむ。「なかに入る？」

「そうだな」イーサンはすばやく降りて、ドアをあけてやれるよう助手席側に急ぐが、たどり着いたときには彼女はすでに風格のある建物に向かっている。

最初の三十分間、イーサンは受付エリアで待つが、時間はのろのろとしか進まない。革の椅子はものすごくいいものだが、読むものは最悪だ。《ナショナルジオグラフィック》、《アメリカ退職者協会(AARP)・ザ・マガジン》、それに無味乾燥な、経済関係のくだらない雑誌。《ローリングストーン》か、せめて《ピープル》みたいな、そこそこおもしろい雑誌に金を出せないのか？　大きな声では言えないが、イーサンは昔から有名人のゴシップが大好きだ。ミツバチの手が復活し、低いコーヒーテーブルをいらいらと叩く。立ちあがって、ロビーの隅にあるドリンクテーブルをチェックすると、どうしたわけかコーヒーはあるが、紅茶がない。革の家具を揃え、ツタのからまる風情ある建物なのに、アールグレイを常備することもできないのか？　うそだろ！

　重ねてある使い捨てカップをひとつ取り、とりあえずカフェインレスのコーヒーを注ぐ。ただだからだ。それほどコーヒーが好きなわけじゃない。十九歳のとき、グラスゴーの子ども動物園で一時期働いたが、そこでは象舎の掃除を担当していた。あるとき、同じ職場の仲間がふたり、ふざけて糞をかき集めて果汁絞り器にかけた。出てきたものがびっくりするほど似ていたのだ……コーヒーに。以来、コーヒーを同じ目では見られなくなった。

　足早に施設の奥に向かうトーヴァに、イーサンは時間をかけて兄貴の私物を調べてもらってかまわないと声をかけたが、いま思えば、そういうのに普通どのくらい時間がかかるものなのか、まったくわかっていなかった。ここで一日じゅう待つことになるんだろうか？　本でも持ってくればよかった。

　受付デスクのほうから騒々しい声が聞こえてくる。施設見学で何人か集まっているようだ。

　グレーのスーツを着て、つややかな琥珀（こはく）色の髪をポニーテールに結った案内役の女性が、よく通る声で集まった人たちに呼びかける。「チャーター・ヴィレッジへようこそ。わたしどもは幸せな最期をご提供いたします」

イーサンはあやうくコーヒーを噴きそうになる。幸せな最後？　誰だ、そんなキャッチフレーズを考えたのは？

グレーのスーツがイーサンに顔をしかめてみせる。「あの？」

「なんだい？」イーサンは顎に垂れたコーヒーを袖で拭う。

「参加されますか？」

「おれが？」イーサンはうしろにもうひとり誰かいるかのように、首だけをうしろに向ける。それから肩をすくめる。「ぜひ、そうさせてもらうよ」まあ、暇つぶしにはなる。

「でしたらこちらへ」女性は愛想笑いを浮かべ、ほかの参加者がいるほうを手で示す。

イーサンは認めるしかない。入居者はみな幸せそうに見える。さっきのばかばかしいキャッチフレーズも、あながち的はずれじゃないのかもしれない。ビリヤードルームがあり、一マイルもありそうなほど長いビュッフェテーブルをそなえたカフェテリアがあり、おまけにプールとジャクージまで完備している。入居者はルームサービスを受けられ、毎日、六百スレッドのシーツでベッドメイキングをしてもらえる。見学ツアーが終わりに近づくころには、イーサンはここに入居しようかという気持ちになりかける。払う金があるかのように。もらっている組合年金では、こんな施設に入るのはとても無理だ。

一時間後、トーヴァが箱をひとつ抱えて出てくると、イーサンは受付近くにあるふかふかの革椅子から立ちあがる。

「もういいのかい、ラブ？」

「ええ、もちろん」紫色のカーディガンを着たトーヴァはものすごく小さく見え、箱を抱えているせいでいつになく華奢な感じがする。

イーサンは今度は彼女よりも先に車のドアにたどり着く。彼が騎士のようにドアをあけ、トーヴァが乗れるようわきに寄ると、彼女は愛想よく礼を言う。つづいてイーサンは箱を受け取り、助手席のうしろに置く場所を見つける。けれども、渡されたのは箱だけではない。コミュニティセンターとテニスコートの画像が掲載された光沢紙だ。真っ白な髪に白い短パン姿の男がラケットを振っている。

シートベルトを締めるのに手間取るトーヴァを、イーサンはそっとうかがう。

あれは単なる見てくれのいいパンフレットじゃない。一式おさまっている。例の〝わたしどもは幸せな最期をご提供いたします〟という不快なコピーが書かれた、チャーター・ヴィレッジのつやつやしたフォルダーだ。

一枚だけフォルダーにきちんとおさまっていない書類が見える。

申込書だ。

とらわれの身の生活一三〇九日め

きみたち人間はクッキーが好きだよね。どの食べ物のことかわかると思うけど。まるい形で、ごくありきたりの二枚貝くらいの大きさをしてる。黒いつぶつぶがいくつもついてるのもあれば、色が塗ってあったり、粉がかかってるのもある。クッキーはやわらかくておとなしく、人間の口に音もなく入っていく。クッキーはうるさくて片づけが面倒くさいこともある。かむたびに具がこぼれ、くずが顎を伝い落ちて、床のごみを増やす。トーヴァという名前の年配女性が掃除することになるんだろう。ここにとらわれて以来、ぼくはたくさんのクッキーを目にしてきた。正面玄関近くの袋菓子の自動販売機で売っている。

それが、今夜、サンチアゴ先生が言った言葉に、ぼくは面食らう。

「ねえ、テリー」サンチアゴ先生は両方の肩をあげ、両手をあげた。「これまでたくさんのタコを見てきたけど、この水族館のはそうとう頭がいい子(クッキー)だわ」

ふたりが議論してたのは一種のパズルの件だ。透明なプラスチックでできた蝶番(ちょうつがい)

つきの箱で、蓋に掛け金がついていた。なかにはカニが一匹。ふたりはそれをぼくの水槽に沈めた。テリーとサンチアゴ先生はガラスの反対側から身を乗り出すようにしてのぞいた。ぼくはすぐさま箱をつかんで掛け金を解錠し、蓋をもちあげ、なかのカニを食べた。

脱皮してる途中のレッド・ロック・クラブだった。やわらかくてうまみがたっぷり。ぼくはひとくちでたいらげた。

テリーもサンチアゴ先生もそれが気に入らなかったらしい。ふたりはむずかしい顔で、ああだこうだ言い始めた。思うに、箱をあけるのにもっと時間がかかると予想してたのだろう。

ぼくは頭のいいクッキーだ。当然、知能が高い。タコはみんなそうだ。ぼくは水槽の前で足をとめてなかをのぞきこんでくる人間の顔を全部覚えてる。パターンはすぐに見えてくる。夜が明けるときに、朝陽が上のほうの壁でどんなふうにたわむれるかも、それが季節が進むにつれ日々変わっていくのもすべてわかってる。

ぼくは聞く気になればなんでも聞ける。監獄の壁の外から聞こえる海水が岩にぶつかる音をヒントに、潮が引くタイミングがわかる。その気になれば、正確にものを見ることもできる。あとに残った指紋から、どの人間がぼくの水槽のガラスにさわったか、言い当てることもできる。連中が使う文字や単語は簡単に覚えられた。

ぼくは道具を使える。パズルを解ける。

とらわれの身の仲間たちにそんな能力はない。

ぼくのニューロンの数は五億個で、それが八本の腕に散らばっている。ときとして、

ぼくの吸盤一個には、人間の頭全体よりもたくさんの知性がつまってる気がすることもある。

頭のいい子（クッキー）。

たしかにぼくは頭がいいけど、袋入り菓子の自動販売機で買えるスナックなんかじゃない。

まったく、冗談も休み休み言ってほしい。

マラケシュはなしでいい

マックマンションヴィルはしんと静まり返っている。天井から上の階の住人の足音が聞こえることもない。キャメロンの携帯電話のバッテリーが赤く点滅して、ほぼゼロなのを示している。ダッフルバッグの底に手を入れて充電ケーブルを探すが、ケイティの家のナイトスタンドに置きっぱなしにしてしまった。そこにあるのが目に浮かぶ。置き忘れた結果、いまの彼は文字どおり、パワーがつきてしまっている。

ブラッドかエリザベスが予備のケーブルを持ってるかもしれない。キャメロンは忍び足でキッチンに入り、できるだけ音を立てないよう抽斗を次々とあけていく。きちんと並んだカトラリーにオーブンミット専用の抽斗。こんなにたくさんオーブンミットを揃えるやつがどこにいる? 歩兵部隊の食事でも作ってるのか? オーブンミットのほとんどにイニシャルが入っている。エリザベスとブラッドリーのバーネット夫妻だからEBB。引き潮と同じスペル。ふたりがまっすぐに海に出て、岸にひとり残されたキャメロンに手を振ってるような気がしてくる。

「あら」廊下から声がした。

「エリザベス！」キャメロンは抽斗を手荒く閉める。そんな彼をからかうつもりか、抽斗はゆっくりと静かに閉まる。いかにも高級な戸棚らしい。

「びっくりさせるつもりはなかったの」彼女は空のカップを片手にほほえむ。もう片方の手は、淡いブルーのローブを突き破りそうな腹部に置かれている。「なにか飲みたくなって起きてきたけど、そうすると一時間以内に、またトイレに行かなきゃいけないのよね。最近は膀胱がジェリービーンの大きさになっちゃったみたいで」彼女は電気をつけて冷蔵庫に歩みより、ウォーターサーバーの注ぎ口にカップを押しつける。

「きみたちに赤ん坊が生まれるなんて信じられないな」キャメロンは言う。ブラッドとエリザベスは結婚して三年になるし、そもそもキャメロンはふたりの結婚式で新郎の付添人をつとめたが、それでもなんだか……変な気がする。エリザベスとは幼稚園からの親友だ。ブラッドはいいやつだったが、いつもふたりの近くをうろうろしてるだけだった。ハイスクール時代のエリザベスにとってはそれほどいい相手とは思えなかったが、どうしたわけか、数年後、ふたりはつき合いはじめた。それが結婚し、もうすぐ赤ん坊が生まれる。「赤ん坊？　てっきりわたしが太ったんだとばかり思ってた」エリザベスは目もとにしわを寄せ、からかうように言う。「それはともかく、あなたはなんで起きてきたの？」

「電話が使えなくなっちゃってさ」彼は瀕死(ひんし)状態の携帯をかかげる。「あまってる充電ケーブルはないかな？」

エリザベスは腕で示す。「がらくたが入ってる抽斗のなか」

「ありがとう」彼はきちんと巻いてあるコードを取り出す。

エリザベスは顔をしかめながら、アイランド型カウンターの前に並ぶバースツールのひとつにゆっくりと腰をおろし、水を長々と飲む。「ケイティとのこと、残念だったね」

彼は隣のスツールに力なくすわる。「おれのせいで、すべてを台なしにしちまった」

「たしかに」

「いたわってくれてありがとな、トカゲの息(リザード・ブレス)ちゃん」

「どういたしまして、ラクダのトロン(キャメル・トロン)くん」彼女は顔をほころばせ、子ども時代のニックネームで応じる。「で、これからどうするの？」

キャメロンはお気に入りのフードつきパーカの袖口のほつれをつまみ、カウンターに緑色がかった糸くずの山を作る。「どこか住むところを探すよ。〈デルの酒場〉の上の部屋とか」

「〈デルの酒場〉？　ぞっとしちゃう」エリザベスは鼻にしわを寄せる。「もっとましなところにだって住めるでしょ。だって、気の抜けたビールみたいなにおいをぷんぷんさせたキャムおじさんにうちの子に会いに来てほしくないもの」

キャメロンはうなだれ、ひんやりした花崗岩（かこうがん）のテーブルにしばらく顔をのせたのち、顔をあげる。「そうは言うけどさ、選択肢はそう多くないんだよ」

エリザベスはカウンターに身を乗り出し、糸くずをてのひらにかき寄せる。「ところで、そのパーカって最悪じゃない？　ブラッドはとっくの昔に捨てたわよ」

「はあ？　なんでだよ？」モス・ソーセージのユニフォームではないが、バンドメンバー全員が同じものを買った。何年も前に。これにシルクスクリーンでプリントしようという話も以前からしている。

「最後に洗濯したのはいつ？」

「先週」キャメロンはむっとして答える。「おれは獣じゃない」

「でも、最悪なのは変わらないな。そもそも、なんで赤ん坊のうんちみたいな色を選んだの？」

「モスグリーンだよ！」

エリザベスはしばらく、キャメロンを見つめる。「なんなら、少し旅にでも出てみたら？」彼女は声をひそめて言う。「なんでこの町にいなきゃいけないの？」

キャメロンはまばたきをする。「どこに行けっていうんだ？」

「サンフランシスコ、ロンドン、バンコック、マラケシュ」

「ふうん。なら、自家用リアジェットを調達しないとな。地球の裏側まで飛ばなきゃいけないんだぜ」

「わかった、じゃあ、マラケシュはなしでいい」彼女は声をひそめる。「正直に言うと、どこにあるかも知らないの。ゆうべテレビでやってた『ホイール・オブ・フォーチュン』のクイズに出てきただけ」

「マラケシュがあるのはモロッコだ」キャメロンは思わず答える。いままで行ったことはなく、今後訪れることもない場所だ。

「わかったわよ、天才くん。ブラッドもわたしも番組の途中でカウチで居眠りしてなければ、覚えたはずなんだから」

キャメロンは鼻にしわを寄せる。「おれが結婚しそうなとき引き留めてくれよな」

「あなたが結婚することになったらショックだわ」エリザベスはかぶりを振り、大きくふくらんだおなかの下をさすりながら顔をしかめる。「さてと、ベッドに戻るね」

彼女はキッチンを突っ切り、グラスを流しに置く。「んもう、またおしっこがしたくなってきちゃった。おしゃべりにつき合ってくれてありがとう。一石二鳥だった」

「どうってことないよ」キャメロンは携帯電話の充電ケーブルを手に、居間に向かって歩きだす。「おやすみ」

「おやすみ」エリザベスは電気のスイッチを切り、廊下に消える。

一時間。

二時間。

三時間。

携帯の画面が発する青みを帯びた光がキャメロンの顔を照らす。スマートフォンの光には中毒性があるという記事を読んで以来、ケイティが寝室から携帯電話を追放しようとしていた時期があった。どういう理屈かわからないが、とにかく脳波を乱すのだという。これまでキャメロンはそんなのはでたらめだと思っていたが、いまは画面の光で目が痛く、頭がうまく働かない気がする。

当然ながら、ケイティのＳＮＳに新規の投稿はひとつもない。すでに何度も徹底的に目を通した。ブロックはされてない。いまのところ。キャメロンは彼女の名前の上で指をさまよわせる。一回触れるだけで電話がかかる。けれど、おそらく彼女は眠っているだろう。彼がいなくなったから、これまでになくぐっすりと。

キャメロンにはあそこにいる資格がなかった。あそこは彼の居場所ではなかった。もうあきらめるしかない。

部屋探しアプリを立ちあげ、写真をスクロールする。どの間取図も陽当たりのいい窓とつやつやした調理台をそなえている。どのキッチンにも新鮮な果物を盛ったボウルがある。オレンジが二個、黄色いバナナが一本、そして何個かの光沢のある真っ赤なリンゴ。果物を盛ったボウルはどれもまったく同じだ。それごと撮影場所を移動したにちがいない。写真をすべて撮りおえたら、誰が果物をもらうんだろう？　少なくとも、真っ赤なリンゴは誰が食べるんだろう？　熱々のピザと六本パックのビールを並べたほうが、マーケティング的にはいいんじゃないだろうか。

こういうしゃれた果物のあるアパートメントはキャメロン向きじゃない。〈デルの酒場〉の上の部屋で充分だ。だが、オールド・アルもばかじゃない。敷金を要求するだろう。ここらで例の箱をあけて、無責任な母親がなにか質入れできそうなものを残してないか、確認するとしよう。

居間に引きあげる途中、前庭で防犯灯が点灯する。キャメロンはぎょっとして身をすくめるが、アライグマがいるだけだ。いままで見たことがないほど太っている。このあたりでは害獣でさえいい暮らしをしている。窓の向こうからにらみつけられ、中年のサッカーパパよろしく、こんな時間になにをしてるんだと問いただされそうだ。

靴下だけの足で箱を押しながら進むと、箱が何度も小さくしゅるしゅると音を立てる。いきおいよくソファに腰をおろし、最初のフラップを力まかせにあけると、たちまち埃が舞いあがり、キャメロンは思わず咳きこむ。ジーンおばさんのかかりつけ医はいつも、慢性的な空咳は煙草を吸うせいだと言うが、トレーラーを不潔にしているのも原因の可能性が高い。そんなことを考えていたら、煙草が吸いたくてたまらなくなる。本当はやめなきゃだめだとわかっている。それでも箱を持ちあげ、最後の一パックに残っていた煙草をジョギングパンツのポケットに突っこみ、外に向かう。

月明かりが箱の中身を照らすなか、パティオのテーブルにひとつひとつ並べていく。意外なほど胸が高鳴っている。倉庫をまるごと買い取るオークション番組に影響されたらしい。

けれども、高揚感は長くはつづかない。どれもこれも、くだらないものばかりだ。

使いかけの安っぽい口紅が入った箱。

ハイスクール時代に書いた作文とおぼしき手書きの紙をおさめたフォルダー。どれも退屈でくだらないものばかりだ。

一九八八年八月十四日にシアトル・センター・コロシアムでおこなわれたホワイトスネイクのコンサートチケットの半券。くその役にも立たないし、そもそも音楽の趣味に疑問符がつく。

シュシュだかなんだか、とにかく若い娘がポニーテールに結ぶのに使うやつがごまんとある。

大量の古いカセットテープ。ほとんどは、変な髪型をしたバンドのものだ。自分でお気に入りの曲をミックスして録音するための生テープが数本。ちょっと興味をそそられるが、いまどきカセットプレーヤーなんか誰が持ってるっていうんだ？　まあ、いずれにせよ、売ろうとしたって値段などつくはずもない。

煙草を深々と吸う。まったく期待はずれにもほどがある。ジーンおばさんはどうして、こんながらくたを渡してきたんだ？　どれを見ても、母への思慕などほんの一ミリもわきあがってこない。しかも、こっちのほうがより重要だが、どれもこれも、一セントにもなりそうにない。

空の箱を拾いあげると、小さな黒い巾着袋が転がり出る。アクセサリーだ。やった！　ブレスレットが四つ、ネックレスが七つ、なかが空のロケットがふたつ、切れたシルバーのチェーンがひとつ。残念ながらダイヤモンドのたぐいはひとつもないが、いくつかは本物のゴールドのようだ。少なくとも質に入れることはできる。

袋をなでてなにも残ってないかを確認すると、まだなにか入っている。底のほうに引っかかっているのだ。振ったらようやく、はずれて転がり出る。紙を束ねたものだ……が、紙を束ねたにしてはやけに重い。ちがう。大きくて厚みのあるクラスリングを古い写真で包んであるのだ。指輪を顔に近づけ、彫られた文字を読む。

ソーウェル・ベイ・ハイスクール、一九八九年度卒業生。

写真のしわをのばしてみると、薄暗いなかでも、ティーンエイジャーの母が笑顔で、見たことのない男に腕をまわしているのがわかる。

ブガッティとブロンディ

ウィルが病に倒れる前、トーヴァはよく、ふたり分のピクニックランチを用意した。チーズ、果物、ときには赤ワイン一本とプラスチックのコップふたつ。ハミルトン・パークに行き、潮が引いていればビーチにおりて護岸壁の下に腰をおろした。きめの粗い砂に素足を埋め、打ち寄せる冷たい波に足首を洗われるにまかせたものだった。トーヴァはハッチバック車でがらんとした駐車場に乗り入れる。しおれた芝が植わった細長い一画、風雨にさらされたピクニックテーブルふたつ、使えない水飲み器しかないこの場所に〝パーク〟という名称はりっぱすぎる。

ここに来て考え事をするのは、自宅でひとり過ごす時間から抜け出したくなったときだ。耐えられない静けさにテレビですら穴をあけてくれないときだ。

急に夏になった真っ青な空のもと、ピクニックテーブルの上はびっくりするほど熱くなっている。トーヴァは新聞をひろげてクロスワードのページをひらき、消しゴムのかすを払う。引き潮で海は穏やか、波がものうげに打ち寄せては砕けている。数分とたたぬうちに、トーヴァは帽子を持ってくるんだったと後悔する。あまりに暑く、陽射しで頭のてっぺんが焦げそうだ。

「さてと」彼女はクロスワードパズルに向かって言う。マスの半分が埋まっているのは、朝のコーヒータイムの成果だ。〝**ブロンディのハリー、六文字**〟。

彼女はカギの下を鉛筆でなぞる。ロックバンドのブロンディ。ある年のクリスマスにエリックにカセットを買ってやったっけ。あの子が十歳くらいのときだから、七九年か八〇年？ 何カ月も繰り返してかけたものだから、しまいにはテープがよれよれになってしまった。あのカセットのカバージャケットが目に浮かぶ。てらてら光るワンピース姿で、真っ赤な唇をしたブロンド女性。あの女性がハリーと呼ばれていたとは思えない。となると、このカギはべつのものを指しているんだろう。

トーヴァはそう思い、先に進む。

次のカギは〝**フランネルの特徴、三文字**〟。「これは簡単」トーヴァはつぶやき、マスを埋める――N、A、P（napは、布の表面のけばの意）。

さっそうと走る自転車の音が聞こえ、〝**イタリアの自動車メーカー、ブガッティ、六文字**〟に当てはまる言葉を検討していたトーヴァの思考がさえぎられる。つづいてカチリという音が二回。ペダルからシューズをはずす音だ。底に突起のついた変わった靴を履いているせいで、ぎこちなく水飲み器に向かって舗道を歩いていく。背が高く、引き締まった体つきだが、よたよた歩きのせいでトーヴァはペンギンみたいと思う。

「あいにくだけど、それは使えませんよ」トーヴァは声をかける。

「え?」男性はトーヴァがいるのに驚いたように振り返る。

「そこの水飲み器。壊れてるの」

「ふうん。そうなんだ、ありがとう」

トーヴァは首だけうしろに向け、男性が口を飲み口まで持っていくのを見つめる。蛇口をひねると同時に男性は毒づく。

「こういうのを直すのが役所の仕事だろうに」男性はぼやく。サングラスをはずし、喉がからからに渇いているような顔で海を見つめる。海水というのは実際、どのくらいまずいのか推し量るように。

トーヴァはバッグの底から未開封の水のペットボトルを取り出す。万が一にそなえ、いつも一本持ち歩くようにしているのだ。「これ、飲みませんか?」

男性はてのひらをトーヴァに向ける。「いや、けっこう。もらうわけにはいかないから」

「どうか受け取って」

「じゃあ、せっかくなので」男性は突起つきの靴で芝を踏みつぶしながら近づく。ボトルのキャップをひねってあけ、ほんの数秒で全部飲みほす。「ありがとう。思ってたよりも暑くなったね」

「ええ、たしかに。やっと夏が来たわ」

男性はテーブルにサングラスを置き、トーヴァの向かいに腰をおろす。「へええ、クロスワードパズルなんて、いまもやってる人がいるんだ」彼は新聞のほうに身を乗り出し、首をのばしてパズルをのぞきこむ。トーヴァは渋々ながら新聞の向きを変え、ふたりは横から見る形になる。ふたりでじっと見つめる。湾の上空でカモメがけたたましい声で鳴き、それが静かな周辺一帯に響きわたる。男性の顎から汗がひと粒したたり、紙面の人生相談のコーナーに落ちるのを見て、トーヴァはドン引きしそうになるが、それをどうにかこらえる。

「エットーレ」男性がふいに言う。

「え?」

「エットーレ。イタリアの自動車メーカーで六文字。エットーレ・ブガッティ」男性はそう言ってにやりとする。「そこの車はめちゃくちゃかっこいい」

トーヴァはその単語を書き入れる。ぴったり合う。「ありがとう」

「あ！　それとそこのマスに入るのはデビーだね。ブロンディのデビー・ハリー」

そうよね。トーヴァは舌打ちをし、自分のばかさかげんを呪いながら書きこむ。ぴったり合うと、男性はハイタッチするように片手をあげる。トーヴァは一瞬ためらいながらも、小さなてのひらを相手の大きくて湿ったてのひらに合わせる。ばかなことをしてと思いながらも頬がゆるむ。

「いやあ、当時はおれ、デビー・ハリーに夢中だったんだ」含み笑いを漏らす男性の目尻にしわが寄る。

トーヴァはうなずく。「ええ、息子も彼女がお気に入りだった」

男性はトーヴァをしげしげとながめる。目をまるくする。

「驚いたな」彼は小声で言う。

「えっ？」

「エリック・サリヴァンのお母さんでしょ？」

トーヴァはじっとして動かない。「ええ、そうだけど」

「うそみたいだ」男性はひとりごちる。

「で、あなたは？」トーヴァは〝息子を知ってるの、あなたも一緒だったの、なにか知らない？〟とたたみかけるようにまくしたててしまいそうなのをこらえ、どうにかこうにかその質問を口にする。

「アダム・ライト。エリックと同じ学校に通ってた。最終学年のとき、同じ授業をいくつか取ってた。彼が……」

「彼が死ぬ前に」トーヴァはこのときもあとを引き取る。

「そう。本当に……残念です」アダムはペダルに靴を固定する。「あの、もう行かないと。水をありがとう」チェーンが回転する音とともに彼は走り去る。

トーヴァは長いことパズルに手をつけることなくピクニックテーブルにつき、さっきの彼にすべきだった質問をかたっぱしから思い浮かべる。意志の力を総動員して、どうにか呼吸する。

さっきのアダム・ライトという人。彼はお葬式に来てくれたなかのひとりだろうか？　学校のフットボールグラウンドでおこなわれた追悼のキャンドル集会に、彼は参加してくれたのだろうか？

帰宅すると洗濯物が待っている。きょうは水曜日だから、ベッドからシーツをはずして、一週間分のタオルと一緒に洗わなくてはならない。

先週、チャーター・ヴィレッジから持って帰ったフランネルのバスローブが洗濯機の上にきちんとたたんで置いてある。ラーズは一年を通してずっとそれを着ていたと、看護師が話してくれた。施設に置いてくれればよかった。死んだ兄の古い部屋着なんかほしいわけがないじゃない。洗って、誰かにやってしまえばすむことなのに。でなければ慈善団体に寄付するのでもいい。自分の衣類ならふだん、役目を終えたら裁断して掃除に使うところだけど。

こういうものを手放せない人は多いんですよ。ためらっているトーヴァに看護師がそう言った。

かくしていま、ラーズのバスローブがでんと幅をきかせ、トーヴァが多数派のひとりではないことを思い知らせてくる。

先週、気が変わる前にと、ぞうきんにするつもりでバスローブの裾にはさみをあてがったものの、ぞうきんならすでに山ほどあるのを思い出した。

ラーズの遺品には小さな写真の束もあった。なかにはとても古い写真、トーヴァとラーズがともに過ごした子ども時代をとらえたものがあった。それについては自分のアルバムに突っこみ、天井裏にしまった家族写真の箱におさめた。

わりあい新しい写真には、トーヴァの知らない顔が写っていた。疎遠になって以降のラーズの人生の一断片。カクテルパーティでにこやかにほほえむ中年の男女、山間の滝の前でポーズを取るハイカー集団。トーヴァの知らないラーズだった。それらはごみ箱に捨てた。

どちらにも分類されない写真が一枚だけあった。写っているのはラーズと十代だったころのエリックで、ふたりはヨットのへりに並んですわっていた。ふた組の脚がぶらさがり、陽に焼けた肌とまぶしいほど白い船体とが絶妙なコントラストをなしている。

ヨットの操縦を教えたのはラーズだった。あらゆるテクニック、航海中に起こると想定されるあらゆる場面の解決法を教えてくれた。たとえば、アンカーロープをすっぱり切断して難を逃れる方法とか。

その写真は見ているのがつらかった。トーヴァはごみ箱に投げ捨てそうになったが、最後の最後で思いとどまり、鍋つかみやタオルを入れているキッチンの抽斗の奥に隠した。そこも本来の保管場所ではなかったけれど。

とらわれの身の生活一三一一日め

人間の会話において、けっしてつきることのない話題がひとつあるとしたら、屋外環境の状態だろう。しかも、どれだけ話題として取りあげても、人間たちの疑り深さといったら……まったくすさまじいものがある。たとえば、こんなばかげたことを言う。**このお天気、信じられる？**　この科白をぼくは何度聞いたことか。正確な数字は千九百十回。平均すると一日につき一・五回だ。人間の知性が聞いてあきれる。予測可能な気象現象ですら理解できないとはね。

ぼくがお隣のクラゲに歩みより、信じられないというように外套膜を揺らし、こんなことを口にするところを想像してみるといい。**きょうの水槽のあぶくの出具合は信じられる？**　ばかげてる。

（もちろん、クラゲが答えるはずはないから、その意味でもばかげてるわけだけど。あいつらはそんなレベルの意思疎通すらできない。しかも、教えても無理なんだ。うそじゃない、ぼくだってがんばってみたんだから）

晴れ、雨、曇り、霧、雹（ひょう）、みぞれ、雪。人類は何十万年にもわたって二本脚でこの地球を歩いてきた。いいかげん、信じてもいいはずだ。

きょう、人間の額には塩のにおいのする汗が浮いている。入り口で渡されるパンフレットを扇の形にして、それで顔の前で振っている人がいる。ほぼ全員が、丈の短い衣類を身につけてぶよぶよした脚をさらし、歩くたびにペタンペタンとかかとにぶつかるストラップシューズを履いている。

暑さを話題にとりとめもなくしゃべることは変わらない。**きょうのこのお天気、信じられる？** きょうはこれで十七回。

季節の変わり目がやってきた。明るい時間がしだいに長くなり、暗い時間が短くなるにしたがい、しばらく前からだんだん近づいてきてはいた。まもなく、一年でいちばん昼が長い日を迎える。夏至と人間が呼ぶ日だ。

ぼくにとっての最後の夏至。

永遠に沈んだままのものはひとつもない

次の日の午後、トーヴァはコレット美容室のフード型ヘアドライヤーをかぶせられ、バーバラ・ヴァンダーフーフと隣合ってすわっている。五十年近く前から、ソーウェル・ベイの繁華街にあるピンクに塗ったドアが目印の建物にある店だ。コレット自身はニット・ウィットのメンバーと同じ七十代だが、引退することも、長年雇っている歳下のスタイリストにサロンを完全に譲ることも拒んでいる。

ありがたいことだ。トーヴァはさほど見栄っ張りではないものの、このくらいの贅沢は自分に許している。それに、思ったように仕上げてくれるのはコレット以外にいない。数分前、コレットがバーブの髪を絶妙かつ慎重な手さばきでカットするのを、トーヴァはぼんやりながめていた。本当にコレットはこの界隈で最高の美容師だ。

「トーヴァ、元気にしてた?」バーブはヘルメットのような形をしたドライヤーに動きを制限されながらも、できるだけ身を乗り出す。〝してた〟の部分を必要以上に強調する。トーヴァが問題ないように装おうとするのを、先回りしてさえぎるかのように。バーブは昔から、他人の口から出まかせを一刀両断するのがうまかった。トーヴァとしてはそういう性分にひたすら感心するばかりだ。

けれどもトーヴァは、外面をいっさい取り繕わないのを旨としている。そこで正直に答える。「いたって元気にしてるわ」

「ラーズはいい人だった」バーブは眼鏡をはずし、それを首からかけたビーズのグラスコードでぶらさげ、ハンカチの角を潤んだ目に押しあてる。トーヴァは鼻で笑いそうになるのをこらえる。バーブが他人の不幸にこの手の口出しをしてくるのは、これがはじめてじゃない。バーブとラーズが顔を合わせたのは片手で数えられるくらいのはずだし、それもトーヴァとラーズが互いの人生から距離を置くようになる前の、もっと若かったころの話だ。

「彼は安らかに旅立ったわ」トーヴァはもっともらしく言い、人づてのさらに人づてに聞いたとはつけくわえない。けれども、チャーター・ヴィレッジの女性はトーヴァの腕を強く握りながら、ラーズはなんの苦痛も感じることなく逝ったと力強く言ってくれた。

「安らかに旅立ったのは天の恵みね」バーブは言い、自分の体を抱き締める。

「とてもいい施設だった」

「そうなの？」バーブは小首をかしげる。はじめて聞く話らしい。トーヴァはベリンガムに出向いたことをニット・ウィットの仲間には告げておらず、しかも、さすがのイーサン・マックもめずらしく、〈ショップ・ウェイ〉でレジを打ちながらこの話題については触れなかったらしい。

「ええ、兄の私物を引き取りに。いちおう言っておくけど、たいしてなかったのよ。でも、清潔で経営の安定した施設だった」

「どこに入居してたの？」

「チャーター・ヴィレッジ。ベリンガムの」

「まあ！」バーブは急いで眼鏡をかけ、膝に置いた雑誌をめくる。「ここに出てるこれのこと？」彼女は風格あるチャーター・ヴィレッジの構内の写真を紹介する、見ひらき広告をかかげる。雲ひとつない空のもと、不自然な緑色をした芝生がひろがっている。

「そう、それ」

バーブは雑誌を鼻先から数インチ遠ざけ、目を細くして小さな活字を読む。「ねえ、見て！　海水プールをそなえてると書いてある。それに映画劇場も」

トーヴァは目を向けない。「そうなの？」

「おまけにスパも！」

「予想よりも高級だったのはたしかだわ」トーヴァはうなずく。

バーブはせせら笑うように、雑誌を閉じる。「でもね、うちのアンディがわたしを施設なんかに入れるわけが……」

「もちろんよ」トーヴァはうなずくが、唇はとくにほほえんでいるようではなく、さりとて渋面をこしらえているのでもない。

バーブは雑誌で顔をあおぐ。ヘルメット型のドライヤーをかぶっているせいで暑いのだ。

「さてと」トーヴァはドライヤーの横のローテーブルからくたびれた《リーダーズ・ダイジェスト》を一冊手に取り、目次を読むふりをする。当然、海水プールや映画劇場、それにスパがあることは知っている。チャーター・ヴィレッジでもらった資料が、自宅のコーヒーテーブルに置いてあるのだ。少なくとも三回は、最初から最後まで目を通している。

「もういいかしら、トーヴァ？」コレットの快活な声がサロンの奥から聞こえる。トーヴァは宇宙飛行士のヘルメットみたいなドライヤーを押しあげ、ハンドバッグを手に取ると、バーバラ・ヴァンダーフーフに愛想よくあいさつをしてから、髪の仕上げに向かう。

その晩の水族館でのこと。テリーのオフィスの電気がついている。トーヴァはドアから顔を出して、声をかける。

「やあ、トーヴァ！」テリーは手を振って招き入れる。白いテイクアウト用の容器が、デスクに山をなす書類の上にのり、そこから箸がアンテナのように突き出ている。中身はエランドにある中華料理店の野菜炒飯だろう。先だっての晩、タコを水槽から誘い出したのと同じタイプの容器だ。

「こんばんは、テリー」トーヴァは会釈する。

「まあ、すわって」テリーはデスクをはさんで向かい側にある椅子を顎で示す。ラップフィルムにくるまれたフォーチュンクッキーをかかげる。「ひとつどう？　あの店はいつも少なくとも二個、ときには三、四個くれるんだよ。炒飯一杯を何人で分け合うと思ってるんだか」

トーヴァはほほえむが、すわらずに入ってすぐのところに立っている。「親切にありがとう。でも、遠慮しておく」

「そうか、わかった」彼は肩をすくめ、乱雑なデスクにクッキーを放る。適当に積みあげた山と散乱した書類を目にするたび、トーヴァはてのひらがむずむずする。あとで清掃カートを押してまわるときに、ごみ箱を空にし、デスクのうしろの三つの額の埃を払おう。テリーのよちよち歩きだったころの娘が公園のぶらんこに乗っている写真。年配女性――焦げ茶色の肌、黒い巻き毛、息子と同じあけっぴろげな笑顔のテリーの母親だ――の肩に腕をまわしているテリーの写真。目には見えない風でテリーのガウンの袖が持ちあがり、角帽から紫と金色のふさが垂れている。その写真の隣にあるのは関連の学位記だ。理学士、最優等（スマ・クム・ラウデ）、海洋生物学専攻。これらがワシントン大学からテランス・ベイリーに授与されていた。

トーヴァの自宅のマントルピースにはないたぐいの写真だ。あの夏の夜がなければ、エリックは秋、その大学で学生生活をスタートさせていたはずだった。

テリーは箸を手に取り、よどみない動きで器用にひとくち分のライスをすくい取る。たしか彼はジャマイカの釣り船で生まれ育ったはずだが、箸の使い方はびっくりするほど自然だ。若い人たちはいとも簡単に箸で料理をつまむ。テリーはもぐもぐと口を動かしたのち、ごくりとのみこむ。「お兄さんのことは残念だったね」

「ありがとう」トーヴァは小声で礼を言う。

テリーはテイクアウトについてきた薄い紙ナプキンで指を拭う。「イーサンに聞いたよ」

「気にしないで」トーヴァは言う。レジを打ちながら世間話のネタを考えるのは、イーサンにはむずかしかったにちがいない。一日じゅう、おしゃべりしなくてはならないと思うと、あの仕事はとてもトーヴァにはつとまりそうにない。

「それはともかく、ちょうどいいところに来てくれたね、トーヴァ。きみに頼みがある」

「そうなの？」トーヴァはあっと言う間に話題が変わったことにほっとしながら、顔をあげる。身内の不幸について何時間もあれこれ言ってこない人がようやく現われた。

「今夜、正面側の窓を拭いてもらえるかな？　内側だけでいい」

「もちろんいいわよ」トーヴァは答え、さらにつけくわえる。「喜んで」心からの言葉だ。ロビーの大きな窓ガラスはいつも汚れがつきやすく、いまのトーヴァはスプレーして汚れや筋がすべてきれいに消えるまで布で拭ければ、それ以上うれしいことはない。

「週末のお客を迎えるにあたり、正面の見栄えをよくしておきたいんだ」テリーは疲れ切った表情の顔を手でひとなでする。「そのせいで全部の階の掃除ができなくても、気にしなくていい。そっちは翌週やればいいんだから」

七月四日の水族館は毎年いちばん混む。ソーウェル・ベイが最高ににぎわっていたころは、町の主催で大規模なウォーターフロント・フェスティバルがおこなわれていた。近年では、平均よりも人出が多いという程度だ。

トーヴァはゴム手袋をはめる。ポンプ室を片づけたら、正面の窓にかかろう。夜遅くまでかかりそうだが、遅い時間まで起きているのをいやだと思ったことはない。

「とても助かるよ、トーヴァ」テリーは感謝するように笑いかける。

「仕事だもの」彼女も笑みを返す。

テリーがデスクの書類やがらくたをひっかきまわしていると、銀色に光るものがトーヴァの目にとまる。重そうな締め具で、棒の部分はテリーの人差し指ほどの太さがある。彼は無造作にそれを持ちあげ、すぐにペーパーウェイトのようにもとに戻す。けれども、トーヴァはなぜだかわからないが、ペーパーウェイトではないように思う。

「それはなにに使うもの?」トーヴァはみぞおちのあたりがむかむかしてくるのを感じ、ドア枠にもたれかかる。

テリーはため息を漏らす。「マーセラスがまたおいたをしたらしくてね」

「マーセラス?」

「GPOだよ」その頭字語が意味するものにトーヴァが気づくのに少し時間がかかる。ジャイアント・パシフィック・オクトパス。しかも、あのタコには名前がついている。なぜいままで知らなかったんだろう?

「そう」トーヴァはぼそりと言う。

「どうやったかはわからない。でも、今月はナマコが七匹も減っている」テリーはもう一度締め具を手にし、重さをはかるようにお椀の形にした両手で持つ。「ちょっとだけあいてる隙間から忍び出たんだろう。こいつを取りつける前に、水槽の裏側にかぶせる板を手に入れないとな」

トーヴァは迷う。休憩室の炒飯の容器の件を報告すべき？　テリーのデスクの書類の山の上に戻された締め具に目を落とす。ようやくこう言う。「閉じた水槽からタコがどうやって外に出るのか、見当もつかないわ」

実際、うそじゃない。彼がどうやったのかは本当にわからないのだ。

「うん、なにかおかしなことになってるみたいだな。へたなだじゃれを言ってすまない」テリーは腕時計に目をやる。「おっと、いま出れば、今夜じゅうに金物屋に行けるぞ」彼はノートパソコンを閉じて帰り支度を始める。「濡れた床に気をつけてくれよな、トーヴァ」

テリーはいつも必ず、気をつけてと注意をうながす。トーヴァが転んで腰の骨を折って、水族館を訴えるんじゃないかと気が気でないんだろう。ニット・ウィットの仲間はそう言っている。トーヴァとしては、誰かを訴えるなんて、ましてや、この水族館を訴えるなんて考えもつかないけれど、友人の言うことにいちいち異を唱えるようなことはしない。だいいち、彼女はいつだって気をつけている。〝用心〟をミドルネームにすべきと、ウィルが生前よく言っていたほどだ。

トーヴァは正直に返事をする。「いつだって気をつけてるわ」

「こんにちは」彼女はタコに声をかける。その声の響きに、岩のうしろにいたタコは腕をひろげ、オレンジ色、黄色、白に塗り分けられた星の形になる。タコは彼女に向かってまばたきし、ゆらゆらとガラスに近づく。今夜は体の色がいい。明るさが増している。

トーヴァはほほえむ。「今夜は冒険に出たい気分じゃないみたいね?」

タコは触手を一本、ガラスに這わせ、膨らんだ外套膜が一瞬、そんなことは不可能だが、ため息をつくようにふくれあがる。次の瞬間、驚くほどすばやい動きで、タコはトーヴァに目を据えたまま水槽の奥に引っこみ、小さな隙間のへりを触手の先端でなぞる。

「いいえ、だめ。テリーが気づいてるわよ」トーヴァはたしなめると、この区画に並ぶ全水槽の裏側に行けるドアに急ぐ。小さくじめじめした部屋に入ると、逃亡の真っ最中のタコを目にするはずが、意外にも、彼は水槽のなかでじっとしている。

「よくよく考えたら、最後にもう一度、自由を満喫したほうがいいかも」トーヴァはテリーのデスクで見た重たそうな締め具を思い出しながら言う。

タコは顔を背面のガラスに押しつけ、腕を上にのばす。引っ張りあげてとせがむ子どものように。

「握手したいのね」トーヴァは見当をつける。

タコは水のなかで腕をゆらゆら動かす。

「やっぱり、思ったとおりだわ」金属の長テーブルの下にしまいこまれている椅子を一脚引っ張ってきて、バランスを取りながら上に立つと、水槽のうしろを覆うカバーをはずしやすい高さになる。ラッチをゆるめながら、自分はタコに利用されているのではないかというような気がしてくる。蓋をはずさせておいて、脱走するつもりかもしれない。

いちかばちかだ。蓋を持ちあげる。

タコは下のほうで未知の星のように八本の腕を大きくひろげ、ものうげにただよっている。それから、そのうちの一本を水中から出す。トーヴァがこのあいだつけられたまるい跡が淡く残る腕を差し出すと、タコは今度もそれにからみつく。においをかごうとするように。触手の先端が首の高さまでのびてきて、彼女の顎をつつく。トーヴァはためらいがちにタコの外套膜のてっぺんに、犬をかわいがるときのように触れる。「こんにちは、マーセラス。そう呼ばれてるんですってね」

突然、タコは彼女の腕に触手を巻きつけたまま、強く引っ張る。トーヴァは椅子の上でバランスを崩し、ほんの一瞬、水槽に引きずりこまれるような気がして震えあがる。

鼻が水に触れそうになるほど体を前に倒すと、ほんの数インチ先に彼の目が現われる。この世のものとは思えない瞳は、ほとんど黒といってもいいほど濃いブルーをしていて、変幻自在に色が変わるおはじきのようだ。ふたりは永遠とも思えるほど長いこと見つめ合うが、タコのべつの脚がトーヴァのもう片方の肩を這いのぼり、カットしたばかりの髪をつつく。

トーヴァはおかしそうに笑う。「くしゃくしゃにしちゃいやよ。きょう、美容室に行ったばかりなんだから」

するとタコは彼女から手を離し、いつもの岩のうしろに退散する。トーヴァはあっけにとられ、あたりを見まわす。なにか音がしたのかしら？　首に手をやると、タコの触手があった場所がひんやりと湿っている。

彼はふたたび、ふわりふわりと上昇する。トーヴァに差し出す。プレゼントのように。小さな灰色の物体が触手のなかの一本の先端にからまっている。彼はそれをトーヴァの家の鍵だ。去年、なくした鍵。

とらわれの身の生活一三一九日め

それを見つけたのは、彼女が掃除のときに自分のものを置いておく場所に近い床の上だ。持ち去ってはいけないとわかってたけど、どうしてもがまんできなかった。なんとなく見覚えがあったんだ。

自分の水槽に戻り、ほかのものと一緒に隠し場所にしまいこんだ。中空の岩のいちばん奥に、どんなに熟練した水槽清掃人でも手の届かないくぼみがある。ぼくはそこに宝物をためこんでいる。

コレクションにどんなお宝があるかって？　そうだな、なにから始めようか。ガラスのおはじき三個、プラスチック製のスーパーヒーローのフィギュア二体、ひと粒のエメラルドをあしらった指輪、クレジットカード四枚と運転免許証一枚。宝石のついたバレッタ一個。人間の歯が一本。なんだって、こんな気持ちの悪い見てくれをしてるんだろう？　抜いたのはぼくじゃない。もとの持ち主が学校の遠足の途中、ぐらぐら動かして抜いたものの、すぐにその存在を忘れてしまったのだ。

ほかにはなにがあったっけ？ イヤリング――対になってなくて、片方だけのイヤリングがたくさん。ブレスレット三個。人間の言葉でなんというのかわからない道具が二個。たしか……プラグとか言ったかな？ ものすごくちっちゃい子にくわえさせて、おとなしくさせるのに使うやつだ。

ここにとらわれてるあいだにコレクションはものすごい数になったけど、同時にぼくはえり好みが激しくなった。最初のころは、硬貨をたくさん集めたけど、いまでは落ちててあたりまえになって、いままでのとちがうものじゃないと拾ったりしない。外国の通貨ときみたち人間が呼んでるものなら拾う。

当然ながら、何年ものあいだにたくさんの鍵も見つけた。鍵は硬貨と同じグループに入ることになった。原則として、そのまま放っておく。

でも、さっき言ったように、その鍵だけは妙に興味をかき立てられたので、持って帰ると決めた。それが特別である理由がわかったのは、その晩遅く、ぎざぎざしてる部分に腕の先端を這わせているときだった。前にもこの鍵を見つけたことがある。いや、厳密に言うなら、これとそっくり同じ鍵を。

そういう意味では、鍵は指紋とはまったくちがう。鍵は複製できる。

うんと若かったころ、ぼくはそれの複製を持っていた。捕獲される前のことだ。鍵は海の底にある輪につながっていて、人間の残骸と表現するしかないもののなかに埋もれていた。もちろん、肉とか骨のことじゃない。ああいうものはあまり長くもたないからね。そうじゃなくて、スニーカーのゴム底部分とか、ビニールの靴ひもなんかだ。シャツについているのと同じ、プラスチックのボタンが数個。それらが、寄り集まった岩の下に流れついて、そのままとどまっていた。彼女がその死を悼んでいる人の物にちがいない。

海にはそういう秘密が隠されている。もう一度、それらを探索できたらいいのにと思う。折りよくあそこに戻れれば、全部を回収するつもりだ――スニーカーの靴底、靴ひも、ボタン、それと片割れの鍵。それを全部彼女に渡してあげたい。

彼女が誰かを失ったことは気の毒に思う。ぼくにできるのは、この鍵を返してあげることくらいしかない。

映画スターじゃないけど、海賊かもしれない

午前九時、キャメロンは鍵がかかっているだろうとなかば思いつつ、〈デルの酒場〉の正面ドアを引く。案に相違し、ドアは大きくあく。キャメロンは薄暗さに慣れようと、目をぱちぱちさせる。

バーテンダーのオールド・アルが奥から顔を出す。「キャメロン」彼は少し驚いた声で言う。彼はギャング映画の登場人物のようなだみ声で、ブルックリン在住のイタリア系の響きが強いため、ここ、中央カリフォルニアではほとんど滑稽にしか聞こえない。

「やあ」キャメロンはスツールのひとつにするりとすわる。奥の隅に目をやると、いまは酒瓶をおさめたすかし箱が積みあげられていて見えないが、モス・ソーセージがバンド演奏している小さなステージがある。いや、ブラッドが去って空中分解するまでバンドが演奏していたが正しい。ビリヤード台の横の手すりに年代物のラジオが置いてあり、ゆがんだアンテナがこのバーに唯一あるおそまつな窓のほうを向いている。ラジ

オから大音量で聞こえてくるのは金利だの連邦準備金だの、うんざりするほどくだらない話題について議論を戦わせる男女の声だ。

「いつものやつかい？」オールド・アルがカクテルナプキンをカウンターに放る。

「いいや、きょうはそのために来たんじゃない」キャメロンは咳払いをする。「あんたに提案があってね。不動産のことでちょっと」

オールド・アルは流しにもたれて腕を組み、片方の眉をあげる。

「二階の部屋があるだろ？」キャメロンは背筋をさらにぴんとのばす。「あき部屋になってるやつがさ」

「それがどうかしたのか？」

「借りようと思ってる。いろいろ検討したんだよ。来週までには最初の月の家賃が用意できるし、それから――」

オールド・アルは片手をあげる。「そこまでだ、キャム。興味はない」

「でも、まだ最後まで聞いてないじゃないか！」

「おれは大家になるつもりはない」

「あんたは大家にならなくていいんだって。おれが……自分で大家の仕事をする。あんたはおれがあの部屋にいることすら気づかないさ」

「興味はない」

「でも、誰も住んでないだろうに」

「それでいいんだ」

「いくらほしい？」キャメロンはフードつきパーカのポケットから黒い巾着袋を出し、なかのアクセサリーをカウンターにぶちまける。「払う金ならちゃんとある。な？」

オールド・アルはもつれたアクセサリーの山をしばらく凝視したのち、かぶりを振り、流しから灰色のぞうきんを手に取る。「なにをやらかしたんだ？ 年寄りの家に盗みに入ったのか？」

キャメロンはむっとする。「二カ月ばかり、住むところが必要なんだ。なあ、頼むよ」

「悪いけど」

「いいじゃないか、アル。おれならなんの問題もないってわかってるだろ？」

「現実に目を向けようじゃないか、キャメロン。おまえのツケは未払いの勘定書の裏で次代のアメリカ文学の傑作が書けるくらいたまってる。しかも、去年、おまえが妙な曲芸をやって壊したテーブルの代金もまだ払ってもらってない。ステージから身を投げ出したときのことだよ」

キャメロンはぎくりとする。「あれはパフォーマンスアートだって」

「破壊行為以外の何物でもないが、まあ、慈悲の心で許してやってもいい。みんな、おまえたちが演奏する騒音を楽しんでるようだし、おまえのおばさんはおれのいい友だちだからな。それでも限度というものがある。この町じゃ十フィートも唾を飛ばせば、必ずと言っていいほど、みすぼらしいアパートに当たる。そのどれかにその家宝を持ってったらいいじゃないか」

「うん、まあ、だからさ」それで身元調査とクレジットカードの支払いの履歴に問題があるとわかるはずだとばかりに、キャメロンはそう説明する。

「好きにしろ」オールド・アルは肩をすくめると、ぞうきんでカウンターをまるく拭き、ときどき流しで黒ずんだ水を絞る。ようやくその手をとめると、ぞうきんを流しに放る。「そいつはおふくろさんのものなんだろ、え?」

「ああ」

「おばさんから渡されたのか?」

「うん」

バーテンダーはゴールドのテニスブレスレットを手に取って高くかかげる。「なかにはそう悪くないものもあるな」つづいて彼はソーウェル・ベイ・ハイスクール一九八九年度卒業生のクラスリングをつまんで言う。「ほお、こいつを見ろよ。最近じゃ、こういうのを卒業記念に買ったりはしないよな」

キャメロンは肩をすくめる。そんなの知るわけがないだろうに。おれがハイスクールを卒業してないことくらい、オールド・アルだって知ってるじゃないか。

「ソーウェル・ベイか。ワシントン州にあるんじゃなかったっけ？」

「そうみたいだ」キャメロンは言う。それは知っている。もちろん、グーグルで検索した。で、なにがわかったか。指輪はおそらく、母の悪癖のひとつに金を払うために盗んだものと思われる。写真に一緒に写っている男は共犯者だろう。

「そう言えば、ジーンが彼女を連れ戻しに出向いたっけ」

「連れ戻すって誰を？」

「おまえのおふくろさんだ」

「なんの話？」

「おばさんから聞いてないのか？」

「なにを？」キャメロンは指先でまるめていたカクテルナプキンをカウンターに落とす。

オールド・アルはため息をつく。「ダフネのことはジーンのお騒がせ者の妹ということしかおれは知らないよ。たしか彼女はハイスクール在学中に家出したんじゃなかったかな。ワシントンまで行ったと聞いてるが、理由はわからん。で、そっちでなにか面倒に巻きこまれた。ジーンは仕事を休んで妹を連れ戻しに行った。ある晩、ここでその話をしてたのを覚えてる」

「へえ」キャメロンはそれしか言えない。頭が妙にしびれている。

「とにかく」オールド・アルは上向けたてのひらに指輪をのせ、重さをはかるように上下に揺らす。「たぶん、彼氏のものだろう。おれも最終学年のときに、つき合ってた彼女にプレゼントしたよ」バーテンダーの顔にゆっくりと笑みがひろがる。「彼女はそいつにチェーンを通して首からかけてたな。ちょうど胸の谷間のところ、スイートスポットにおさまる長さにしてさ」

キャメロンはげんなりする。

「ああ、いまもそこにおさまってるんじゃないかな。別れたときに取り返さなかったから」オールド・アルはしわがれた声でこぼす。

ドアがきしみながらあき、埃の舞う三角の光が店内に射しこんで、年配男がふたり入ってくる。町で見かけたことがある。日雇いの労働者たちだ。ふたりはキャメロンに目顔であいさつし、少し離れたスツールに腰をおろす。

オールド・アルは注文が来るより先にロングネック瓶二本の栓を抜き、カウンターの上を滑らせる。そして三本めをキャメロンに向かってかかげる。「飲むか？」それから、声をいくぶん落としてつけくわえる。「店のおごりだ」

「もらうよ。ありがとう」

オールド・アルはうしろめたそうに小さくうなずく。わずか二ドルのビールで、誰も住んでいないアパートを貸さないという、底意地の悪い対応の埋め合わせになると思っているのかもしれない。それから彼はラジオのところまで行ってコードを力まかせにひっぱり、ていねいに手に巻く。しばらくして、隅のジュークボックスの明かりが点灯し、ものうげなギターがスピーカーから響く。どうやら、日雇いの男たちはカントリー音楽が好きらしく、〈デルの酒場〉があらためて営業を開始する。

キャメロンはきんきんに冷えたビールをひと口であおると、カウンターについたまるい水の跡をぬぐい、店をあとにする。

ソーウェル・ベイ・ハイスクール一九八九年度卒業生の同期会は、思いのほかオンライン上で活発に活動している。察するに、今年は卒業三十周年を記念する同窓会が開催されるのだろう。三十年というと、キャメロンの歳と同じだ。母はこの若者たちが卒業したのと同じ夏に妊娠(にんしん)したと考えられる。

恋人からもらった指輪。このなかのどのろくでなしが母をはらませたんだ？

誰かがわざわざ手間をかけ、大量の写真をスキャンして同窓会のページにアップロードしていた。最終学年全員の卒業アルバムから取ったもののようだ。年寄り連中はそうとう暇なんだろう。キャメロンは粒子の粗い画像を一枚一枚スクロールしていき、たまに母と同じウェーブのかかった茶色いレイヤースタイルが目に入ると手をとめるが、探しているのは母ではない。横のキッチンカウンターに置いたしわくちゃの写真に母と写っている男だ。

指輪の向きを変える。驚いたことに、内側に文字が彫ってあるのがかすかに見える。EELS。ソーウェル・ベイ・ハイスクール……ウナギ（eels）？　マスコットとしては妙だが、海の近くの町なのを考えれば、そうおかしくもない。卒業アルバムのどこにもウナギが登場しないのは妙だが、そもそも、ウナギってどんな形をしてるんだっけ？

スキャンされた写真を調べる作業をつづける。髪を大きく盛り、いかにも八〇年代風の趣味の悪い服を着てカメラに向かって変顔をするなど、ハイスクールらしいおふざけ写真が脈絡なく並んでいる。いくつかの写真に目がとまる。母が例の男に肩を抱かれ、混雑する桟橋に立っている、見たこともない写真だ。男は横を向いている。頬にキスするように顔を風になびく母の髪に埋めているが、まちがいない、この男だ。

突然、じっとりと汗ばんできた指で画面を拡大する。説明がついている。ダフネ・キャスモアとサイモン・ブリンクス。

「見つけたぞ。サイモン・ブリンクス」彼は喉から引きずり出したような、ざらざらしたつぶやき声を漏らす。急いで別ウィンドウをひらき、その名を入力する。

検索結果ページを次々見ていくうち、くっきりとした人物像が見えてくる。有名な不動産開発業者にしてナイトクラブのオーナー。《シアトル・タイムズ》紙にその人物の別荘が特集されている。愛車のフェラーリと写る見ひらきの写真。

こいつは大物だ。超がつくほど大物で、ものすごくリッチな野郎だ。

キャメロンは短い笑いを漏らし、こぶしを突きあげる。

サイモン・ブリンクス。キャメロンはぼんやりと居間に入り、ブラッドとエリザベスの真新しいソファに腰をおろし、指輪を包んでいた写真をじっと見つめる。この男が本当におれの親父なのか？　写真一枚だが、手がかりとしては充分すぎる。キャメロンは母の写真に、屈託のない笑顔に、風で乱れた髪に見入る。母は言うまでもないが、背が高くやせていて、ごく標準的な体格のブリンクスと身長はほとんど変わらない。けれども、キャメロンが目を離せないのは母の頬だ。ふっくらしていて健康的で、赤ん坊のほっぺたのようにむっちりしている。記憶にあるダフネ・キャスモアとは、骨と皮ばかりだった母とはまったくの別人だ。

写真の背景に目をこらす。花が咲き乱れている大きなプランターがひとつ見える。スイセンとチューリップ。とすると、四月だろう。三月かもしれないし、五月かもしれないが、花の咲き具合からすると、この写真が撮られたのは四月の可能性がかなり高い。

キャメロンは二月二日生まれだ。頭のなかで計算する。彼もこの写真におさまっていたということだろうか？

計算は合う。

「ねえ」エリザベスが廊下から声をかけてくる。「〈デルの酒場〉はどうだった？」

キャメロンは立ちあがって彼女のあとを追ってキッチンに入り、二階の部屋を貸してくれるようオールド・アルを説得できなかったことや、フェラーリを乗りまわしているサイモン・ブリンクスという人物を見つけ出したことを報告する。

「その人がお父さんなのはたしか？」エリザベスはパプリカを刻みはじめる。今夜のメニューはファヒータだ。彼女は包丁の刃を見もせずに、真っ赤な食材を切り刻んでいく。その大胆さがキャメロンにはうらやましくてたまらない。

「ほかに誰がいるっていうんだ？」キャメロンは写真をかかげる。「この写真を見れば、ふたりがやってるのはわかるじゃないか」

エリザベスは片方の眉をあげる。「そうは言うけど、やってる人なんかたくさんいる。だからって、なんの証明にもならないんじゃない？」

「けど、時期がさ、ぴったり合うんだ」

「でも、その人、あなたに似てるの？」

キャメロンは頭で写真を示す。「八〇年代の髪型なんだぜ、わかるわけない」

「まさか、午後じゅう、その人をネットでしつこく調べてたわけじゃないわよね？」

「実は調べてた。でも、いまの彼は典型的な中年男なんだよ。いかにも親父って感じの」

「どこのお父さんも同じように見えるからでしょ」エリザベスは天井を仰ぐ。

「でもさ、こう思うんだ。それがどうした、ってさ。要するに、おれが息子だとそいつに信じこませることができれば……」

「お母さんと写真に写ってたからって、誰彼かまわずお金を巻きあげたりするのはよくないよ」エリザベスがパプリカをフライパンに投入すると、もうもうと湯気があがる。「それに、その人が本当に父親かどうかたしかめたくないの？　親子関係を築きたくないの？」

「親子関係なんてそんなにいいもんじゃない」キャメロンはまな板に残ったパプリカを口に放りこむ。びっくりするほど甘い。

「じゃあ、具体的に……なにをするつもり？　ワシントンまで行って、その人を見つけようっていうの？」

「そうさ、もちろん。行っちゃいけない理由なんかあるのか？」本気と受け取らないでほしいとキャメロンは心のなかで祈る。行ってはいけない理由など、星の数ほどあるからだ。第一に、そこまでの足をどう確保するか。ブラッドが千マイルもの車旅行に自分のトラックをぽんと貸してくれるとは思えない。

「ふうん、ちょっとした冒険になりそうね」

「うん」

エリザベスは冷蔵庫をのぞきこみ、ターキーの挽肉を一パック取り出し、包装をはがしてフライパンに中身をぽんと出す。「エイリアンの子どもをお腹のなかで育ててるんじゃなければ、ブラッドとわたしもついていくのに」彼女はフライパンの中身をかきまぜ、肉がじゅうじゅういいはじめる。「うんとちっちゃかったころ、あなたのお父さんを見つけるお話をしょっちゅうこしらえたよね。きっと、海賊か、映画スターにでもなってるんじゃないかと思ったたっけ。まったく、ばかだったよねえ、わたしたち」

「サイモン・ブリンクスはあきらかに映画スターじゃないけど、海賊かもしれない。それはどっちでもいい。十八年間、払わずにいた養育費を払うことに同意してくれるなら、謎の存在でいてくれてかまわない」

「ま、そっちがだめでも、シアトルは本当に美しい街って話だし」

「うん、そうだね」キャメロンはうなずく。美しい。木がたくさん植わっている。そんなのはどうでもいい。ワシントン州西部はアメリカでいちばん雨の多い土地だそうだから、サイモン・ブリンクスには現金の雨をたっぷり降らせてもらうとしよう。

エリザベスは冷蔵庫からレモネードの入ったピッチャーを出してふたつのコップに注ぎ、ひとつをカウンターごしにキャメロンのほうに滑らせ、それからもうひとつを手に取る。「じゃあ、キャメル・トロンくん、未解決の謎に乾杯」
「未解決の謎に乾杯」キャメロンは彼女とコップを合わせる。

カリフォルニア州で過ごす最後の夜の未明、キャメロンはまたもまんじりともせずに横になり、携帯電話の画面の冷光を浴びている。

超安値をお約束というお決まりのフレーズで宣伝していた旅行アプリをクリック二回でダウンロードする。とりあえず使える。シアトル行きのジョイジェット便は午前五時にサクラメント国際空港を出発する。つまり、いまから三時間後だ。間に合うためには、ここを……ええっと、いま出なくてはならない。

大急ぎで緑色のダッフルバッグの中身を全部出して、ひとつひとつあらためたのち、持っているボクサーショーツを全部入れ、ほかの衣類すべてと、アクセサリーが入った小さな袋も一緒に入れる。

荷造りを終えると、携帯電話の画面にふたたび向かう。人差し指と中指を交差させてクレジットカード決済が処理されますようにと祈りながら、予約ボタンをクリックする。

サイモン・ブリンクスが本当にキャメロンの父親ならば、過去三十年にわたって父親らしいことをしてこなかった償いをさせてやる。

表面的にはうそ偽りのない話

ベーキングソーダでこすると、鍵のさびはほぼとれる。驚いたことに、いろいろな目に遭ったはずの鍵は玄関のドアにすんなりとおさまる。戻ってきた純正の鍵をキーリングの本来の位置に戻し、ときどき錠に引っかかる癖を克服できなかったスペアのほうをキーリングからはずす。それをキッチンのがらくた用の抽斗に放りこむ。

帰宅して朝のコーヒーとクロスワードを楽しんでいると、玄関ポーチをこするような小さな音が聞こえ、楽しみを邪魔される。腰のあたりをポキポキ鳴らしながらキッチンの椅子から立ちあがり、腰を片方のてのひらで押さえてドアに急ぐと、スクリーンドアのゆるんだ部分からキャットが体をくねらせながら入ってくる。いったいいつゆるんだのかしら? また、ちょっとした修理が必要だわ。ウィルが亡くなってからというもの、その回数が急速に増えている。瞬間接着剤で直せるかもしれない。

瞬間接着剤を買うなら、金物店に行けばいい。テリーが締め具を使えるようにするための板を買いに行ったのと同じ金物店に。あの締め具は、トーヴァがごみ収集容器に捨て、ゴツンと音を立てて落ちたけれど。

キャットはしっぽをほっそりした体にきちんと巻きつけて玄関広間の真ん中にすわり、トーヴァに向かってまばたきをする。まるで、おまえはここでなにをしているんだと問いかけるように。訊きたいのはトーヴァのほうだ。

最近、小さな隙間をくぐり抜ける生き物に立てつづけに遭遇するけど、いったいどういうわけかしら？「しょうがないわね、こっちにおいで。キッチンで朝ごはんにしましょう。悪いけど、玄関ポーチでのお食事サービスは終了よ」


その晩の水族館、誰もいないロビーにトーヴァの足音が響きわたる。彼女はいつもの準備作業を始める。「こんにちは、みんな」彼女は用具庫に行く途中、エンゼルフィッシュに声をかけ、それから、ブルーギル、タカアシガニ、鼻のとがったカサゴ、おそろしい風貌のウルフイールにきびきびと声をかけていく。レモンと酢を混ぜ合わせ、モップとバケツを廊下に用意する。戻ってきたときには使えるようになっているはずだ。

いつものように、マーセラスは岩のうしろに隠れている。ポンプ室に通じるドアを抜けると、トーヴァはひと目見て水槽に締め具がついていないとわかり、ほっとする。罪悪感が一気に押し寄せる。テリーは自分がどこかに置き忘れたと思っているだろうか？

　家を出たときのキャットの様子が、大型ソファでまるくなっている光景が頭をよぎる。意図したわけではないが、スクリーンドアの網を直さないことに決める。当面は。やはり生き物には隙間があったほうがいい。トーヴァは声をあげて笑う。ポンプがそのとおりとばかりにゴボゴボと音を立てる。

　古い踏み台を出してきて、そろそろとのぼり、水槽の奥のふちを覆うカバーをはずす。上からなかをのぞきこみ、人工的なさざ波で生じるめまいをこらえようと歯を食いしばる。それからセーターの袖をまくりあげ、水面に指をかざしながら、彼を隠れ場所から引っ張り出すとしたらこの腕で届くだろうかと考える。そこまでするつもりはない。隠れ場所は侵してはいけない。

　けれども、そこまで思い切った行動を検討するまでもない。彼は隠れ場所を出て、トーヴァを見つめながら、ゆっくりとあがってくる。腕の一本が前後に揺れているのを見て、あれは手を振っているのだろうとトーヴァは勝手に思いこむ。片手を水のなかに入れたとたん、彼女は思わず息をのむ。水があまりに冷たいせいかもしれないし、自分がしていることのばかばかしさのせいかもしれない。あるいは、その両方かも。それに応じてタコが突然、腕二本をトーヴァの手首と前腕に巻きつけてきたものだから、手が重く、自分のものでないように感じる。

「こんばんは、マーセラス」彼女はあらたまった声を出す。「きょうはどんな一日だった?」

タコは手首と前腕を握る腕に力をこめるが、乱暴な感じはなく、トーヴァはそれをあいさつの仕種（しぐさ）と受け取る。〝楽しかったよ、訊いてくれてありがとう〟と同じ意味だと。

「じゃあ、面倒なことにならずにいたのね」トーヴァはよしよしというようにうなずく。肌の色がよくなっている。休憩室でコードの山と格闘してはいないらしい。「いい子ね」トーヴァはそうつけくわえるが、すぐに後悔する。〝いい子ね〟は、ビスケットをもらうためにおすわりをした愛犬のロロにメアリー・アンがかける言葉だ。

マーセラスはむっとしたとしても、それをおもてに出さない。腕の先端でトーヴァの肘の内側をさわり、それから反対側にのばし、関節の仕組みを理解しようとするように、ごつごつした肘の先の骨を軽く叩く。関節ともろい骨からなるトーヴァの体は、彼には異様に見えるにちがいない。それから、重力に引っ張られてたるんだ上腕三頭筋のところの肌をつつく。ここは年を追うごとに、たるみが取れなくなっている。

「骨と皮ばかり。ニット・ウィットの仲間は、わたしに聞こえてないと思って、よくそう言ってるの」彼女はかぶりを振る。「みんなとは何十年ものつき合いでね。以前は、毎週火曜日に集まってランチを食べていたけど、いまは一週間おきになったわ。

ウィルが生きていたころ、出かけようとするわたしに愉快そうに笑いながらこう言ったものよ。〝あのめんどり集団によくがまんしているな〟って」

タコはまばたきをする。

「たしかにみんな、ものすごくゴシップ好きだわ。それでも、友だちなのよ……」トーヴァはそこで言いよどみ、あとの言葉はポンプのブーン、ゴボッという音にのみこまれる。じめじめした空気でくぐもるせいか、ここでは自分の声が妙な響きを帯びる。いまの彼女を見たら、ニット・ウィットのみんなはなんて言うだろう？　めんどり集団はさぞかし大騒ぎすることだろう。それも無理からぬことだ。おかしな生き物相手に自分の人生を語るなんて、いったいわたしったら、なにをやってるの？

タコはトーヴァの手首をしっかりと握ったまま、彼女の前腕にあるほくろをなぞる。うぬぼれが強かった若いころは、このほくろが本当にいやだった。当時は、すべすべした白い肌にインゲン豆大の無様な染みが三つ、よるべがないようについていた。いま、そのほくろはしわと染みに隠れ、ほとんど見えない。それでも、このタコにとってはものすごく興味深いらしく、彼はまたもそこをつついてくる。

「エリックはこれを、ミッキーマウスのほくろと呼んでいてね」トーヴァは思わず頰をほころばせる。「きっとうらやましかったんでしょう。自分も同じのがほしいと言っていたわ。あの子が五歳くらいのときのことだけど、油性マーカーを見つけて、自分の腕にわたしのとそっくり同じものを描いたの」トーヴァは声をひそめる。「しかもそのマーカーでソファにまで落書きしちゃって。そっちは落ちなかったけど」

タコがまたまばたきをする。

「もう、あのときは本当に頭にきたわ。でもね、何年もたってから、ついにそのソファを処分したときは……」トーヴァは最後まで言わなくても当然わかるわよねとばかりに、ただうなずく。それに、家具屋が砂利敷きのドライブウェイをくだっていくあいだ、浴室に隠れていたことも言わずにおく。エリックのことを話すとどうしても、あらたな喪失感がこみあげてくる。描いてはいけない場所に描いた絵のことであっても。

「息子は十八歳のときに死んだの。しかも、この場所で。いえ、正確に言うと、このすぐ外よ」トーヴァは部屋の奥を、いまは夜で真っ暗なピュージェット湾を見おろす小さな窓のほうを頭で示す。マーセラスはあの窓にのぼって外をのぞいたことがあるのだろうか？　海を見ると心が慰められる？　それともこんなに近いのにとても遠くにある、本来の生息地を見るのは屈辱かしら？　それでふと、昔ご近所さんだったミセス・ソレンソンが、陽気のいい日にはときどき、インコのカゴをポーチに出していたのを思い出す。インコたちは野鳥のさえずりを聴くのが好きなのよ、とミセス・ソレンソンは説明してくれた。それを思い出すたび、トーヴァはなぜか悲しくなる。

けれどもマーセラスはトーヴァが見ている暗い小さな窓のほうには目を向けない。そこに窓があるのを知らないのかもしれない。彼の目はあいかわらずトーヴァに向けられている。

トーヴァは話をつづける。「ある晩、息子は溺れ死んだの。小さなヨットで海に出て。ひとりぼっちで」彼女は腰が痛くならない位置を求めて身じろぎする。「何週間も捜索がおこなわれて、ようやく錨が見つかった。アンカーのロープが切れていた」彼女はそこでごくりと唾をのみこむ。「その後も捜索はつづいたけど、そのころにはエリックはもう、ばらばらになっていたはず。海の底ではどんなものでも長くはもたないから」

タコはその責任の一部は自分の仲間、その食物連鎖の位置にあるのを認めるかのように、一瞬、目をそらす。

「自分でやったんだろうという話になった。そうとしか説明がつかないからって」トーヴァは疲れたように息をつく。「でも、それはどう考えてもおかしいの。エリックは幸せだった。まあ、たしかに、あの子は十八で、その歳の男の子がなにを考えてるかなんて、わかりっこない。それに、ええ、例の口げんかの件もある……まあ、たいしたことじゃなかったけど。あの子とお友だちが家のなかでサッカーボールを蹴っていて、わたしのダーラナホース（スウェーデンの伝統工芸である木彫りの馬。体を赤、馬具を白や青などで彩色してある）をひとつ、倒したの。

わたしのお気に入りのダーラナホースを。古くてもろくなっていて……わたしの母がスウェーデンから持ってきたものなのよ……その脚が一本、折れてしまった」トーヴァは踏み台の上で背筋をのばす。「とにかく、あの子はあの子で、ここの切符売り場で働けと無理強いされたことで、わたしに腹を立てていた。でも、ほかにどうすればよかったの？　ティーンエイジャーに夏のあいだずっと、家でごろごろさせておけってこと？」

ごろごろするエリックの癖はウィル譲りだった。ふたりは部屋で何時間もふんぞり返り、フットボールでも野球でも、シーズン中のボールを使うスポーツならば手当たりしだいにテレビ観戦していた。そのあと、トーヴァが掃除機を手に入っていき、ソファの縫い目にたまったポテトチップスのかけらを吸いこんだり、汗をかいたソーダ缶がコーヒーテーブルにつけた水滴の跡をぞうきんで拭ったりするのが常だった。エリックがこの世からいなくなったあとも、ウィルは試合があるといつも同じ習慣をつづけた。なにも変わっていないかのように、それまでどおりごろごろしていた。それを見るたび、トーヴァは癪にさわった。

忙しくしているほうが、よっぽど健全だった。

「分別のある親なら誰だって、夏休みのあいだは働きなさいってわが子に言うものだわ」トーヴァは震え気味の声でつづける。「もちろん、わたしだってあんなことになるとわかっていたら……」彼女は無意識にあいている手をエプロンのポケットに入れてぞうきんを探りあて、黒いゴムを張った水槽のふちの白い水垢をこすりはじめる。しぶといが、最後には汚れのほうが屈する。タコはまだトーヴァのもう片方の手をつかんでいるが、その目は問いかけるようにゆらめいている。トーヴァはそのまなざしをこう解釈する。いったいなにをやってるの、おばさん？

彼女は小さく含み笑いを漏らす。「つい癖でやっちゃうのよ」

水槽の反対側の、ぎりぎり手が届かないところのふちが汚れている。体重を移動させて腕をのばすと、突然、踏み台がぐらぐら揺れはじめる。次の瞬間、トーヴァの指先はタコの触手をすり抜ける。彼女は硬いタイルの上に崩れるように落ちる。

「まったくもう！」彼女はぼやき、体のあちこちを確認する。左の足首がさわると痛いが、立ちあがってみたところ、重みに耐えられないというほどではない。水槽の下に入りこんだぞうきんを拾いあげる。タコは騒々しい音に驚いて引っこんでしまったのだろう、いつもの岩陰から様子をうかがっている。「なんでもないわ」トーヴァは安堵のため息を漏らしながら言う。どこも怪我していない。

ただし、踏み台はそうじゃない。

踏み台は横倒しの状態で、水槽のポンプの隣にあるがらくたの山に押しこまれている。トーヴァが動いたときにあそこまで飛んでしまったにちがいない。上の段の片方がはずれて、ぶらぶら揺れている。「もう勘弁して」彼女はぼやき、足を引きずりながら部屋の反対側まで行き、拾いあげる。段をもとの位置にはめこもうとするが、部品がなくなっているようだ。ねじのようなものが落ちていないか、淡いブルーの光に目をすがめながらタイルの上を見まわし、それからエプロンのポケットから眼鏡を出して、もう一度調べる。見当たらない。

もう一度、今度はもう少し真剣になって段をはめようとするが、うまくいかない。これをテリーにどう説明しよう？ 踏み台にあがってはいけないし、しかもポンプ室の踏み台などとんでもない。ほんの一瞬、証拠を処分しようかという考えが頭に浮かぶ。壊れた踏み台を今夜回収するごみと一緒にごみ収集容器に捨ててしまうのだ。いっそのこと、犯罪現場から完全に取りのぞいてしまえばいい。自宅に持ち帰り、ごみ収集の日に自宅前に出すのだ。しかし、家の前を車で通りかかったテリーにそれを見られたら？ そう思ったとたん、トーヴァの心臓が、ドクンと大きく鳴る。

「だめよ、そんなことをしては」トーヴァはきっぱりと言う。そんなことはできない。トーヴァ・サリヴァンはうそなどつかない。ちゃんとテリーに報告しよう。

おそらく、この仕事を取りあげられるだろう。このくらいの歳ともなると、リスクが大きすぎると判断されるだろう。それも仕方がない。

うしろでバシャバシャいう音がして、振り返ると、タコの体がすでに水槽の外にいくらか出ている。

トーヴァは目を奪われ、その場から動けなくなる。「テリーの言ってたとおりだわ」彼女はかすれた声を漏らし、タコが太い触手の一本をたいらにし、物理の法則に逆らって、ポンプと蓋の狭い隙間にもぐりこませるのを呆然と見つめる。無理に決まってる。隙間は二インチもない。八月後半のスイカほどの大きさがある巨大な外套膜がどろどろした液体としか見えない物体に変わって隙間をくぐり抜けるのを見て、トーヴァは期待に胸をふくらませ、じっと息をこらしている自分に気がつく。

彼が水槽の側面をするするとおり、体をくねらせながらタイルの床を進み、壁ぎわの戸棚の下に滑りこんで見えなくなると、彼女はふうっと息を吐く。彼がなかなか姿を現わさないので、もう戻ってくる気がないのかもしれないとトーヴァは気を揉む。ひょっとしたら、このまま逃げるつもりかもしれない。そう思うとちくりと胸の痛みを感じ、思わず息をのむ。せめて、お別れの言葉くらい言ってくれてもいいのに。

「ああ、やっと出てきた」しばらくして彼が戸棚の下から現われると、彼女はそう声をかける。彼はトーヴァの目をまっすぐに見つめながら、一本の腕をくるりとまるめた恰好でするすると近づき、彼女のスニーカーのつま先に小さな銀色の物体をぽとんと落とす。

トーヴァは呆然と見つめる。ねじだ。どこに行ったかわからなくなった部品。

「ありがとう」彼女は言うが、そのときにはもう彼は水槽に戻ろうとしている。

翌朝、トーヴァは目を覚まし、スリッパを履こうとするが、またも床にすわりこんでしまう。

「どういうこと?」彼女は目をしばたたく。左の足首だ。足全体が紫色になっているのを見てようやく、そこがずきずき痛むのに気づく。

もう一度、立とうとチャレンジする際には、心の準備ができている。顔をしかめ、足を引きずりながら廊下を進んでキッチンに入り、コーヒーメーカーをセットする。ランチの時間までがまんしたところで、ようやくレミー先生に電話しようかと考えはじめる。

夕方近くになって、書斎のコンソール型キャビネットにしまってある電話帳を取りにいったほうがいいと自分に言い聞かせる。いま彼女はソファのかつてはウィルがすわっていた場所にすわり、片方の脚をコーヒーテーブルにのせ、足首に冷凍インゲン豆の袋を当てた恰好で、ページをめくっている。やがて電話帳を横のクッションに置き、テレビのスイッチを入れる。

五時近くになって、ついに電話をかける。レミー先生の診療所は五時に閉まるのだ。

「スノーホーミシュ診療所です」不機嫌そうな響きの声がする。受付のグレッチェンがすでに取ってきた上着とバッグをあぶなっかしく持ちながら、デスクに身を乗り出し、受話器を耳の下にはさんでいる様子が目に浮かぶ。やっぱり電話しないほうがよかったかもしれない。けれども、足首はプラムのような大きさと色になるほど腫れていたし、認めたくはないもののお医者さんに治療してもらわないといけないような気がする。トーヴァは名前と生年月日を告げ、いまの状態を手短に説明するが、職場で起こった一件については黙っている。こうなったのはミズダコに話しかけているときだったことも、もちろん言わずにおく。掃除中に踏み台から落ちたとしか言わないが、それも表面的にはうそ偽りのない話だ。

「サリヴァンさん、それはたいへんですね」グレッチェンの口調がやわらぐ。「少々お待ちを。レミー先生がいらっしゃるか、見てきます」通話が雑音交じりの音楽に変わる。心をなごませるつもりとトーヴァには思える、ゆったりとしたジャズ風の曲だ。

電話口に戻ってくると、受付係は前よりも事務的な声で告げる。「いま現在、耐えられる程度の痛みならば、明日の朝いちばんに診察しましょうとのことです。八時に予約を入れますね。患部を高くしておくようにと先生がおっしゃってます。それから、そこをなるべく使わないように」

「ええ、そうよね」トーヴァは言う。

「サリヴァンさん、今夜は水族館でモップがけをするのはだめってことですからね」

トーヴァは反論しようと口をひらきかけるが、すぐに閉じる。わたしの仕事がグレッチェンになんの関係があるの？　最初はレジ打ちしながらあれこれお説教するイーサンで、今度はこれ。ソーウェル・ベイには他人のことに口出しするのはいけないとわきまえてる人はいないのかしら。「もちろん、わかってます」トーヴァはようやくそう答える。

「ならけっこう。ではまた明日」

トーヴァは電話を切り、べつの番号にかける。

ソファのクッションを指でとんとん叩きながら、テリーが出るのを待つ。ポンプ室の踏み台が壊れているのにもう気づいたかしら？　ねじははめておいたけど、完全に締めつけるにはほかにも部品が必要らしく、いちばん上の横木は傾いたままだ。でも、ウィルが昔使っていた道具入れを持っていき、きちんと直そうかとも考えた。今夜、この状態では、それがいつになることやら。

それに、床掃除はどうすればいいのだろう。今夜は誰がモップがけをすることになるの？　かわりの人なんかいるの？

マーセラスはトーヴァがいないのを不思議に思うだろうか？　なにしろ彼は、あのねじが大事なものだとわかっていた。トーヴァはそれをいまもすごいと思っている。

「トーヴァ？」テリーが電話に出る。「どうしたんだ？」

彼女は憂い(うれ)を帯びたため息をひとつつき、グレッチェンにしたのと同じ、表面的にはうそ偽りのない話をテリーに告げる。欠勤の連絡をするのは、これが人生ではじめてだ。

荷物を受け取った？

キャメロンはターンテーブルに目をこらし、自分の緑色のダッフルバッグがないかと探す。まわりは灰色や黒のスーツケースばかりだから、簡単に見つかるはずだが、二分後、彼は近くのベンチに腰をおろす。自分のが出てくるのはきっと最後だと思ったのだ。

片方の目でターンテーブルを見張りつつ、携帯電話を出してホステルのリストに目を通す。ソーウェル・ベイから数マイルのところに一軒ある。調査を始めるのはもちろん、そのソーウェル・ベイからだ。搭乗を待つあいだに郡の不動産登記を調べたところによれば、サイモン・ブリンクスはその地域に不動産を三つ所有している。ホステルの客室の写真を拡大する。ふかふかのカーペットに薄型テレビをそなえた真新しい部屋というわけではなく、バーの上のしみったれた部屋でもないが、充分に安く、アクセサリーを担保に手に入れる現金で数週間は滞在できそうだ。

アクセサリーと言えば、おれの荷物はどこだ？　クラスリングはポケットに入っているが、ほかのアクセサリーはダッフルバッグに詰めこんである。あいかわらずスーツケースがターンテーブルにのって出てくるが、もうぽつりぽつりという状態になっている。オレンジ色のベスト姿の作業員たちが飛行機の貨物室から出した最後の荷物を小型運搬車に積み、駐機場を移動してくる様子が目に浮かぶ。しょうもないシステムだ。非効率のきわみだし、人間の手が介在するポイントが多すぎる。これではべつの場所に行ってしまう可能性が高すぎる。

「予想どおりだろ？」

リムレス眼鏡をかけた同じ年頃の男がベンチの反対の端に腰をおろし、サブマリンサンドの包みをはがすと片側からがぶりとかじりつき、口を閉じずにくちゃくちゃかむ。スパイスのきいたパストラミの香りが絶え間なくただよい、キャメロンは胸がむかむかする。朝の八時にパストラミを食べるやつがどこにいる？

「そのうち出てくるさ」キャメロンは答える。

「ジョイジェットにはめったに乗らないみたいだね、そうだろ？」パストラミ男はげらげら笑う。ピクルスとレタスが口のまわりにつく。「いや、ホントの話、この航空会社は悪名高くてね。いますぐぼくたちのスーツケースがターンテーブルに出てくるよりも、ヴェガスで大もうけするほうがよっぽど可能性が高い」

キャメロンは大きく息を吸い、一流の未公開株式投資会社がつい最近ジョイジェットを数十億ドルの評価額で買収し、投資家たちは新規公開株が出るという噂に小躍りしていること、超格安航空会社でも顧客の所有物をなくすのが常態化していたら、そんな提案はされないのだと説明しようとする。しかしそのタイミングでターンテーブルが停止する。

「うそだろ、おい」キャメロンは小声でつぶやく。

アクセサリーが入ったあの袋。なんで自分で持たなかったんだ、おれは？　いまごろはサクラメントとシアトルのあいだのどこかにあるか、それより可能性が高いのは荷物担当の作業員のロッカーに突っこまれているかだろう。キャメロンは頭を抱えてうめく。

「ほらね。言ったとおりだろ」パストラミ男は死んだヘビのように動かないターンテーブルのほうを顎でしゃくる。「さて、荷物が出てこないことを伝えに行くとしよう」

キャメロンは手荷物受取所の奥にある小さなオフィスの外にできている列に目をやる。もちろん、預かった荷物に貴重品が入っていても補償の対象にはならないと、手荷物引換証の裏に細かい文字で書いてある。係員から頭上の荷物入れに入らないと言われてダッフルバッグを預けたとき注意書きにはざっと目を通していた。けれども、それが自分に適用される可能性など万にひとつもないと思い、深刻に考えなかった。ああいう文言はほかの人向けだ。キャメロン・キャスモアは貴重品なんてものは持っていないのだから。

　手荷物受取所のオフィスにたどり着くころには、列の人数は二十人になっている。パストラミ男は横の壁に寄りかかり、まだサンドイッチをもぐもぐと食べている。それもひっきりなしに。

「ところで、ぼくはエリオット」

「会えてうれしいよ」キャメロンは、とんでもないことが起こっているかのようにひたすら携帯電話を見ているふりをする。

「うーん、厳密に言うと、ぼくらはまだ会ってないよ。ぼくは名前を教えたけど、きみは教えてくれてない」

　こいつはほかにやることがないのか？「キャメロンだ」

「キャメロン。よろしくね」彼はうっとうしいサンドイッチを高くかかげる。「腹減ってる？　よかったら分けてあげるよ」

「いや、いい。パストラミはあんまり好きじゃなくてさ」

エリオットは目をみはる。「いや、こいつはパストラミじゃないって。ヤムイモサンドなんだ」

「え、なに？」

「ヤムイモサンド！　ほら、ヴィーガン用の。キャピトル・ヒルの店があるだろ？

そこが去年、この空港に売店をオープンしたんだ」

キャメロンはなんだかわからないが薄切りにした物体をはさんだ脂っこいサブマリンサンドをじっと見つめる。「ヤムイモでできてるって言った?」

「そう! そこのルーベンサンドは半端じゃなくうまいよ。本当にいらないの?」

「やめとく」キャメロンは小ばかにしそうになるのをこらえる。型にはまった暮らしをする、シアトルの新しい物好き野郎。

「ホントにいいの? もう半分あるんだよ、全然口をつけてないやつが……」

「じゃあ、もらうよ」キャメロンがうなずいたのは、この会話を終わらせるのと同時に、頭の奥から聞こえる、おまえは無料の食べ物を断れる立場じゃないだろうとささやく声をなだめるためでもある。

エリオットはにかっと笑う。「きっと気に入るよ」

キャメロンはサンドイッチにかぶりつきつつ、ふたたび携帯電話をスクロールしはじめる。ケイティが犬と一緒に自撮りした写真をアップしていた。シングルの犬とレディというハッシュタグをつけて。キャメロンはむっとするが、口のなかにおいしい味がひろがり、怒りがやわらぐ。これがヤムイモ? 本当かよ。たしかにこいつは……けっこういける。

彼はエリオットにうなずく。「ありがとな。なかなかうまい」

「そのフレンチディップをためしてみて。びっくりするから」

列はのろのろとしか進まない。ようやくエリオットは油じみた包み紙をまるめて近くのごみ箱に投げるが、ふちにかすることもなくなかにおさまったものだから、キャメロンはますますおもしろくない。

エリオットがキャメロンのほうに顔を向ける。「じゃあ、きみはこのあたりの人じゃないんだね？　ここへは仕事で？　それとも休暇？」

「家族に会いに」

「へえ、そうなんだ。ぼくは自分の家に帰るところ。おばあちゃんのお葬式があってカリフォルニアに行ってたんだ」

死んだばあちゃん。なるほどね。キャメロンはぼそぼそ言う。「それは残念だったね」

「実のところ、おばあちゃんはちょっと意地が悪くてさ。でも、孫のぼくたちを愛してくれたよ」エリックの声は驚くほど穏やかだ。「すごく甘やかされたけど、ああいうのっておじいちゃんやおばあちゃんだからできることだよね。そう思わない？」

「そうだな、たしかに」キャメロンは言い、自分の包み紙をごみ箱目がけて投げる。もちろん、彼には祖父母というものがいない。エリザベスの家にたまたま来ていたじいさんに頬を軽くつままれ、そのあとキャラメルキャンディをもらったことはある。

キャンディはねちゃねちゃしすぎてたし、甘すぎたし、頰をつままれたのも痛かった。しかも、気味の悪い年寄りみたいな、何日もたったおしっこと関節炎の塗り薬が混じったようなにおいをさせていた。じいさんが住んでる老人施設は死体保管所も同然なんだとエリザベスが教えてくれた。

「とにかく、いまは安らかに眠ってると思うよ」エリオットの顔に悲しげな笑みが浮かぶ。キャメロンはごく普通の人間の経験を盗み見る侵入者のような、彼が理解できたためしのない普通の出来事をのぞき見る部外者のような気持ちにふたたび襲われる。祖父母を失う、あるいはスーツケースに入れた貴重品を心配する。そういうのは自分以外の人が経験するものだ。

のろのろと前に進みながらエリオットが眼鏡をはずし、シャツでレンズを拭く。

「ご家族の人はきみの顔を見て大喜びだろうね。シアトルにいるのかい？」

「いや、ソーウェル・ベイだ。親父が」その答えは冷淡で、昔、じいちゃんにもらったキャンディのように、舌にべたべたくっつくように感じる。

「いいね。親父さんとの絆（きずな）を深めるわけだ」

「まあな」

「ソーウェル・ベイはいいところだよ。ものすごくきれいで」

「そう聞いてる」

エリオットは首をかしげる。「来たことはないの？」

「うん。親父はつい最近、引っ越してきたんだよ。そういうわけ」キャメロンは、ややすやすとうそが口を衝いて出たのに驚き、思わず小さくほほえむ。

「そうなんだ」エリオットは言う。「ソーウェル・ベイ。かつてはものすごく観光客に人気があったけど、いまはちょっとすたれちゃったよね。いまも変わらずやってる水族館があるよ。行ってみたら？」

「そうだね、ありがとう」キャメロンは言うが、サイモン・ブリンクスと連絡を取らなきゃならないのに、魚をながめて時間を無駄にしてる余裕は当然ながらない。また列が少し進む。ジョイジェットの手荷物受取所のオフィスを切り盛りしてるのは、ナマケモノとカタツムリからなるチームにちがいない。彼はエリオットに顔を向ける。

「前にも同じ経験をしたみたいだな。ここでどのくらい待つことになるんだい？」

エリオットは肩をすくめる。「そうだなあ、ふだんはけっこうはやいよ。だいたい二、三時間ってとこかな」

「三時間？　冗談はよせよ」

「うん、サービスの内容は払った金に比例するんだよ、わかるだろ？」

ジーンおばさんは三回めの呼び出し音で電話に出る。「もしもし？」息が切れて、はあはあえぐような声だ。

「大丈夫？」キャメロンは片方の耳に指を突っこみ、べちゃくちゃしゃべるツアー客一行の大声を閉め出す。どうしたわけかこの連中は、手荷物受取エリアのこんな奥まった場所にいるキャメロンから三インチのところに寄り集まる必要があったらしい。

「キャミー？　おまえなの？」

「そうだよ」彼はツアー客から少し離れる。「なにをしてたの？　なんでそんなに息があがってるのさ？」不愉快なウォリー・パーキンズの顔が頭に飛びこんでくる。キャメロンは身震いし、思わず電話を切りそうになる。

「第二寝室を片づけてたんだよ」おばさんは答える。

「そりゃひと仕事だ」

「まあね、おまえが泊まる部屋を作っておこうと思ってさ」長い間があく。「ケイティとのこと、聞いたよ」

「噂がひろまるのははやいな」キャメロンは爪をかむ。キャメロンを身ごもったときの母が、まったくちがう州に住んでいたのはどうしてなのか、おばさんとじっくり話をする必要がある。けれども、手荷物受取所はそれにうってつけの場所ではないし、しかもいまおばさんはキャメロンのためにせっせと汗を流してくれているのだ……まあ、せめて居場所だけでも伝えておこう。しかたがない。

「ジーンおばさん、泊まるわけにはいかないんだよ……」彼はそのあとつづける言葉が頭のなかでまとまる前に口をつぐむ。〝がらくただらけの狭っ苦しいトレーラーになんか泊まれるわけがない〟。これまでさんざんへまをやらかしてきたが、このへまだけはどうにかやらかさずにすんでいる。

やらかしてはいけないへまが、それだけだったらどんなによかったか。

電話線の向こうから、ぽたぽた滴る音につづき、湯気の音が小さく聞こえ、ジーンおばさんがコーヒーに湯を注ぎ、ポットを電気コンロに戻したのだとわかる。「ああ、わかってるとも。あたしとここで暮らしたくなんかないんだろ」おばさんは言う。「けどね、キャミー、ほかになんのあてもないんじゃないのかい？」

「あてならあるさ！」一瞬、キャメロンは計画の一部始終をおばさんに語って聞かせようかと考える。けれども、ここではだめだ。空港では。「あてならある。けど、問題があって……」

「どうかしたのかい？」

「助けが必要だ。ほんのちょっぴりでいい」キャメロンは表情をゆがめながら言う。

ジーンおばさんのため息が西海岸全体にひろがる。「今度はなにがあったんだい？」

どこから話せばいい？　こんなふうに逃げ出したあげく、家に電話して金を無心するなんて最悪もいいところだ。落伍者のおふくろと同じじゃないか。だけどしかたない。通路の反対側に目をやると、エリオットが手荷物受取所のオフィスから出てきて、キャメロンのほうに大股で歩いてくる。片手を元気に振り、もう片方の手で灰色のスーツケースを引いている。ラッキーな野郎め。

「キャミー、どうかしたの？」ジーンおばさんがせっつく。

低い天井のスピーカーから、手荷物と所持品には常に注意を払うようアナウンスする録音された女性の声が流れている。なんともいやみったらしい。

彼は息を吸いこみ、指輪と写真を見つけたこと、即座に飛行機のチケットを取ったこと、ホステルに泊まる予定であることをできるだけ簡潔に説明する。

重々しい沈黙ののち、ジーンおばさんはぽつりと言う。「そうだったのかい。ちゃんと話してやればよかったね」

「それはいいんだ。でも、この話には仕上げのチェリーがあってさ」キャメロンはおばさんがよく使う隠喩を借りる。「航空会社がおれの荷物をなくしちまったんだ」

アナウンスの声がけたたましく響き、またも彼の声をかき消す。

「もっと大きい声でしゃべっておくれ。聞こえないよ！」

「荷物をなくされたんだ！」意図せず、大声でわめいてしまう。何人かの旅行者が彼のほうに顔を向け、近くにいた団体客がむっとしたようにじりじりと遠ざかる。

ジーンおばさんが舌打ちする。「それで？　靴下と下着がいるってことかい？」

「それだけじゃすまないんだよ。いま手もとには、だいたい、全部で四百ドルしかなくてさ」

「渡してやったアクセサリーはどうしたんだい？　てっきり質屋で金に換えたとばかり思ってたよ」

「そのアクセサリーが荷物のなかなんだよ」

電話の向こうが長いこと静まり返り、やがてジーンおばさんがまたもため息をつく。

「あんたって子は、それだけ頭がいいくせに、ときどきとんでもないぽかをやるね」

エリオットはあいかわらずコショウとマスタードのにおいをほんのりとさせながら、キャメロンを追って駐車場に通じる空中連絡通路を渡り、キャメロンがひとことしか返さないのも意に介さずに次々と質問を繰り出す。ジョイジェットは本当にきみの荷物がどうなったかわからないの？　そうだ。じゃあ、これからどこに行くの？　どこか。どうやって行くの？　バス。エリオットがそれらの料金をどうやって払うのかという話題を持ち出さなかったので助かった。おばさんから借りた二千ドルをひとことでうまく言い表わせそうになかったからだ。

ジーンおばさんは借金だと思わなくていいと言い張ったが、キャメロンはそれを、どうせ返すあてなんかないんだろと言われているも同然と受け取った。図星だ。しかし、ジョイジェットがいつまでも彼の荷物をほったらかすとは思えない。戻ってきたらアクセサリーを質に入れ、クルーズ旅行の申込金を払う期限に充分間に合うよう、ジーンおばさんの口座に送金しよう。おばさんははっきりとは言わなかったが、二千ドルの出所はそこだとキャメロンは気づいていた。ジーンおばさんは何年も前からアラスカをめぐるクルーズ旅行のために、念願の旅行のために貯金していた。九月のクルーズ旅行に参加するなら、八月下旬までに残金の支払いをしなくてはならない。自分のせいでおばさんが旅行に行けなくなるくらいなら、臓器を売ってでも金を返すつもりだ。

「車に乗ってく？　ぼくが送っていってあげるよ」エリオットがそう言ってくれるのは、これで百回めだ。

「いいよ、おれなら大丈夫」

「ソーウェル・ベイはすごく遠いよ。まる一日バスに揺られることになる」

「道路端で野宿するさ」キャメロンはそっけなく言う。

「そうだ！」エリオットが駆け足で追いつく。「すごいことを思いついた」

ヤムイモでできた偽のパストラミよりもすごいのか？　キャメロンは首だけうしろに向ける。「なんだ？」

「キャンピングカーを売りたがってる友だちがいてさ。すごく古いけど、走りは抜群だよ。そいつを買えば、あちこちまわれるようになるし、寝泊まりもできるじゃないか」

キャメロンは顔をしかめる。たしかに、悪い提案じゃない。しかし……キャンピングカー？　おれにはとても買えない金額なんじゃないか？　ポケットから携帯電話を出し、送金アプリを確認する。二千ドルが入金されている。備考欄に笑顔の絵文字につづき、忠告が書かれている。**これをくだらない💩になんか使うんじゃないよ。**

ジーンおばさんはいったいいつ、絵文字の使い方なんか覚えたんだ？　それに、キャンピングカーを買うのは、くだらないくそに該当するんだろうか？　おそらく、該当するだろう。あくまで好奇心を満足させるためにキャメロンは尋ねる。「その友だちっていうのは、いくらで売ると言ってるんだ？」

「それがよくわからないんだ。二千ドルかな？」

「千五百ドルで手を打ってくれそうかな？」

エリオットはにやりと笑う。「その線で説得できると思うよ」

脚をなくしたけど忠実

夕方になると、ソーウェル・ベイの公営ビーチにはイチョウガニが大量に集まる。エリックがまだ幼かったころの夏のこと、サリヴァン一家は夕食のあと散歩に出て、エリックが残酷な運命によって片側の二本の脚を失ったイチョウガニを見つけた。当然のことながら家に持ち帰ると言って聞かなかった。本来は十本脚のところ、二本なくなっていたので八本脚のエディと名づけた。それから数週間、エリックとウィルはドライブウェイの砂利を敷きつめたガラスの水槽のなかを不運なエディがぎこちなく横歩きするのを観察した。トーヴァはジャガイモの皮やズッキーニの切れっ端をとっておいてエディの食事としてあたえ、一度か二度、ウィルが車でエランドにあるペット用品店まで出かけてブラインシュリンプを買ってくると、カニはうれしそうに食べた。

エディはカニとしては長生きしたけれど、ある朝、横歩きの途中で固まり、うかがうような目が永遠にとまった状態でいるのをトーヴァが見つけた。ウィルが亡骸を指ではさみ、庭に投げ捨てようとしたが、エリックが寝室から大あわてで出てきて、ちゃんと埋葬してあげてと言って聞かなかった。彼は床に倒れこむと父親の脚にとびかかり、不正行為に抗議するためにみずからの体を木の幹に鎖でくくりつけたヒッピーの活動家のように、そこにしがみついた。

　エリックが手作りした墓石は庭に生い茂るシダの下に、いまもそのまま残っている。

脚をなくしたけど忠実なる八本脚のエディ、安らかに眠れ。

　この成型プラスチック製のぶざまなギプスに左足を固定された状態でぎくしゃくとキッチンを歩きまわっているいま、トーヴァはあのかわいそうなカニの気持ちが痛いほどわかる。レミー先生は六週間と言った。六週間もの無益な期間、ルバーブの花壇に生えたタンポポを抜くことができない。六週間もの腹立たしい期間、自宅の廊下の幅木には埃がたまりつづける。六週間もの耐えがたい期間、水族館の床掃除はテリーが見つける穴埋め要員の手にゆだねられる。

「あなたはちゃんと四本あっていいね」彼女は自分のコーヒーを注ぎながら、キャットに話しかける。「あなたのを一本借りたいものだわ」

　キャットはそれに応えるように、前肢をなめる。

　熱々のコーヒーに最初のひとくちをつけようとしたところで、呼び鈴が鳴る。

「もう、コーヒーくらい飲ませてよ！」彼女は玄関に向かう。

「トーヴァ!」ジャニスのよく通るはっきりした声が窓ガラスごしに響く。「ごめんなさいねえ、ちょっと立ち寄ってみたの。いる?」

トーヴァは渋々ながらサムターンをまわす。

「ああ、よかった」ジャニスはキャセロール皿を持ってせかせかと入ってくる。彼女はいかにも彼女らしく抑揚のない声で言う。「今週、ニット・ウィットの集まりに来なかったでしょ」

「ええ、ちょっと行ける状態じゃなかったから」

ジャニスは一笑に付す。「ばかおっしゃい!」例のホームコメディドラマ調の口調。「いったいなにがあったの? 仕事中に転んだの? 〈ショップ・ウェイ〉のイーサンはそう言ってたけど」彼女はキャセロール皿をカウンターに置く。

トーヴァの顔から血の気が引く。イーサン? なんであの人が知ってるの?

「だからどうって言ってるんじゃないのよ」ジャニスはトーヴァを制すように片手をあげる。「でも、弁護士が必要なら、いい人を知ってる」彼女はバッグに手をのばす。「ここに電話番号があるから」

「ジャニス、やめて。ちょっとひねっただけなのに」

「そうとうひどくひねったみたいね」ジャニスはギプスに目をやる。それからピンクの薄手のスカーフをはずし、バッグと一緒にキッチンの椅子の背にかける。鼻歌を歌いながらキャセロールの皿を手に取ると冷蔵庫まで持っていき、あきスペースはないかとあちこち調べる。

「いちばん下の棚をためしてみて」トーヴァは小声で言う。

「やった！　入った」ジャニスは両手を打ち合わせる。「バーブがあなたのためにこしらえたの。ポテトとリーキのキャセロールって言ってたかしら。とにかくそんな名前。ネットで見つけたとかいうレシピについて、えんえんと聞かされちゃった」

「ありがたいわ」トーヴァはパーコレーターのほうに足をひきずっていく。「コーヒーを淹れましょうか？」

「いいのよ、あなたはすわってて。足を高くしてなさいよ」ジャニスは急いでトーヴァの前に行き、パーコレーターまで行かせまいとする。「わたしが淹れるから」

ジャニスが淹れるコーヒーはいつもやや薄めだが、トーヴァは言われたとおりすわり、挽(ひ)いた豆と水を量るジャニスを油断なく見張る。

「そこの猫には餌をやらなくていいの？」ジャニスは丸眼鏡をずらし、ダイニングチェアの下に鎮座しているキャットをうさんくさそうに見やる。キャットはそのポーズで動物なりに団結を示している。

「ありがとう、でも、その子はもう朝ごはんを食べたの」トーヴァは言う。それから、ジャニスがなにか作るわと言いださないうちに、つけくわえる。「わたしもね」キャットは横になり、ますますまるくなった腹を見せる。キャセロールのおかげでこんなに太ったのだと言わんばかりに。同情太り。トーヴァは愛情をこめてそう呼んでいる。

「わかったからそうカリカリしないで。わたしは力になろうとしてるだけなんだから」ジャニスは湯気のあがるカップを二個、テーブルに置いて腰をおろす。「レミー先生には診てもらった？」

「もちろん」トーヴァはため息とともに言う。

「それで？」

「さっき言ったでしょ。ひねっただけだって」

「お仕事はどのくらいお休みするの？」

「数週間ってところね」トーヴァは正直に答える。レミー先生から骨密度の検査をするよう指示を受けたことと、彼女の年齢では仕事に戻るのは好ましくないかもしれないと言われたことは言わずにおく。先生は好ましくないかもしれない、いと言ったのだ。まだはっきりそうと断言されたわけじゃない。ならば、わざわざ言う必要なんかある？

「数週間」ジャニスが繰り返し、疑わしそうな目でギプスを見る。「とにかく、きょうはちょっと用があって来たの。あなたが、うーん、なんて言うか、無事かたしかめるだけじゃなく」

「そう」トーヴァはジャニスが淹れてくれたコーヒーの味をたしかめるようにひとくち含む。もう一杯粉を入れたほうがいいが、まあまあだ。

「実は、用はふたつあるの」

トーヴァはうなずき、つづきを待つ。

「で、伝えたいこと、その一。火曜日のニット・ウィットの集まりに来てれば、メアリー・アンのビッグニュースを自分の耳で聞けたけど、あなたは欠席だったから……」

「なんなの？」

「娘さんのところに引っ越すんですって」

「ローラのところ？　スポケーンの？」

「そう」とジャニス。

「いつ？」

「九月になる前。いま自宅を売りに出してる」

トーヴァはゆっくりとうなずく。「そう」

ジャニスは丸眼鏡をはずし、それからテーブルに置いてあるホルダーから紙ナプキンを一枚取って、レンズを拭く。トーヴァに目をこらして説明する。「それがいちばんいいのよ。ほら、あの家の階段は急だし、それに洗濯室が地下でしょ」

「ええ、たしかにしんどいわよね」トーヴァは相づちを打つ。洗濯室が地下にあるせいで、去年の秋、メアリー・アンは階段を落ちたのだった。それでも運のいいことに、何針か縫うだけですんだ。「ローラと住めるなら最高じゃないの。しかもスポケーンだなんて。生活が大きく変わるでしょうね」

「ええ、たしかに」ジャニスは眼鏡をかけ直す。「それで送別のランチ会を計画してるの。状況にもよるけど、数週間先くらいになるかな。あなたももちろん、出席するでしょ？」

「当然。欠席するわけないじゃない。杖をついて行くことになってもね」それはトーヴァの本心だ。

「ならいいの」ジャニスは謎めいた表情で顔をあげる。「わかってるでしょうけど、メアリー・アンがいなくなったらニット・ウィットは三人になっちゃう。いずれ、わたしたちも今後どうするかを自分なりに考えなきゃいけないわね」

トーヴァは深々と息を吸いこみ、バーブとジャニスと自分の三人だけになったらニット・ウィットがどうなってしまうのか、頭に思い描こうとする。メアリー・アンと彼女が店で買ってきて自宅のオーブンで温めたクッキーがなくなったら、どうなるのかを。彼女たちとは何十年ものつき合いだ。ニット・ウィットの集まりに出かけるのは身に染みついた習慣になっている。

「そんなわけで、三人で話し合わないと」ジャニスは腰をあげ、スカーフを肩にかける。椅子を引くときにリノリウムがこすれて大きな音を立て、熟睡していたらしきキャットが顔をあげ、いぶかしげに目をあける。「急いで帰らなきゃ。ティモシーがエランドに新しくできたテックスメックス料理の店のランチに連れていってくれるから」

「あら、いいわね」トーヴァは言い、ジャニスを玄関まで送る。ジャニスの息子はいつも、母親を食事に連れていっている。トーヴァは母子がグアカモーレのボウルをシエアしてトルティーヤチップスをつけるところを想像する。

「あ、いけない！　もうひとつ伝えるのを忘れるところだった」ジャニスは短く笑うと振り返り、バッグから携帯電話を出す。「はい。あなたのよ」

トーヴァは眉間にしわを寄せる。「わたしは携帯電話なんか持ってないわ」

「これで持ったことになるでしょ」ジャニスはその機器をトーヴァのほうに突き出す。「ティモシーのお古で、すごくいいものってわけじゃない。でも、緊急時には使えるわ」彼女はさりげなくトーヴァのギプスに目を向ける。

トーヴァは顎を引く。「何度言ったらわかってくれるの、そういうのはいらないんだってば。書斎になんの問題もない電話があるんだから。バッグに入れてまで持って歩く必要なんかないわ」

「必要あるわよ、トーヴァ。ここでひとりで生活するなら。いつから復帰するか知らないけど、水族館でひとりで働くのはもちろんのこと。また落ちたらどうするの？　その話は前にもみんなでしたわよね。そのときに意見が一致したじゃない。電話を持たなきゃだめ」

長い沈黙ののち、トーヴァは手をのばし、ジャニスがそのひらいたてのひらに携帯電話を落とすのを黙って見ている。「ありがとう」小さな声で言う。

「これでよし、と」ジャニスはにっこりとする。「あとでティモシーに電話で簡単なレクチャーをさせるわ。それと、メアリー・アンの昼食会のことはまた連絡する。それはそれとして、もしなにか入り用になったら……」

「ええ、わかってる」トーヴァはジャニスが出ていくと、ドアに鍵をかける。

夕食はポテトとリーキのキャセロールにしよう。バーバラは料理の腕がいいとの評判があるわけではないが、料理はおいしそうなにおいがするし、オーブンのドアからのぞくと、食欲をそそるようにぐつぐついっている。とにかく、いつもはチキンとライスの夕食ばかりだから、たまにはちがうものを食べるのもいい。あとでバーバラにお礼の手紙を書かなくては。

タイマーが鳴る。トーヴァは身をかがめ、オーブンから熱々のキャセロール皿を出す。怪我をしていないほうの足首で慎重にバランスを取りながら半分ほど出したとき、ポケットのなかのものがぶつかってくる。

ブブッ！

キャセロール皿が床に落ちて割れ、油とチーズが飛び散る。ブブッ！ ぬるぬるになったリノリウムの上をカウンターに向かって一歩踏み出すと、ギプスが滑り、トーヴァは尾てい骨から床にたたきつけられる。今週になってこれで二度めだ。

ブブッ、ブブッ、ブブッ！

うっとうしい機器を引っ張り出すと、小さな画面に未知の発信者からの電話である旨が表示されている。彼女は顎を引き、それを放り投げる。

なんでみんな、おせっかいを焼きたがるのよ？

しかしとにかくいまは、立ちあがらなくてはならないが、それはかなり骨が折れるはずだ。立とうとするたび、ぐちゃぐちゃしたものに足を取られてしまう。電話はキッチンの向こう側で、銀色の甲虫のように腹を上に向けている。手が届いたとしても、操作の方法すらわからない。悪戦苦闘ののち、どうにかこうにかディナーチェアに身を沈める。

「勘弁してちょうだいよ」彼女はつぶやきながら、とんでもない数の紙ナプキンを使って、手についたポテトとリーキのキャセロールを拭い取る。

チキンとライスの夕食。皿を膝の上にのせ、ソファで食べた。スポーツの試合がある日にウィルがときどき、こんなふうにして食べていたっけ。

「やれやれ、このざまを見てよ。落ちるところまで落ちたものよねえ、キャット？」トーヴァは猫のやわらかな額をなで、それからリモコンを手にして夜のニュース番組をつける。

画面に映った顔が株式市場と天気についてだらだら話しているが、トーヴァはまったく集中できない。メアリー・アンの大ニュースが頭のなかをぐるぐるまわっている。メアリー・アンの終わりの始まり、最終章の第一文。継続不能なひとり暮らし。子どものような依存状態への回帰。少なくとも、娘のローラは母親をその手の施設に押しつけるのではなく、世話を引き受けるだけの分別がある。

バーバラはシアトルに住む娘たちに面倒を見てもらうのだろう。ジャニスは？　彼女とピーターはすでにティモシーの家の地下にあるアパートメントで暮らし、上に住む息子と義理の娘の多忙な生活の一部となっている。誰だってどこかの時点でどこかに行くしかない。

男性の平均寿命は女性のそれよりも数年短く、トーヴァは以前からそれは不当だと考えていた。ウィルの死は比較的シンプルだった。少なくともウィル本人にとっては。

癌（がん）の宣告、入院、治療。たしかにどれもつらいが、それと同じくらい大変なのが書類の処理、保険の請求、もろもろの手配だった。トーヴァは何時間もひとりでキッチンテーブルに向かい、それらを処理するべくせいいっぱいがんばった。彼女の番が来たときは、誰がその恩に報いてくれるのだろう？　それとも、次々に襲いかかる書類は相続人がいないので無効ということで処理されるだけだろうか。

　トーヴァはチキンとライスの入ったボウルをコーヒーテーブルの上に（もちろん、コースターを敷いて）置くと、敷物をプラスチックのギプスでこするようにしながら暖炉の前まで行く。父が紙やすりで磨き、色を塗ったシーダー材のなめらかな角を手でなぞる。この家の骨組みとなっているのは父が斧（おの）で切り倒した木で、ヨーロッパの職人気質と何世紀もの歳月に耐えられるだけのスウェーデン仕込みの仕事ぶりが光っている。老衰という熾（おき）に火がつく前に、自分はあとどれぐらい耐えられるだろう？　狭い階段や凸凹（でこぼこ）したドライブウェイに？　気まぐれに差し入れされるキャセロール料理と、クリームとポテトでぬるぬるする床に？

　わたしはキッチンの床に倒れているところを発見されるの？　救急車が呼ばれ、病院まで運ばれるの？　クリップボードにとめた入院申込書を書いてくれるのは誰？しかも、それは最初の一歩にすぎない。

ただし。

チャーター・ヴィレッジでもらったあの資料。
そろそろ、あの申込書に記入したほうがいいのかもしれない。

当店のスペシャルメニュー

キャメロンはキャンピングカーについてはまったくの素人だが、これがとんでもないポンコツであるくらいはちゃんとわかる。州間高速道路五号線を走っていると、エンジンからガタガタと音がし、どこかのベルトがゆるんでキュインキュイン鳴る。エリオットの友だちからは、乗り方がちょっと乱暴だったかもしれないと言われ、未開封の換えのベルトがグローブボックスに入っていると教えられている。ならばということで、キャメロンは交渉して、買い取り価格を千二百ドルにまでまけさせた。

ポンコツなのはたしかだが、すぐに車が手に入ったので気分がいい。ジーンおばさんの、借金じゃないということになっている金で払ったのだとしても。

かくして、残りの八百ドル——ほどのうち六ドルをばか高いカフェラテに使ったキャメロンは、州間高速道路一号線をひた走り、いまはシアトルから二時間ほど北のところまで到達し、目的地に着々と近づいている。運転席のシートは、張られているのがかびくさくてちくちくする茶色い布で、シャツを着ていても、なぜか背中がかゆくなる。後部座席も快適さとにおいの点では大差ない。昨夜はシアトルの南にある工場の駐車場らしき場所のいちばん奥にとめたが、ろくに眠れないまま終わってしまった。車のタイヤが砂利を踏む音が聞こえ、あわてて起きあがってキャンピングカーの小さなウィンドウからうかがったところ、パトカーが入ってくるのが見えた。夜明け前の薄明かりのなかでも、あのシルエットは見間違いようがない。キャメロンはすばやく運転席に移動し、急いでその場をあとにした。ワシントン州での最初の夜としてはまったく冴えない。けれども、きょうはあらたな一日だ。

最後に見た案内標識によれば、ソーウェル・ベイまであと二十マイルだ。サイモン・ブリンクスまであと二十マイル。八百ドルはどのくらいもつんだろう？　宿代を払わなくてすむようになったのだから、当分は大丈夫だろう。ブリンクス親父を見つけるか、ダッフルバッグが彼のもとに戻ってくるかするまでは。八百ドルは使いでがある。

キャンピングカーのワイパーはフロントガラスのこまかい雨をちっとも払ってくれず、彼は身を乗り出して、前方にのびる滑りやすい道路に目をこらす。次の瞬間、ブレーキランプがダッシュボードを赤く染め、前方に渋滞の車列が現われたのに気づき、ブレーキを強く踏む。少なくともブレーキはまともにきくようだ。彼はハンドルを指で軽く叩きながらのろのろと車を進め、苔だらけのガードレールや草ぼうぼうの路肩に目をやる。ここではなにもかもが緑色だ。おまけに、巨大な常緑樹が密生する森に見おろされ、キャメロンはそのせいで閉所恐怖症になった気がして、そうとう落ち着かなくなってくる。

あと十マイル、そして五マイル、そして二マイル。高速道路をおりる。〝ソーウェル・ベイへようこそ〟の看板は色が褪せ、さびが浮いている。サイモン・ブリンクスのオフィスを検索して見つけた住所にまっすぐ向かうと、ハイウェイ近くに建つ小さなオフィスビルの、これといって特徴のない場所なのがわかる。看板には〝ブリンクス開発株式会社〟とある。思ったとおり、駐車場にはほかに一台も車がないのを見て、キャメロンはいやな予感がする。思ったとおり、ドアには鍵がかかっている。

まあ、でも、まだ朝早い時間だ。ブリンクスとそこの社員は朝型人間ではないのかもしれない。キャメロンも朝型人間ではない。あきらかに遺伝だ。

さて、どうしよう？　水族館に行ってみるか。そこの人なら、ブリンクス開発がいつ業務を始めるのか知ってるかもしれない。

ドーム型の金属の屋根にはかびが筋状に生え、かさぶた状にかたまった苔と鳥の糞が点々とついている。不気味なほどがらんとしている駐車場を歩いていくと、カモメが上空を旋回する。ドアを引いてみると、鍵がかかっているとわかり、キャメロンはその理由を知る。

「正午から営業開始」彼はもごもごと案内板を読む。やっぱりな。まったく、とんでもないところだ。まるで半分眠っているようじゃないか。あるいは半分死んでいるか。彼は人のいない板張りの遊歩道に目を向ける。キャメロンがものを知らなければ、近くに汚水枡があると思ったところだ。なにしろ、このにおいだ。と言っても、岩にへばりついた海藻がにおっているだけだ。腐った卵のような硫黄のにおい。小さな波が次から次へと防波堤に打ち寄せている。

正午まで一時間ある。迷惑な長さの時間だ。朝食には遅すぎるし、昼食には早すぎるが、コーヒー一杯くらいは飲めるだろう。ちょうど、大通りの先にデリがあった。キャンピングカーは坂をのぼる途中で二度、エンストしそうになる。ようやく坂をのぼりきると、キャメロンは安堵のため息を漏らし、クラッチから足を離す。

そのデリは小さなスーパーのなかにあり、見たところ、誰もいないようだ。なかに足を踏み入れるのはタイムワープするにひとしい。しばらくして、細い通路のどこかからカサカサという音がする。キャメロンは白黒テレビ時代の番組キャラクターがひょっこり現われるものと、なかば期待する。

案に相違して、出てきたのは赤みの強いひげをたくわえた年配男性だ。おなかのあたりに染みのついた〈ショップ・ウェイ〉の緑色のエプロンをつけ、太い両腕で棚に並べている最中とおぼしき、カップラーメンを大量に抱えている。

「いらっしゃい」年配男性は言う。「なにかお探しで?」

「コーヒーはある? レストランかと思ったんだけど」

「デリは入り口の近くだよ。どうぞこちらへ」年配男性は抱えていたラーメンを床に積みあげるように置く。

「すぐにじゃなくていい」キャメロンはラーメンの山を頭で示す。「べつに急いでるわけじゃないから」

赤ひげ男はキャメロンを振り返って言う。「とんでもない。すぐにタナーを呼びましょう」そしてすぐさま大声で呼ぶ。「タナー!」

狭苦しく細い通路が作る迷路のどこかから、ふてくされた様子で、やはり緑色の〈ショップ・ウェイ〉のエプロンをかけた十代の若者が現われる。若者はかったるそうな足取りで年配男性のうしろから入り口近くへと歩く。

「こちらへ」赤ひげ男はデリの照明をつける。漂白剤のにおいがほのかにし、使った食材のにおいもしている。コショウや玉ねぎなんかのにおいだ。それに、ハンバーガーヘルパー。以前、ケイティのもとに身を寄せる前に住んでいたみじめったらしいアパートメントを思い出す。そこでは隣室の連中の夕食がなにか、廊下からでもわかったものだ。

タナーがラミネート加工したものの束をよこす。「ひととおり目を通したら、そいつがメニュー」赤ひげ男が言わずもがなのことを言う。「ひととおり目を通したら、そこの若い者に注文を伝えてやってくれ」

キャメロンはメニューに目をこらす。誰かの飼い犬、あるいはよちよち歩きのガキが角をかじりとったんだろうか。「コーヒーがもらえればそれでいい」腹が鳴ってるが、彼はそう告げる。

「タナー、このお客さんにうちのスペシャルメニューを作ってさしあげろ」赤ひげ男が指示し、キャメロンが反論する間もなく、若者は間が抜けたようにうなずいて、急ぎ足でいなくなる。見えないどこかにあるキッチンでフライパンがガチャガチャ音を立て、器具がうなりをあげながら動きはじめる。赤ひげ男が顔を寄せ、打ち明け話をするように告げる。「パストラミメルトなんだよ」

またパストラミかよ。今度のはヤムイモでできたやつじゃなきゃいいが。「いいね」キャメロンは気乗りがしないながらもうなずく。

「店のおごりだ。タナーはまだ新米でね。キッチンの仕事をやらせたいんだが、このところ、犠牲者があまりいないもんで」赤ひげ男はにやりと笑い、キャメロンの真向かいにある合成皮革の長椅子に腰をおろし、染みだらけのまるい頭を手でなでる。

「ちょっとおしゃべりしてもかまわないかな？」

キャメロンは肩をすくめる。

「いつもよそから来た人にはいろいろがんばるんだよ。ちゃんとしたサービスってやつをね」赤ひげ男はウインクする。

「なんでわかったんだい？」

「このあたりの人とはみんな顔見知りだからさ」赤ひげ男は忍び笑いを漏らす。「お客さんはどこから来たのかな？」

「カリフォルニア」

赤ひげ男は小さく口笛を吹く。「カリフォルニアか。まさか、金にものを言わせる不動産業界のいけすかない野郎なんかじゃないよな？　中古住宅をリノベして売るタイプのさ」

不動産を所有している自分を想像し、うつろな笑い声をあげる。「いやあ、そうじゃない。ここには探しに来たんだ……家族を」

相手は禿頭を傾ける。「それはそれは。どっかで見た顔だと思った」

キャメロンは思わず元気づく。なんですぐにこの線を思いつかなかったんだ？　赤ひげ男はおそらく六十代だろう。とすると、キャメロンの父親よりも歳上だが、十歳以上ちがうというわけじゃない。しかもこのうっとうしい男は、誰でもかれでも知ってるタイプだ。本人がそう言ってるじゃないか。

「うん」キャメロンは言う。「実は親父を探してる」

「親父さんの名前は？」

「サイモン・ブリンクス。知ってるかな？」

その名前を聞いて赤ひげ男の目が大きくなる。「直接には知らないな。悪いけど」

キッチンから腹に響くベースがリズムを刻みながら流れてくる。数え切れないほど聴いたのに曲名が出てこない。これが三十代になるってことなのか？　若い連中が好きな音楽に疎くなることが？　そう言えば、モス・ソーセージのラストライブの客の年齢層が異様に高かったっけ。おれたちはもうクラシックロックになっちまったんだろうか？

いや、もう何者でもなくなったんだ。

赤ひげ男が音楽に顔をしかめる。「もっと音を小さくしろと言ってこよう」彼は腰をあげかける。

キャメロンの胸に気の毒なタナーへの共感がこみあげ、思わず片手をあげて制する。

「いいんだ。気にしてないから」

「あんたら若い人はよくこんな雑音を音楽と呼べるな」赤ひげ男はかぶりを振る。

「うん、まあ、そんな悪くないと思うし、おれはモス・ソーセージのリードギタリストだったから、音楽ってものを知ってるんだ」その言葉が口から出たとたん、キャメロンはすぐに言ったことを後悔する。なんでこんなばかなことを言っちまったんだ、おれは。

「モス・ソーセージ？　あのモス・ソーセージかい？」

「あんた……おれたちの音を聴いたことがあるのか？」キャメロンは口をあんぐりあける。最後のシングルなど、ダウンロード回数が百に達するかどうかで、全員が〈デルの酒場〉の常連だと思ってたが、この赤ひげ男もダウンロードしてくれたひとりだったのかもしれない。千マイルも離れたところでモス・ソーセージを聴いてる人がいると知ったら、ブラッドはきっとちびっちまうだろう。もしかしたら、またバンドをやらせてくれと泣きついてくるかもしれない。

　赤ひげ男は真顔でうなずく。「熱烈なファンだ」

「すげえ」キャメロンは文字通り、なんの言葉も出てこない。

「おおっと、そんな顔をしないでくれ。なんか悪いことをしたみたいじゃないか」赤ひげ男の頬がひげの色と同じくらい赤くなる。「ちょっとからかってみただけだよ」

「そうか」キャメロンは頬をほてらせる。

「じゃあ、冗談じゃなかったんだな。モス・ソーセージとはいったい全体どういう名前なんだ？」

ばかな名前だよ。

タナーがブースのそばに現われる。「当店のスペシャルメニューです」気のなさそうなため息とともに、フライドポテトが山盛りになった楕円形の皿を置く。おそらく、その下のどこかにサンドイッチがあると思われる。信じられないほどうまそうなにおいがする。

「それと？」赤ひげ男がタナーを怖い顔でにらむ。

「それと……どうぞ召しあがれ、ですか？」

「コーヒーはどうした！」

キャメロンは両手をあげる。「いや、いいんだ」

「よくない」赤ひげ男の鼻の穴がひろがる。「お客さんはブラックコーヒーを注文したんじゃなかったか？　さっさと持ってこい！」それからキャメロンのほうを向く。

「申し訳ない」

コーヒーを淹れるためだろう、タナーはふくれっ面でキッチンに向かう。キャメロンとしてはあの若者がコーヒーに唾を吐かないよう願うばかりだ。

「さて、コーヒーもうちのおごりだ。おれはこれで失礼するから、ゆっくり食べてってくれ」赤ひげ男はブースを出る。「親父さんがうまいこと見つかるといいな」

キャメロンは店を出ると、灰色がかった光に目を細くする。どうしてどんより曇っているのに目がくらむほど白いんだ？　彼はレイバンを出そうとポケットをまさぐるが、そのせいだろう、〈ショップ・ウェイ〉の駐車場を半分ほど来るまで、キャンピングカーがまずいことになっているのに気づかない。

片側に少しずつ傾いている。

「やばい、やばい、やばい」キャメロンはうめきながらキャンピングカーのうしろに急ぐと、恐れていたとおりの状態なのを知る。うしろの助手席側のタイヤがぺしゃんこになってる。「くそ！」彼は叫び、ホイールキャップを思いきり蹴るが、足の親指がはさまってしまう。

がっくりきて車どめに腰をおろす。レッカー車と新しいタイヤの代金を払ったら、残りの金はそう長くはもたない。もう一度、ジョイジェットが荷物のいまの状況を知らせてきていないか、携帯電話を確認する。届いているのはエリザベスからのテキストメッセージだけだ。**そっちはどう、キャメル・トロンくん？**

「最悪だよ。最悪以上だ」彼は返事をつぶやく。すると赤ひげ男が店の前に立ち、手をサンバイザーのように額の上にかざし、赤みがかったひげを風になびかせながら駐車場をじっと見つめているのが見え、キャメロンは恥ずかしくてたまらなくなる。

「手を貸す必要がありそうだな、え？」赤ひげ男はのんびりした足取りで駐車場をやってくる。キャメロンの前で足をとめ、文字通り、手を差し出す。「ところで、おれの名前はイーサンだ」

「助かるよ」キャメロンはその手を握り、赤ひげ男のあとを追って店に引き返す。

とらわれの身の生活一三二日め

ぼくは指紋がおもしろくて好きだけど、これはちょっと多すぎる。

この三日間、彼女は掃除に来ていない。水槽のガラスは指紋がびっしりついて曇ってきている。床もつやが失われ、足跡がこびりついている。見栄えがよくない。

ぼくに心臓が三つあるのは、みんな知ってるよね？　人間も、その他の種の大半もひとつしかないのを考えれば、奇妙に思えるかもしれない。血液を全身に送る器官が複数あるのだから、もっと高いレベルの霊的存在であると主張したいところだけど、残念ながら、三つのうちふたつは肺とえらをコントロールするためのものだ。残りのひとつが器官としての心臓で、それがほかのところにパワーを供給している。

器官としての心臓がとまるのには慣れている。泳いでいるととまるのだ。ぼくが基本的に大水槽を避ける理由のひとつがそれだ。這って移動するほうが循環系にはやさしいけど、いろいろごちそうが豊富な大水槽にはサメが巡回しているから、たくさん泳がなくちゃならない。長い距離を泳ぐのは疲れるから、ぼくは狭い場所でじっと暮らすのに向いていると言っていい。

人間はときどき、驚き、衝撃、恐怖を表現するのに〝心臓がとまりそうになる〟という言い方をする。最初、それを聞いて戸惑ったのは、ぼくの器官としての心臓は泳ぐたびにとまるからだ。でも、掃除の女の人が踏み台から落ちたとき、ぼくは泳いでいなかった。それなのに心臓の動きがとぎれとぎれになった。

彼女には元気になってもらいたいけど、それはガラスが汚くなってるせいだけじゃない。

緑のレオタード

これは水曜日、エリックが死んだ夜のこと。一九八九年当時のトーヴァは、水曜日の夜にソーウェル・ベイ・コミュニティセンターのジャザサイズに通っていて、めったに休まなかった。スウェットパンツの下に、三十九歳の引き締まった彼女のウエストをぴったり覆うエメラルドグリーンのレオタードを穿いていた。ウィルはあのレオタードをとても気に入っていた。トーヴァの目と同じ色だと、いつも言っていた。

その水曜日、彼女は帰宅すると、お風呂に入るつもりでトレーニングウェアをはぎ取るように脱ぎはじめたが、ウィルがとめさせた。その日最後の陽射しが寝室の窓から射しこみ、ふたりの愛の営みを目もくらむような光で包みこんだ。ふと思ったんだけどさ。しわくちゃになった上掛けが脇に落ち、シーツ一枚だけになったベッドにふたり横たわりながら、ウィルはトーヴァに笑いかける。もうじき、この家はいつもわれわれふたりが好きに使えるようになるんだね。

エリックは秋からワシントン大学で学生生活をスタートさせることになっていた。

あの日の午後、息子はどこにいたのだろう？　トーヴァには見当もつかない。警察は何度も同じ質問を繰り返したが、おそらく友だちと出かけたのではないかと答えるのがせいいっぱいだった。当然ながら、あの子はいつも友だちと出かけていた。十八歳だったのだから。トーヴァは数年前から、息子の複雑なスケジュールを把握するのをやめていた。いい子だった。すばらしい子だった。

あの水曜日、緑のレオタードは洗濯かごにはたどり着かなかった。居間の隅にあるチャールストンチェアの肘かけに、ウィルがむしり取るように脱がせたあと、放り投げた場所にかかっていた。翌朝早く、エリックがフェリーの切符売り場の深夜勤から戻ってこないとウィルとトーヴァが通報したのち、ソーウェル・ベイ警察がサリヴァン家を訪ねたときにも、緑のレオタードは同じ場所にかかったままで、ほかはすべてきちんと片づいている部屋で、唯一の粗になっていた。記録に書かれなかった部分だ。

トーヴァはそれをじっと見つめながら刑事たちの話を聞いていたのを覚えている。あのときはまだ、そんなはずはないと思っていた。エリックは友だちの家にいるはず。誰かの家のソファで眠っているにちがいない。連絡を入れるのを忘れただけ。いい子でも、たまにはそういうことをするものじゃない？　すばらしい子でも。

どこかの時点で誰かがそのレオタードを洗濯かごに持っていった。トーヴァがそれを洗濯したはずだ。だって、ほかに誰が洗濯なんかするの？　ウィルのはずがない。

けれども、彼女にはその記憶がない。エリックは失踪したと確認され、死亡が宣告されてしまうと、ほかのいろいろなものと一緒で、いわゆる虚空に消えてしまったのだ。チャールストンチェアはいまも同じ場所にあるけれど、数年後、トーヴァが布を張り替えた。明るい感じにしたくて青と緑のペイズリー柄を選んだ。けれども、新しく布を張り替えても、あいかわらず椅子はなにか知っているように思えてならない。

この家を出るときには、真っ先にあれを処分しよう。

トーヴァは大人になってからも子ども時代を過ごした家に住むつもりはまったくなかった。もっともそれを言うなら、彼女の人生で思ったとおりになったことなどあまりなかった。パパが三階建てのこの家を建てたとき、彼女はまだ八歳だった。

真ん中の階は居住階。斜面になかば埋めこむ形になっているいちばん下の階は貯蔵室になっていて、リンゴやターニップ、ルートフィスク（干したタラを灰汁に浸けた北欧の郷土食。ゼリーのような食感と独特のにおいが特徴的。焼いたり煮たりして食べる）の缶詰などを保存していた。いちばん上の階の屋根裏部屋には母の衣装箱を置いていた。

衣装箱にはトーヴァの両親がスウェーデンに残していく気になれなかったもの、新しいアメリカでの暮らしには合わない思い出の品がたくさん詰まっていた。刺繡入りのリネン類、誰だか忘れたけれど女家長が相続した引き出物の食器、木の箱と、赤、青、黄にていねいに塗られた小さな置物。雨降りの午後、トーヴァとラーズは梯子で屋根裏にあがり、むき出しの垂木の下でよく遊んだ。ダーラナホースをお客がわりに招き、ふちがレースになったテーブルクロスを敷いてのピクニック、欠けたボーンチャイナのカップを使ったお茶の会。

数年後の夏、パパはそろそろ梯子のかわりに階段を取りつけようと言いだした。店でかなり腕のいい職人ふたりに手伝わせた。ふたりは夜明けから日没まで働いた。パパの体はそのときには衰えはじめていた。若い職人たちがシーダー材に釘を打ちこんでいるときなど、パパが廊下の椅子で休んでいたのをトーヴァは覚えている。

階段ができあがると、職人たちは垂木のあいだにロックウールを詰め、床板を紙やすりで磨いた。一方パパはといえば、屋根裏を快適な場所にする作業にいそしみ、ひとつの隅にドールハウスをこしらえ、べつの隅には頑丈なテーブルをしつらえた。また、木の椅子を二脚作り、その脚に花をつけた蔓を彫り、背もたれにはたくさんの星を刻みこんだ。

それが終わると、ママが部屋じゅうをほうきで掃いた。パパは隅っこにまるめて置いてあった手織りの敷物に張った蜘蛛の巣を払い、完成した部屋の真ん中に敷いた。

全員が、トーヴァとラーズとママとパパと職人ふたりが敷物の上に立って、出来栄えをじっくりとながめた。汚れた屋根窓から太陽の光がどうにかこうにか射しこもうとしていた。ママが酢をしみこませた布で、ぴかぴかになるまで手を動かした。

「さあ、やっと」パパが窓枠を軽く叩いた。「おまえたち子どもが遊べる部屋ができたぞ」

けれども、ふたりとももうそこまで子どもではなかった。ラーズはティーンエイジャーだったし、トーヴァは兄よりたった二歳、下なだけだった。しばらくのあいだは改装した屋根裏を使ったものの、遊び部屋への関心は薄れていった。さんざん苦労して作った遊び部屋を子どもたちが見向きもしなくなるのをパパが見ずにすんだのは、ある種の慈悲ではないかとトーヴァは考えている。

実際、そこは孫の遊び部屋になるはずだった。けれども、もちろん、トーヴァとウィルに孫ができることはなかった。

ウィルとトーヴァがママの面倒をみるためその家に戻ったとき、エリックはちびっ子になっていた。トーヴァはエリックが赤ちゃんのときに使ったおもちゃを寄付しようと思ったが、ママが承知しなかった。いつか孫ができたときのために取っておきなさいと言って。そこでトーヴァは屋根裏にしまった。

エリックが死んだあともそのままになっていた。いまもそこにある。

唯一、変わったのは屋根窓だ。ウィルが取り替えさせたのだ。エリックが死んで数年たったころのことで、ウィルはちょっとした問題を抱えていた。悲しみがそうさせることはよくある。トーヴァはその問題のことは考えたくもない。あのときはいつものウィルじゃなかった。とは言うものの、わが子を失えば、いつもどおりなんてものはひとつもない。

現実的なトーヴァは、あの問題のおかげで新しい窓になったと言った。いままでのよりも大きくて、明るい窓になったと。

いま屋根裏部屋を突っ切っていくと、このままガラスを突き抜け、向こう側の梢（こずえ）まで行けそうな気がする。やっぱり美しい部屋だ。ここからは海が最高によく見える。

以前、彼女とウィルは不動産業者と会って、ちょっと見てもらったことがある。

「なんてすばらしい」業者はおおげさな声を出す。「家全体が本当にすばらしいわ。これほどの物件がこんなところにあったなんて！」

たしかにそのとおりだ。ブラックベリーがびっしり植わった急で岩だらけのドライブウェイの、いちばん奥にある斜面に埋めこまれているせいで、前を通り過ぎても家があるとは気づかない。

不動産会社の女性は階段の手すりを指先でなぞり、屋根裏部屋の天を衝くほどの梁（はり）を、大聖堂のそれを思わせる磨きあげられた高い梁を見あげ、称賛の声を漏らした。彼女は屋根裏部屋の棚から、タイヤがひとつなくなっているおもちゃの車を手に取った。エリックのおもちゃだ。「もちろん、売り家のリストにのせるには、こういうものはすべて処分しなくてはなりませんけど」業者は言った。

夫妻は家を売らないことにした。

そのおもちゃの車はいまも同じ場所にある。トーヴァは手に取って、ローブのポケットに入れる。

今度は、あのときとはちがうことになるだろう。


ベッドにたどり着いたときには、かなり遅い時間になっている。キャットがベッドカバーの上でまるくなり、脇腹を静かに上下させている。猫を起こさぬよう、そろそろとベッドカバーをめくる。思わず笑みが漏れる。動物と同じベッドに寝ることになるとは想像もしなかったけれど、この子がいてくれてよかったと思う。

うとうとするうち、不思議な世界に迷いこむ。夢だ。そうに決まっているはずなのに、絶対とは言い切れない。というのも、あまりにありきたりだからだ。夢のなかでトーヴァは自分の腕に抱かれ、この固いベッドに横になっているが、やがてその腕がだんだん大きくなって、赤ちゃん用のおくるみのように彼女を包みこむ。腕には吸盤が、無数の小さな吸盤があり、そのひとつひとつが肌に吸いついてくる。腕はさらに長くのび、やがて繭(まゆ)となってすべてが暗く、静かになる。強烈な感情が体内にこみあげてきて、しばらくしてトーヴァはその感情が安堵だと気づく。繭は暖かく、ふかふかで、彼女はひとりきりだ。幸せなくらいひとりだ。そしてついに、睡魔に屈する。

華やかさとは無縁の仕事

キャメロンはここでぼんやりしていてもいいものか決めかねつつも、イーサン宅のキッチンのテーブルについている。イーサンがレッカー会社で運転手をやっている友だちを呼び出してくれ、その友だちは渋々ながらもキャメロンのキャンピングカーを無料でイーサンの家まで牽引し、ドライブウェイに入れてくれた。キャメロンは何度も何度も礼を言った。それでもパンクをなんとかしなくてはならないが、少なくとも、スーパーの駐車場に置きっぱなしにせずにすむ。

しかし、これだけのことを片づけるのにずいぶん時間がかかった。もう五時だ。ブリンクス開発を再訪する計画はとりあえず延期だ。

「本当にここに置いてかまわないのかい?」

「朝、うるさくしないでくれればかまわんよ」

「おれは朝型人間ってわけじゃないから」キャメロンは笑いながら言う。とにかく今夜はどこかの薄暗い駐車場で寝ずにすむ。もうひとくちウイスキーを口に含むと、肩がほんのわずか、ほぐれるのを感じる、モデストを出てはじめて、かなりリラックスした気分になる。

「正直なところ、話し相手ができてうれしいんだよ」

「おれもだ」キャメロンはうなずく。それに、イーサンはサイモン・ブリンクスのことは知らないと言っていたが、なにか役に立ってくれるかもしれない。このあたりの住民の全員を知っていそうだ。ここだとどのくらい分断が進んでいるんだろう？ ブリンクスみたいな金持ちだって、たまには牛乳を買わなきゃいけないはずだ。

キャメロンはふと思いついた。すばらしい考えを。「イーサン」と思い切って切りだす。

「なんだ？」

「〈ショップ・ウェイ〉で求人を募集してるかな？」キャメロンはテーブルに身を乗り出す。「ていうか、おれを雇ってくれないか？」

イーサンはしばし考えこむ顔を見せる。

「レジは打てる」キャメロンは生まれてこの方、レジスターにさわったこともないが、そんなにむずかしいものじゃないはずだ。「品出し。テーブル拭き、なんでもやる」

「うーん、申し訳ないが、そんなにたくさん仕事はないんだよ」イーサンは首を横に振る。「タナーをくびにしなきゃ無理だ」

キャメロンはがっくりし、グラスの中身を飲み干す。「そうだよな。いまのは忘れてくれ」

「だが、仕事を探してるなら、心当たりがないでもないぞ」イーサンはキャメロンにスコッチをもう一杯注いでやる。グラスに注がれるとき、琥珀色の液体から温かみのあるうっとりするような香りが立ちのぼる。「なんなら紹介してやってもいい」

キャメロンはこぶしに顎をのせる。いまいましいキャンピングカーのタイヤめ。レッカー会社のイーサンの友だちは、タイヤを調べようとしゃがんだとたん、小さく口笛を吹いた。リムにひびが入っているし、ホイールウェルがゆがんでいる。まずい。数年前、愛車の古いジープをジャッキアップして点検したら、修理に何百ドルもかかった。しかも、荷物はあいかわらず行方不明だし、ジーンおばさんのクルーズ旅行の資金を返さなくてはならない。なんとかして現金を稼がなくては。

「ちょっとした維持管理の部門だ」イーサンがつけくわえる。「華やかさとは無縁の仕事だけどな」

「それはかまわない」キャメロンは顔をあげる。「紹介してもらえるのかい？」

「実を言うと、応募用紙が家のどこかにあるんだ。店のデリカウンターに置いてくれと、仲間からひと束、渡されてね」イーサンは腰をあげ、すぐに戻ると肩ごしに言いながら大股でキッチンを出ていく。

しばらくののち、彼は一枚の紙を振りながら戻ってくる。

「いまここで書くよ」キャメロンはテーブルにあったペンを手に取る。

イーサンの顔にじわじわと笑みがひろがる。「おれが推薦すれば、採用まちがいなしだ。だったら、ちょいとばかしふざけてみないか」


次の日の午前中、十一時十五分前にキャメロンはふたたび水族館を訪れる。今度はドアが大きくあく。

イーサンは朝いちばんに、彼の〝仲間〟とやらに電話したらしく、十時にキャンピングカーのドアを叩き、熟睡していたキャメロンを起こした。イーサンの緑の目はらんらんと光り、ゆうべ遅くまで飲んだのに、まったく響いている様子がなかった。一時間以内に面接に行くよう、潑剌(はつらつ)とした声でキャメロンに伝えた。

「いちおう言っておくが、そいつの名前はテリーで、けっこうな魚おたくだが、めちゃくちゃいいやつだ」イーサンはかれこれ十回近くした助言を繰り返した。「とにかく肩の力を抜けば、絶対にその場で仕事をくれる」

オフィスチェアにすわったまま、くるりと向きを変えた男は、魚おたくと聞いてキャメロンが予想していたのとはちがっている。ラインバッカーをやっていると言われても通りそうだ。男はあきらかに電話中だが、なかに入るようキャメロンに向かってうなずく。

悪いね、と男は口の形だけで言い、電話に戻る。

キャメロンは盗み聴きをするようなことはしたくない気持ちと指示に従いたい気持ちがせめぎ合い、ドアのところでまごまごする。仕事の面接のしょっぱなから指示をないがしろにするのはよくない。

魚おたくが声をひそめる。「トーヴァ、いいか、このあいだ電話をくれたときと同じことを繰り返すよ。お医者さんが六週間と診断したなら、それに従うべきだ」眉間にしわが寄る。「わかった。しょうがないな。四週間たったら、そのときにあらためて考えよう」またも間があく。「ああ、もちろんだとも。ちゃんとやれるかたしかめる」

沈黙。

「うん、ごみ箱のまわりが汚くなるのはわかってる」

沈黙。

「うん、必ず綿百パーセントのものを使わせるよ。ポリエステルだとガラスに筋がつくからだね。わかった」

沈黙。

「じゃあ、そういうことで。きみも元気で」そう言うときの声には、愛情がにじみ、カリブ海系のようなイントネーションがうっすら感じられる。もっとも、キャメロンはカリブ海に行ったことはない。

魚おたくは長々とため息をつきながら受話器を戻してかぶりを振り、立ちあがって手を差し出す。「テリー・ベイリーだ。面接に来た人だね?」

「うん」キャメロンは背筋をのばし、イーサンから言われたことを思い出す。「ええと、はい。維持管理の仕事の」キャメロンはデスクごしに応募用紙を差し出す。

「けっこう」テリーはふたたび椅子に腰をおろし、用紙に目を通しはじめる。キャメロンも腰をおろし、すぐに、書いた内容を後悔する。イーサンとふたり、例のスコッチをほぼ飲みつくしていたし、なにを書こうが関係ない、おれの推薦があれば怖いものなしだからなとイーサンが太鼓判を押したせいだ。

ふたりともおふざけの度が過ぎたかもしれない。

テリーが顔をしかめる。「〈シーワールド〉で水槽の維持管理をしていたって?」

「そうです」キャメロンはうなずく。

「しかも、〈マンダレイ・ベイ〉にあるサメ水槽を設置した作業員のひとりだったのかい? かの有名な……ラスヴェガスのリゾートの?」

「はい」キャメロンは口が引きつるのを感じる。やはりやりすぎか?

テリーの声から抑揚がなくなる。「〈マンダレイ・ベイ〉でサメを展示するようになったのは、ええと……何年だ？　一九九四年じゃなかったか？」

「そのとおり。九〇年代は最高ですよね」キャメロンはさりげなさを装うとして含み笑いを漏らす。

テリーはその手に乗らない。「きみはまだ生まれてもいないだろうに」

キャメロンは一九九〇年生まれだが、それをテリーに指摘するのは賢明でないだろう。そこで彼はこう言う。「ええ、まあ。ところどころ、話を盛っちゃったかも」

「なるほど。どうもお疲れさま。帰ってもらってけっこうだ」

キャメロンはその言葉がぐさりと胸に堪え、驚きのあまり顔をあげる。

「だから、帰ってもらってけっこうだ」テリーの声には感情というものが微塵もない。

「もう話は充分聞いた」

「ちょっと待って！」キャメロンは自分が情けなくも泣きつかんばかりの声を出していることにぎょっとする。しかし、パンクしたタイヤをなんとかしなきゃいけない。ジーンおばさんのクルーズ費用もある。なんとしてでも、いくらか現金を手に入れなくてはならない。それも大至急。応募用紙を指さしながら言う。「わかった。そこに書いたことは全部うそだ」

「ほう」

「おもしろいと思ってくれるとイーサンに言われたんだ」

テリーはため息をつく。

「けど、なあ、話を最後まで聞いてほしい。おれはいますごいピンチなんだ。修理でも、維持管理でも、必要とあればどんなことでもやる……何年か、建築現場で働いた経験がある。カリフォルニアで金持ち連中の贅沢な家を建ててたんだ」これまで数え切れないほどくびになったことは言わずにおくが、顔に出ているんじゃないかと不安になる。

テリーは椅子の背にもたれて腕を組み、片方の眉を吊りあげる。〝そうか、聞くだけは聞いてやる〟を意味する世界共通のポーズ。

キャメロンは思いつめた顔で身を乗り出す。「これまであんたの想像を超えるくらいたくさんのカッラーラ産大理石を張ってきた。やってもらいたいことがあったら、なんでもまかせてくれ。約束する」

テリーはとんでもなく長い時間、応募書類を見つめる。ようやく顔をあげ、目を細くする。「カリフォルニア州だのカッラーラ産大理石の話はどうでもいい。いまの猿芝居についても、なんとも思わない」

キャメロンは膝の上で組んだ両手をしみじみながめる。昔、観覧席の下に隠れて煙草を吸ったせいで校長室に呼ばれてお説教をくらったときと、異様によく似ている。あのときと同じで、これも身から出たさびだ。

テリーはつづける。「あのね、アメリカの大学に願書を出した当時、ぼくの標準テストの点数はたいしてよくなかった。でも、海洋生物に関する知識はあったんだ、本当に。キングストン郊外の漁船で育ったからね」彼は散らかり放題のデスクに置かれた書類の山を動かす。「この地で海洋生物学を学びたいぼくに、たくさんの人がチャンスをくれたおかげで、それが実現したんだよ」

キャメロンはデスクのうしろに飾られた額入りの卒業証書を見あげる。最優等（スマ・クム・ラウデ）とラテン語の文字がある。テリーは単なる魚おたくではないらしい。ある意味、魚の天才なのだ。

「つまり、おれに……チャンスをくれるってこと？」

「それはちょっとちがう」テリーはキャメロンを穴があくほどにらみつける。「きみはこれまでにも何度もチャンスをあたえられてきたように思う。自分では気づいてもいない絶好の機会を。だが、きみはそれを棒に振っている」

図星だよ。

「とにかく、きみにチャンスをあたえるが、きみがあたえられてしかるべき人間だからじゃない。イーサンをおとなしくさせるためだ。しばらく前、ポーカーであいつをこてんぱんにやっつけたら、あることないこと、べらべらしゃべりまくられてね」テリーは愉快そうに笑う。

「感謝します」キャメロンは背筋をのばして言う。

「後悔はさせません」

「仕事の具体的な内容を知りたくないのかい？」

「維持管理だと思ってたけど」キャメロンが建築現場で働いた経験があることは、当然、イーサンから話がいっているはずだ。彼は屋根を補修したり、水漏れする蛇口を修理したりする自分を思い描いていた。

「まあ、たしかにそうなんだが。餌を切る。バケツを洗う。そういう仕事だ」

「わかった」餌か。べつにそう悪くないじゃないか。それにどっちにしろ、荷物が出てくるまで、あるいはサイモン・ブリンクスを見つけるまでのことだ。どっちが先になるかわからないが。もちろん、そんなことはテリーに告げたりしない。

「時給二十ドル、週二十時間」

頭のなかで計算した結果、キャメロンの楽観的な考えは撃沈する。税金が引かれ、キャンピングカーのガソリン代を払ったら、イーサンが店から持ち帰る期限切れの料理を食べて金を浮かせたとしても、ジーンおばさんに金を返せるのは夏の終わりになってしまう。夏の終わりではクルーズ旅行の申込金を払うには遅すぎる。

「あの、そっちさえよければ、もっと働いてもいいんだけど」キャメロンは言う。

テリーは指を尖塔（せんとう）の形に組み、しばらく考えこんでから言う。「きみはクリーンかい？」

キャメロンは反射的に自分のシャツに目を落とす。イーサンの家で洗濯してきたほうがよかったかもしれない。そこでふと、テリーの言わんとした意味に気づく。これは……前科のことを言ってるのだ。

「ええ、まあ、だいたいのところは。微罪がいくつか。一度、バーが閉まるって言われて、それで――」

テリーは首を横に振る。「そうじゃない。ぼくは、きみは掃除（クリーン）をするかと訊いたんだ。たとえば、床のモップがけはできる？」

「ああ」キャメロンはそう訊かれて考えこむ。「えっと、うん、大丈夫です」

「だったら、もう少し働いてもらってもいい。夜間だ。しかし」テリーは厳命するように指を一本立てる。「これは期間限定の仕事だ。数週間ほど、いつも来てくれてる掃除係の女性の代わりをしてくれる人間がほしいだけだ」

「かまいません」

「それと、これだけは言っておくよ、キャメロン・キャスモア。イーサン・マックは仕事の応募に関してはまともな助言ができないかもしれないが、彼はぼくの大事な友だちだ。だから、きみにチャンスをやるのは、彼の言葉を信じてるからだ」

「よくわかりました」キャメロンはうなずく。

「彼をがっかりさせないでくれよ」

イーサンが迎えに来るのを待つあいだ、キャメロンは桟橋をぶらぶらと歩いていく。真昼の太陽がきらきら輝く銀色の筋を水面につける。サップ乗りの一団が立てた小さな波が埠頭に向かっていく。

ポケットに手を入れると、指がカードキーにあたる。鍵を預けるほど信頼してくれる上司ははじめてだ。取り出して、海を背景にカードキーの写真を撮り、それをジーンおばさんにショートメッセージで送る。

送信ボタンを押すと同時に、電話がかかってくる。どこの番号かすぐにわかる。今週、千回もかけた番号だ。五、六回も留守電メッセージを残した番号だ。キャメロンは心臓の鼓動が高鳴るのを感じながら、緑色のボタンを押す。

「キャメロンです」彼はあらたまった態度をよそおって電話に出る。

「もしもし。ブリンクス開発のソーウェル・ベイ支店のジョン・ホールと申します」うんざりした声だ。「こちらに何度か留守電メッセージを残していらっしゃいましたので。ご用件がございましたら承ります」

「よっしゃ!」キャメロンは気を引き締めようと、大きく息を吸う。「えっと、はい。ブリンクスさんにお会いしたいのでアポイントメントを取りたい」

「残念ながら、いまのところ、ご希望には添いかねます」

「なんで？」

「ミスタ・ブリンクスはほとんどいつも、シアトルのオフィスで仕事をしております。そちらにおかけになってはいかがでしょう」

「それはやったさ！」おれがそっちに電話しなかったみたいな言い方をしやがって。ウェブサイトに書いてある番号なんだぞ。「そこにはいないと言われた」

「そうですか。でしたら、ミスタ・ブリンクスはそちらにもいないんでしょう」ジョン・ホールの声には感情というものが微塵も感じられない。

「いないはずがないだろうが！」キャメロンは子どもじみた声を出してしまう自分に嫌気がさす。彼のものを窓から投げ捨てようとしたケイティに、やめろとすがったときと同じ声だ。「頼むよ。大事な用件なんだ」

電話線の向こう側でジョン・ホールが書類だかなんだかをがさごそやるのが聞こえる。遠くで列車の汽笛が鳴るが、同じ列車の音が、彼がいまいる桟橋からもはっきりと聞こえる。こんなにすぐ近くまで来ているのに、どうしてまだこんなに距離があるんだろう？

やっとのことで、ホールが尋ねる。「どちらさまとおっしゃいましたっけ？」

「キャメロン・キャスモア。家族……の者だ」

「そうでしたか。でしたら」長い間があき、それからホールは用心ぶかい声でつづける。「ご存じと思いますが、ミスタ・ブリンクスはこの時期は夏の別荘においでのことがよくあります」

「夏の別荘？　どこにあるんだい？」

ホールはせせら笑う。「住所を教えてさしあげるわけにはまいりません。あなたのご家族のどなたかがご存じなのではないかと」

キャメロンが言われたことを理解したときには、電話はすでに切れていた。彼はベンチに力なくすわりこむ。ブリンクスの夏の別荘なんて、どうやって探せばいいんだ？

電話をポケットにしまう前に、ジーンおばさんからの返信が目に入る。シャンパンの絵文字のあとに〝えらいわ、キャミー〟と書かれている。

とらわれの身の生活一三二四日め

テリーが人を換えた。年配の女の人を（人間がよく言うところの）若いバージョンと交換したのだ。

そいつが面接に向かう途中、ぼくの水槽の前を通った。肩を耳たぶにくっつくほど引きあげ、てのひらがじっとり湿っていた。見るからに緊張していた。引きあげるときは流れるようなリラックスした足取りだった。面接がうまくいったにちがいない。

その男の歩き方にはどこか……見覚えがあった。もっとじっくり観察できればよかったけど、男はものすごく早足で建物から出ていってしまった。観察の機会はそのうちまたあると思う。おそらくは、今夜。

いいタイミングだ。ゆうべ、ぼくはイチョウガニが脱皮したか見ようと角を曲がったところまで遠出した。なにしろ、甲羅がやわらかいときがいちばんうまい。床は率直に言って、憂慮すべき状態だった。水槽に戻ったあと、吸盤と吸盤のあいだに詰まった汚れを取りのぞくのに、けっこうな時間を費やした。

あの若い男には今夜から働きはじめてほしい。イチョウガニはまだ脱皮していなかったけど、明日にはするだろう。あのへどが出そうな床をまた往復するのかと思うとうんざりだ。

前の掃除係だった女の人はもう復帰しないと考えたほうがいい。会えなくなるのが残念だ。

傷ついた生き物に弱い

キャメロンの背中は野球のバットで叩かれたような状態だ。バケツ何杯分ものサバを刻み、それを水族館のすみずみまで運ぶ作業はしゃれにならないくらいしんどい。腰がずきずきいうし、左の肩胛骨（けんこうこつ）の下がやばいくらいに凝ってるし、右に顔を向けるたび——キャンピングカーの助手席側のサイドミラーが壊れているので、しょっちゅうあることだ——首がゴキッといやな音を立てる。

マットレスも状況をさらに悪くする。数晩過ごしたのち、キャメロンはとうとう我慢の限界に達した。前の持ち主はきっと、マットレスを便器がわりに使っていたにちがいない。昨夜は饐（す）えた小便のにおいが強烈すぎて、車の外に引きずり出し、イーサン宅のドライブウェイに放り投げ、油ぎった厚い合板の上で眠ることにした。どれだけ寝づらいだろう、とうとうとしながら考えた。結果は、とんでもなく寝づらかった。もう若くはない。なにしろ三十歳なのだ。

少なくともタイヤとホイールウェルは修理した。ただし、八百ドルの持ち金のうち七百ドルを取られた。このまま荷物がどこからともなく出てこなければ、水族館から最初の給料が支払われる今度の金曜まで、残りの百ドルで食いつなぐしかない。あと三日だ。

またも首がゴキッと鳴って顔をしかめつつ、最後の右折をしてソーウェル・ベイ最大のショッピング街、と言っても店がぽつぽつと並んでいるだけのしょぼい通りに車を入れる。イーサンから教わった不動産業者の事務所は、その真ん中あたりにある。キャメロンは事務所の前に車をとめ、とても動いているようには見えない年代物のパーキングメーターの前を通り過ぎる。店の正面ドアをあけると、バッテリーが切れかかってる子どものおもちゃのような、気の抜けたチャイム音が鳴る。

「いらっしゃいませ」不動産業者は髪をブロンドに染め、細面でのっぺりとした表情の中年女性だ。

キャメロンは名を名乗り、サイモン・ブリンクスを探していると説明する。

不動産業者の女性はおかしそうに笑い、首を左右に振る。「ええ、あの人の広告は目にしたことがあるけど、知ってるとは言えないわ」

「彼は不動産業界の人間で、あなたも不動産業界の人間だ。なんとか彼と連絡がつかないかな?」キャメロンはデスクの卓上ネームに目をやる。ジェシカ・スネル。「恩に着るからさ、ジェス」

「ジェシカです」彼女はそっけなく言う。彼女の目ががらんとしたオフィスをすばやく見まわす。冒険系アウトドア用品店の名前が入ったカレンダーが壁に貼ってあり、すでにめくって八月になっており、手漕ぎボートに乗った人物が、霧に煙る湖に釣り竿をキャストしている写真が使われている。まだ七月の第二週だ。カレンダーをこんなに早くめくってあることが、キャメロンにはなぜか気にかかってしょうがない。

「頼むよ」キャメロンは愛想よくほほえみながら、両のてのひらを合わせる。「どうしても見つけなきゃならないんだ」

不動産業者の女性は目を細くし、顔にしわが寄って渋い表情になる。紙のように薄い肌は、古い野球のグローブのように、ものすごく簡単にしわができる。彼女は眼鏡をかけ直して言う。「どちらさまとおっしゃいましたっけ?」

キャメロンは背筋をのばし、もう一度名前を告げる。少しためらったのち、つけくわえる。「おれはブリンクスの息子なんだ」

「あの人の息子?」

「たぶん、そうらしい。いや……ひょっとしたら、ってとこかな」キャメロンは肩をぐっと引く。「ブリンクスがおれの父親だと信じる充分な根拠があるんだよ」

ジェシカ・スネルは片方の眉をあげる。

「たしかな証拠。たしかな証拠があるんだ」

「でしたら、なぜわたしに協力を求めてくるのかわかりかねますが」不動産業者は肩をすくめる。「ご家族の方に訊けばすむことでは？　お母さんとか」

「おふくろはおれが九歳のときにおれを捨てていなくなった」

「まあ、なんてひどい」彼女は目をいくらか見ひらき、顎の力を抜く。釣り針も釣り糸も重りも全部のみこんだみたいに彼の言い分を完全に信じている。ここでは彼は漁師で、彼女は湖で待っているグッピーだ。

「しかも、ほかに家族はひとりもいなくてね」キャメロンは背中で指を重ねて十字架の形にする。ジーンおばさんはきっとわかってくれる。こういう状況では、事実を少しばかりねじ曲げることも必要だ。

ジェシカ・スネルは目のまわりに同情の色をにじませながらうなずく。

「ま、そんなわけで、親父に会ったことがないんだ」キャメロンは話をつづける。「おふくろが会わせないようにしてたから」うん、実際そうだったよな？　キャメロンと暮らした九年間のどこかで、なにか、なんでもいいから父親について話すことができたはずだ。それに、その後のどこかの時点で、接触してくることだってできたはずだ。少なくとも自分で蒔いた種を刈り取る努力くらいしてもいいじゃないか。少なくとも、そばにいて、キャメロンの質問に答えてくれてもいいじゃないか。だから、いまの発言はうそにはならない。ほかのたくさんのことと同じように、これは母のせいだ。それに、キャメロンと父が会えずにいたのは比喩的に言って、母に原因がある。母があんなトラブルメーカーでなければ、サイモンだか誰だかわからないが、とにかく父親は離れていかなかったかもしれない。

スネルは薄い唇をかみ、これからいけないことをするように、左右にすばやく目を走らせる。「こうしてはどうでしょう。去年、わたしは地域の大会に行けなかったんですけど」彼女はため息をついて、くわしく説明する。「本当は行けたんです。登録もしてたけど、娘のピアノ発表会と重なってしまって。大会はこの周辺では最大の商談会だったのに。両立させるのは本当にむずかしいわ」

キャメロンはその葛藤はよく理解できるよというように、力をこめてうなずく。下に目をやると、ジェシカのデスクに磁器のペーパーウェイトがのっているのに気づく。まじめくさった顔の大きな緑色のカエルだ。台には遊び心のある字体でこう書いてある――まがいものはおことわり。ジーンおばさんが好きそうだ。

不動産業者はまたも眼鏡を押しあげる。どうしてぴったり合うように調節しないんだろう？　精密ドライバーがあれば、簡単に直せるのに。

彼女の話はつづく。「で、その大会の話。わたしは欠席しましたけど、ブリンクスさんは絶対に参加したはずです。聞いた話によれば、そういうことに命を懸けてるらしいから。オープンバー大好き人間って噂です」彼女は小指と親指をのばし、サーファーのアロハサインにする。

埃がたまっている〝まがいものはおことわり〟のカエルのまるい頭を指でなぞりたい衝動をこらえ、キャメロンはまたもうなずく。

「とにかく、登録した人全員に参加者の一覧が送られてくるんです。よかったら、彼の名前を調べてさしあげましょうか」

「いや、ホント、ありがとう。すごく助かる」キャメロンの笑みが大きくなり、スネルはかすかに頰を赤らめる。

「すわって待ってて。一覧を掘り出すのにちょっとかかるでしょうから」

スネルが奥の部屋に消えると、キャメロンは腰をおろす。頭のなかに場面が浮かんでくる。上等なスーツを着こんだ白髪交じりの男が、よく磨かれたマホガニーのカウンターへとキャメロンを手招きし、バーテンダーを呼ぶ。贅沢な生活を教えてあげよう、と男は言い、つややかなカウンターに片肘をつき、隣の椅子を軽く叩く。よく手入れされたバーガンディー色の革を張った椅子は、〈デルの酒場〉の尻の形にへこんだ薄汚れた固いスツールとは大違いだ。男がやさしそうにほほえむと、キャメロンと同じ、左の頰にえくぼができる。彼のなかでなにかが泡立ち、いまにもあふれそうになるが、ずいぶんたってから、それが喜びと安堵が入り交じった酔い心地のいいカクテルだと気づく。金色の液体がふたつのグラスに音もなく注がれる。コニャックだろう。でなければ、イーサンのところにあるような高級ウイスキーか。酒が大ぶりの氷の上に流れ落ち、男が愛情をこめてキャメロンの背中を叩こうとしたとき――

ピンポン！

ぎくりとしてあちこち見まわすと、不動産事務所のドアを入ってすぐのところに、若い女がこぶしをぎゅっと握って立っているのが目に入る。髪がぐしょぐしょに濡れている。すごくセクシーで、ソーウェル・ベイで見かけたなかでいちばん魅力的だ。なぜだか、怒った顔をしているせいで、ますますセクシーに見える。

「ジェス！」女がおもしろくなさそうな、いらいらした調子で呼ぶのを聞き、キャメロンはこれは何度となく繰り返されてきたことなのだろうと思う。突然の乱入者に見とれつつ、彼は不動産業者のニックネームを言い当てた自分を褒める。

彼は奥の部屋のほうを親指で示す。「彼女ならそっちだよ」

「あ、そう。どのくらいで戻るかわかる？」女の声にはいらだちがにじんでいる。彼女が胸の上で腕組みをしたので、小ぶりながらも張りのあるおっぱいが、着ているタンクトップの襟ぐりまで押しあげられ、次の瞬間、キャメロンは椅子にすわったままもじもじしはじめる。おいおい、おれは十二歳のガキかよ？　しかし、はっきり言って、ケイティ以来、三週間のご無沙汰なのだ。

彼は顎を引く。「さあ？　そんなにかからないと思うけど？」

「彼女、なにしてんの?」

「ええと、おれのために仕事してくれてるんじゃないかな? 彼女の……クライアントだから?」

女はばか笑いし、キャメロンに一歩近づく。彼女は日焼けどめのようなにおいをさせている。「あんたがクライアント?」

「なんで、おれがクライアントじゃだめなんだ?」

「さあ。ジェシカ・スネルが売るのは何百万ドルもする家だからかな? あんたってば、シーホークス(シアトルのアメフトチーム)の試合が第四クォーターに入ったころの、スタジアムのトイレよりもひどいにおいがするもん。それに、顎に茶色いものがついてるよ。あんたのためにも、チョコレートであってほしいけど」

キャメロンは朝食にチョコレートでコーティングしたプロテインバーを食べたのを思い出し、手をさっとあげる。キャンピングカーのミラーはまともに使えたものじゃない。気がつかなくてもしょうがないじゃないか。

「ああ、たしかにおれはお屋敷を買いに来たわけじゃないが、ジェスに協力してもらってるのはたしかだ」

「あ、そ」彼女は小声で言う。びしょ濡れの髪を手でなでつけると、ウェーブのかかった髪を首から持ちあげる。うなじのところで結んだピンク色のビキニのストラップが現われる。

若い女は顎を奥の部屋に向け、もう一度大声で呼ぶ。「ジェス！」

「なによ、もう、エイヴリー」顔をさっきと同じ、ごく自然な渋面にしたスネルが大股で廊下を歩いてくる。

「タンクの温度設定をさげたけど」

エイヴリーはずけずけと言う。「またお湯の設定をいじったでしょ」

「さげたって、何度にしたのよ。亜寒帯並みの温度？」

「光熱費を少しでも浮かせようとしただけじゃない」

「シャワーで凍えるくらいなら、ガス会社に何ドルかよけいに払うほうがまし」

若い女。シャワー。キャメロンはべつのイメージを、文字どおり、そのふたつ以外のものならなんでもいいから思い浮かべようとためし、ウェリナ・トレーラーパークにおけるクラミジア問題で手を打つ。

ジェシカ・スネルは両手を腰に当てる。「あのね、たいていの人は職場でシャワーを浴びないものよ」

「やめてよ、もう」エイヴリーは怒ったように笑いながら言う。「わたしが朝、サップをするから、店をあける前に海水を洗い流すのは知ってるでしょ。すっかり凍えちゃったじゃないの」

ジェシカ・スネルは隣の店の関係者とおぼしき若い女性のほうに顎を突き出す。たしかサーフショップだったはずだ。スネルはせせら笑いながら言う。「賃貸借契約のどこを読んでも、お湯はいくらでも出るなんて書いてないでしょ」

「賃貸借契約は隣の人がまともな人間だという前提で成り立ってるの」エイヴリーはキャメロンに期待のまなざしを向ける。いいところを見せたくて、加勢してくれるのではないかと思っているようだ。

しかし、不動産業者の手には紙が一枚握られている。親としての責任を放棄した父親かもしれない人物へと導いてくれる紙。キャメロンはどちらにも与しないというように肩をすくめる。

エイヴリーは怖い目でキャメロンをひとにらみすると、スネルをにらみつける。

「なんとでも言えばいい。余分にかかったお金はわたしが払う。だから、お湯の温度は高いままにしておいて」ココナッツの香りを残し、入ってきたときと同じ、不快なドアチャイムの音をさせながら、彼女はむっとした様子で外に出ると、事務所のドアを乱暴に閉める。

「すみません」不動産業者の顔にこわばった笑みがひろがる。

「なんとも思ってないよ」

「さてと、いい知らせ。サイモン・ブリンクスの住所が見つかりました」彼女は持っていた紙を差し出しながら、やさしくつけくわえる。「幸運を祈るわ。あなたのために祈ってる。お父さんとの再会が喜びにあふれたものになりますように」

キャメロンはあらためて彼女に礼を言い、もらった紙をポケットに押しこむ。

「あれはチョコレートだった」歩道を少しぶらぶら歩いていくと、エイヴリーがサーフショップだかなんだかの外に、立て看板を出しているのに出くわす。

「はあ?」彼女はまぶしい朝の光をさえぎるように片手をあげ、細めた目で彼を見る。

「おれの顔についてた茶色いものだよ。くそがついてたわけじゃない。チョコレートだったんだ」

「教えてくれてありがとう」彼女の声は素っ気ない。

「うん、まあ、おれがあそこにいるのをやけに気にしてるようだったからさ」

「そう」彼女は手を払い、あいているドアから大股で店に入る。正面の窓に描かれたロゴには〈ソーウェル・ベイ・サーフ・ショップ〉とある。彼女のあとからドアをくぐると、店内の片側に背が高く厚みのあるボードが何列もきちんと並び、反対側の壁にプラスチック製のカヤックやカヌーが積み重ねられているのが目に入る。

「あのさ、おれはべつに変なやつじゃないから」キャメロンは力説する。けれども、いまやっていることは変なやつのようだし、とめようにもとめられない。それにあのいまいましいマットレス！　きっとおれは小便のようなにおいがしてるにちがいない。キャメロンは一歩後退し、ぴったりしたカットオフパンツ姿のエイヴリーの背中と自分とのあいだに、もう少し距離を置く。

彼女はくるりとまわって、キャメロンと向かい合う。その顔にはなんの表情も浮かんでいない。「なにか探すのならお手伝いしましょうか？　それとも……？」

「ちょっと見せてもらおうと思って」

「そう。よく見ていって。でも、ぐちゃぐちゃにしないでよ」

「なんだよ、赤ん坊扱いか？」

エイヴリーは薄笑いを浮かべる。「顔じゅうチョコレートだらけで、しかもズボンにおしっこを漏らしたみたいなにおいをさせてるくせに。それでよくそんなことを……」

「わかった、なにひとつさわらない。売り物におれの汚れがつくことはないと言って、上の人を安心させてやってくれ」

「わたしが、上の人」彼女は首を傾ける。「ここはわたしの店」

キャメロンは口をひらくが、自分でも驚いたことに、うまい返しが出てこない。歳は彼とたいしてちがわないはずだ。彼にはへどが出そうなキャンピングカーしかないのに、彼女は自分の店を持っている。

「あなたみたいなタイプはよくわかってるんだから」今度は声にとげが含まれる。彼女は腕をきつく組む。「目的がなにか知らないけど、ジェスの人のよさにつけこんだんでしょ。わかってるんだから」

「きみになんの関係があるんだ？　きみたちふたりはさほど、良好な隣人関係にはないようだけど」

「他人を手玉に取るようなやつが許せないだけ」エイヴリーはキャメロンを上から下までじろじろながめまわす。「ところで、あなた、いったい何者なの？　見かけない顔だけど」

「さっきの不動産業者の力を借りようとしただけさ」キャメロンは言い、それから少し間を置いたのちつづける。「親父を探してるんだ」

「まあ」エイヴリーの声がほんの少し穏やかになり、両腕をほどいてわきに垂らす。おかげで彼女の小ぶりながらも見事な胸がいっそうよく拝めるようになる。彼女は大きく息を吸う。「ごめん。べつにきつい言い方をするつもりじゃなかった。朝からさんざんだったから」

「気持ちはわかるよ。本当に」キャメロンがほほえみながら言うと、エイヴリーはもう少しだけ頰をゆるめて手を差し出し、名乗る彼の手を握る。手を離したとき、またも彼の首から骨と骨とがぶつかるグギッという音がする。

それを聞いてエイヴリーが顔をしかめる。「痛そう。大丈夫？」

「うん、たぶん。ゆうべ寝違えちまったんだ」その言葉が口から出たとたん、彼は言ったことを後悔する。こういうのって、三十代流の口説き文句なんじゃないのか？腰が痛いとぼやくのは？当然ながら、痛みの原因が世界一ぼろいキャンピングカーにあるとはつけくわえない。太陽は昼前の空をのぼりつづけ、暖かな光が店の窓から射しこんでいる。そこでふと、キャメロンは、けさ、出てくる前に例のマットレスを水で洗えばよかったと思う。昼間の暑さで乾いただろうに。なんでおれは、そういうことをぱっと思いつかないんだろう？

「首を痛めたのね。そういうのにきくものがあるの。ちょっと待ってて」エイヴリーはカウンターの裏に引っこみ、一秒後に戻ってくると、小さな容器を彼に渡す。クリームのようで、あざやかなオレンジ色の値札が蓋についている。十九ドル九十五セント。「原料はすべて天然のものだけ」彼女は説明する。「ボードに長く乗ってて痛みが出たときに、いつも使ってる」

キャメロンは片方の眉がじわじわとあがるのを感じる。オーガニックなワセリンに二十ドル。彼はどうにかこうにか、弱々しい笑みを浮かべる。「ありがとう。でもいいよ」

「店からのプレゼント」

「ふうん、そうなんだ」

「だったら、もらってくれる？」エイヴリーは正真正銘の笑みを浮かべ、小さな容器をキャメロンのほうに差し出す。「傷ついた生き物に弱いたちなの」

それからしばらくして外に出たときには、キャメロンの首は法外な値段の軟膏でつやつやし、エイヴリーの電話番号が携帯電話に登録されている。

キャメロンがドライブウェイに車を入れると、イーサンが玄関ポーチにすわっている。キャメロンはイーサンの顔ににやにや笑いが貼りついているのを意識しつつ、家に向かう。

「ちょっと前、おまえさんに電話があった」イーサンは言う。「どっかの航空会社からだったな。帰宅したら折り返してほしいってことで、番号を控えておいた」

「ありがとう、イーサン」キャメロンの胸の鼓動が速くなる。ダッフルバッグだ。このあいだ状況確認の電話を入れたときに、イーサンの家の固定電話の番号も連絡先にくわえておいてよかった。このごろ携帯電話のバッテリーは二秒しかもたなくなっている。べつの機種に変更するのは論外だが、宝石が入ってる荷物が戻ってくるし、仕事も決まったことだし、この春に発売された、カメラのレンズが六個ついてる新モデルを見にいってみよう。夕食も作ってくれるようなモデルを。

キャメロンは頰をほころばせたままキャンピングカーに乗りこみ、電話をかける。「ジョイジェット航空、手荷物サービスです」喜びにあふれているようにはまったく聞こえない女の声が応答する。

キャメロンは受託手荷物タグの番号を伝える。「で、いつ、おれの荷物は届くんだい？」

「少々お待ちください」女は一時間にも思えるほど長い時間、キーボードを叩く。キーを叩く音が電話の受話口から聞こえてくる。カタカタカタ。この女、小説でも書いてるのか？さんざん待たされたあげく、女は言う。「はい、行方不明になっていたお客さまのお荷物が見つかりました」

「よかった。送り先の住所を伝えようか？」

「申し訳ありません。お荷物はいまナポリにございます」

「ナポリって……フロリダの？」

「イタリアのナポリです」

「イタリア？」キャメロンの声が一オクターブ高くなる。「ジョイジェットはイタリアまで飛んでるのか？」

「少々お待ちください……ちょっと確認いたします」どうしたわけか、女がキーボードを叩く音がさっきよりも迫力を増す。「ああ、状況がわかりました。なにかの手違いで、お客さまのお荷物は当社が提携しているヨーロッパの航空会社のほうに行ってしまったようです」彼女は小さく口笛を吹く。「あらあら、これは大失態だわ。うちの社にしても」

「ああ、まったくだよな」キャメロンは必死に落ち着いた声をたもとうとする。「で、どうすれば返してもらえるんだい？　あのなかにはいくつか……大事なものが入ってるんだけど」

「お客さま、お荷物をお預けになる前に、貴重品は必ず出していただくよう、みなさまにお伝え――」

「でも、どうしようもなかったんだよ」キャメロンは声を荒らげる。「ほかの大勢の連中と一緒に、ゲートで機内持込荷物を預けさせられたんだよ。おたくの荷物棚がマッチ箱ほどの大きさしかないせいで。おたくの飛行機を設計した連中は、平均的なスーツケースがどんなものか、知らないのかよ」

長い間ののち、係の女は言う。「お客さまの件を当社と提携しているヨーロッパの会社の窓口に引き継ぎます。そちらであらたな手荷物受け取り番号が付与されます。こちらで事務手続きを開始したのち、あちらに引き継ぎます。まずはお客さまのラストネームからお願い……」

墓碑銘とペン

トーヴァの一日の始まりは早い。片づけなくてはならないことがたくさんある。まず、ダウンタウンまで車で行き、ハッチバック車をとめるのだが、それがひと苦労だ。いつ壊れてもおかしくないような巨大なキャンピングカーが、不動産業者の事務所と隣のサーフショップのあいだの二台分のスペースをふさいでいるせいだ。おかげで対向車線の車がまったく見えない。木曜の午前九時にソーウェル・ベイの中心部を走る車は多くないが、慎重のうえにも慎重にいったほうがいい。

場所ふさぎな車を腹立たしい思いでひとにらみし、彼女は目指す建物に入っていく。彼女がドアをくぐると、ジェシカ・スネルがけげんそうに首をかしげる。

「なにかご用でしょうか、サリヴァンさん」

「ええ、そうなの」トーヴァは予行演習してきた説明を淡々と語り、三十分後、きょうの午後に下見に来てもらう約束を取りつけ、事務所をあとにする。

つづいて、そのブロックを銀行まで歩く。チャーター・ヴィレッジの入居申し込みには銀行小切手と勘定残高の写しが必要だ。支払い能力があるのを確認するためだろう。資産の面ではなんの問題もないという言葉を、先方が額面どおりに受け取ってくれるといいのだけど。ソーウェル・ベイ地方銀行に開設している彼女の口座は常に安定しているし、受け取った母の遺産のうちかなりの部分には、ここ何年も手をつけていない。トーヴァはあまりお金を使わないたちなのだ。

銀行のドアをあけ、いつものように新鮮なインクとペパーミントキャンディのにおいがするロビーに入っていきながら、ふと思う。ラーズはチャーター・ヴィレッジに入居したことで両親の遺産の半分をほとんど使い果たしてしまったにちがいないと。弁護士にほかの資産を調べてもらったところ、数百ドルしかなかった。事実上、ラーズの死後に残ったのはバスローブ一枚だけだ。一瞬、トーヴァはためらう。それがチャーター・ヴィレッジで推奨されている贅沢な生活スタイルだ。彼女のスタイルとはちがう。けれども、少なくとも清潔だ。ラーズはあそこで十年以上も暮らした。月々の支払いはかさむことだろう。

「ありがとう、ブライアン」トーヴァは、ほんのわずかに眉をあげながら彼女に小切手を差し出す窓口係に声をかける。ブライアンの父のシーザーは、よくウィルと一緒にゴルフをやっていた。ブライアンは父親に電話して、きょうおこなった処理について報告するだろうか。

トーヴァはよく考えたうえで、それは気にしないでおこうと心に決める。そういうことがあるのは仕方ない。みんなあれこれ噂するだろう。ソーウェル・ベイの住民はいつも噂話をしているのだから。

次に立ち寄るのはジャニス・キムの家だ。ジャニスの息子がかなりりっぱなパソコン用のスキャナを持っていて、ちょっと寄って使わせてもらえないかとけさ電話したところ、ジャニスは一も二もなく承諾してくれた。

「元気にしてる？」ジャニスは眼鏡をさげ、トーヴァのギプスを疑わしげに見つめる。トーヴァは思いつきで他人の家を訪問するタイプではない。

「もちろんよ。なんでそんなことを訊くの？」トーヴァは声がうわずらないように気をつける。申し込みには運転免許証の写しが必要だが、トーヴァは説明するときに、事務手続きの具体的な内容まで踏みこむのを避ける。

ジャニスは免許証のスキャンを手伝い、プリンタのどのボタンを押せばいいかを教える。スキャン作業が終わると、彼女は尋ねる。「コーヒーを飲んでいく？」

トーヴァは誘われるのを計算に入れていた。ジャニスのところでコーヒーを飲むことで生じる遅れも、ちゃんとスケジュールに組みこんであった。

一時間後、ジャニスの家をあとにすると、トーヴァはエランドに向かう。州間高速道路を使えばわずか十分で着くが、トーヴァはいつものように下の道を使う。三十分後、スノーホーミシュ郡の電話帳の〝パスポート用写真〟の項にのっていたチェーン店系ドラッグストアに到着する。申し込みにはパスポート用と同じ写真が二枚必要だが、パスポートを取得したことのないトーヴァはそういうのを持っていない。

仕事が退屈で退屈でしょうがなさそうな若い女性はトーヴァをまっさらな白い壁の前に立たせ、眼鏡をはずすよう指示する。トーヴァはおとなしく言われたとおりにし、眼鏡を手に持ち、フラッシュが二回たかれるまで、カメラをじっと見つめる。

「十八ドル五十セントいただきます」女性店員は言い、にこりともしない顔が写った四角い写真二枚をはさんだ小さな紙ばさみを差し出す。

「十八ドル？」

「それと五十セントです」

「うそみたい」トーヴァは財布から二十ドル札を一枚抜く。ちっちゃな写真二枚がこんなに高いなんて、誰が思う？

最後はエランドから一時間近くかけてソーウェル・ベイの北の外れまで戻り、フェアビュー共同墓地に向かう。午後もいい天気になり、雲ひとつない真っ青な空のもと、墓地の門が腕をひろげて歓迎するように大きくあいている。芝生墓所を中心に何本もの小道がゆるやかなカーブを描き、まっすぐな道はひとつもない。できるだけソフトな感じになるよう設計したかのようだ。そっくり同じ墓石を美しい芝生がていねいにふちどっている。

トーヴァは芝生に膝をつき、彼の墓石に彫られた文字を指でなぞる。なめらかでぴかぴかに磨きあげられた石は暑い七月の太陽を浴び、指で触れるととても温かい。**ウイリアム・パトリック・サリヴァン：一九三八年〜二〇一七年。夫であり、父親であり、友人であった。**

この墓碑銘をフェアビュー共同墓地に提出したところ、担当の女性が厚かましくも、もっと文字数を増やさなくていいのかと訊いてきた。パック料金には百二十字まで含まれると女性は説明し、トーヴァはその半分しか使っていなかった。けれども過ぎたるはおよばざるがごとし。ウィルはつつましい人だった。

ウィルの墓石の隣にエリックの墓石がある。トーヴァは墓石などいらないと思っていたが、ウィルがどうしてもと言ったのだった。エリックの亡骸はいまも海に残されたままなのに、祈りの場がこの芝地に置かれているのが、どうしても納得できない。とは言うものの、墓石はここにあり、過剰なほど凝ったフォントで名が記されている。エリック・アーネスト・サリヴァンと。ウィルが誰に墓碑の製作を依頼したかは知らないが、その人物はエリックの名を正しく記録する手間もかけてくれなかった。トーヴァの結婚前の姓、リンドグレンがエリックのふたつめのミドルネームのはずなのに。トーヴァはときどき、エリックの墓碑を盗んで、桟橋の突端から海に投げこむところを思い描くが、もちろん、そんなことはできるはずもない。

その列の三つめの墓石にはなにも刻まれておらず、ここにはトーヴァが眠ることになっている。申し込みの際、いくつも質問をされた。希望、好み。法的な取り決めを補完するためのものなのだろう。トーヴァはもちろん、書類のなかで自分の意向をはっきりさせているが、誰かが葬儀をしなくてはだめだと言って譲らなかったらどうなるのだろう。とくにバーブがそういうことを言いそうな気がする。この地を去る前に、ちゃんと説明しておかなくては。墓石はいいけれど、葬儀はしてほしくない。

芝地に声が流れてくる。振り返るとミセス・クレッチが小道をのろのろと歩いてくるのが見える。あらあら。あの方はもう九十代半ばのはず。それなのに見た感じ、ずいぶんとお元気だ。きょうはひ孫を連れている。編み針みたいに長くてすらっとした脚をした、元気いっぱいの女の子だ。

「こんにちは、サリヴァンさん」すれ違うとき、ひ孫の女の子が声をかけてくる。老いたミセス・クレッチは会釈し、トーヴァと目を合わせ、憐れむような表情を浮かべる。

「ごきげんよう」トーヴァは応じる。

ひ孫はやせた腕にバスケットをかけている。ふたりは六区画先で足をとめ、持参したお弁当をひろげる。ふたりが腰を落ち着けると、チキンの惣菜のかすかなにおいがトーヴァの鼻を衝く。やがてふたりはいまは亡き先祖と会話するが、よく手入れされた芝と冷たい灰色の墓石に話しかけるのを気恥ずかしく思っている様子はまったく見られない。なにもない虚空との一方通行の会話。

トーヴァはいままでウィルの墓前で声に出して話しかけたことはない。なんでしないのかって？ 病に冒され、疲弊した夫の体は土のなかで塵となり、なにを言っても聞こえるはずがない。癌に冒された肉体が答えてくれるわけがない。夫の遺灰を骨壺におさめ、毎日のようにその壺と会話しているメアリー・アン・ミネッティのまねをする気にはなれない。天国から聞いてるはずだもの、とメアリー・アンはいつも言い、トーヴァはただうなずくにとどめる。それで友人は癒やされるし、誰を傷つけるわけでもない。クレッチ家のふたりにも同じことが言える。なのに、亡き人も赤と白のチェックのブランケットにすわり、一緒にレモネードを口に運びながら軽口を言い合っている光景を目にして、消えてしまいたいような気持ちになるのはなぜだろう？

けれども、何事にもはじめてはある。クレッチ家のふたりがとうとう腰をあげ、ひ孫の女の子が疲れたように手を振りながら去って行く。いいかげん、ここに来た目的を果たさなくては。ウィルの墓石に焦点を合わせ、唇をなめる。それから小さな声でつぶやく。「あの家を売ることにしたわ、あなた」

彼女はこうすれば涙がこみあげてくるとでもいうように、墓石を指でなぞる。

その日の夕方、ジェシカ・スネルに家のなかを見てもらい、温め直したキャセロールで夕食をすませたのち、トーヴァは申込書と集めた書類をまとめにかかる。

十分後、彼女はまたも車で出かける。記入の指示の一行めで行き詰まってしまったのだ。**黒インクでご記入ください**。かくして、ちゃんとした黒いペンを買うため、またも用事で出かけることになる。持っている筆記具をすべてためしてみたが、真っ黒なインクが使われているものは一本もないと判断した。黒である可能性がもっとも高そうなペンですら、じっくり見ると濃い灰色にしか見えなかった。

「トーヴァ！　やあ、いらっしゃい」イーサン・マックが〈ショップ・ウェイ〉のデリコーナーでテーブルを拭きながら声をかける。

「こんばんは、イーサン」

売り場の前のほうに、ペンなど、各種雑貨が並んでいる。彼女は選択肢をながめる。水性ボールペンかサインペンか。ゲルインクのボールペンか油性のボールペンか。

イーサンが台ふきんをエプロンのポケットに突っこみ、のんびりした足取りでやってきて、レジの定位置におさまる。「あれから、傷めた足の具合はどう？」

トーヴァは杖に体重をかける。仕方なく使っている杖に。「予想どおりに回復してるわ、ありがとう」

「そうか、よかった！　現代の医療はすごいよな、ホントに。洞穴人の時代に生きてたらどうなってたか、想像できるかい？　足首をひねったら最後、置いてけぼりをくらって恐竜に食われちまうんだぜ」

トーヴァは眉をあげる。冗談なのはわかる。恐竜は、いわゆる洞穴人、あるいはいかなる人類とも同じ時代には生きていない。両者のあいだには六千五百万年の隔たりがある。とはいうものの、イーサンはそういうものを学ぶ機会に恵まれなかったのかもしれない。男の子を育てた経験を持つすべての母親と同様、トーヴァはエリックが幼かったときに恐竜に関する知識を徹底的に叩きこまれた。息子が恐竜の本を借りすぎたものだから、トーヴァの図書館カードが使えなくなったことさえある。

イーサンが照れた様子で近づいてくる。「それはともかく、なにを探してるんだい？」

「黒いペンがほしいの」

「ペン？　ペンごときに金を払わせるわけにはいかないな。はいよ」彼は耳のうしろからペンを引き抜く。こんもりとした赤い縮れ髪に隠れていたにちがいない。「青か黒かは覚えてないけどね」彼はインクを出そうと、レジの隣に置かれた紙切れにペン先をこすりつけるように動かす。集中しているのだろう、舌が唇からちらりとのぞく。

「ありがとう、でも、こっちのをいただくわ。それとお代を払わせて」トーヴァは昔ながらの油性ボールペンが二本入ったパックをカウンターに置く。

イーサンのペンが抵抗をやめ、紙切れにぐちゃぐちゃした線を描き始める。「あっちゃー！どっちにしても、こいつは青だった。けど、予備として持っていってくれてかまわないよ。ペンはいくらあっても困らないからね！」彼はペンを差し出す。

トーヴァは思わず噴き出す。「それはどうかしら。亡くなる前、ウィルはよくレストランや銀行のカウンターからくすねてきたものよ。うちのがらくた専用の抽斗はいつも、そういうのでいっぱいだった」

「ああ、そうだろうな。おれがちょっとよそを向いてるすきに、あいつはデリコーナーからボールペンをくすねてたからな。週に二度ほど、ここに来てはサンドイッチを食べ、本を読んでたけど、それはきみも知ってるよな」

トーヴァの顔に浮かぶ笑顔は、消えるべきか迷うように、しばらくそこにとどまっている。ようやく彼女はしんみりとした口調で言う。「ええ、あの人は外出するのが本当に好きだった。ペンのこと、通報しないでくれてありがとう」

イーサンは手を上下に振る。「いいやつだったよ、ウィル・サリヴァンは」

「ええ、本当に」

「じゃあ」イーサンの声に、トーヴァはしぼみ始める寸前のスフレを連想する。「こいつはいらないようだな」彼はいったん差し出したペンをエプロンのポケットに突っこむ。

「親切に言ってくれてうれしかった。でも、黒インクを使うようにと、書類にわざわざ書いてあるの」

「書類？」イーサンは青ざめ、警戒するような声になる。「なんだ、その書類ってのは、ラブ？」

「申込書」トーヴァは淡々と答える。

「やっぱりそうか！」イーサンは口をぱくぱくさせる。「あれだろ？　あそこに移るんだよな……施設に。トーヴァ。あんなところ！　あれは……きみじゃない」

「どういうこと？」

イーサンは鼻声になる。「おれが言いたいのは、あそこはきみにふさわしくないってことだ」

「チャーター・ヴィレッジはこの州でもっともすぐれた施設のひとつよ」

「けど、ソーウェル・ベイはきみのふるさとだ」

こみあげてきた涙が目にしみて、トーヴァは思わずぎょっとする。顎を引き、こぼれる涙を振り払う。そして感情を抑えた声で説明する。「ミスタ・マック、わたしは現実的な人間で、これが現実的な解決法なの。わたしはもう若くない。わたしは……」

彼女の目がギプスに向かう。イーサンの目もそれを追う。長くのびたひげに隠れているが、顎が震えているにちがいない。彼の染みだらけの前腕に手を置くと、ごわごわした体毛にてのひらをくすぐられる。彼の肌はびっくりするほど温かい。

「いますぐ引っ越すわけじゃないのよ、イーサン」厳密に言えば、そのとおりだ。いまの家を売るのにしばらく時間がかかる。チャーター・ヴィレッジが銀行口座明細書、十八ドルもした写真、それに黒いインクで記入した書類に目を通すのにも。

「うん」イーサンはそう言うのがやっとだ。

「それにこれが正しいプランなの」トーヴァはつけくわえる。「ほかに誰が、わたしの面倒を見てくれるというの？」

その問いが長いこと宙をただよう。しばらくしてイーサンが口をひらく。「そうか、大事な申込書を書くんだろ。だったら、そのペンじゃないほうがいい」彼は二本入りパックを顎で示す。「そいつはがらくた同然だ」彼は並んだ商品を端からなぞり、べつのパッケージを取る。もっと派手なロゴがついている。「高級モデルだ」

「じゃあ、それをいただくわ。ありがとう」

「どうってことないよ、トーヴァ」

彼女は咳払いをする。「おいくら？」

彼は手を上下にぱたぱたさせる。「さっきも言ったろ。ペンごときに金を取るわけにはいかないよ。これは店からのプレゼントだ」

「そんなのだめ」トーヴァが財布から二十ドル札を出すのは、きょうはこれで二度めだ。「あとでレジに入力して、残りは取っておいて。お薦めを教えてくれたお礼よ。ありがとう」

「おれに礼を言うなら」イーサンは藪(やぶ)から棒に言う。「そのうち、一緒にお茶でも飲まないか？」

トーヴァはぎょっとする。「お茶？　ここで？」彼女はデリコーナーに目を向ける。

「いや、ちがう。ここじゃない。正直に言うと、ここのお茶はくそまずい。けど、きみがよければ、ここでもいい。まだそこまで考えてないんだよ」イーサンは唇をかみ、肉づきのいい指でレジを軽く叩く。「よそにしようか？　あるいは、お茶そのものがなしでもいい。遠慮しないでくれ。ばかなことを言った」

「ばかなことなんかじゃないわ」トーヴァはこんな言葉が自分の口を衝いて出たのに驚く。ジャニスもこうやってホームコメディドラマみたいなしゃべり方を身につけてるの？　思わず知らず、彼女はこう答えている。「いいわよ、そのうち一緒にお茶を飲みましょう。あるいはコーヒーでも」

イーサンはかぶりを振る。「きみたちスウェーデン人はコーヒーが好きだもんな」

トーヴァは顔が赤らむのを感じ、ここは彼がスコットランド人なのをネタに冗談を言うべきか迷うが、なにも思いつかないうちに、さっき殴り書きするのに使った紙切れを渡される。その裏に青いインクで電話番号が書かれていた。

「電話をしてくれ、ラブ。なにか計画しよう。きみが……いなくなる前に」

トーヴァはうなずき、〈ショップ・ウェイ〉をあとにする。普通に呼吸するのが突然むずかしくなったことに愕然（がくぜん）とする。

すでに十時を過ぎ、陽の光がようやく空から姿を消した。自宅に戻る途中。トーヴァは予定していなかったところで曲がる。

今夜はもう一カ所、寄っていこう。

水族館の駐車場はがらんとしているが、おんぼろのキャンピングカーが一台とまっている。きょう、ジェシカ・スネルの事務所の前にとまっていたあの車だ。持ち主はおそらく魚を釣りに来たのだろう。トーヴァは釣り竿を持った人物はどこかと桟橋に目を走らせるが、人の姿はない。

足を引きずりながら入り口の前まで行き、立ちどまる。テリーからは掃除をしに来てはいけないと言い渡されているが、ちょっと顔を出す目的で鍵を使うなとはとくに言われてない。それどころか、鍵を返そうとしたら、そのまま持っていていいと強く言われた。彼女への信頼の証だけでなく、彼女が回復すると信じる気持ちの表われと受け取った。あっと言う間に戻ってくるだろうから、とテリーは言っていた。

きょうウィルのお墓へと導いたのと同じ力が働き、ここにやってきた。話をするために。チャーター・ヴィレッジに移るつもりだと、あのタコに知らせるために。ウィルにもタコのマーセラスにも彼女の声が聞こえるわけではないけれど、どちらにも知らせてやらなくてはならない。それに、さほど緊急性があるわけではないものの、マーセラスならイーサン・マックとお茶を一緒にするという困った状況の解決策を示してくれるかもしれない。あの約束を誰彼ともなくしゃべってしまえば、何事もなかったふりをするなどすれば、誘いそのものが消えてなくなるのでは？　マーセラスが抜け目のない聡明な目でにらんでくるのが、吸盤が並ぶ腕をたしなめるように振る様子が目に浮かぶ。そこでトーヴァは自分のおこないに舌打ちをする。人間でない相手と話ができるふりをするなんて。メアリー・アン・ミネッティとミセス・クレッチを足した十倍もひどい。

カチリという音がしてドアがあく。なにはさておき、自分が休んでいるあいだに、水族館の衛生状態がどうなっているのか、気になってしょうがないことは認めざるをえない。

息をとめ、タイルの掃除は手抜きだらけ、ガラスには汚れがこびりついているものと覚悟するが、驚いたことに、なかなかちゃんとしている。テリーがトーヴァの穴埋めに連れてきた人物は、よくやっているようだ。その結果、ささやかな失望を感じ、自分は必要不可欠な存在ではないという重苦しい事実を突きつけられる。けれども全体的に見れば、望ましい展開と言える。水族館の掃除がいいかげんになるのではという思いから、辞める計画を何度となく躊躇したのだ。ことによると、この新しい掃除担当はトーヴァが辞めたあともつづけてくれるかもしれない。

邪魔くさいギプスを装着しながらも、なるべく音を立てないよう気をつけて、タコの水槽に向かう。ここにいる人間は彼女ひとりだから、べつに気をつける必要はないけれど。タカアシガニ、ウルフイール、クラゲ、ナマコなど、なじみの魚たちにあいさつするひそめた声は、ほんの一瞬、暗い廊下にとどまるが、すぐに青緑色のなかにひと筋の煙のように消える。ここの魚たちはたとえ言葉がしゃべれたとしても、トーヴァがここに来たことを誰かに話したりしない。自分たちだけの秘密にしてくれるはずだ。

アシカ像の前を通り過ぎるとき、いつものように足をとめて頭をなでながら、息子が大好きだったものに触れることで息子の姿がほんの一瞬見えた気がして、それだけで満足する。

タコが入れられている水槽の裏側に通じるドアに近づくと、トーヴァは顔をしかめる。ドアの下から蛍光灯の明かりが漏れている。電気がつけっぱなしだ。

そのとき、なかでものがぶつかるけたたましい音がする。

物思う心がわれわれを臆病にする

キャメロンは目をしばたたく。顔をしかめながらこめかみをさする。落ちたときにテーブルにぶつけたらしくずきずき痛む。シャツについた血を拭い、壊れた踏み台を憎々しげに蹴飛ばす。なんなら、ここを相手取って訴えてやってもいい。杜撰な設備管理。労務災害。だが、そもそもおまえはそんなところでなにをやっていたのかと説明を求められたら？

「そこのおまえ」彼は立ちあがりながら、問題の生き物をにらむ。そいつはさっきからまったく動いてない。水槽の上の棚のいちばん奥で、チューブやら広口瓶やらポンプの部品のあいだにもぐりこみ、育ちすぎたタランチュラのようにうずくまっている。キャメロンがほうきの柄で捕まえようとするうち、なぜかあんなところにのぼってしまったのだ。彼はほうきの柄でもう一度、タコをつつく。「どうしたんだよ、おまえ？　助けてやろうってんだぜ？」

タコの大きな体が、ため息をつくように上下する。少なくともまだ生きているようだが、このままではあまり長くもちそうにない。タコは水のないところでは短時間しか生きられない（前に大自然を扱うチャンネルかなにかでドキュメンタリーをやっていた）が、こいつはかれこれ二十分、水槽から離れているし、その二十分はキャメロンがあけっぱなしにした裏のドアから出ようとしたのを見つけたときからの時間だ。

誰かから、展示物が脱走するとかなんとか教わった気がする。それでも、こんなことがどうして可能なのか？　逃亡のおそれのない水槽にするのは観光水族館として当然やっておくべきことだ。正直言って、それがこれでは、中央にある大水槽でサメが何匹も周回しているのは不安でたまらない。いまのように頭から血を流しているときはとくに。サメはガラスごしでも血のにおいを嗅ぎつけたりするんだろうか？

「いいかげんにおりてこいよ、なあ」キャメロンは訴える。頭がまだずきずきするが、あいつに手首を強く握られたあとにはめた手袋をはめ直し、ほうきの柄を少しだけ動かす。なんとかあのタコに……なにをさせようっていうんだ？　このほうきを消防隊員が使う滑り棒のようにして滑りおりろってか？　とは言え、あの頑固なばか野郎があそこで死んでいくのを黙って見ているわけにはいかないし、手袋をはめていても、二度とあいつにさわる気はない。相手はキャメロンを殺したがっているように見える。

「そこから出てこい、いますぐ。自分の水槽に戻れ」

触手の先端が反抗するようにぴくぴく動き、金属の缶をふたつなぎ払い、床に落とす。缶は床にぶつかって、立てつづけに二回、派手な音が響く。

このままだとくびになってしまう。人間は一生のうちに何回までくびになるものなんだろう？ そういうのは、法律で上限を決めておくべきだ。

うしろから、カチリという小さな音がする。つづいて、震えているがよく聞こえる女性の声。「こんばんは。誰かいますか？」

キャメロンはあやうくほうきを落としそうになりながら振り返る。小柄な女性がドアのところに立っている。ミニチュア人形を思わせる。身長は五フィートもないだろう。けっこう歳をとっていて、たぶん、ジーンおばさんよりも少し上、六十代後半か七十代といったところだ。紫色のブラウスを着ていて、左の足首がギプスにすっぽりおさまっている。

「あ！ あの……どうも。いまちょっと――」

女性が鋭く息をのみ、キャメロンは黙りこむ。高い棚で身をすくめている生き物に気がついたのだ。

キャメロンは手をより合わせる。「うん、だからおれが――」

「そこをどいて、あなた」彼女はキャメロンを押しのける。低く落ち着いた声に変わり、不安の色はまったくうかがえない。年齢と足のギプスから予想していたよりも早足で、わずか三歩で奥に入ってくると、壊れた踏み台をしばらくながめたのちかぶりを振る。それからなんとなんと、すばやくテーブルによじのぼる。そこにまっすぐに立つと、タコがいる場所と同じ高さになる。

「マーセラス、わたしよ」

タコは少しだけ奥から顔を出すと、女性をうかがい、それからあの気味の悪い目をぱちくりさせる。この女の人はいったい誰だ？　そもそも、どうやって入ってきたんだ？

女性は励ますようにうなずく。「大丈夫」彼女が片手を差し出すと、タコのほうも腕を一本をのばして女性の手首に巻きつけたものだから、キャメロンは腰を抜かさんばかりに驚く。女性がさっきと同じことを言う。「大丈夫。下におりるのを手伝ってあげるわ。いい？」

タコはうなずく。

おいおい、まさかだよな。そんなわけないだろ？　キャメロンは目をこする。配管から幻覚剤でも流しこんでるんじゃないだろうな。

そうだったら、今夜のことはかなり説明がつく。

タコは小柄な女性の腕につかまって、そろそろと棚の上を移動する。女性は足を引きずり、励ましの声をかけながらテーブルを端へと移動する。タコが主のいない水槽の真上まで来たところで、女性はキャメロンにうなずく。「この覆いを取ってちょうだいな」

彼は指示に従って蓋をずらし、目いっぱい大きくあける。

「なかにお入りなさい」女性が小さな声で言う。

タコが重たげなザブンという音とともに水槽に沈むと、冷たい塩水がはねあがる。キャメロンは思わず縮こまって顔をそむけ、視線を戻したときにはタコの姿はなく、水槽の底にあるねぐら近くの岩が揺れているだけだ。

女性がテーブルをぎしぎしいわせながら、おりてくる。キャメロンは駆け寄って、彼女の肘をつかんで下におりるガイド役をつとめる。

「ありがとう」女性は手をはたき、眼鏡をかけ直したのち、キャメロンを値踏みするように見る。「怪我をしたの？　その切り傷をなんとかしないとね」女性はのろのろと歩いていって途中で落としたバッグを拾いあげ、しばらくなかをかきまわしたのち、バンドエイドを一枚、彼に差し出す。

キャメロンは手を振って断る。「たいしたことないから」

「ばかなことを言わないの。いいから受け取って」女性は食いさがる。有無を言わさぬ声だ。キャメロンは絆創膏(ばんそうこう)を受け取って包装をはがし、蛍光ピンクの一片を頭の横に貼る。なんてざまだ。まあ、でも、今夜はイーサン以外の誰かと顔を合わせることはない。

「それでいいわ」彼女はうなずく。それから落ち着き払った声になって言う。「さてと、片づいたわね。じゃあ、ここでなにがあったか説明してくれる？」

「おれはなんにもしてないよ」キャメロンは水槽を指でつつく。「あれが逃げたんだ。おれは水槽に戻そうとしただけ」

「あれの名前はマーセラスよ」

「ふうん。そのマーセラスとやらにまんまと一杯くわされたんだよ。おれは助けてやろうとしただけなのに」

「ほうきで襲って？」

キャメロンはばかにしたように笑う。「みんながみんなタコに語りかけられるわけじゃないだろ。とにかく、おれなりに一生懸命だったんだ。おれがいなければ、タコはいまごろ、海に向かう途中だったろうよ」

「どういうこと？」

「どうもこうも、おれが見つけたとき、あいつは裏口から出ようとしてたんだ」

年配女性は口をあんぐりあける。「なんてこと」

「だろ？」もしかしたらくびにはならないかもしれない。むしろ、給料をあげてもらえるかもしれない。なにしろおれがいなかったら、べつのタコを手配するところだったんだから。ミズダコってのはいったいいくらするんだ？　安くはないだろう。

年配女性は鋭い口調になって尋ねる。「どうして裏口のドアがあいていたの？」

「おれがごみを捨ててたからだよ。だから、仕事をしてたんだって。ドアにつっかいをしちゃいけないなんて、言われてないからな」

「なるほどね」

「けど、これからはちゃんと閉めるようにする」

「ええ、それが賢明ね」

その言葉に、キャメロンは自分がいつの間にか背筋をぴんとのばしているのに気づく。なんで、この女性を上司のように感じるんだ？ それに彼女はいったいここでなにをしてるんだ？ そこをはっきりさせないと。勤務中に誰とも知れない年配女性を館内に入れたと、テリーに責められるのだけはごめんだ。彼はあらためて女性を見やる。体重は八十ポンドもないだろう。強盗とは思えない。だいいち、この女性とタコには、なにかいわくがありそうだ。ひょっとしたら、引退した海洋生物学者かもしれない。あるいはここのボランティアとか。高齢者枠の。

「どなたかうかがってもいいかな？」キャメロンはできるだけていねいに質問する。

「いい人のように見えるけど、誰も入っちゃいけないはずなんで。少なくとも、おれはそう言われてる」

「あらあら。そうよね。驚かせちゃったわ。ごめんなさい。わたしは掃除係のトーヴァ・サリヴァン」引き結んだ薄い唇にこわばった笑みを浮かべ、ギプスを示す。「怪我をした掃除係」

「ああ。どうも」キャメロンは口ではそう言ったが、心のなかで〝まじかよ〟とつぶやく。こんなひ弱そうな小柄な女性が、おれと同じ仕事をしてるって？　終えたときにはマラソンを走ったくらいへとへとになるあの仕事を？　もう二週間になるが、いまだに勤務のあとは体が痛む。彼はつけくわえる。「おれはいまの掃除係のキャメロン・キャスモア。いや、正確に言うと、当座の掃除係だな。怪我のことは気の毒だったね。雇われたとき、おばさんは数週間ほど休むらしいと、テリーから聞いた」

「たいしたことはないんだけどね。しょうもない事故で」トーヴァは壊れた踏み台のほうにほんの一瞬、目を向ける。「テリーがあなたを雇ってくれてよかったわ、キャメロン。見たところ、充分よくやってくれているみたい。それに、怪我したこととは関係ないんだけど、思っていたよりも長く、いまの仕事を離れるかもしれないの。これでまるくおさまるんじゃないかしら」

キャメロンは黙りこみ、いまの状況に思いを馳せる。ここで仕事をする期間が長くなっても、この世の終わりというわけじゃない。二週間たったいまも、サイモン・ブリンクスが見つかる可能性はここに来たときとくらべ、ほんのわずかも高くなっていない。ジェシカ・スネルから教わった連絡先は古いものだったのだろう。電話をかけてみたが、その番号は使われていなかった。「へえぇ、それはありがたいな。悪い仕事じゃないし」

「いい仕事よ」トーヴァはほほえむが、悲しみをこらえているのか、こわばった笑みになる。

なるほどね。いい人のようだが、まともな頭の持ち主なら、タイルにモップをかけ、床をごしごしこする仕事をそこまで楽しめるわけがない。キャメロンは足をそわそわと動かす。「で……こんなふうにときどき、気晴らしに立ち寄るのかい？」

「マーセラスに会いに来たの」彼女は声をひそめる。「で、まだよく知らない仲なのにこんなことをお願いすべきじゃないのはよくわかっているけど、このこと黙っていてくれるとありがたいわ」

「どうして？」マジかよ。けっきょく、テリーとまずいことになるじゃないか。

トーヴァは大きく息をつく。「あのね、わたしはうそをつくのを黙認してるわけじゃない。でも、見てのとおり、マーセラスは夜になるとうろうろするところがあるんだけど、建物の外に出ていきたがってるとは、今夜まで知らなかったの」彼女は顔をしかめる。「その新事実については困ったことだと思う。でも、彼が好き勝手に歩きまわっているのは、しばらく前から知っていた。彼は閉じこめられている場所から抜け出すのが、とんでもなく上手なの」

「ほかに知ってる人はいないんだね」キャメロンはうなずいて、のみこめてきたことを示す。

「確信を持ってる人はいないわね。テリーはなんとなく感づいているみたい。確証を得たら、まちがいなく邪魔だてしようとするはず」

「水槽の蓋を釘でとめるとか？」

　トーヴァはうなずく。「そうなったらマーセラスはきっと打ちひしがれてしまうと思うの。でも、わたしはもっとまずいことになるのを懸念してる。マーセラスはけっこうな歳なのよ、キャメロン。そして、勝手に動きまわるタコはお荷物とされる」

　彼女が言ってるのはこういうことか？　魚おたくのテリーが自分のところの生き物を殺処分すると考えてるのか？　残酷すぎる。だが、あれが昼間、水槽を出て、遠足に来た子どもを追いまわしたとしたら？　お荷物というこの女性の指摘は正しいのだろう。キャメロンは腕を組む。「マーセラスはおばさんの友だちなんだね」

「ええ、わたしはそう思ってる」

「あいつを助けようとテーブルにあがったとき、おばさんは少しもあいつのことを怖がってなかった」

　トーヴァは舌を鳴らす。「あたりまえじゃない！　彼はやさしいんだから」

「うん、それでもたいしたもんだったよ」

「そう言ってもらえるのはうれしいわ」

彼女はつかの間、うつむくが、すぐに灰色がかった緑色の目をあげて彼を見つめる。

「どう？　ふたりだけの秘密にしてくれる？」

キャメロンはしばらく迷う。当然だ。どういうことだかわからないが、とにかくなにかの共犯になったのをテリーに知られたら、この仕事はパーだし、そうなったらジーンおばさんに金を返す望みもすべてパーになる。サイモン・ブリンクスを探すほうはどうなる？　そっちもパーだ。ここでくびになるわけにはいかない。いまはまだ。

しかし、このやさしそうな小柄な年配女性が友だちを失うと考えると、なぜか気の毒でたまらなくなる。それに、あのタコが気味の悪い人間のような目でにらんできたこと、安楽死させられるかもしれないこと……キャメロンは肩をすくめる。「わかった、ふたりだけの秘密にしよう」

「ありがとう」彼女は小さくうなずく。

キャメロンはさっき落としたほうきを拾いあげ、壊れた踏み台は誰かが直すだろうと考え、壁に押しやる。「物思う心がわれわれを臆病にするっていうだろ？」

彼女は凍りついたように立ちすくむ。「いまなんて言ったの？」

「物思う心がわれわれを臆病にする」キャメロンは顔が赤らむのを感じる。なんでいつもいつも、こんなおたくっぽい蘊蓄（うんちく）を会話にもぐりこませるんだよ、おれは？　彼は説明しようとする。「シェイクスピアって野郎の引用だって。出所は――」

「『ハムレット』」と彼女は小さくつぶやく。「息子のお気に入り作品のひとつだった」

不測の事態を予測せよ

スウェーデンからの船旅がどんなものだったか、トーヴァの記憶はあいまいだ。なにしろ、当時彼女はまだ七歳と幼く、ラーズは九歳だった。ウプサラから列車に乗り、ヨーテボリのホテルで父にぎこちなく別れを告げた。父は何週間か先に着いて、全員の書類と住むところを確保するため飛行機でアメリカに渡ったのだ。ホテルのシーツは分厚く真っ白で、ラベンダーのような香りがし、部屋のテーブルにはテレビが置いてあった。トーヴァとラーズは船に乗りこむ日を待つあいだ、一日何時間もテレビを観て過ごした。ホテルにはまた、ロビーのレストランがあり、そこでは小さなゴブレットに入ったチョコレートプディングが出されるのだが、ある日、ラーズが食べ過ぎて腹痛を起こし、真っ白なシーツに吐いてしまった。一九五六年のうららかな五月の朝、車から降ろされて見た蒸気船ヴァステーナ号は、埠頭の横に並ぶ灰色の大きなレイヤーケーキのようだった。二カ月後、トーヴァたちはメイン州ポートランドに到着し、二年間、そこのアパートメントで暮らしたのち、住み慣れた土地をまたも離れ、ここワシントン州ソーウェル・ベイに引っ越した。表向きは、わずかながらいる遠い親戚に近くなるからということだったが、トーヴァは身内とされる人たちに一度も会ったことがない。いつも家族四人だけの暮らしだった。

遠洋定期船に乗っていた期間についてはまったくと言っていいほどトーヴァの記憶に残っていない。あれ以上わくわくする経験はあとにも先にもないと思うと、なんともったいないことだ。

蒸気船ヴァステーナ号での数少ない鮮明な記憶のひとつが、セイウチだ。もちろん、本当の名前じゃないが、灰色をした長い口ひげが口の両端から牙のように垂れているその乗客のことを、トーヴァとラーズはそう呼んでいた。

セイウチはトランプゲームを好んだ。夕食のあとの談話室で、ラーズが赤いベルベットを張った背もたれにおもちゃの兵隊を並べている横で、セイウチはトーヴァと母をジン・ラミーに誘いこもうとした。最初、母は女はトランプゲームになどくわわるものではないと断ったが、最後は折れた。ガラスのランプのほの暗い明かりのもと、トーヴァはジン・ラミーとハーツとブラックジャックを教わった。セイウチはシャッフルしながら、ときどきいたずらっぽくウインクをし、指にはさんだ札を当てさせておいてから、言い当てた札を襟あるいは袖の下に隠して、べつの札をめくって残念でしたという余興をときどきやった。

常に不測の事態を予測するんだよ、お嬢ちゃん。またもしてやられた幼いトーヴァが顔をしかめると、セイウチはそう言って含み笑いを漏らした。

目の前の青年が落ちた缶ふたつを拾いあげ、上下逆さまなのを気にする様子もなく棚に戻すのを目にし、トーヴァは自分の顔に渋い表情が浮かぶのを感じる。この二週間、バーブ・ヴァンダーフーフとイーサン・マックとその仲間たちは、トーヴァの後任となったカリフォルニアから来たホームレスの男についてあることないこと噂していた。けれどもキャメロンは指の爪はきれいにしているし、きれいに揃った白い歯をしている。しかも、どうやら、シェイクスピア作品にくわしいようだ。トーヴァの秘密を守ると約束してくれたし、理由ははっきりこれと断定できないながら、彼のことは気に入っている。信頼してもいいような気がする。

彼は予想とはちがっていた。

じめじめしたポンプ室にいるせいで、ピンク色の絆創膏がすでにはがれかけ、いまはキャメロンのこめかみのところで斜めになっている。手をのばし、親指でもとの位置に戻してやりたくてたまらないが、その衝動をなんとか抑える。彼女に見られているのに気づいたキャメロンは、決まり悪そうに笑う。「ごめんよ。いつもは死んだ詩人の引用なんかしないんだけど。今夜はおかしな夜だったから」彼はこれはどれも現実なのかと自問するように、まばたきをする。その気持ちにはトーヴァもおおいに共感できる。

キャメロンの背後に目をやり、マーセラスの水槽をながめると、ポンプ周辺の水面が小さく揺れている——タコそのものの姿は見当たらない。わたしが来なければ、どうなっていただろう。

「たしかにそうね」トーヴァは咳払いをして腰をのばす。「それはともかく、ここの仕事はどう？　テリーからはちゃんと仕事を教わった？　必要なものはちゃんとある？」緑色をした腐食性のなにやらの強烈なにおいが忍びよってくる。車のトランクに入っている酢なら、これをなんとかできる。

「うん、まあ。床にモップをかけるのなんか、べつにロケット科学ってわけじゃないし」

トーヴァは舌打ちをする。「そうかもしれないけど、ちゃんとしたやり方というものがあるの」

「おれのやり方で……まずいところがあるってこと？」

「だったら、自分の目で見たほうがいいわ。一緒に来て」トーヴァはドアをあけ、弧を描く廊下をついてくるよう仕種で示す。来る途中でも思ったが、床はきれいになっているが、水槽のガラス面に糸くずのついた筋がいくつもついている。トーヴァはそのひとつを指でなぞる。「ガラスには綿素材のクロスを使わなくてはだめよ。ポリエステルじゃなく」

キャメロンは弁解するように腕を組む。「おれにはちゃんと磨けてるように見えるけどな」

「だったら、もっとよく目をこらさないと」

「おばさんはガラス拭きの専門家かなにか?」

トーヴァは舌打ちをする。「何十年もの経験よ」

「でもさ、ポリエステルだの綿だのって、誰にも教わってないぜ」キャメロンはむっとしたように言う。「ここにあるぞうきんを使ってるんだ。おれにわかるわけないじゃないか」

たしかに彼の言うとおりだ。この若者にこの先もずっと後任をつとめてもらうのなら、ちゃんと教えなくてはだめだとテリーにひとこと言っておかなくてはならない。彼女はごみ箱のひとつに歩み寄って、ふちを指さす。「あと、これが見える? 袋は全部、きちんとかぶせないと、中身がいっぱいになったときに滑り落ちてしまう。そうなると、ごみがじかに底に落ちるから、あとで面倒なことになる」

「ちょっと勘弁してくれ。ごみ箱に袋をつける方法くらい、おれだって知ってるよ」

「どう考えてもそうじゃないみたいだけど」トーヴァは口調を強める。「カリフォルニアではどうやってごみ箱に内袋をつけてるのか知らないけど——」

「え、どういうこと？」キャメロンがさえぎる。「なんでおれがカリフォルニアから来たって知ってるの？」

「ソーウェル・ベイの住民はおしゃべりが好きなのよ」トーヴァは唇を引き結ぶ。いま言ったことを取り消したい。これまで何度、彼女自身が町の噂の的になったことか。

「うん、それは気がついてた」キャメロンはそこで言葉を切り、目がきらりと光る。

「おばさんが今夜ここにいるのがばれたら、噂話の材料を提供することになるだろうな。しかも、タコを訪ねるのが目的となれば」

トーヴァは口をひらきかけるが、すぐに真一文字に引き結ぶ。

「心配しなくていい。誰にも言わないから。約束しただろ」彼はぼそぼそと言う。それでもトーヴァが細くした目で見ていると、彼はつづける、「ほかに、仕事のおもしろ豆知識はないの？」

トーヴァは背筋をのばす。「あとひとつあるわ。あのドアのことよ。あなたも同意してくれると思うけど、この水族館でとても人気のある展示物がさまよい出るなんて事態は容認しがたいわ」

キャメロンは悩ましげにため息を漏らし、目をほんの一瞬、ほとんどそれとわからぬ程度に上に向ける。その仕種を見たとたん、トーヴァの記憶の奥底でからまっていた糸がほぐれる。ティーンエイジャーだったころのエリックが彼女に腹を立てたときの仕種とそっくり同じだ。トーヴァはまたも舌を鳴らす。やっぱり若いのね。この人は外見からすると若く見積もっても二十五歳にはなっているだろうけど、まだ大人になりきれていないという印象を強く受ける。

「なんでおれのせいになるんだ？」キャメロンが声を張りあげる。「クラーケンが放し飼いになる可能性があると、ひとこと言ってくれたっていいじゃないか。そもそも、あいつの水槽に錠を取りつけたらいいじゃないか」

「マーセラスは鍵をあけられるわ」トーヴァは指摘する。「彼がどうやってポンプ室を出たと思ってるの？」

若者は顔をしかめる。それに対する答えは持ち合わせていない。そこで彼はこう尋ねる。「あいつはなんでそんなことをするんだろう？」

トーヴァは黙りこみ、しばし考える。同じ問いを何度も自分に問いかけてきたし、彼女自身も明確な答えは見出せていない。そこで、もっとも有力な推測を選ぶ。「彼は飽きてるんだと思う」

キャメロンは肩をすくめる。「たしかに、小さな水槽のなかでこの先ずっと過ごさなきゃならないと思ったら、むかつくだろうな」

「でしょ？」

「そいつがめっちゃ頭がよければよけいに」

「マーセラスはとても賢いの」

キャメロンの目にパニックの色がひろがる。「また同じことが起こったら、どうすればいいんだ？　あいつが外に出たら？　おれが掃除してるときに」

「もちろん、ほっといてあげてくれればいいわ」トーヴァは言う。ほかに答えようがないじゃない。タコ相手にほうきを振りまわしたところでどうにもならない。

「なるほど。ほっとけばいいのか」キャメロンはマーセラスがひそんでいると思ったのか、廊下を用心深く見やる。

けれども、トーヴァの頭に引っかかっているものがある。休憩室のテーブルの下で、電源コードにからまって身動きできずにいたのを放置していたら、マーセラスはどうなっていたことか。今夜、水族館の外に出ようとするまで、彼には無謀な行動を避け、夜ごとの大冒険をお決まりのもの――タツノオトシゴをからかったり、夜中のおやつにするべくナマコをつつきまわしたりする程度にとどめておくだけの常識がそなわっていると思っていた。マーセラスがひとりぼっちで死んでいくと思うとたちまち恐怖が忍びより、いつものようにここで働いていたとしても、それを阻止する手立てを持たない自分をどこか恥ずかしく思う気持ちがこみあげてくる。なにしろ、夜ならいつでも好きなときに水槽を抜け出し、無人の館内で危険な目に遭遇するかもしれないのだから。

マーセラスをこの建物から逃がしてやるのが、情けのある行為なのかもしれない。そうしたら彼は、ピュージェット湾のうんと深いところにいるエリックを訪ねてくれるかもしれない。そんなことを考えるのはあまりに不謹慎に思える。トーヴァは思わず、頬をゆるめる。

若者がトーヴァのほうに頭を傾ける。「なにがそんなにおかしいんだい？」

「なんでもない」

「おいおい、トーヴァ。クラスのみんなに教えてくれよ」キャメロンの目が一瞬、悪意なくからかうように、小さく輝く。

「本当になんでもないんだったら」

「なんでもないわけないだろ！」キャメロンは彼女を見てにやりと笑う。横柄な態度でないときの彼は、本当に魅力のある若い男性だ。エリックもこんな感じだった。彼女もウィルも息子の態度にお手上げになることがよくあったが、それでもみんなからとても愛されていた。誰もが友だちになりたがるタイプの若者だった。

トーヴァはふと思いつく。

「こっちへ来て」彼女は手招きし、のろのろとした足取りでポンプ室に向かう。「ちょっと思いついたことがあるの」

「思いついたこと？　なに？」

「次にマーセラスが水槽の外に出たところに遭遇したら、どうするかってこと」

「さっき、放っておけと言ったんじゃなかったっけ」キャメロンは小走りでトーヴァのあとを追う。「あいつの捕まえ方を教えようっていうの？」

彼女は彼を振り返る。「そういうんじゃないの。彼とどうすればお友だちになれるか教えてあげる」

「友だちになる？」キャメロンはいきなり足をとめる。「それは望み薄じゃないかな。あの海の怪物スキュラは、さっきのお出かけのときにはとりたてて温かく接してくれなかったぜ」

「不測の事態を予測せよ」そう言ってトーヴァはほほえむ。

とらわれの身の生活一三二九日め

人間の言葉の多くはくだらないけれど、そのたわごとのなかでもとくにばかばかしいのが、自分たちの愚かさを賛美することだ。ぼくが言ってるのは、〝知らなければ傷つかずにすむ！〟とか、もっとたちの悪い〝知らないことが至福！〟という滑稽な発言のこと。

こんなむさくるしいところに幽閉されてる身であるのを考えれば、ぼくが至福をテーマにして思索にふけることに異論がある人もいるだろう。とらわれの身の頭足動物に喜びのなにがわかる？　ぼくは大海原で自由気ままに狩りをする快感を味わうことは二度とない。果てしなくひろがる真夜中の空から海に射しこむ銀色の月光を浴びることもない。交尾をすることもない。

けれどもぼくには知識がある。ぼくのような生き物でも幸せがかなうなら、知識が鍵だ。

みんなもすでに知ってのとおり、ぼくはものを覚えるのがうまい。テリーが寄越したパズルも頭の体操も全部簡単に解いてしまった。なかにホタテ貝が入ってる鍵のかかった箱とか、終点にムール貝が置かれた小さなプラスチックの迷路とか。人間ならば、児戯にもひとしいというところだろう。やがてぼくは水槽の蓋をあける技を身につけ、ポンプ室のドアを解錠できるようになった。どこまでなら探険していいのか、どのくらいしたら〝副作用〟が始まるのか、正確に把握できるようになった。

至福というものが本当にあるとして、こういうのを至福とは言わないかもしれないけれど、これらの知識を身につけたことで、満足に近いものが得られるようになった。いや、もっと正確に言うなら、惨めさの一時的な軽減だろう。

ああ、人間ならば、なにも知らないことで至福が得られるのに！　ここ、動物界では、無知は危険だ。水槽に落とされる哀れなニシンは、下でサメが待ち伏せていることに気づいていない。無知であるせいで痛い目に遭うかどうか、当のニシンに訊いてみればいい。

けれども、人間もうっかりしているせいで傷つくことがある。彼らはそれをわかっていないが、ぼくはわかっている。そんなことはしょっちゅう起こっている。

つい最近、ぼくが見かけた、この水槽のすぐ前にいた父親と息子を例にあげよう。近々おこなわれるスポーツの試合の話をしながら、父親は若者の背中を軽く叩く。父親は息子が勝つと信じ、こう告げる。おまえはおれの強肩を受け継いでるし、おれは州代表のクォーターバックだった。ぼくはクォーターバックがなにか知らないけれど、これだけははっきり言える。息子は父親と遺伝的関係にない。あの父親は寝取られ男だ。実を言うと、これはぼくのお気に入りの人間の言葉のひとつだ。

しばらくして、子どもの母親が合流し、三人揃ってのろのろ進みながら、隣の水槽にいる鼻のとがったカサゴに見入る。不貞行為がいつか一家を引き裂くことになるとは思いもせずに。

なんでわかったって？　それは観察しているから。ぼくが人を見る目の鋭さは、おそらくきみたちの理解の範疇(はんちゅう)を超えている。

何千という遺伝子によって子どもの身体的特徴が形成され、その道筋の多くがぼくにははっきりと見える。きみたちにとって本に書かれた文字がはっきり見えるのと同じように。悲しいとらわれの身になってからの千三百二十九日間で、ぼくは観察眼を磨いてきた。このスポーツ選手の息子と、保護者である元クォーターバックの寝取られ男の場合、ちがっている点をあげていったら、膨大な数になる。たとえば、鼻の形、瞳の色合い、耳たぶの正確な位置。声の抑揚、それに歩き方。そうそう、歩き方！　あれがやはり見分け方として簡単だ。人間は自分たちが思ってるよりもずっと同じように（今回の場合はまるでちがうふうに）歩く。

だけど、前任の掃除係の女性と後任は同じ歩き方をしている。

それに、ふたりとも左の頰にハートの形のえくぼができる。また、どちらの瞳にも緑がかった金色の斑点が散っている。モップをかけるときに口ずさむ鼻歌がふたりとも単調だ（正直言って、あれはすごく不愉快だけど、ポンプの音がうまいこと抑えてくれる）。

そんなのは状況証拠だと、軽くあしらわれるのがおちかもしれない。単なる偶然の一致。遺伝というものは不思議な働き方をする。ドッペルゲンガー現象かもしれないと言う人もいるだろう。血のつながりはないながら、ほぼそっくりの顔かたちをした人間が、世界の両側で生まれたのだと。

読者の人たちはぼくと同様、掃除係の女の人には存命の跡継ぎがいないのを知っている。彼女のひとり息子が三十年前に死んだことも。彼女の悲しみも。彼女の人生を形作っている悲しみ。一時的にせよ、彼女を殻に閉じこもらせてしまった悲しみ。その悲しみのせいで彼女がもっと悪い方向に行ってしまうんじゃないかとぼくは心配している。

みんなが疑う気持ちは理解できる。だって理屈に合わないように見えるからね。もっと証拠をあげていってもいいけど、とりあえずいまは、体を休めないといけない。こうやって話すのも疲れるんだ。それに、この話はとても長くなりそうだ。

でも、これだけは信じてくれていい。最近、清掃の仕事を引き継いだ若い男は、足を怪我した掃除係の女性と直接血がつながっている。

左に急ハンドルを切り、右に急ハンドルを切る

七月下旬のある朝、キャメロンはついに期待できそうな手がかりを手に入れる。なかなか尻尾をつかめない不動産王サイモン・ブリンクスは、夏の週末をサンフアン諸島にある地所で過ごしている。一般には知られてない海峡を見おろす崖にひっそりと建つ贅沢なトスカナ様式の別荘だ。情報の出所は、場末のウェブサイトでキャメロンが発掘した古い雑誌の記事。町の名と写真が手に入ったので、住所を探し出すのは至極簡単だった。ソーウェル・ベイから車で二時間の場所だ。

つまり、四時間もひとりで車に乗らなくてはならない。キャメロンは携帯電話の連絡先をスクロールする。親指がエイヴリーの番号の上で躊躇する。

自分の生物学的な父かもしれない相手をゆすりにいくのにつき合わせるのは、変なデートだろうか。そのとおり。エイヴリーはそんな誘いに応じるほど変だろうか？おそらく。エイヴリーの場合、いつも可能性は五分五分で、何度か一緒にコーヒーを飲みにいき、遅い夕食をともにし、一度などはエランドのパブにも行ったが、スケジ

ユールに問題が生じてキャンセルせざるをえなくなることもしばしばだ。ひとり身の女性にしてはスケジュールがやけに複雑に思える。サーフショップを経営しているからなんだろう。キャメロンに自分の店を持つことのなにがわかる？　彼は息を詰め、電話をかける。

「あら、キャメロン」エイヴリーは彼からの電話にうれしそうな声を出す。

「きょう、ちょっと冒険に出かけるんだ。一緒にどう？」キャメロンはなにをするか説明する。

エイヴリーのため息が電話の受話口からしみ出す。「無理。店があるから。でも、今週のどこかでなにか予定しようよ」

「わかった。今週のどこかで」

「絶対だからね」彼女は真剣な声で言う。「サップをしに行こう。あとでスケジュールを確認しておく」

彼はエイヴリーにじゃあねと告げて電話をキャンピングカーのバンパーに置く。そのバンパーに足を乗せ、イーサンのローンチェアのひとつに腰をおろしている。はじめて来たときのここは雨が降ってばかりだったが、いまの季節は最高だ。ひろびろとした青空から鬱蒼とした緑の木々まで、どの色もありえないほどあざやかだ。モデストの夏はうだるように暑く、埃っぽいが、ここではまったくちがう。彼は右手をのばして指をしげしげとながめたのち、手を握り、雲ひとつない夏空目がけ、シャドージャブを放つ。

ようやく人生が軌道に乗りはじめた。

そのひとつがエイヴリーの存在だ。いままでエイヴリーのような女性に関心を持ってもらえた経験はなく、妙にとらえどころのないところにいっそう魅力を感じる。それに、父親かもしれない人物とこれから対面することもある。

さらにもうひとつ。ちゃんとした仕事をもう何週間もつづけている。しかも、つまらないとも思ってない。やってみなければわからないもんだ。魚の内臓を刻む。そして掃除！　華麗なる仕事ではないが、ひとりでやれるのが彼には合っている。仕事時間が夜なのもいい。仕事時間の半分は、誰もいない水族館でひたすら掃除に励む。仕事の日の夜は、誰も買いたがらない袋入りのクッキーかしけたスナックケーキなど、なにか出てくるまで自動販売機をばんばん叩き、ワイヤレスイヤホンをはめ、ぼんやりと床を掃除する。残りの半分は、例の変なおばさんが一緒だ。トーヴァが。怪我で休んでいるはずの彼女は頻繁にやってくる。キャメロンは告げ口はしないと約束した。彼女がいるのはべつに気にならない。彼女が見せるタコへの執着は尋常でなく、キャメロンとマーセラスの仲はたいして進展していないものの、トーヴァの相手をするのは不思議なほど楽しい。

うしろで、スクリーンドアが閉まる音がする。一秒後、イーサンがキャンピングカーのうしろをまわりこんで現われる。色のあせたレッド・ツェッペリンのTシャツは胴まわりがややきつい。彼はキャメロンに目をこらす。「いい天気だな」

「うん。ところで聞いてくれよ」キャメロンはサイモン・ブリンクスを見つけたいきさつと、それを受けてのエイヴリーとの会話を説明する。イーサンはうなずく。

「だったら、いますぐ出発だ。おれのトラックで行こう」

キャメロンは首をかしげる。「えっ？」

「耳に粥でも詰まってんのか？　おれのトラックで行こうって言ったんだ！」

「一緒に行ってくれるの？」

「あったりまえだろ。おまえさんがひとりでやつを殴りに行くのをおれが黙って見てるとでも思ったのか？」イーサンはにんまりと笑う。「なんたって、おもしろそうじゃないか、え？」

「わかった」キャメロンはぼそぼそと言う。「じゃあ、一緒に行こう」

「少なくとも、途中の景色がきれいだぞ。一年のこの時期はな。ふたりで冒険としゃれこもうぜ。おれがツアーガイドをやってやる」

ツアーガイド？

「実はな」イーサンの話はつづく。「行く途中、ハイウェイを降りたところにフィッシュ・アンド・チップスがめちゃくちゃうまい店があるんだよ」

「ふうん。でも、ブリンクスを見つけるのが先だ」

フィッシュ・アンド・チップス？　フィッシュ・アンド・チップスなんか知るかよ。イーサンは愉快そうに笑う。「まずはゆすり、フィッシュ・アンド・チップスはそのあとだな」


キャメロンはいまだにここの海の形が把握できていない気がしている。何百という長い指を持つ怪物が大陸の先端をつかんでいるかのように、濃緑色の田園風景に群青色の水路が複雑に入り組んでいる。車の左側に、カーブを曲がると今度は右側に、さらには次々と現われる橋の下にと（同じ水が流れる橋をいったいいくつ渡るのか）、そこらじゅうに海があることに驚きっぱなしのキャメロンを乗せ、イーサンが運転する車は果てしなくつづく二車線道路をひた走る。釣り餌店やガソリンスタンドが点々とし、レストランはどれもみすぼらしく、フィッシュ・アンド・チップスを食べようという気にはまったくならない。

「もうそろそろだろう」ダッシュボードに取りつけた携帯電話が表示する小さな地図が予想到着時刻はいまから一時間後と告げているのに、イーサンはそれを頭から無視して叫ぶ。彼はあけた窓枠から筋張った肘から先をまだらのソーセージのように垂らしている。きょうは〝ドライブするのにもってこいの日〟だから、ウィンドウをおろしっぱなしにすると言ってきかなかったのだ。時速五十マイルで吹きつける風とイーサンの強いなまりのせいで、よく聞き取れない。

キャメロンはじっとり湿った手でクラスリングを握りしめ、迫り来る話し合いの一部始終を、かれこれ千回も頭に思い描いている。

こんな展開が考えられる。おそらくこれが理想的な展開だろう。サイモン・ブリンクスはキャメロンを見てびっくりする。それがキャメロンだと即座にわかり、口をあんぐりさせる。くそ野郎な彼は否定しようとするが、キャメロンのポケットには写真という証拠がある。するとブリンクスは一切合切を認める。

あまり理想的でない展開でのブリンクスは、眉間にしわを寄せてキャメロンを見つめる。すぐに弁護士だの、ＤＮＡ鑑定だのと言いだす。すべてが立証されるまでは、どんなことにもだんまりを決めこむ。

その一方、立証がなされ、ブリンクスが親子関係を望んだ場合はどうなる？　電話で状況を尋ねてくるたび、エリザベスは決まってそう言う。サイモンには潜在的な父性本能というものがあり、長いこと行方のわからなかった息子の登場でそれに火がつくのではないかとエリザベスは信じているようだ。映画のように。けれども、人生がそんな安っぽいハリウッド映画のように行くはずがない。

ジーンおばさんも親子関係の重要性をやけに力説していたが、そんなおばさんにしてもサイモン・ブリンクスのような男が妹とつき合っていたことに半信半疑なのではないだろうか。けれどもこのあいだ話したとき、ブリンクスから小切手をせしめたら、すぐにでも飛行機に乗ってそっちに帰ると言ったところ、おばさんは気に入らないというようにため息をついた。**必要ならばしばらくそっちにいるといい。**ジーンおばさんはそう言った。**ろくでもないキャンピングカーなんか買ったんだから、せいぜい使い倒せばいい。だいいち、そっちでの暮らしはおまえに合ってるみたいじゃないか。**

　まあ、たしかにそれは言えてる。

　けれどもキャメロンとしては、誰が父親候補であろうと、今後のつき合いを望んでるわけじゃない。姑息なくそ野郎が払わずにいた十八年分の養育費がほしいだけだ。それも一括払いでなきゃ受けつけない。一万ドル？　二十万ドル？　それをそのままジーンおばさんに送金してもいい。長年にわたっていろいろしてくれたおばさんには、ものすごく借りがある。もちろん、キャンピングカーを買うのに使った金は言うまでもない。あの金は半分近く返したが、そのくらいじゃ全然足りない。

「おっと、見ろよ！」イーサンが軽くブレーキを踏み、ハイウェイから降りる未舗装の道路を示す。「ホエールウォッチングをしたけりゃ、そこをくだったところに絶好の場所がある。一度、女友だちを連れてったことがあってな。オルカが子猫みたいにじゃれ合うのをながめたもんだよ。あれは見物だった。あの晩は彼女と愛し合って――」

「もういいよ」キャメロンは話をさえぎる。年寄りの色恋沙汰に興味などない。「覚えておく」

「ちょっと言ってみただけじゃないか。つき合ってる娘がいるんだろ？」

「エイヴリーがこんなところまでクジラを見に来たがるもんか」

「誘ってみなきゃわからないじゃないか、え？　クジラってのはすごい生き物なんだぜ」イーサンがキャメロンのほうを向いてウインクした拍子に車がセンターラインを越え、ちょうどそこに反対車線の車が前方のカーブをまわって現われる。イーサンは間一髪でもとの車線に戻る。「あぶねえ！　よそ見は禁物だな。それはともかく、あそこにはいい砂州があってね、ビーチコーミングにうってつけなんだよ。ヒトデとか、タコノマクラっていう名前のウニなんかがいっぱいいる」

「エイヴリーにヒトデやタコノマクラを見せたければ、職場に連れてけばすむ話だろ？」キャメロンはそっけなく指摘する。「あそこの野生の棘皮(きょくひ)動物のコレクションは、州でいちばんでかいんだぜ。少なくともトーヴァはそう言ってる」

イーサンはさっと振り向き、危険を感じるほど長くキャメロンを一心に見つめる。縮れたひげがひくひく動いているのは、ひげの下の唇をかんでいるからだろう。キャメロンは自分がシートのへりを強く握っているのに気づく。さっき、よそ見は禁物って言ってたじゃないかよ！

ようやく大男はダッシュボードに視線を戻す。車内はしばらく沈黙に包まれる。イーサンは小さな声でぽつりと言う。「おまえさん、トーヴァ・サリヴァンに会ったのか？」

いけね。秘密だったんだ。トーヴァが水族館に来てることは誰も知らないことになっている。いままで何度となく疑問に思ったが、そこまでして隠そうとする理由はなんなのか。一分ほど考えたのち、理由なんかないんだろうと判断する。年寄りってのはときどき妙なことを言うもんだ。どのみち、イーサンが気にするわけがない。ひと呼吸おいて、キャメロンは答える。「うん、トーヴァはたまに来て手伝ってくれてる」

「彼女は怪我で休んでるとばかり思ってたけどな」

「そうだよ。いま言ったことは全部忘れてくれ」

「彼女は元気にしてるかい？」イーサンの声には、内に秘めた尊敬の念がにじんでいる。

「元気だよ。足もだんだんよくなってきてるみたいだし」

「それを聞いて安心した」イーサンはもごもご言う。赤みがかった頰がますます赤くなる。

キャメロンはにんまりとする。「ははあん、そうか。あんた、彼女が好きなんだな」

「彼女をきらいなやつがいるわけないだろうが」

「なにとぼけてんだよ。顔じゅうに書いてあるぜ」

するとイーサンは耳まで真っ赤になる。

「すてきな女性だからな」キャメロンはスコットランド人のイーサンの口調をまねる。彼は手をのばし、イーサンの肩を軽くぴしゃりと叩く。「照れなくたっていいじゃないか、おっさん。くわしく聞かせてくれよ。おふたりさんは過去にいろいろあったんだろ?」

「いろいろあっただと?」イーサンは口をまっすぐに引き結ぶ。「おれは結婚してる女に言い寄ったりしない」ミセス・サリヴァンはつい最近まで既婚者だったんだよ」

「そうなんだ」キャメロンはしゅんとなる。「それは知らなかった」

「そうなんだよ。亭主はまっとうな男でね。二年前、膵臓(すいぞう)癌で亡くなった」

キャメロンは膝の上で両手を重ね、そこをじっと見つめる。なぜだかわからないが、トーヴァにまつわるその話に、胸がちくりと痛む。「そんな最低限のことすら、教えてもらってなかったとは。

「波瀾万丈(はらんばんじょう)の人生だよな」イーサンがつづける。「息子のことも含めて」

「どういうこと?」

「知らないのか？　まあ、知らなくて当然か。地元の人間なら誰でも知ってるが、おまえさんは、来て間もないもんな。それに、みんなも以前ほど、その話題を持ち出さなくなってるし」

キャメロンはトーヴァの言葉を思い出し、ぶるっと身震いする。**ソーウェル・ベイの住民はおしゃべりが好きなのよ。**彼は小声でつぶやく。「彼女に息子がいたなんて知らなかった」

「おれの口から話すことじゃないが、ほかの連中から聞くよりはおれから聞いたほうがいいかもしれんな」イーサンは長々と息を吸いこむ。「八〇年代の終わりごろの話だ。彼女の息子はフェリー埠頭で働いてた。エリックって名前だ。おそろしく頭のいい子でね。卒業生総代をつとめたんだぜ。スポーツ万能で、セーリングチームのキャプテンだった。だいたいのイメージはつかめたか？」

「ああ、うん」キャメロンは答える。どのハイスクールにもエリックみたいなやつがひとりはいる。

「とにかく、彼は――おおっと、まずい。曲がるところを見落としたかもしれん」イーサンは携帯電話をわしづかみにし、画面に目をこらす。「なあ、ロンダ？　なんで教えてくれなかったんだよ」

キャメロンは片方の眉を吊りあげる。「ロンダ？」

「道を指示する女の声にそう名づけたんだ。今回はヘマしたみたいだ」携帯電話が音を立ててカップホルダーにおさまる。「親父さんの家に行くにはいま来た道を一マイル戻らなきゃならん」彼はうしろを親指で示しながら言う。

「さっきの話のつづきは？　トーヴァの息子がどうしたんだ？」車が急旋回し、キャメロンは指関節が真っ白になるほど強くドアハンドルを握る。いまのはどう考えても、違法なUターンだ。

「いや、その話は忘れてくれ」

「そりゃないだろう」

「こんな話をすべきじゃなかったよ。気が滅入る」車が南に向けて加速を始めると、タイヤが路面をこすってうなりをあげる。鬱蒼とした梢の合間から、淡いブルーの水がうっすらのぞく。「彼女の息子は死んだんだ。溺死だ。十八のときに」

「そうだったのか」キャメロンは息を吐き出す。「気の毒に」

「まったくだ」イーサンは抑えた声で言う。「さて、到着だ」彼はアスファルトの道をはずれ、標識もなにもない砂利道へと車を入れる。大きな土埃が舞いあがり、ふたりとも咳きこみはじめる。

キャメロンはウィンドウをあげ、うさんくさそうな目で道を見やる。穴だらけで草ぼうぼうだ。「本当にここ？」

イーサンは携帯電話を手に取って住所を再確認する。「そうとも。まちがいない」

どう見ても、ここはちがう。

億万長者が別荘をかまえるのに絶好の場所なのはたしかだ。ひと気のない切り立った崖からは三方の群青色の海が一望できる。けれども、トスカナ様式の屋敷はどこにもなく、億万長者で卑劣な父親候補がプールサイドでくつろぎ、金のゴブレットを口に運んでもいない。埃っぽい砂利敷きのがらんとした土地があるだけで、それを見てキャメロンはある種の映画のセット、若いカップルが車のなかでいちゃいちゃしたのち、連続殺人鬼に刃物で惨殺されるタイプの映画のセットを連想する。

「くそ」彼は小さく毒づき、落ちていた松ぼっくりを遠くに蹴り飛ばす。松ぼっくりは崖のふちを越えて岩壁を転がり落ちていく。

「ここじゃないな」イーサンが意味もなく言う。

「あきらかにちがう」

キャメロンのネット探索の腕は思ってたほどすごくないのだろう。ふたりはトラックに戻り、悪路伝いにのろのろ引き返しはじめる。

くぼみにタイヤがとられ、イーサンはアクセルを踏んで突破すべきところでブレーキを踏んでしまう。典型的な初心者の反応だ。その結果、車はにっちもさっちもいかなくなる。イーサンがいくらアクセルを踏んでもタイヤは空回りするばかりだ。

「おいおい、落ち着けって。でかいくぼみにはまりこんだんだよ」キャメロンは諄々と説明する。たしかに、路面状況はよくないが、それでもこの程度はオフロード走行の初心者レベルだ。ケイティとふたりで古いジープでよく走りに行ったカリフォルニア州の砂漠にくらべたら児戯にもひとしい。もちろん、ジープが回収される前の話だ。

「轍かよ、まったく」イーサンはつぶやき、アクセルをさらに強く踏みこむ。トラックのトランスミッションが、もうこの冒険にはうんざりだとばかりに、苦しそうなうめきをあげる。

キャメロンはため息をつく。「おれがやってみてもいいか？」

「おまえさんが？」イーサンは顔をしかめるが、目が好奇心、あるいは希望で大きくなっている。「そうだな、やってもらおうか」彼はエンジンを切ってキャメロンにキーを放る。

「了解。じゃあ、まず、車を降りよう」

「降りる？」

「そう、降りるんだ」キャメロンは苛立ちが声ににじむのを抑えながら、車を降りる。

「どうなってるのか調べないと。後輪にトラクションをかけなきゃいけないかもしれない。なにか、くさびとして使えそうなものはないかな?」道路をうかがうと、端が暗くて深い森に向かって落ちこんでいる。ひろびろとした砂漠とはまったくちがう。けれども、近くに使えそうな小さなまるい石がひとつ見つかる。彼はそれがあるほうを頭で示して指示する。「あそこにある石を持ってきてくれ」

イーサンはびっくりした顔になる。感心すらしている。キャメロンはおずおずと小さくほほえむ。「ときどき、砂漠でオフロード車を走らせてたことがあるんだ」

「なるほど」イーサンはうなずき、指示された石に向かって駆けだす。彼が戻ってくるころには、キャメロンはすでに後輪の前に乾いた土を分厚く詰め、下をのぞき、手のへりを小さな分度器のように使って角度をはかっている。

キャメロンはこれからやる作業を説明する。「最初にトラックを、一インチでも二インチでもいいから前に押し、うしろのタイヤが地面をつかんだら、その石を右のタイヤにかませる。それから左に急ハンドルを切り、うしろのタイヤが地面をつかんだら、今度は右に急ハンドルを切る」

「左?」イーサンは左に、立ち並ぶ木々に目を向ける。フロントバンパーの側面と一列めの太い幹との距離は二フィートしかない。「いや、それはだめだろう」

「うまくいくって。そういうものなんだから」キャメロンはオフロード仲間と何度も交わしたこの手の会話を思い出す。みんなはキャメロンとちがい、一見不可能なところから車をあっちにこっちに動かせる力というものが見えなかった。みんなで腰をすえ、ハンドルを頭のなかでも実際にもまわしたものだ。イーサンのけげんそうな顔をじっと見つめ、キャメロンはつけくわえる。「おれにまかせろ」

「いいよ、わかった」

左、つづいて右に急ハンドルを切ると、砂利交じりの泥が飛びちる様子がルームミラーに映る。やがてキャメロンでさえ恐怖を覚えるほどの激しい振動とともに、トラックは道を駆けのぼる。轍を抜けたところで、彼は声をあげて笑う。この楽しさをすっかり忘れていた。それに、このピックアップトラックはジープの比ではないものの、凹凸の激しい場所での走りはそう悪くない。おびえて動けないイーサンに目をやる。キャメロンが口もとにいたずらっぽい笑みを浮かべながら、わざと前輪だけくぼみにくぐらせると、ふたりの体が一瞬、宙に浮く。「もっと楽しむ気はある？」

イーサンは助手席で頭をのけぞらせ、奇妙な、犬そっくりの遠吠えをあげる。「よおし、やれ！」

キャメロンはアクセルを強く踏む。こっちのほうがフィッシュ・アンド・チップスの何倍もおもしろい。

とらわれの身の生活一三四一日め

海の生き物はだましの達人だ。みんなはチョウチンアンコウをよく知ってることと思う。あれは暗い海に身を隠し、体の前に発光器官をたらして獲物をおびき寄せ、口に入れる。この水族館にアンコウはいないけど（残念だとはまったく思わない）そいつらを使った、すごくいい展示ポスターが飾られていたことがある。

ぼくたちは必要なものを得るためにだます。海藻に擬態するタツノオトシゴ。イソギンポは掃除魚を装い、寛大なる宿主にかみつくチャンスを虎視眈々とねらう。ぼくに唯一そなわってる能力は色を変えることだけど、根本的にはこれもだましだ。周囲に合わせて色を変えるのがどんどんむずかしくなっているから、残念ながらそうやってだますのも限界に来てるんだろう。

人間は、自分たちが楽しむために事実を変える唯一の種だ。それはジョークと呼ばれている。ときにはだじゃれ、とも。言うことと本音がちがう。笑い、あるいは礼儀としての作り笑いが返ってくる。

ぼくは笑うことができない。

でも、きょう、冴えていると同時にタイムリーでもあるジョークを耳にした。いちおう忠告しておく、オチはかなり残酷だ。

若い家族がぼくの水槽の前で足をとめ、父親（こういうのはたいてい父親で、だからこの手のジョークを〝オヤジギャグ〟っていうんだと思ってる）が幼い子どものほうを向いてこう言った。**尻尾を芝刈り機にはさまれた虎はなんて言ったかわかるか？**（ジャングルに住むネコ科動物がなぜ芝刈り機があるところにいるのかという質問はなしだよ。ジョークというのはえてしてばかげてるんだから）

子どもはすでにくすくす笑いながら言う。**わかんないよ！　なんて言ったの？**

そこで父親は答えを言う。**もう長くはない。**

笑うことができるなら、ぼくはそこで笑ったことだろう。

もう長くはない。そのとおりだ。ぼくの細胞がそれぞれの機能を果たそうと悪戦苦闘しているのが感じられる。明日から新しい月になる。テリーが壁のカレンダーをめくったのにぼくが気づくのは、おそらく今度が最後になるだろう。避けられない最期が近づいている。

マティー二三杯の真実

メアリー・アン・ミネッティのお別れランチ会は八月の暑い日の正午からだ。トーヴァは十分前に〈エランド・チョップハウス〉に到着する。容赦のない陽射しが目に痛く、彼女は目を細くし、エランド屈指のウォーターフロント地区にある高級な界隈でレストランの正面階段をのぼる。足首はいまも痛むし、何週間もギプスに入っていたせいでしぼんでいる。

「サリヴァンさん！」聞き覚えのある声がうしろから聞こえると同時に、支えるように肘をつかまれる。

「あら、ローラ。元気だった？」トーヴァは首をめぐらすと、メアリー・アンの娘で四十代とおぼしきすらりとした女性の助けを受け入れ、階段をのぼる。

メアリー・アンによれば、ローラは先週こっちにやってきて、母の引っ越し準備を手伝っているという。それにこの昼食会を設定したのも、しゃれたレストランを選んだのもローラだった。メアリー・アンが自宅でコーヒーという案を望まなかったとは考えにくいが、荷造りをし、不動産業者に引き渡す準備をしていることを思えば、やりたくても無理だったのかもしれない。

「ええ、元気よ」ローラはうなずき、ふたりが通れるよう、正面ドアを支える。「足が快方に向かってるみたいでよかった！　高いところから落ちたって、ママに聞いたけど」彼女はトーヴァの足を見て眉を吊りあげる。

「ちょっとひねっただけよ」

「そうだけど、歳が歳だから……」

受付にいた若い女性からいらっしゃいませと快活に声をかけられ、トーヴァは反応をせずにすむ。女性はやけに縦に長いメニューの束を持ち、先頭に立って奥へと進み、海を見おろす窓の近くの、まだ誰も来ていない長テーブルにふたりを案内する。少なくとも、ながめはいい。

「数分ほどで給仕の者がまいります。お待ちいただくあいだに、お飲み物をお持ちしますが」案内の女性はテーブルをまわり、席のひとつひとつにメニューを置きながら言う。少なくとも三十は席がある。うそでしょ。ローラはいったい何人、招待したのかしら。

「ええ、そうね。ジントニックをお願い」ローラはテーブルにハンドバッグを置いてため息をつく。「午前中ずっと、母が半世紀にわたって住んだ家の荷造りをするのを手伝ってたの。ダブルにしてもらおうかな」

「かしこまりました」

トーヴァは端のほうの席に腰をおろし、メアリー・アンのキッチンシンクの上の棚にいつも置かれていた磁器の人形や光沢のある十字架が薄紙にくるまれ、段ボール箱におさめられるところを頭に思い描く。箱は何年も置きっぱなしにされ、やがて一族のなかの若い誰かが、不運にも見つけてしまって、どう処分するかを決めることになるのだろう。トーヴァは飲み物の注文を待っているらしき案内の女性に、無理にほほえむ。「コーヒーだけでいいわ。ブラックでお願い」

案内の女性は軽くうなずいてきびきびと立ち去り、残されたふたりは黙りこみ、トーヴァは編み物の道具を持ってくればよかったと考える。ようやく彼女は尋ねる。

「お嬢さんたちはどうしているの？」

ローラの娘のテイタムと幼い孫のイザベルは、スポケーンでローラと一緒に住んでいる。今度はさらに、まだ七十にして曾祖母(そうそぼ)となったメアリー・アンもそこにくわわる。もちろん、テイタムとその幼い娘が同居するのは予定外だったが、トーヴァはこれからどうなるのかと気になってしかたがない。四世代の女性がひとつ屋根の下で暮らすのだ。

ローラはうなずく。「娘も孫も元気。とっても。イザベルはもう歩けるようになったの」

「まあ、よかったわね」トーヴァは言う。

「ええ」ローラはほほえむが、くわしくは語らない。トーヴァの近くで子どもの話題になると、くわしく語らないことが多いのは、ありがたいようでいてありがたくない。

またも居心地の悪い沈黙が流れたところで、トーヴァは尋ねる。「お仕事のほうはどうなの？」

「まあ……それなりに」ローラは心から笑うと、心理学を教えている州立大学で、夏のあいだにＩＴ機器が新しくなるという話をはじめる。トーヴァは調子を合わせてうなずく。実際、悪夢のような内容だ。ローラは、わかるわというようにため息をついて説明する。「母の引っ越しをこんなに急いでるのはそのせいなの。せめて秋学期が始まる前にはと思って。みなさんと充分なお別れができなくて、本当に申し訳ないわ。とても親しくしてもらったのを知ってるから。何十年にもわたって」

「でも、電話というものがあるから」

「ママがタブレットを使えるようにしてあげるつもりなの。そうすれば、ニット・ウィットの会にオンラインで参加できるでしょ」ローラはその解決法に満足しているらしく、顔を輝かせる。トーヴァにはなんのことやらさっぱりだけど。「あなたはどうなの？　いつ水族館の仕事に戻る予定？」

トーヴァは背筋をのばし、最近、テリーとした会話の内容をローラに説明する。トーヴァが仕事に戻り、彼の言葉を借りれば〝新人くんに手ほどきをしてやる〟のはかまわないと言ってくれた。トーヴァはその取り決めにことのほか満足している。あの若者にきちんとしたやり方を指導できるし、月末にチャーター・ヴィレッジに入居するまで、そのための時間がたっぷりある。その若者と一緒に過ごすのを楽しんでいることには触れずにおく。

「ママ！ こっち、こっち！」ローラが大声で呼び、バーブ・ヴァンダーフーフとジャニスとピーター・キムを従えたメアリー・アンは反対側から手を振る。

「ヤッホー！」バーブはテーブルまで来て手をひらひらさせる。スパンコールをちりばめたトップスを着ているが、胸のところがぴったりしすぎている。「ねえ、ごらんなさいな。なんてすてきなの！」彼女はローラを抱き締める。

ジャニスがトーヴァの隣の席にすばやくすわる。「どう、元気でやってる、トーヴァ？」

「足首の具合はどうなんだい？」ピーター・キムが妻の隣に腰をおろす。

「とてもよくなってきたわ、ありがとう」トーヴァは答え、自分の怪我がこの昼食会で話題にのぼりませんようにと祈るような気持ちになる。

「それはすばらしい。けど、腕をどうしたんだい？」

トーヴァは袖を引っ張り、最近ついたばかりの吸盤の跡を隠そうとする。「これはなんでもないの。日焼けしたみたいで」

ピーターは顔をしかめる。医師としての本能が頭をもたげたのだろう、さらに追及しようとしてくるが、この日の主賓がいいタイミングで割って入る。

「あら、まあ。みなさん、来てくれてありがとう！」メアリー・アンは少女のようにくすくす笑うと、テーブルの中央の指定席に腰をおろす。そこへさらなる参加者がぱらぱら入ってくる。メアリー・アンが長年にわたって評議会員をつとめた聖アン教会の教区民数人と近所の人には、トーヴァも見覚えがある。ものの数分で、大半の席が埋まり、あいているのはトーヴァの片側の二席だけとなる。欠席者の隣でよかったと胸をなでおろし、そこに自分のバッグを置く。

「これはこれは、にぎやかな会ですね」焦げ茶色の肌と輝く瞳の若い男性が水の入ったピッチャー二個を持って近づいてくる。名札によれば、オマーという名前らしい。

「スニーカーを履いてきてよかったですよ。忙しくなりそうですからね！」そうだぞうだといわんばかりの笑い声が全体にひろがる。

「きょうはパーティに来たんだもの！」バーブ・ヴァンダーフーフが体を揺する。オマーは指を拳銃の形にして、彼女に向ける。「そうこなくっちゃ！」

「わたしたちの大事な友だち、メアリー・アンが引っ越すの」バーブは顔を真っ赤にしているメアリー・アンのほうを示す。「スポケーンに」

「うわあ！　スポケーンですか！　それは残念ですね」オマーはレモンを食べたみたいな顔をするが、その目はあいかわらずまばゆく光っている。

「ちょっとちょっと！　わたしはそのスポケーンに住んでるんですからね！」ローラが大笑いしながら、空のハイボールグラスをかかげる。

トーヴァが頼んだコーヒーが、いらいらした様子の給仕助手の手でようやく運ばれてくる。彼女は濃くて黒い液体をじっと見つめてから、口をつける。熱くてこくがある。メニューを手に取ってながめ、〝バジル・クリーム・フォーム〟だの〝エアルーム種のターニップの煮物〟といった説明を読んで舌打ちする。スープとサラダはどこなの？　カップ一杯のコーンチャウダーがあればそれでいいのに。

「ここの席はあいてますか？」なんとなく聞き覚えのある低い声がして、トーヴァはメニューから目を離す。背の高い男性を見あげる。自転車用のショートパンツと最新型のサングラスにヘルメットという恰好でないから、ごく普通に見えるけれど、数週間前にハミルトン・パークでクロスワード・パズルに協力してくれたアダム・ライトだ。「おや、どうも」彼もトーヴァに気がつき、破顔する。

「また会えたわね」トーヴァは椅子に置いたバッグを移動させる。アダムの隣に鳶色（とびいろ）のウェーブヘアをした背の低い女性がいる。

「こちらはサンディ・ヒューイットさん」彼は連れの腕をつかんで、ふたり一緒に腰をおろす。「サンディ、こちらはトーヴァ・サリヴァンさん」

「はじめまして」トーヴァは会釈する。給仕助手がマティーニふたつをのせたトレイを手に、またやってきた。彼は慎重な手つきで、それをふたり連れの前に置く。

アダムが長々と飲む姿に、トーヴァは彼が公園で彼女のペットボトルの水を一気飲みしたときのことを思い出す。「ローラとぼくは聖アン教会の日曜学校で一緒に通った仲だったんだ」彼は説明する。「彼女はぼくがこっちに戻ってきたのを聞きつけたみたいで。そしたら、なぜか、お母さんの転居の手伝いに引っ張り出されてしまった。だから今度はぼくが、この彼女を引っ張り出したというわけ」彼はサンディにウインクする。

「この人を引っ張りこめて運がよかったんじゃないかしら」サンディは頰をほころばせ、アダムの二の腕をつかむ。「それにわたしだって喜んでお手伝いしたのに。と言っても、重いものはあまり持てないけど。なのに、ローラは親切にもわたしまで昼食会に呼んでくれて。ソーウェル・ベイの人たちと一度にたくさんお会いできて、本当によかった」

「ええ、ローラはお招きする方を徹底的にリストアップしたみたいじゃない?」トーヴァはコーヒーを口に運ぶ。

「たしかに」サンディはうなずく。「あの、アダムとはどういういきさつでお知り合いに?」

トーヴァは咳払いをして、ぽつりと言う。「アダムは息子の友だちだったの」

アダムは唇を引き結ぶ。それからサンディの耳に顔を近づける。ぼそぼそとした説明の大半は聞こえないものの、いくつかの言葉がトーヴァの耳に届く。ハイスクールで一緒だったやつが……。

サンディは目をまるくし、トーヴァを気の毒そうに見やると、メニュー選びに集中する。髪をなでつけると、椅子にすわったまま背筋をのばし、両手をにぎり合わせる。

「さて」テーブルを囲む全員に向かって、ひときわ高い声を出す。「注文が決まった人はいる? ここの牛ハラミのステーキは最高だって評判よ!」

〈エランド・チョップハウス〉のメニューにはコーンチャウダーがないとわかる。けれども、オマーが勧めてくれたカレー風味のカボチャのビスクは、意外にもおいしい。彼女は添えられた大きなサワードウブレッドと一緒に、最後の一滴まで味わい、アダム・ライトとピーター・キムはトーヴァとジャニスをあいだにはさんで、マリナーズがいきおいを失いつつあるとぼやき合っている。トーヴァにはとんと興味のない話題だ。

「野球なんてねえ。どうだっていいじゃない、そう思わない?」ジャニスが話しかけてくる。

トーヴァはほほえみ、口もとをナプキンで押さえる。「あれを観戦するよりもつまらないのは、あれを話題にすることよね」

ピーター・キムが妻の肩をおどけたようにぎゅっとつかむ。「退屈させて申し訳ない」

「やれやれ、ぼくは呪われてるのかもしれないな」アダム・ライトは笑う。「地元に戻ってきたと思ったら、みんな急にひどいことを言いだすんだから。シカゴから出なきゃよかった」彼はマティーニを飲みほすと、サンディにほほえみかけ、剣の形をしたプラスチックの楊子(ようじ)に刺したまるまるとしたグリーンオリーブをひとつ抜き、椅子の背に腕をかけて残りを彼女に渡す。

ジャニスがサンディのほうに身を乗り出す。「おうち探しに進展はあった?」

「ええ、あったのよ!」サンディは顔を輝かせる。「新築物件のうちの一軒に決めたわ。町の南はずれの住宅街にあるの」

「まあ、いいわねえ。あとは思い通りに仕上げるだけね」

「そうなの! アダムは地下に男の隠れ家を作るんですって。野球観戦をするための部屋を」

ピーター・キムの顔がぱっと明るくなる。「それはいいね！　試合のある日はお邪魔するよ！」

四人全員が声をあげて笑う。

サンディはトーヴァに顔を向ける。「あなたのほうはどんな具合なの、サリヴァンさん」

「どんな具合というと？」トーヴァは片方の眉をあげる。

「ご自宅のこと。買いたいというお話は来ているの？」

ジャニスがフォークをおろし、トーヴァを見つめる。

「最終手続きのときにジェシカ・スネルから聞いたものだから。あなたの家がつい最近、売りに出されたって。もちろん、わたしたち向けの家じゃなかった。少なくとも寝室が五部屋ある物件を探してたから。孫たちが訪ねてきても大丈夫なように」

「未来の孫たちだろ」アダムが訂正する。「いまは頭のなかにしかいない孫たちだ」

トーヴァは膝の上でナプキンをよじる。

「でも、とてもすてきなおうちね」サンディは大声でしゃべりつづける。「ジェシカが言うには、売りに出てるのはそんなに長いことにはならないんじゃないかって。絶対に飛びつく人がいるって話だった」

「ええ、そうでしょうね」トーヴァは小声で言う。

「いまのはどういうこと？」サンディの頬がアダムがおかわりしたマティーニに使われているスタッフドオリーブのピメントほども赤くなる。

「いやだ、まさか、まだ……？　あの、みなさんはご存じじゃ……？」

「トーヴァ」ジャニスが険のある声で言う。「サンディが言ったとおりよ。自宅を売りに出したの。ベリンガムにあるチャーター・ヴィレッジに入居の申し込みをしたから」

「気にしないでちょうだい」トーヴァは咳払いをする。

テーブルを囲んだ面々がしんと静まり返る。

「ええっ？」メアリー・アンが息をのむ。

「なんで黙ってたの？」バーブが問いつめる。

「あの家はどうなっちゃうの？」ジャニスが顔をぐっと近づける。

「あんなすてきな家なのに！　お父さんが建てた家なんでしょ！」

「それにあなたのものはどうするの、トーヴァ？」

「すてきなものをいっぱい持ってるじゃない！　あれをみんな処分するつもり？」

「あなたのものはどこにやっちゃうの？」

「やらなきゃいけないこと、いっぱいあるじゃない」

「あの天井裏の部屋。想像もできない」

「お母さんの衣装箱、シーダーでできた衣装箱。もったいないじゃない！」

「自分のものくらい自分でちゃんとできるわ」トーヴァはこわばった声で言う。そのひとことで意見の一斉攻撃がやむ。そもそも、ニット・ウィットの仲間にわたしの持ち物をあれこれ言う権利などない。メアリー・アンは小さな像をいっぱい持っているし、ジャニスの家にはパソコンの道具ばかりの部屋があるけど、そのほとんどは実際の役に立ってるとは思えない。バーブだって理由をちゃんと説明してくれたことはないけれど、独身のころから象を集めている。客用寝室は象をあしらった記念品でいっぱいだ。それでよく、わたしにあれこれ言えるものね。

ジャニスがトーヴァの肩に手を置く。「施設になんか入らなくたっていいじゃない。ピーターもわたしも前から言ってるでしょ。わたしたちと一緒に住めばいいって。あなたは——」

「とんでもない。そういう形でお荷物になりたくないの」

ジャニスが首を横に振る。「あなたはお荷物なんかじゃないわ、トーヴァ」

皿が片づけられはじめると、メアリー・アンは来てくれた全員にお礼を言いながらテーブルをまわる。ジャニスとピーターのキム夫妻は陶芸教室に遅れるからと言って、店をあとにする。スパンコールをちりばめたきつすぎるトップスを着たバーブ・ヴァンダーフーフは、週に一度のセラピストの予約があるからと、腰を振りながら出ていく。ローラにサインしてもらうため勘定書を持ってきたオマーが、メアリー・アンはスポケーンでなにかやらかすんじゃないですかと冗談交じりに言う。アダム・ライトは三杯めのマティーニをぐいっと飲み、メアリー・アンの前腕を両手でつかむ。「きょうはお招き、ありがとう」

「とても楽しかったわ！」サンディがさきほど爆弾を投下したことなど忘れたように割って入る。幸いなことに、テーブルに残った面々もあのことはすっかり忘れている様子だが、ジャニスとバーブが〝彼女の気を変えさせなきゃ〟とかなんとか言い合っているのが、トーヴァの耳にも届く。

メアリー・アンは硬い笑みを浮かべ、トーヴァの隣のあいている椅子にちょこんと腰をおろす。「週末に向こうに発つけど、その前に会ってもらえる？」

「もちろん。顔を出すわ」

「うれしい」メアリー・アンの声がかすかに震える。ローラが駆け寄ってきて母親のうしろに立ち、その肩を抱き寄せる。

「お母さんを呼び寄せるなんてすごいよ」アダムは椅子の背にもたれ、メアリー・アンのほうを向く。「いやはや、ぼくにも子どもがいてよかった。まあ、おかげで元女房と完全に縁が切れないわけだけど。ひとりで歳を取るなんてつらすぎる。だからみんな子どもを持つんだろうな」

サンディが彼をつつく。「ばかなこと言うんじゃないの」

ローラが彼をじろりと一瞥して無言で手をのばし、まだ完全に空になっていないマティーニグラスを取りあげ、近くを通るウェイターに渡す。

「ぼくはとんでもないばか野郎だな」アダムは片手をあげ、すぐにおろす。「トーヴァ、申し訳ない。そういう意味で言ったんじゃないんだ。ひとりで歳を取るようなことにはならないよ。エリックがいなくても聞かせてちょうだい」

「いいのよ、気にしないで」トーヴァはつぶやくように言う。「もう昔のことだもの」

「ぼくはきのうのことのように覚えてる」ここでアダムの声は明瞭になる。

メアリー・アンが口を手で覆い、ローラは腰に両手を当て、岩をも砕きそうなまなざしを向ける。けれども、トーヴァはブラウスの下で心臓が高鳴るのに気づき、あわててアダムに目を向ける。「なにか覚えていることがあるなら、いつでも聞かせてちょうだい」

彼は顔をさすする。「いや、あなたが知らないようなことじゃないと思う。ぼくが覚えてるのは最後にあいつと会ったときのことだ。あの日の午後、あいつの仕事が始まる前に軽食堂で一緒にナチョスを食べた。次の日、うちの別荘に出かける予定でいたんだ。例によって、あいつがおたくの冷蔵庫からビールを少し、くすねてくることになっていた」彼は首をすくめる。「あの、申し訳ない」

トーヴァは手を振る。「いいのよ、そんなのは」

「とにかく」アダムはつづける。「あいつはあの娘にいいところを見せたかったんだ。なんて名前だか思い出せないけど。別荘に彼女を連れてくることになっていた」

トーヴァはこわばった笑い声をあげる。冷蔵庫からビールをくすねる？ いかにもあの子がやりそうなことだ。でも、それをべつにすれば、本当かしら？ 彼女は首を振る。「当時、エリックにつき合ってる女の子がいた記憶はないわ」

「正確にどういう関係だったかはわからないけど、いい仲だったのはたしかだ」アダムは顔をしかめ、眉を寄せる。「うーん。なんて名前だったかな」

ローラがトーヴァの肩に手を置く。「大丈夫？」

「トーヴァ？ ねえ？」メアリー・アンも娘に加勢する。

「なんでもないわ」トーヴァの声は洞穴の奥から聞こえてくるように響く。彼女は立ちあがり、ローラに昼食会のお礼を言い、メアリー・アンを軽く抱き締めると、アダム・ライトとサンディ・ヒューイットに別れを告げる。

コツ、コツ、コツ、コツ。レストランの堅木の床を叩くサンダルの音が、彼女をテーブルからぐんぐんと遠ざける。外に出ると、夕方の太陽が照りつけ、彼女は顔に手をかざし、〈エランド・チョップハウス〉の駐車場を自分の車目指して一直線に進む。

運転席にすわり、イグニションをまわしてラジオがかかってはじめて、ずっと息をとめていたことに気づく。荒く熱い息を吐き出すと、それが眼鏡をくもらせる。

やはり、ウィルは正しかった。つき合っている女性がいたのだ。

桟橋の影

エイヴリーの自宅は郡道からはずれた分譲地にあり、樹脂系の黄色い外壁材を張った小さな家だ。繁華街からはけっこうな距離があり、朝のサップのあと自宅に戻らず、氷のように冷たい水しか出ないにもかかわらず、店でシャワーを浴びるのもうなずける。ドライブウェイの片側は庭仕事の道具や庭のごみを入れる袋でいっぱいで、キャメロンのキャンピングカーをとめる場所すらない。

エイヴリーがコーヒーの入ったマグカップを手に正面玄関に現われた。ランニングパンツを腰の低い位置で穿いているため、ウエストバンドとタンクトップのあいだから薄茶色の肌がのぞいている。いやはや、まいったな。ふたりでサップに行くのに彼女の店じゃなくここを待ち合わせ場所にしてくれたことが、急にうれしくなる。休みの日に職場に行くのがいやだからと本人は言ってたが、ひょっとしたらもっとべつの理由があるのかもしれない。

彼女は細くした目で太陽の先をよけながら言う。「本当に来たのね！」

キャメロンは車を降りてキーをポケットに突っこむ。「来ないと思ってた？」

彼女はにやりと笑う。「ぶっちゃけ、歳下の男とはデートしないことにしてる。つきまとわれたことが何度もあって」

「歳下の男？　おれを何歳だと思ってるんだい？」

「二十四とか？」

「正解は三十」キャメロンは短い玄関ステップを一足飛びにあがる。「でも、許してやる。肌が若々しくつやつやだし体も鍛えてるから、当てられなくてもしょうがない」

エイヴリーは目をぐるっとまわす。「そうやって大口叩くのは、サップボードに乗ってから言うことね。あんたの鍛えた体とやらについては、そのときにあらためて話し合いましょ」

「おれが天才（ナチュラル）なのがわかると思うぜ。当然（ナチュラリー）だけど」

「あ、そ」エイヴリーは鼻で笑う。彼女はあいているドアを示す。「ちょっと入っていかない？　仕度をすませなくちゃいけなくて」

「いいよ。でも、きみはどうなんだ？」

エイヴリーはきょとんとした顔で振り返る。「わたしがどうかした？」

「歳はいくつ？」キャメロンの声に不安の色がにじむ。

「先月三十二になった」彼女はほっとした顔のキャメロンを見て大笑いし、それからラミネートフロアから片方だけの靴下を拾いあげる。「ちょっと、いったいいくつだと思ってたの？」

「うん、見た感じ、二十代前半かなと」

彼女は彼を靴下ではたく。「やめてよ、もう」

キャメロンはとっておきの笑みを浮かべる。「だって、当然だろ。どう見たって――」

べつの部屋からむすっとした声がして、キャメロンの話の腰を折る。ほどなく、十代の少年が大股で現われる。背丈はキャメロンと同じくらい、もじゃもじゃの黒い巻き毛に、エイヴリーと同じオリーブ色の肌をしている。少年はキャメロンには目もくれず、シリアルの箱をかかげて文句を言う。「ママ！　チェリオがもうないよ！」

キャメロンは口をあんぐりあける。子どもがいるのか？　十代の子どもが？

エイヴリーの顔に驚きの表情がよぎり、それから彼女はぎこちない様子で深々と息を吸いこむ。「キャメロン、この子はマルコ」彼女が少年のほうを向くと、彼は出したてほやほやの糞を見るような目つきでキャメロンをにらんでいる。「ハニー、この人は友だちのキャメロン」

「やあ」キャメロンは会釈する。

「よお」マルコは顎をしゃくる。

「悪くとらないで。なにしろ十五歳だから。十分前に自転車で出かけたと思ってたんだけど」エイヴリーはマルコの髪をくしゃくしゃと乱す。息子のほうは二秒とがまんできず、母親の手を逃れる。キャメロンは頭のなかで三度計算し、まちがってないのを確認する。十七歳。エイヴリーが子どもを産んだのは十七のときだ！

「マルコ、ハニー、チェリオがなくなったらどうするんだっけ？」

マルコは天を仰ぐ。「リスト」

「そう。買い物リストにくわえておかなきゃ」声がとがる。「とりあえず、ほかに食べるものはあるでしょ」

マルコはぼそぼそと言う。「ポテトチップスもない」

「もう、しょうがないわね」エイヴリーは冷ややかに言う。「あとでスーパーに行ってくるわよ。これからキャメロンと海まで出かけるから。わたしがいないあいだに、家のなかを荒らすんじゃないわよ、わかった？」

「あとで、カイルとネイトをうちに呼んでいい？」

「きょう一日、テレビゲーム以外の遊びをすると約束するならいいわよ。自転車に乗って出かけてきなさい。それと、芝がずいぶんのびちゃったわ」

「わかったよ。ぼくが芝刈りをしておく」

「よしよし。楽しんでおいで。それから、これ」エイヴリーはさっき拾った靴下を息子に投げる。「洗濯かごに行く途中で迷子になってたわよ」

最後の言葉を聞くなりキャメロンの体に衝撃が走る。彼が寝室の床に服を置きっぱなしにしたとき、ケイティがそっくり同じ言葉を言っていたのだ。

「あらかじめ話しておけばよかった」エイヴリーは唇をかんで、キャンピングカーの助手席のウィンドウの外を見つめる。「ごめん」

「いいんだって！　いけてるよ。めっちゃいけてる」キャメロンはあけたウィンドウのへりに腕をあずける。いけてるって？　自分でも意外だが……うん、いけてるかも。エイヴリーのママとしての顔を見ているうち、なぜだか、ほかの女性とはちがう、なにかぐっとくるものを感じた。車はハイウェイを降り、くねくねした長い坂を海に向かってくだっていく。シフトダウンするとトランスミッションがガタガタ震え、ゆるんだベルトが甲高い音を立てる。キャメロンはおれが運転すると言って譲らなかったのを後悔しはじめる。だが、このキャンピングカーを見せびらかしたかったのだ。最近ではずいぶんと見た目がよくなってきている。酢とレモンオイルで車内を拭いたし、ウィンドウには筋ひとつついていない。安物だが新しいマットレスに買い替えることまでした。

エイヴリーが彼を横目で見る。「わたしに子どもがいるのがいけてるってこと?」

「うん、まあ、だったら簡単に寝てくれるかなと思ってさ」〝寝てくれる〟のところで声が裏返る。いまの冗談はやばかったかな? だが、エイヴリーは大声で笑いだし、彼の肩をふざけて押しやる。

「そんなに海に入りたいんだ。だったらわたしが沈めてあげる」

「よせよ。水着を持ってないんだから」

それは本当だ。キャメロンの水着は全部、ケイティがバルコニーから投げ捨てたあと、黒いごみ袋に詰めこんだままになっている。そのごみ袋はいまごろ、ブラッドとエリザベスの家の地下に移されていることだろう。

エイヴリーは信じられないという顔で彼を見つめる。「なんで持ってないの?」

「いまは一枚もないんだよ」

「トランクスタイプのならわたしの店にあるわよ」

「おれには高すぎる。サバをぶつ切りにしたり、そのあと内臓をモップで拭き取ったりする仕事でいくらもらえると思ってるんだ?」

「ばかなこと言わないで。一枚くらい、ただであげるってば!」

「いいんだ、ただでなにかもらうのはやめたんだ。きみにもらった首に塗るやつはすごくよかったけど」

「わかった」エイヴリーはほほえみながら首を左右に振る。「でも、寒いのと濡れるのがきらいじゃないといいけど」

小さな波が砂利浜に次々と打ち寄せる。どのくらいむずかしいんだろうか？　そんなキャメロンの気持ちにおかまいなく、エイヴリーはひとつひとつ順を追って教えてくれる。「さて、まずはここに足をのせて」彼女はボードの中央を指さす。「で、こんなふうにパドルを持つ」彼女は言いながら、自分でもやってみせる。

キャメロンはうなずき、彼女がさらに数え切れないほどの指示を出すのを聞くともなしに聞く。

「それから絶対に」彼女は自分のボードをそろそろと海に入れながら甲高い声を出す。「海に落っこちないこと！」風が吹いて彼女のランニングパンツの裾がめくれあがり、キャメロンはそっちに気を取られる。

「落ちるわけないだろ」彼は請け合う。教わったとおり、ボードに腹這いになって、ビーチから海に入る。けれども立ちあがるつもりで膝立ちになったとたん、バランスを崩す。みじめな水しぶきとともに片足が落ち、六インチ下の粗い砂に沈む。「くっそー！」水の冷たさに彼は息をのむ。べらぼうに冷たい。

「五秒」エイヴリーは首だけうしろに向け、片方の眉をあげる。「新記録だわ」

「水の具合をたしかめただけだ」

「足をもう少しひらいてみて」

キャメロンはどうにかこうにか両足をボードにのせる。たしかにエイヴリーの言うとおりだ。足をひらいたほうが楽だ。彼は漕ぎだす。彼女がこれから一般的な初心者用コースに案内すると緊張したように告げ、彼は漕ぎだす。ピュージェット湾はひどく寒い。

彼女を先頭に湾曲した長い突堤をまわりこむ。先端の岩の上で、一羽のカモメが首をかしげている。笑っちゃうほどむっとした目をしている。不機嫌そうな鳥をまじまじと見ていると、あやうくまた落ちそうになるが、このときは体勢を立て直す。パドルでひと漕ぎするたび、ふんばりがきくようになるのを感じる。

桟橋まであと半分のところで、エイヴリーはパドルを置いて、ボードの上であぐらをかく。キャメロンは目をむく。おれも同じことをしろってことか？

彼女はおかしそうに笑う。「見た目ほどむずかしくないから。体のバランスを崩さず、ゆっくりと腰をおろしてみて」キャメロンは息をとめ、指示に従ったところ、気がつけばボードの上にすわって波に揺られている。

「いい気持ちだ」彼は言う。

「でしょ？」エイヴリーは仰向けになり、両肘をついて体を支える。シャツがずりあがって、完璧な形のへそがのぞく。「ソーウェル・ベイはピュージェット湾のなかでも断トツに波が穏やかなの。わたしがここに引っ越してきた理由のひとつ」

「いつのこと？」

「五年くらい前かな。うん、そうだわ。当時、マルコは十歳だったもん。シアトルから来たの」

「たいへんだったろうな」

「あの子は了解してくれた。あの子の父親がアナコルテスで働いてて、ソーウェル・ベイはシアトルとそことの真ん中らへんだったの」エイヴリーは手で水面をなぞる。「それに、前からずっと、サーフショップをひらいてみたかったけど、シアトルでその夢をかなえるのは無理だったし」

「前はどんな仕事をしてたの？」

「半端仕事をいろいろと。でも、マルコがちっちゃかったころは、ほぼ母親業に専念してた。あの子の父親はトロール漁船の甲板員だったから、予定がめちゃくちゃでね」彼女は湾をじっと見つめる。「あの人は夏のあいだ、ほとんどマルコに会えなかった。でも、悪い人じゃないのよ」

「元がつく男はたいてい悪いやつと相場が決まってるものだろ？」キャメロンはそろそろと片足をボードのへりへと移動させ、水につけてみる。まだ冷たいが、このあたりは容赦ない陽射しが照りつけているから、気持ちがいいくらいだ。

エイヴリーはほほえむ。「それどころか、ジョッシュとわたしはいい友だちよ。ちゃんとデートしたことはないけど。ハイスクールの最終学年になる前の年に一度だけやっちゃったら、ああら不思議！　一生子どもに縛られることになっちゃった」

「ああら不思議って。出産てのはそんなものなのかい？」

「まじめな話、出産がどんなものかは知らないほうがいいと思う」エイヴリーは腹這いになり、顎を両手の上にのせる。「さっきはマルコが失礼な態度をとってごめん。正直言って、男の人をちょくちょく家に連れてったりしないし、たまにあったとしても、うまい具合に行くとはかぎらなくて……」

「気にしてないよ。まだ十五歳だ。セサミ・ストリートのオスカーよろしく、ごみ箱をひっくり返したみたいになるのもしょうがない」

「ごみ箱？　あの子の部屋はむしろ、本物の大型ごみ容器そのもの！　足を踏み入れるのをやめちゃったくらい」

「たしかに、そのほうが賢明だ」キャメロンは笑いながら言う。スピードボートが湾の少し離れたところをエンジン音を響かせながら通りすぎ、その数秒後、立てつづけに寄せる小さな波に押され、彼のボードがエイヴリーのボードに軽くぶつかる。いつの間にか桟橋まで来ていた。ひょろりとした木の桟橋の突端で、十代の若者がばか騒ぎをしている。その何人かが斜めになった手すり伝いに綱渡りよろしくつま先立ちで歩いている。エイヴリーが目をすがめ、その様子をじっと見つめる。

「少なくともマルコはあんなばかな芸当はしない」彼女はかぶりを振る。「だって潮の状況によっては深さが三十フィートにもなるのよ。しかも、大きくてごつごつした岩がある。古い杭も。落ちる場所が悪ければ、一巻の終わり」

「うへえ」キャメロンは高いところがあまり好きではない。

エイヴリーがボードを漕ぎ、桟橋の影が落ちて水が黒々としているところまで移動すると、キャメロンもあとをついていく。そのあたりはかすかに油じみたにおいがただよっている。寒色系のセピア色に輝く海面のすぐ下の杭に、海藻がからみついている。

ふいにエイヴリーが言う。「以前、ここから身投げしようとした人をとめたことがあるの」

「身投げ？」

「女の人。この桟橋から」彼女はフジツボがびっしり付着した杭をパドルでつつく。

「へええ。どういうふうに？」

「ボードを浜に引きあげてから、助けに向かった。説得したの」エイヴリーはぶるりと身を震わせる。「説得して思いとどまらせた」

「おれだったら、どうすればいいかもわかんないだろうな。人を思いとどまらせるなんて」

「もっぱら、話を聞いてあげただけだったけど」エイヴリーは肩をすくめる。「でも、変なのよね。はじめて見る顔だった。ソーウェル・ベイは小さな町よ。新しく来た人がいれば、それだけで大騒ぎだもの」

「うん、わかる」トーヴァと、ゴシップ好きの編み物おたく（ニット・ナッター）だかなんだかのことがどうしても頭に浮かんでしまう。それに、仕事を終えて帰宅したイーサンが、町の人間模様にまつわる下世話な話を聞かせるのが大好きなことも。「その人を説得したあとはどうしたんだい？」

「彼女の車まで付き添ってあげた。警察を呼ぼうかとも思ったけど、でも……」彼女は長々と息を吐き、わざとらしい笑みを顔に貼りつける。「それにしても、なんでわたし、こんな話をしてるんだろ？　言いたかったのは、マルコがあそこでばか騒ぎするようだったら、一生、家から出さないってこと」

「いいお母さんがいて、あの子は恵まれてるな」

「まあね。わたしの母親は、ばかなまねをするのを絶対に許さなかった。わたしはそう育てられたの」

「おれもそんなふうに育てられたかった」キャメロンは海面に目をこらし、ジーンおばさんに彼を預けたきり、二度と戻ってこなかった母のことをエイヴリーに語る。

「まあ、キャメロン、なんて言ったらいいか」彼女はパドルを手に取ると、キャメロンのボードの舳先にのせて引き寄せる。ふたりのボードが軽くぶつかり、彼女は彼の膝に手を置く。

上からどたどたと駆ける足音がし、桟橋全体に響き渡る。若者のひとりが甲高い声をあげ、一瞬、キャメロンはテストステロンで興奮した体が桟橋の手すりを乗り越え、下の黒々とした海に飛びこむものと身がまえる。しかしそこで、どっと笑い声があがる。

彼は身震いする。「ときどき、おふくろはいまも生きてるのかと考えるんだ」そこで声を落とす。「けど、同時に、だったらよけいに始末に悪いんじゃないかって気もする。こんなに長いあいだ、ずっと生きてたのに、あらためて親になろうとはしなかったってことだもんな。わかるだろ?」

「おばさんにもいっさい連絡がなかったの?」

「なかった」

エイヴリーはボードのへりに指を這わせ、小さな水滴がぽつぽつとつく。「だったら、お母さんもすごくつらかったはず」

「おふくろもつらかったって?」

「わが子を置いて出ていくことが。もっと大切にしてくれそうな人にわが子を託していくことが」

キャメロンは小さく鼻先で笑い、反論しかけるが、うまい言葉が見つからない。もちろん、そういう言い訳はこれまでにも耳にしている。母親がジーンおばさんにキャメロンを預けたのは不幸中の幸いだったと、誰もが言う。慈悲の行為だとまで言う人もいる。ジーンおばさん自身も似たようなことを言っていた。そういう意見は最低最悪のたわごとで、キャメロンの気持ちを楽にするための中身のないなぐさめの言葉でしかない。なのに、エイヴリーの口から言われると、なぜか現実味があってたしかなものに思える。

子どものころ、母のいる人生はどんなものだろうと想像をめぐらしていたが、空想のなかの母の姿はいつも……そう、ごく普通の母親だった。エアロビクスのビデオを流し、手作りのバタースコッチクッキーがおいしいと評判のエリザベスのお母さんみたいな。むろん、そういうものを失ったことを嘆くのは身を切るほどつらかった。けれども、エイヴリーの言うとおりかもしれない。そもそも、そんなものは存在していなかったのだ。

「マルコがお腹にいるとわかったとき、ひどいことをいろいろ言われた」エイヴリーがつづける。「産むというわたしの決断のことよ。鼻持ちならない大家族の全員が、それについて意見してきた。なにをしたところで、人生を棒に振ることになるという考えだった」

「他人の意見はだいたいくだらないものだよな」キャメロンは言う。「いちおう言っておくけど、きみはすばらしい人生を送ってきてる」

「うん、まあね」いくらか謙遜したような笑みを顔に浮かべるものの、すぐに真剣な表情に戻る。「でも当時、わたしは十七歳だった。自分でもなにをしようとしてるのかわからなかった。赤ちゃんを産むことは決めてたけど、もしかしたら誰かにまかせるほうが、わたしのためじゃなくマルコのためにいいのかもしれないと考えた時期もある」

「養子に出そうと考えたんだね」

「あとちょっとでそうするところだった」彼女は膝を胸のところまで引き寄せる。「家族全員が、それがみんなにとって最善だって、ずっと言いつづけた。でも、わたしに関するかぎり、家族の意見はまちがってた。でも、家族の意見も理解はできる。そのほうが正しい判断だったかもしれないんだから」

息子の髪をくしゃくしゃとしたときのエイヴリーの自信満々の態度が、またもキャメロンの脳裏に浮かぶ。床に靴下が落ちていた言い訳にはいっさい耳を貸さなかった。キャメロンは気前のよすぎるおばから吸いあげた金を使って、おんぼろキャンピングカーを買うのがせいぜいだが、エイヴリーはひとりの人間を育てるだけでなく、家とサーフショップを買い、しかもキャメロンのようなろくでなし男に二十ドルもするオーガニックのワセリンを、なんのためらいもなく差し出してくれた。たしかに、傷ついた生き物に弱いたちだ。

「友だちのエリザベスとブラッドのところに赤ん坊が生まれるんだ」思わずそう口走るが、なんでそんな話を始めたのか自分でもわからない。「ふたりとも大事な友だちでね。ずっと仲がよくてさ」

「すごい」エイヴリーが言う。

「うん。最高だよ」キャメロンはゆっくりうなずく。「ふたりとも子どもが生まれるってことがどういうことか、まださっぱりわかってないけど、少しずつ悟っていくんだろうな」

「それはまちがいないわ。何十億という人々が悟ってるんだもの」

キャメロンはほほえむ。「きみはふたりを気に入るよ。ブラッドは変わったやつだけど、信頼できる男だ。それにきみとエリザベスならいい友だちになれると思う」彼は冷たくほの暗い海水をひとなでする。「ふたりにきみを会わせたい。そのうちにってことだけど」彼は急に熱を持って赤くなったうなじをさする。

「ええ、わたしも会ってみたい」エイヴリーは膝立ちになって、パドルを水に浸ける。「そろそろ戻ろうか。ここにいると肌寒いし」

一時間後、突堤の先端をぐるっとまわって戻ると、さっきと同じ、機嫌をそこねたカモメがまたも怖い目でにらんでくる。「機嫌を直せよ、兄弟」キャメロンは言い、ひとりくすくす笑う。だんだんイーサンに似てきたようだ。

カモメは反り返ってくちばしをあけ、鳥とは思えないほどやかましく、怒りに満ちた鳴き声を発する。

片足がわずか二インチうしろにずれ、体重が移動し、派手な水しぶきをあげてキャメロンは海に落ちる。またしても。

彼はぜいぜいとあえぎながら叫ぶ。「やべえ、まだ冷たい！」

エイヴリーはどこに行ったんだろう？ 凍りそうなほど冷たい水のなかを立ち泳ぎしながら、顔をあちこちに向けて彼女を探す。いまのおれはきっと、アザラシみたいななりだろう。それともアシカだっけ？ 太平洋岸北西部に棲息してるのはどっちのひれ足動物だったか、思い出せない。寒さのせいで脳をやられちまったか？ 低体温症か？

「手を貸そうか？」いた！ ボードに乗った彼女がパドルで漕いで近づいてくる。息を切らしている。笑いすぎて。

「いや、大丈夫」キャメロンは不機嫌そうにつぶやき、つるつる滑るボードに乗ろうとこころみる。膝をあげかけたところでボードが逃げ、彼はまたも海に落ちる。

水から顔を出すと、エイヴリーが訳のわからない指示を次々に出してくる。「体重を移動させて、膝を固定させて、おなかに力を入れて、ちがう、そっちの膝じゃない、そっちの肘、その手でつかんで、ちがう、右手で、ちがう、もう片方の右手で……」キャメロンがどうにかこうにかボードに乗り、ぽたぽた水滴を垂らし、息を切らせながらばかみたいにすわりこんでいると、例のカモメが突堤を飛び立ち、ふたりのそばをかすめていく。

「羽根のついたいかれ野郎めが」彼はつぶやき、こぶしを振り動かす。エイヴリーの笑いの発作がようやくおさまる。彼女はシャツの裾で目を拭う。「岸はもうすぐそこなのに。惜しかったね」

「ふん、他人事だと思って」笑みがこぼれ、キャメロンの口もとがゆるむ。「さてと、すっかりびしょ濡れになったことだし……」彼はすがすがしい海に飛びこみ、彼女のボードめがけて一直線に進む。だめといさめる彼女の声は海の音にかき消され、キャメロンはボードを強く押しやる。彼女は悲鳴をあげながら彼にぶつかって、そのままのしかかる恰好になり、ボードは数フィートうしろに飛んでいく。

キャメロンは海面に顔を出し、にやにや笑う。「これでふたりともびしょ濡れだ！」

「もう、ただじゃおかないわよ」彼女の声は紙やすりのようにざらついているが、目はいたずらっぽく輝いている。キャメロンは彼女の腰に腕をまわして引き寄せる。水のなかだと、ほとんど重さを感じない。彼女は両脚を彼の腰に巻きつける。猛烈な暑さなのに、いまこの瞬間、腋から下の感覚がまったくない。

「着替えを用意してこなかったろ」キャメロンは歯をかちかちいわせながら言う。

「バッグを持ってきてないもんな」彼女がかすれた声で言う。「だってわたし、絶対に落ちないもの」彼の唇のすぐ近くに彼女の唇がある。

「キャンピングカーのうしろの席に毛布があってよかった」

彼女は大声で笑いながら、ほんのわずか身を引く。「キャメロン、濡れた服を脱いだほうがいいって言おうとしてるんなら……」

彼はわざとらしく憤慨してみせる。「でもさ、脱いだほうがいいのはたしかだろ？」

「で、あなたのキャンピングカーで来てよかったとか、わたしの家はマルコが友だちを連れて帰ってるはずだからとか言うつもりなら……」

「言うつもりなら？　きみはよかったと思わないの？」

「思うに決まってるでしょ」彼女はあらためてにじり寄り、彼にキスをする。最初はそっと。彼女の唇は塩の味がして震えているが、口をあけるとなかは温かく、甘く、とろけるようだ。次の瞬間、彼女はさっと身を離す。ぷかぷか浮いているボードをつかむと、誘うようにほほえみ、それを見たキャメロンは頭がどうにかなりそうになる。

「早く行きましょ」

つき合っている女性がいた

つき合っている女性がいた。

有毒なツタのように、その考えがトーヴァの日々の行動のあらゆる面にからみついてくる。朝、ベッドメイキングをしているとき。**つき合っている女性がいた。**コーヒーが沸くのを待っているとき。**つき合っている女性がいた。**幅木の埃を払っている(なんといっても、たとえ世界がひっくり返っても、きょうは水曜日だから)とき。**女性、女性、女性。**

エリックはとてももてたけれど、つき合う相手については好みがうるさかった。ハイスクール時代の恋人は少なく、警察はその全員から詳細に話を聞いた。もちろん、容疑者としてではなく――警察はそう言っていなかった――エリックといっときでも親しかった人物として。問題の夜に彼がなにをしていたのか知っているかもしれないからだ。あれはなにかの芝居なのか、それとも家出なのか、それとも……。

アシュリー・バリントンは前の年の秋、ソーウェル・ベイ・ハイスクールのホームカミングデーのパーティにエリックと一緒に出かけたが、彼女はなにも知らず、あの事件の夜は家族とのクルーズ旅行で、町を離れていた。あの年の春、卒業記念パーティのときの相手だったジェニー＝リン・メイソンからも有力な情報は得られなかった。彼女はあの晩、シアトルで開催された懇親会に参加していて、友だちの家にひと晩泊まっていた。それからステファニー・リー。警察にうながされ、トーヴァはあの春、いわゆる宿題デートとやらで何度か家に来たことのある同級生だと証言した。ステファニーは、自宅で寝ていたと言っていた。最初、刑事はその答えに眉をひそめたが、最終的にそれはうそではなく、この若い女性からはなんの情報も引き出せないと判断した。

女性がいた。なぜわたしは知らなかったんだろう？　目の前にひらいた新聞のクロスワードパズルに集中しようとしても、目がこんがらがったようになる。**〝命知らずの人の動き、五文字〟**。答えは〝離れ業（STUNT）〟だとわかっているのに、鉛筆は〝女性（AGIRL）〟と書こうとする。できれば、その女性の名前を書きたいところだ。なんていう名前だろう？　わたしの記憶に埋もれているの？　耳にしたことはあっても、その意味に気づいていないだけの名前が？　アダム・ライトは思い出してくれただろうか？　そもそも、思い出そうとしてくれてるのかしら。電話帳で調べてみたが、彼の名はのっていなかった。まだこっちに戻って間もないのだから当然だ。そもそも、〈エランド・チヨップハウス〉でトーヴァと話したことなど、彼は覚えていないかもしれない。マティーニをそうとう飲んでいたから。

それもまた、トーヴァの心に引っかかっている。アダム・ライトのことをよく知ってる人なんているの？　昼間から酔っ払うような人がお酒の力で思い出した記憶など、信用できるわけないじゃない。あの人はエリックと同じ学校に通ったというだけで、親しい友人じゃない。自分でそう言っていた。

キッチンテーブルの角のフォーマイカがはがれかけているのに気づき、そこをいじる。こういうものをついいじってしまうのは、悪い癖だ。すぐに強力接着剤でくっつけないと。それなのに、ひたすらいじりつづけている。どうしてなにもかもが、こんなふうにほころんでくるの？

もしもあの日、クロスワードパズルを持ってハミルトン・パークに行かなかったら、とくに、ブロンディのデビー・ハリーを通じて心を通わせることがなかったら……彼は〈エランド・チョップハウス〉でトーヴァに気づいただろうか？

どうして彼はいまになって、あの晩の状況を思い出したりするの？

どうしてエリックはあのヨットを出したの？

どうしてアダムは相手の女の子の名前を思い出せないの？

どうしてエリックは彼女の存在をわたしに教えてくれなかったの？

どうしていまごろこんなことになるの？

「どうして？」トーヴァはリノリウムの床にできた四角い陽だまりに鎮座しているキャットに問いかける。キャットは前肢を舐め、目を細くする。

エリックに関連するそれらたくさんの疑問を頭に浮かべたのはひさしぶりだ。あまりに疲れて、昼食のあとソファに横になって仮眠を取る。それもまた、ひさしくやっていないことだった。

電話の呼び出し音が眠りに割りこんでくる。トーヴァはあやうく落としそうになりながら受話器をつかみ、しわがれた声で出る。「もしもし？」

「いい知らせ！」女性の声が聞こえ、ほんの一瞬、トーヴァは〝彼女〟ではないかと思う。けれどもかけてきたのは不動産業者のジェシカ・スネルだ。

「そうなの？」トーヴァは起きあがり、こめかみのあたりをさする。

「買いたいという人が現われたの。しかも希望価格よりも一万ドルも高い値段で！」ジェシカ・スネルは買い手の情報と先方の条件、トーヴァが同意した場合に次になにをすべきかの指示をくどくどと並べたてていく。「でもね、まだオープンハウスもやってないから、保留にしたいということでもかまわない……それでも、これはいいオファーだと断言できる。けっこう攻めた値段をつけたんだけどね。逆に、オープンハウスをする前に売り物件のリストからはずして先方にカウンターオファーするのも可能よ。どう?」

「ええ、ええ」トーヴァは新聞紙とペンを取ってきて、半分まで埋めたきのうのクロスワードパズルの隣の余白に番号を書きこむ。最近はパズルを最後まで完成させる気力がまったくない。以前ほど大事なことではなくなったように感じるのだ。「そうね、カウンターオファーしてちょうだい」

「よかった。事務手続きについてメールで送るわね。ええっと、あなたの……ファイルにメールアドレスがないけど?」

トーヴァは洟をすする。「メールアドレスを持ってないの」

「ああ、そうだった。売却同意書をうちまで届けに来てくれたんだったわね」スネルは少しも動じずにつづける。「問題ないわ、メールがなくてもできるから。夜までにカウンターオファーをプリントアウトしたものをお宅に届ける。それでいい?」

「いいわ」

電話を切ると、トーヴァはゆっくりと息を吐く。先方はカウンターオファーを受けるだろう。そして契約が結ばれる。この家は売却となる。

キッチンに入り、パーコレーターから冷めたコーヒーをカップに注ぎ、電子レンジにかけてから裏口から外に出る。裏のポーチの陽だまりにキャットが寝そべっているのを見て、トーヴァは切なそうにため息をつく。彼女が小さな庭に置いたベンチに腰をおろすと、キャットがその膝に飛び乗り、前肢を彼女の胸に押しあて、頭を彼女の顎にこすりつけてくる。

「あなたはどうしてほしい？」トーヴァはキャットの耳のうしろのとりわけやわらかい部分をかいてやる。「外での暮らしには戻れないわよね」

キャットはそれに答えるように、ゴロゴロと喉を鳴らす。そのうちなにか、解決策が見つかるだろう。


つき合っている女性がいた。

ジェシカ・スネルの書類にサインをするあいだも、つき合っている女性がいたという新事実が意識の周辺をつつきつづける。夕食をこしらえるときに脳をノックしてくる。水族館まで車で丘をくだっていく短い時間も、しつこいハエのように近くを飛びまわる。駐車場への入り口が突如現われ、トーヴァはうっかり見逃しそうになる。これまで千回は曲がってきたのに。

どうかしてる。きっとこんなふうに始まるのだ。頭がおかしくなりつつある。マティーニを飲み過ぎた人がなにげなく言ったひとことのせいで。

キャメロンも今夜は別世界にいるようにぼうっとしていて、ふたりは黙々と手を動かす。トーヴァがバケツに酢をくわえた水をたっぷり入れ、キャメロンがモップをゆすいで絞る。水族館のいちばん東で作業しているときに、とうとうトーヴァは尋ねる。

「お父さんからなにか連絡はあった？」

「全然」

「それは残念」彼女は不自然なほど明るい声になってつづける。「いずれ見つかるわ。そのときは見つけてくれたことを喜んでくれるはず」

「うん、そうかも」キャメロンはトーヴァよりも先のほう、カーブしているところで作業をしている。彼女は彼と並んだところで、分厚いガラスのはまったマーセラスの水槽の前で足をとめる。マーセラスは岩陰からそろそろと出てくると、あいさつがわりにまばたきし、腕の一本をガラスに押しつける。彼がなめらかなガラス面に沿ってべちゃべちゃ音を立てながら移動すると、完璧なまるい形の吸盤が見え、それが小さな人形たちに用意された磁器のディナープレートのように見える。

そのときトーヴァは思いつく。キャメロンを放心状態から覚ます方法を。

予期せぬ宝

「べつの踏み台を使いましょう」

トーヴァが古い壊れた踏み台をどかし、かわりに新しいのを置くのを、キャメロンは疑わしそうな目で見つめる。いいかげん、壊れたやつを処分すればいいのに。今夜、引きあげるときに大型ごみ容器へ突っこんでおくか。

「こないだもこいつは隠れてたろ」キャメロンは指摘する。「なんで今夜はちがうと思うのさ?」

「今夜はこの前よりも機嫌がよさそうだから」

「おいおい、うそだろ。機嫌がよさそうだって?」タコと話せてしまう彼女にしても、さすがに無脊椎動物の心の内などわかるはずがない。そうだろ? キャメロンは水槽をのぞきこむ。マーセラスの様子はいつもと変わらず、不気味なエイリアンのようにふわふわ漂っている。感情の読めない目は勝手に動いているように見える。マーセラスの体を切りひらいたら、なかはコードと回路だらけだとしても驚かない。はるかかなたの銀河系からやってきた海のスパイロボット。そんなプロットの映画があったんじゃなかったっけ？　ないなら、絶対に作るべきだ。おれが脚本を書いたっていい。キャメロンは踏み台を前にしてためらい、隣の水槽に目を向ける。ウルフイール。まじめな話、キャメロンがいままで見たなかでもっとも醜い魚だ。そのうちの二匹がいま姿を現わして岩の隣に鎮座し、ぞっとするほどおそろしい歯を受け口からのぞかせている。「かわりにこいつらと遊んだら？　いかにも人なつっこそうだ」

トーヴァは彼の皮肉な意見を無視して踏み台にあがり、水槽に手を入れる。キャメロンが見守るなか、マーセラスがトーヴァの手首に腕を巻きつける。トーヴァがマーセラスの外套膜のてっぺんに触れると、相手は彼女の手にもたれかかるような仕種をし、それを見てキャメロンは、ケイティの変てこなちっちゃい犬がよく、彼女の膝にすわってこっちを向いてとせがんでいたのを思い出す。

「さあ、わたしのお友だちのキャメロンにあいさつしてちょうだい。今度は愛想よくするのよ」トーヴァはタコに諭す。かわりに踏み台に立つよう、キャメロンに合図する。彼は目をぐるりとまわす。けれどもタコは話が聞こえていたのか、彼女の手首を握っていた腕をほどき、謎めいた目をキャメロンに向け、青い色の冷たい水槽のなかで待ちかねるように漂っている。

「よし」彼はつぶやくと、お気に入りのフードつきパーカを脱いでカウンターに放り、踏み台にのぼる。手を水槽に入れる。手が切れそうになる。エイヴリーとのサップデートで冷たさを充分に思い知った。ピュージェット湾そのものよりも冷たい。

タコは一本の腕を上にのばし、キャメロンの手に軽く触れる。

「うわっ！」思わず水から手を引きあげると、下で様子をうかがっているトーヴァから押し殺した笑いが漏れる。

「ちょっとびっくりするくらい、なんでもないわ」彼女は言う。

「びっくりなんかしてない」キャメロンはぶすっとして言う。「水がすごく冷たいだけだ」

「もう一度やってみて」彼女はうながす。

その言葉に従い、今度はどうにかこうにか手を水のなかに入れると、手の甲に浮き出た血管をマーセラスにつつかれ、第一関節を調べられるのを必死にこらえる。突然、タコは腕の先端をキャメロンの手首に巻きつける。吸盤のひとつひとつが小さな生き物のようで、気づいたときには、何百というそれが彼の腕を這いまわっている。

意外にも、彼の口から笑い声が漏れる。

トーヴァも笑う。「変な感じがするでしょ」

「たしかに」キャメロンは水のなかをのぞきこむ。ふたりと一緒に笑っているのだろうか、マーセラスの目が輝いているように見える。タコのたくましい腕が、いままでは肘のところまでぎゅっと締めつけてくる。いったいどれだけの力があるんだ、こいつは？

腕の血流に気を取られすぎたため、反対側の肩を叩かれてはじめて、タコがべつの腕を背中からまわしているのに気づく。振り返るが、当然のことながら、向く方向を間違える。わざとやったのか？　ジョークのつもりで？

「あはは、やられたわね」トーヴァの目がいたずらっぽく輝く。「兄がそれと同じことを、甥っ子に、というのはわたしの息子のことだけど、よくやっていたわ。昔からあるいたずらよね」

タコは巻きつけた腕をほどく。キャメロンは踏み台をおり、腕の下側に点々とついた吸盤の跡を調べる。

「すぐに消えるわよ」トーヴァが安心させるように言う。

「おばさんのはなかなか消えなかったじゃないか」キャメロンは指摘する。

「だって七十歳の肌だもの。あなたのはもっと早く元どおりになる」

べつにどうだっていい。吸盤の跡はタトゥーみたいでちょっとかっこいい。きっとエイヴリーはすごいと思ってくれる。キャメロンは棚からロール状の紙タオルを何枚か取って、腕についた水を拭う。向きを変え、小さなポンプ室の隅に置かれているごみ箱目がけ、フリースローのかまえで投げようとしたとき、タコの水槽のあるものに目がとまる。つやつやしたそれは、一分前にタコが姿を消した大きな岩近くの砂からほんのわずかにのぞいている。

「あれはなんだろう？」キャメロンはトーヴァに尋ねる。

彼女は面食らった様子でキャメロンを見あげる。

「ほら、あそこにちっちゃなものが見えるだろ」キャメロンが腰を落としてガラスの向こうに目をこらすと、トーヴァも眼鏡をかけ直しながら彼にならう。

「あら、本当だわ」トーヴァは顔をしかめる。「なにかしら？」

すると見計らったかのように、タコの腕が一本、岩だらけのねぐらからそろそろとのびてきて、先端で砂をつつきはじめ、キャメロンはソファで眠りこんでしまったジーンおばさんが、眼鏡を見つけられず、やみくもにクッションのあいだを手探りする姿を思い出す。

「あれを探してるんじゃないかな」キャメロンはそう言うが、自分の口からそんな言葉が飛び出るとはどうにも信じがたい。まさか本当におれたちの会話があいつに聞こえてるのか？

トーヴァが答えるより先に、とうとうタコが謎の物体の上に着地し、砂が払いのけられる。キャメロンはガラスの向こうに目をこらす。涙の形をした銀色の物体で、幅は一インチほど。釣りに使うルアー？　ちがう、イヤリングだ。女性のイヤリング。

マーセラスはそのイヤリングを、さっと音がするほどいきおいよくねぐらに押しやる。

どうしたわけか、トーヴァが頭をのけぞらせて大笑いする。

「なにがそんなにおかしいの？」

彼女は胸に手を置く。「マーセラスはお宝ハンターなのよ、きっと」

「お宝ハンター？」

キャメロンがトーヴァを追ってポンプ室を出ていくと、彼女はなくしたはずの自宅の鍵をマーセラスが水槽から掘り出して返してくれた話を聞かせる。キャメロンはふんふんとうなずきながら聞くが、それはどうかなとも思う。トーヴァはすてきな女性だ。しかし、今夜、あんなものをこの目で見たとはいえ、やはりあのタコにまつわる与太話はばかげているとしか思えない。やがてふたりは心地よい沈黙のなか、それぞれの仕事を再開する。キャメロンはまたもぼんやり考え事を始め、エイヴリーと過ごした時間を、枕にひろがった彼女の髪からフルーティなシャンプーの香りがしたことを思い出していた。彼女から返信がないか、携帯電話を確認するのはやめよう。金輪際。それに、今夜の帰宅途中、もう閉まっているとわかっていながら彼女のサーフショップの前を通るのもやめよう。絶対に。そんなことを自分に約束しながら、彼は上の空でごみを回収し、ごみ袋の取りつけ作業に移る。

「ふち全体にかぶせるのを忘れないでね」トーヴァが廊下の反対側から声をかける。なんでこっちが見えるんだ？　後頭部に目でもついてるのか？　もしかしたら彼女もはるかかなたの銀河系からやってきたスパイロボットなのかもしれない。それなら、脚本にかなりのひねりをくわえられる。

キャメロンはごみ箱のへりを指さす。「ちゃんとかぶさってるよ。ほら」

「もっと下までひろげて。ほんのちょっとの手間でしょ」

「これだって充分だろ！」

「それだと中身がいっぱいになるとずり落ちちゃうのよ」

「そうなったら、誰かがなんとかするって」

トーヴァは彼のほうを向き、腕を組む。「何事も最初が肝腎と、お母さんから教わらなかった？」

キャメロンは彼女を見すえる。「おれにおふくろはいない」

トーヴァの顔から血の気が失せる。

「おふくろは……えっと、苦しんでた。薬物依存で。おれは九歳のときから顔を見てない」

「そうだったの。ごめんなさいね、キャメロン」

「いいんだ」彼は不機嫌そうに言いながら、ごみ袋を下までしっかりのばす。ほんのちょっとよけいに手間がかかるだけなのがおもしろくない。顔をあげると、トーヴァはキャメロンとは目を合わせようとせず、ありもしないガラスの汚れを一心不乱に拭いている。

「本当に気にしないでいいよ」キャメロンはきっぱりと言う。「知りようがなかったんだし」

「気にしなくていいなんてことないわ。わたしがもっと言葉に注意すればよかったのよ」

「そんなことない。おれのほうこそ、やつあたりなんかするべきじゃなかった。疲れてるせいだ」キャメロンは大きく息を吐く。「きょうはテリーに頼まれてサメにやるタラを、いつもよりたくさんぶつ切りにしたし、マッケンジーは病欠で、肉体作業の合間にデスクワークもやらなきゃならなくて、おまけに電話が次から次へとかかってくるし……長い一日だったんだよ」

「そうとうがんばって、お仕事をしてるものね」

「自分でもそう思うよ」トーヴァのひとことが、寒い日に熱々のチキンスープを飲むみたいに、ゆっくりとじわじわ染みていく。これまでかけられたなかで最高の褒め言葉かもしれない。

「実際そうだもの」トーヴァはキャメロンにほほえみ、よしよしというように小さくうなずくと、ガラスの水槽を拭く作業に戻る。

「実を言うとさ、おふくろはいないけど、ジーンおばさんがいてくれたんだ」彼はおずおずと言う。モップを手にし、幅木伝いに動かす。「おふくろがいなくなったあと、おばさんに育ててもらった」

トーヴァは顔をあげる。「ジーンおばさんのこと、もっと聞きたいわ」

「地球上でいちばんすごい人だけど、おばさんが好きなタイプじゃないかもしれない」

「なぜわたしが好きなタイプじゃないの？」

キャメロンの顔にいたずらっぽい笑みがひろがる。「ごみ箱に袋をきちんとつけたためしがないからさ」

トーヴァの笑い声が無人の廊下に響きわたる。

とらわれの身の生活一三四九日め

ふたりは気づかない。

ふたりは何週間も一緒に仕事をしている。なんで気づかないんだ？
ぼくは何度も何度もコレクションを調べ、そのなかのどれかがふたりに正しい方向を示してくれないだろうかと考えてきた。無駄な努力だった。おかげでぼくのコレクションはもうぐちゃぐちゃだ。ねぐらから飛び出し、てんでんばらばらになっている。あぶない。もっと注意しないと、次に水槽の掃除が入ったらコレクションが見つかってしまう。もっとも、次の水槽清掃のときには、ぼくはもうこの世にいないかもしれないけれど。

ふたりのために、がんばって生きなくては。この物語をいまの未完の状態で終わらせるのには耐えられない。ここでぼくが介入してふたりに気づかせなかったら、このままになってしまうだろう。

人間の妊娠期間はおよそ二百八十日。受精がおこなわれたのは、あの若者が事故に遭った夜からそう離れていないはずだ。けれども母親がおなかに胎児がいるのに気づいたのは、それから何週間もあとのこと。子をなすつもりがなかった場合、何カ月か先ということもある。ぼくはここにとらわれてからというもの、出入りする客を観察して、そういう展開を数え切れないほど見てきた。

トーヴァが彼の誕生日を知りさえすれば。あるいは彼のラストネームを。それでどうにかならないだろうか？　ためしてみよう。

彼女が真相を知ることに、ぼくがなんでここまで気にかけるかって？　自分でもよくわからない。だけど、ぼくの死期が近づき、彼女がここで過ごす時間もかぎられている。近いうちにふたりが探りあてなければ、関係している全員の穴が埋められないまま終わってしまう。

基本的にぼくは穴が好きだ。水槽のてっぺんにある穴のおかげで、自由が得られる。だけど彼女の心（ハート）にあいている穴は好きじゃない。彼女には心臓（ハート）がひとつしかない。三つあるぼくとはちがう。

トーヴァのハート。

それを埋める力になれるなら、ぼくはなんだってする。

一部の木

トーヴァが最上段にもう一枚のせると、ティータオルの塔が崩れそうになる。屋根裏の床はそういう山や塔で埋めつくされている。上に目を向けると、磨きあげた梁が、大きなはめ殺し窓から入る午後の陽射しを浴び、それが大聖堂を思わせる。なのにトーヴァはあまり晴れやかな気分ではない。いくつもある山と塔にうんざりしているからだ。

ウィルはなんでも積みあげる癖があった。領収書、古いダイレクトメール、すでに二度読んだ雑誌、メモや本人ですら読めないなにかを書きつけた紙切れ。ウィルに言わせれば、これらはどれもとっておくべきものだった。あまりに散らかっているのでトーヴァが文句を言うと、彼はそれらを集めて山にして隅っこに寄せ、カウンターか戸棚の端にぽんと置き、満足そうにこう言うのだった。ほうら、これできれいに片づいた。

トーヴァはウィルがリクライニングチェアでうたた寝をするまで待ち、それからひとつため息をついて、がらくたの山を本来の場所へと移動させる。ファイリングキャビネットにおさめる場合もまれにあるが、ほとんどはごみ箱行きだった。ウィルが癌におかされたことで書類が増え、小さなキャビネットがいっぱいになると、トーヴァはもうひとつキャビネットを買ってファイリングシステムを再構築し、保険会社が送ってくる用紙や医療費の明細書などそれぞれの保管場所を作った。癌に臓器をむしばまれていく夫の看病は彼女の生活を一時的に奪ったけれど、書類にキッチンのカウンターを奪われるのはどうしても許せなかった。

「めちゃくちゃでしょ？」トーヴァがそう問いかけた相手は、屋根裏部屋への階段をとことこのぼってくるキャットだ。ほどなく、灰色の尾が現われ、箱のうしろからちょこんと突き出たそれはクエスチョンマークの形をしている。ネコは山と積まれたがらくたのあいだを、ありえないほど優雅な動きでくねくねと通り抜け、埃ひとつ立てずにトーヴァのそばの陽だまりにやって来る。うんざりしたようにひとにらみしてから寝そべり、黄色い目を閉じる。

トーヴァはいらだっていた気持ちがほんの少し消えてなくなるのを感じ、頬をゆるめる。「人の仕事の邪魔をしに、わざわざあがってきたのね？」わき腹をなでてやると、キャットはすぐにゴロゴロと喉を鳴らしはじめる。

部屋にあるものを三つのグループに分ける。まずはそこからだ。システムの構築。

明日、バーブとジャニスがジャニスの息子ティモシーとその友だち二、三人を連れてやってくる予定だ。仕分けと搬出をボランティアでやってくれるという。トーヴァはみんなにピザを注文すると約束した。とは言え、冷凍庫のなかがキャセロールでいっぱいなのにデリバリーのものを食べるのは贅沢な気がしなくもない。けれども、助けが必要なのはたしかだし、見知らぬ人たちに大切にしてきた品々をさわられるよりも、知っている人に助けてもらうほうがいい。それよりなにより、バーブとジャニスから手伝うという電話がのべつまくなしにかかってきているのだ。これでふたりともおとなしくなってくれるだろう。

最初の、そして、ほかのふたつにくらべてかなり数が少ないグループには、チャーター・ヴィレッジに持っていくものが入る。エリックが遊んだ古いおもちゃの車がいくつかと、何枚かの写真。それに、母の形見である磁器のティーセットの残り。たまにこれでコーヒーでも飲もうと思ってのことだ。この多くが何年も使わないままだったのが本当に残念だ。ううん、何年もじゃない、何十年もだ。

ソーサーをくるんでいた薄紙はまるめてドアに近いところに放る。ごみとして処分するグループだ。大量の写真とその他の思い出の品もここに仕分けされる。これだけきちんと保存していたものを捨てるのは変な感じがするけど、じゃあ、どこに置けばいいの？　ジャニスは倉庫を借りればいいと言っていたけど、いったいどうして？

ほしがる人なんか誰もいないのに。

そしていちばん大きいのが寄付にまわすグループだ。地元のリサイクルショップのトラックが来週、引き取りに来る予定になっている。エリックのおもちゃのほとんどがこのグループに入る。誰かの孫に遊んでもらえることだろう。古いおもちゃのほか、母に譲られたボーンチャイナの食器もある。海の旅でも無事だったのだから、ダウンタウンのリサイクルショップまで運ぶのも大丈夫だろう。ただし、買ってくれる人がいるかどうかは別問題だ。最初、トーヴァはジャニスに譲ろうとしたが、置き場所がないと断られた。バーブも同様で、象のコレクションがあるから置き場所がないらしい。水族館の受付をやっている若い女性、マッケンジー、あるいはジェシカ・スネルの事務所の隣にあるサーフショップの若い女性店主にあげようかとも考えた。けれども、最近の若い女性はボーンチャイナなどほしがらない。スウェーデンの古い雑貨などおよびでないのだ。みんな自分で選んだ食器を持っているはず。おそらく、新しいスウェーデンのブランド、イケアの食器を。

寄付するもののグループには木でできたダーラナホース五体もある。黄、青、赤で繊細な彩色をほどこされた脚がまっすぐの馬の置物。六体めはエリックが壊してしまい、もう長いこと行方不明になっている。いつか見つけて修理しようとずっと思っていたが、いまさらそんなことをしてなんになるだろう。一体を手に取って、しみじみながめる。これも持っていけば、けっきょくチャーター・ヴィレッジに残され、誰かに始末してもらうことになる。大きな歯をした弁護士も、彼が雇う私立探偵も、これをほしがる人を見つけられるとは思えない。

それでも、ダーラナホースをべつのグループに仕分けする。やはり施設に持っていこう。

黄ばんだ枕カバーの束を手に取る。へりに母がほどこしたバラの刺繡が入っている。寄付する前に洗濯しようと、シーツを近くのリネンの山に放ると、かびくさいにおいがあたりにただよう。

これらはどれも、家系という木の枝に運ぶ記念の品として、いずれ次の世代に引き継ぐために大事にとっておいたものだ。けれども、家系という木はもうずいぶん前に成長をとめてしまい、梢は葉がまばらですっかり衰え、朽ちかけた幹からは一滴の樹液も出てこない。一部の木は新しい枝をのばすことなく、森の地面に辛抱強く立ち、静かに朽ちていくだけだ。

このグループにくわえる次の品をひらく。リネンのエプロン。生地は丈夫でくっきりとしたしわができている。お菓子作りをするときに母が着けていたものだ。顔に近づけると腐った小麦のようなすっぱいにおいがする。すり切れたひもをたたみながら、昼間ずっと頭にこびりついて離れなかった考えを押しやろうとする。**つき合っている**

女性がいた。

あの晩、エリックが死んでいなければ、その女性は義理の娘になっていたかもしれない。トーヴァはこのエプロンを着けて、息子の妻にあの子の好物のバタークッキーの作り方を教え、最期のときが訪れたらエプロンを譲っていたかもしれない。

そんな愚にもつかないことを考えるのはやめなさい。その女性が誰だかわからないけれど、エリックは親にそれとなく存在をほのめかすほどの好意を抱いていなかったのだろうから。

そう考えると、いつもながら胸が痛くなる。

キャットの昼寝はアブが窓にぶつかったときに終わりを告げる。眠れる灰色のハンターは、生きていくうえでなんの役にも立たない狩りへの意欲をかき立てられる。猫は窓に飛びつき、前肢でガラスを引っかくが、アブはその反対側で呑気にホバリングしている。

「あなたの気持ちはよくわかるわ」トーヴァは声をかけ、同情するようにうなずく。すぐそこにあるとわかっているのにつかめないのは拷問も同然だ。キャットは憎々しげにニャーオとひと声鳴いてその場を離れ、がらくたの山を器用によけながら来た道を戻り、階下に姿を消す。

トーヴァは腕時計に目をやる。もうすぐ五時だ。「そろそろ夕食にしないと」彼女は誰にともなくつぶやき、背の低い椅子から痛む関節をのばし、足をつく場所を選びながら歩く。手をつけた作業を中途半端にしておくのは、およそ彼女らしくない。腹立たしい気持ちがわきあがるのを感じながらも、手つかずの山に背を向け、いまも痛む足首に力をかけないよう気をつけながら階段をおりていく。

今夜は卵サラダのサンドイッチにする予定だ……またしても。一週間ずっと、卵サラダばかりだった（先週のチラシにクーポンがついていたのだ。〝一ダース買ったらもう一ダース無料〟のクーポンが）。しかし、今夜は、またもぱさぱさのサンドイッチを食べる気にはなれそうにない。

そう言えば、このごろでは午前中に買い物をすませている。イーサンや彼からのコーヒーの誘いを避けているからではない。もちろん、ちがう。もう一度、腕時計に目をやる。この時間は確実に彼がシフトに入っている。片手で顔をなでると、屋根裏の思い出の品のようにすり切れ、しわというしわに埃がもぐりこんでいる感じがする。いまなら、スコットランド出身の彼となごやかにおしゃべりするのによさそうだ。

「〈ショップ・ウェイ〉に行ってくるわね」トーヴァはソファの肘掛けにちょこんとすわっているキャットに告げる。灰色の毛がたっぷりたまっているはずで、あとで糸くずブラシで払わないといけない。まったく、もう。もちろん、このソファはチャーター・ヴィレッジには持っていかない。大きすぎるから。いずれにしても、猫の毛に悩むくらいはたいしたことじゃない。

暑くて濃い霧がソーウェル・ベイを覆っている。退屈そうな顔のティーンエイジャーがスーパーの前の縁石に集まって、照りつける太陽のもと、だるそうに両手両脚をのばしている。その姿を見て、トーヴァはひょろっとした昆虫のコレクションを連想する。舌打ちをして、若い男が投げ出した脚をまたぎ、入り口に向かう。

ドアのチャイムが鳴り、レジにいるイーサン・マックが顔をあげ、にんまり笑って「こんちは、トーヴァ!」と声をかけてくる。エアコンの冷気でトーヴァの腕に鳥肌が立つ。はおるものを持ってくればよかった。

「ごきげんよう、イーサン」突然、それ以上言葉が出なくなり、彼女は青果の通路へと急ぐ。そこは輪をかけて寒い。彼女は輝くレイニアチェリーを袋いっぱいにすくってカゴに入れ、ちょっと迷ってから、もうひと袋にもチェリーを詰める。チェリーの旬はひどく短いし、このチェリーはとてもおいしそうに見える。

「うわあ、一ポンド三ドル! お買い得だわ」

振り返ると、見覚えのある女性がチェリーを食べている。ちょっと間を置いたのち、メアリー・アンの昼食会で会ったサンディだと気づく。アダム・ライトの女友だち。電話帳にのっていないアダム・ライトの。

「あ! サリヴァンさん、ですよね?」彼女は口についた果汁を手の甲で拭き取り、それから照れ笑いを浮かべる。「またお会いできてうれしいわ。現場を押さえられちゃったみたいね」

「心配しなくて大丈夫。警察に通報なんかしないから」トーヴァは小さくほほえむ。「会えてよかったわ、サンディ。あなたもアダムもこっちの暮らしにいくらか慣れてきたんじゃない？」ふたりのうちどちらかが郵便物を取りに出たところや芝生を刈っているところに出くわさないかとなかば期待しながら、新築の家が建ち並ぶ界隈を車で流したときのことを思い出し、罪悪感に胸がちくりと痛む。どんな人でも、自宅にいるときのプライバシーは尊重されなくてはいけない。トーヴァは人一倍、その大切さを知っている。それに、なんとかふたりを見つけたとしても、アダムがエリックの恋人とされる女性について、昼食会の席で話した以上のことを覚えている保証がどこにあるの？　なにしろ、問題の夜は三十年も前なのだ。

それでも、彼から聞いた話をいまも振り払えずにいる。トーヴァはまたも身震いする。

サンディは山と積まれたチェリーをまたひとつつまみ、軸を取り去る。「ありがとう。ええ、わが家って気がしてきてる。ここはとにかく美しいところだわ。なにかとせわしない都会から逃げ出して大正解」チェリーを歯で半分に割って種をつまんで出すと、喉の奥から満足の声を漏らし、三本の指でシェフのキスのジェスチャーをする。

「ねえ、これ食べてみて。とびきりおいしいから」

「おいおい、そこのお客さん！　試食なんかしちゃ困るよ」イーサンが肉づきのいい指を振りながら近づいてきて、青果コーナーに向かって大声をあげる。サンディの顔が蒼白になるが、トーヴァは笑ってかぶりを振る。イーサンの目がいたずらっぽく輝いている。

彼はしゅんとしているサンディの肩をそっと叩く。「ちょっとからかってみただけだって。二、三個食べたって誰にもわかりっこない。今年のチェリーは最高の出来だろ？」

サンディはぎこちなく笑う。「ひゃー、びっくりした。この町でたったひとつのスーパーから出入り禁止を食らうかと思っちゃった」

「まさか。ここの住民はみんな友好的だもんな、トーヴァ？」

トーヴァは首を少し傾ける。「まあね」

イーサンは含み笑いを漏らし、両手の親指をエプロンのストラップに引っかける。「さてと、あとはゆっくり買い物と試食を楽しんでくれよ、おふたりさん。お会計するならひと声かけてくれ」彼は上機嫌でうなずくときびすを返し、近くのメロンのコーナーに歩み寄り、山と積まれたメロンをせっせと整えはじめる。

「この町には個性的な人が多いわね」サンディはイーサンの様子を見ながらつぶやく。

「いつもアダムから話は聞いてたの。ソーウェル・ベイの……うーん、なんて言うか、普通でないところを。でも、白状すると、実際に来てみてようやくわかったわ」

「まあ、そう」トーヴァはタイルの床に目を向ける。町の個性のなかには、わたしも含まれているのだろう。

「自分が小さな町で暮らすことになるなんて、いままで考えたことがなかった。誰もがとても好意的だけど、それと同時にものすごく……うまく言えないわ。他人のことに首を突っこみがちじゃない？」

「わたしたちとしては、ほかの人を思いやっているつもりなのよ」

サンディはコーラルピンクに塗った唇から引きつった薄笑いを漏らし、チェリーをひと袋、近くの業務用のはかりにのせる。「アダムは慣れるしかないって言うの」

「アダムの言うとおりよ」トーヴァはかろうじて笑みを浮かべる。チャーター・ヴィレッジではみんなどんな話をするのかしら？　あそこでもわたしは変わり者とされるの？　ラーズと親しくしていた人にも会うことになるだろう。それっていいこと？それともよくないこと？

「アダムと言えば」サンディは顔を近づけ、急にこの町唯一のスーパーの青果コーナーにいたくなくなったのか、ジュエルサンダルを履いた足をもじもじさせる。「このあいだレストランで彼があんなふうになっちゃったこと、謝らなきゃいけないわね。

真っ昼間にあんなに飲むなんて！　でも、彼もそうとうストレスがたまってたの。引っ越しやら、仕事やら、それに――」

トーヴァは最後まで言わせない。「そんなの気にしないで」本心からの言葉だ。

「ええ」サンディはまだひどく恥じ入っている様子だ。「でも、話はそれだけじゃなくて。あのときの……会話のことでちょっと」

彼女の話のつづきを待ちながら、トーヴァは心臓の鼓動が速くなるのを感じてどぎまぎする。

「彼が名前を思い出したの。息子さんが会ってた女の子の」

山積みのチェリーがにじんでいき、ピンクと赤の渦巻く海になる。トーヴァははかりに寄りかかり、突然襲ってきためまいに耐える。頭のまわりを〝つき合っている女性には名前があった〟という言葉が猛然とまわりはじめる。

「サリヴァンさん？　大丈夫？」

「ええ、平気」かすれた自分の声がそう答えるのが聞こえる。

「ならいいけど」サンディは納得していないのだろう、ためらいがちに言う。「アダムはなにも言わないほうがいいと思ってるみたいだけど、もしもわたしがあなたの立場ならって考えちゃって……つまり、わが子を亡くしたとして、自分の知らない情報がほんのちょっとでもあるなら、どんなにささいな情報でも……」

あなただって、知りたいと思うわよね。トーヴァはめまいをとめようと、まぶたをきつく閉じる。

「それはともかく、その人の名前はダフネ。というか、アダムはそう言ってた。ラストネームはどうしても思い出せないみたいだけど、同じハイスクールに通ってたって」

「ダフネ」トーヴァは繰り返す。その名前は古いチューイングガムのように、もそもそとしてかみづらい。

長い間があく。ようやくサンディがぼそぼそとつぶやく。「ま、そういうこと」

トーヴァは買い物かごを手に取るサンディを見つめる。涙に濡れた目のまわりの肌が突っ張ってくる。「ありがとう、サンディ」

サンディはぎこちなくうなずき、トーヴァの腕に軽く触れると、そそくさとレジに向かう。横目でうかがうと、イーサンがこっちを見ている。

彼は両手に一個ずつメロンを持ったまま、トーヴァとの距離を縮める。「サンディ・ヒューイットはいまきみになにを言ったんだい？」

トーヴァは突然、冷え冷えとした暗い空の下にいるバラのつぼみのような気持ちになる。ぎゅっと閉じたつぼみ。「なんでもない」

「なにか、名前を言ったよな」

「遠い昔のどうでもいい話」

「ダフネって言ってたろ？」

トーヴァはチェリーが入った袋をかかげる。「お会計をお願いするわ。これをレジまで持っていって精算してくれる？」

今夜の夕食はなしだ。

旬のレイニアチェリー二ポンドと、急いでかごに入れたほかの買い物が自宅キッチンのカウンターに放置されている。その隣には斜めに置かれたバッグ。定位置であるドアのわきのフックにかけず、ぞんざいに放り出したままになっている。

トーヴァは屋根裏にあがると、散らかるのもかまわず、リネンや食器の山をかき分ける。ようやく窓近くの棚のいちばん下の段から一冊のアルバムが見つかる――ソーウェル・ベイ・ハイスクール、一九八九年度卒業生。

三十年前、彼女はこのアルバムにじっくりと目を通し、なにかないかと探した。どんなものでもいいからと。その後の三十年間も、感傷というささやかな漏水によってんがちがちに固い堤防が決壊するたび、彼女、あるいはウィルがこの卒業アルバムをひらいた。この表紙と裏表紙にはさまれたエリックの写真はすべて、トーヴァの記憶に刻みつけられている。

けれども、いまトーヴァが探しているのはエリックではない。

索引のページをひらくと口がしびれ、渇きを感じる。字があまりに小さくて老眼鏡が必要だ。おぼつかない手でブラウスの胸ポケットを探り、なんとか見つけてかける。目的の名前が見つかると、強く息を吸いこむ。息を肺のなかにとどめたまま活字の列に指を這わせ、最後の一字までむさぼるように読んでいき、やがてZの項の最後に達すると、荒々しく息を吐く。ひとりだけいた。

キャスモア、ダフネ・A。

十四、六十三、百四十八ページ。

「そういう目でおれを見るな」

それに応えるかのように、タコはキャメロンをにらみつけたまま、水槽の奥にあるポンプフィルターの上の隙間に腕を通す。脅しのつもりだ。

「おれの声が聞こえてるのはわかってんだぞ」キャメロンはうんざりした顔で額を拭う。おれはなにを言ってるんだ？　タコに英語がわかるわけがないだろうが。いや、英語にかぎらず、どの国の言葉でもだ。だろ？「腹が減ってるんじゃないか、兄弟？　さっきおれがサバのバケツを持って館内を巡回したときはどこにいた？　あんなものは食えないってか？」

タコはすっとぼけた顔でキャメロンに向かってまばたきをする。腕の先っぽが隙間をくぐり抜ける。

「おいおい、だめだって。今夜は脱走はなしにしてくれよ」湾曲した廊下の床にモップがかたんという音を立てて倒れ、キャメロンは裏にまわってポンプ室に駆けつける。

やっぱり、できそこないの水槽を修理してあかないようにしなきゃだめだ。トーヴァはあのモンスターには自由にさせてやる必要があるとかなんとか言うけど。べつに彼女が来てるわけじゃないんだし。でも、妙だな。彼女がぷっつり連絡を絶つタイプとは思えないが、夜が更けるにつれ、顔を出しそうにないのがはっきりしてくる。

クラーケン野郎がこんなにいきり立ってるのは、それが理由かもしれない。

「そこを動くなよ」彼はそう命じると、カウンターにあった麻ひもを蓋の細い開口部に通し、水槽の隣の支柱にくくりつけ、きつく結ぶ。タコは隙間のほうにゆらゆら近づき、キャメロンの手仕事を凝視する。それから見くだすような目で長いことキャメロンをにらみつけると、ねぐらに飛びこみ、あとには大量のあぶくだけが残る。

「おやすみ、くらい言えよ」キャメロンはつぶやく。かすかな罪悪感に胸がちくりと痛むが、こうするのがいちばんいい。トーヴァの協力なしに、さまよえるタコを相手にすると思うと、正直、ぞっとする。だからだろう、ベルのような音が聞こえ、心臓がとまるほどびっくりする。

新しく買った携帯電話の音だ。まだ、これの音にはあまり慣れてない。超がつくほど最高級モデルを買う度胸はなかったが、これでも充分使える。少なくとも、バッテリーが、だいたい十分以上もつ。

またエイヴリーからかな？　そう考えただけで胸が高鳴る。ふたりは一日じゅう、テキストメッセージを送り合っていちゃいちゃしている。けれども送信者を確認すると、エイヴリーからではない。エリザベスからで、ひとこと書いてあるだけだ。**電話して。**

赤ん坊のことだろう。いつが予定日だっけ？ ソーウェル・ベイに着いたのがついきのうのことのように思えるが、もうあれから二カ月たっている。携帯電話を用具カートに立てかけ、ハンズフリーイヤフォンを装着して彼女に電話する。

「やあ」エリザベスが即座に応答する。

「リザード・ブレス？ 大丈夫か？」キャメロンの心臓はまだどきどきいっている。赤ん坊をひとり産むにはなにがあってもおかしくない。けれどもキャメロンの口調に彼女はふっと笑う。ならば、病院のベッドで大量出血してるわけではなさそうだ。

「元気にしてるわよ、キャメル・トロン。まあ、基本的にはね。お医者さんから安静を命じられちゃった」

「安静？」

「うん、陣痛が始まったの。で、病院としてはあと数週間、このエイリアンくんを煮込んでおきたいんだって」

「へええ、大変だ。まあ、きみも生煮えのエイリアンは願い下げだよな」

「そういうわけで、いまのわたしは寝たきり状態」

「それって、文字どおり、一日じゅうごろごろしてるってことだよな？　うらやましい」キャメロンはモップを絞る。

「最悪よ！　もう退屈で退屈で」

「少なくとも、ブラッドがあれこれ世話を焼いてくれるんだろ？

「グリルドチーズサンドイッチを作ろうとしてくれたけど、消防署が来ちゃった」

イヤフォンのなかで、エリザベスがおかしそうに笑い、その声がとても近くに聞こえる。突然、キャメロンはみぞおちにぽっかり穴があいたような虚無感に襲われる。

「それはともかく」エリザベスは話をつづける。「このあいだ、旅行チャンネルの番組を観てたんだけどね。だって、いまはそれで一日をつぶしてるんだもん。毎日、十四時間は無意味な番組を観てるんだから。うそじゃないわよ」

「それでもすごくうらやましいけどな」キャメロンは言う。腰をかがめ、床に落ちているキャンディの包み紙を拾う。

「えー、もう最悪だよー。それはともかく、サイモン・ブリンクスがその番組に出演してたの。別荘販売のトレンドみたいな退屈な話題でインタビューを受けてた。彼の名前が聞こえるまで、ちゃんと見てなかったんだけど。それで、あなたのことが頭に浮かんでね。電話して、そっちの様子を聞いてみようって思ったの」

「サイモン・ブリンクス方面については、残念ながらたいした進展はなし」キャメロンは、ここまで空振りに終わっていることを説明する。「そっちでの暮らしは気に入ってるんでしょ、少なくとも?」その質問はただならぬうめき声で中断される。「ごめん、腰が死にそうに痛くて。寝返りを打たなきゃならなかったの。ビーチでクジラがもんどりうつところを想像してみて」

「うへえ、リザード・ブレス。そりゃあ見物だ」キャメロンは笑う。「でも、うん、けっこう気に入ってる」彼はいったん言葉を切る。「こっちで知り合った人がいてね」

エリザベスはきゃあとひと声叫び、そのあとのモップがけは、キャメロンがエイヴリーとの現在進行形の関係についてきわどい部分は抜きで説明するうち、あっという間に終わる。

電話を切るころには、キャメロンは館内をぐるっと一周し、タコの水槽に戻っている。大きなタコは水槽の下の隅っこに陣取り、腕を水にただよわせながらキャメロンを見つめている。

「よしよし。いいタコだ」キャメロンはつぶやく。

正面玄関から鍵のじゃらじゃらいう音が聞こえる。

トーヴァかな? そう思っただけでうきうきする自分に驚く。

しかし、そのあと聞こえる足音はかなり重たく、しかもかなり速い。しばらくののち、テリーが大股でカーブを曲がって現われる。キャメロンは落胆の色を必死で隠す。

「すべて順調かい？」

「やあ」雇い主は満面に笑みを浮かべる。

「はい、順調です」キャメロンはプロらしく見せようとして顎をあげる。エリザベスと電話で話してるところを見られなくてよかった。

「けっこう。きみの仕事ぶりを見に、ちょっと寄ってみたんだよ」

キャメロンは目をまるくする。

「冗談だって！　オフィスに忘れ物をしただけだ」テリーは含み笑いを漏らす。

「すっかりだまされました」

「つづけててくれ。掃除したところを汚さないよう、反対側から行くよ」カーブをまわる手前でテリーは足をとめて振り返る。「そうだ、キャメロン。例の書類を確認しようと思ってたんだ。もう書いてくれたかい？」

「あの、まだです」しばらく前から〝ハウスキーピング〟担当者の人事書類とやらに記入するよう、せっつかれているのだ。

テリーは腕を組む。「もう二カ月だぞ」

「わかってます。すみません」

「最優先で頼むよ」テリーは言う。「おっくうなのはわかるけどね、ずいぶんと引きのばしてるんだから。決まりは決まりだ」

「今夜やっておきます」

「ああ、それに悪いが、もう一度、きみの運転免許証のコピーをもらえるかな？　働いてもらうことになったときに一度、コピーしたんだが、見つからないんだよ」

キャメロンは尻ポケットを叩く。財布が入っている。「わかりました」

「ありがたい」テリーは言う。「今夜帰る前に、ぼくのデスクに置いていってくれ、いいかな？」

「了解です」

書類仕事はキャメロンの苦手とするところだ。水族館のロビーのテーブルに向かい、水槽の青い光を浴びたくしゃくしゃの人事書類を前にペンをかまえていると、どうしてもマーセド・ヴァレーの一件が思い出されてしまう。

マーセド・ヴァレー工科大学はアイビーリーグではないが、キャメロンは一度、スカウトされた。全額支給の奨学金まで提示された。いくつかの書類を書けばいいだけだった。いくつか署名すればただで大学に通えるのだ。

キャメロンは大学の授業一覧をながめ、取る授業を選んだ。とくに哲学が楽しみだった。しかし、奨学金の書類はコーヒーテーブルに積みあげた山にまぎれ、ピザ生地の油染みや缶ビールの輪染みで汚れる一方だった。

ジーンおばさんはものすごい剣幕で怒った。なんの理由もなく、将来をふいにしたとなじった。書類を書くだけでよかったのに！　二十分でできたはずだろ。いったいどうしちゃったのさ？　おばさんはそう訊いた。

いい質問だ。

十分後、水族館の人事書類の記入が終わり、テリーのデスクにそれを置きながら、運転免許証のコピーも取らなくてはいけないことを思い出す。テリーのオフィスの隅に置かれた埃まみれのコピー機が、離陸する宇宙船よろしく、いくつものブザー音とビープ音を鳴らしながら起動する。キャメロンは待っているあいだに、テリーのデスクにある小さな入れ物からミントをひとつ、失敬する。

コピー機の準備がようやく完了すると、彼はガラスの上に免許証を置き、大きな緑色のボタンを押す。それが甲高い警報音を引き起こしたらしい。

Cトレイで紙詰まり。小さな画面にそう表示される。キャメロンはしゃがんで、トレイに目をこらす。トレイはAとBのふたつしかない。

ありえない。

目に見えるかぎりのつまみ、トレイ、扉をあけてみるが、Cトレイはどこにもなく、つまった紙の気配さえもまったくない。もう一度緑のボタンを押してみるが、画面にはさっきと同じメッセージが点滅している。電源を切っては入れるを三回繰り返す。存在しないトレイになにかが詰まっているという主張を曲げるつもりはないらしい。

「使えねえやつ」キャメロンはつぶやき、ガラス面から自分の運転免許証をつまみあげ、コピー機の電源を切る。

肩をすくめ、テリーのデスクに置かれた書類の山の上に運転免許証を落とす。明日の夜、返してもらえばいい。

とらわれの身の生活一三五二日め

うん、あの若者をはらはらさせるのは本当に楽しい。でも、悪気があってやってるんじゃないのはわかってほしい。それとはまったく逆なんだから。人間には意欲をかきたててやる必要がある連中がいる。説明しよう。ぼくの脳は有能だけど置かれた環境のせいで能力を発揮できずにいる。その点については彼もほぼ同じってこと。もちろん、あの若者にはハッピーエンドを迎えてもらいたい。トーヴァにも。いわばぼくのいまわの際の願いってやつ。

とにかく、今夜話すのは書類のことだ。人間と書類。とんでもない無駄だ。人間の記憶力があそこまで不完全じゃなければ、文字による記録などこんなにたくさんいらないはずだ。

でも今夜はその書類に感謝しなくちゃならない。

あの若者が水槽に取りつけた麻ひもはなんの障害にもならなかった。彼が掃除を終えて引きあげたのを見計らって結び目をほどき、いつもとまったく同じ方法で蓋をあけた。能力を過小評価されたのを侮辱と取るべきだろうか？

テリーのオフィスまでの経路は誘惑に満ちていたが、このところ〝副作用〟がしだいに早く訪れるようになっているから、途中の魅力ある軟体動物をことごとく無視した。今夜は太平洋岸でとれるミル貝（グイダック）が、ちょうど食べごろに見えた。人間はあの貝をべたつくアヒル（グーイーダック）と呼ぶけど、身がしまっていてとてもおいしいんだ。

でも、今夜はグーイーダックの試食はなし。そんなことよりも大事な計画がある。

それに、正直に言うと、このところ、食欲があまりわかなくなっている。

吸盤を使ってテリーのデスクの側面を這いのぼると、ここまで来た目的のものが見つかった。

運転免許証。ぼくのコレクションにあるのとそっくり同じやつ。人間のフルネームと生年月日が記載されている。

刻一刻と時間が過ぎ〝副作用〟が現われるなか、ぼくは薄いプラスチックのカードを持って廊下を進んだ。目的の場所に着いたときには、すでに体に力が入りにくくなっていた。苦しいのをがまんしながら、アシカ像の尻尾の下にカードを隠す。

帰りはのろのろとしか進まず骨の折れるものとなった。この重たい体を引きずってセメントの廊下を進みながら、このまま息絶えてしまうんじゃないかと思ったことは一度や二度じゃなかった。いま、この場で。そうなったら、二度とホタテを味わえない。ひんやりしたガラスに腕が吸いつくのも感じられないし、人間の手首の内側にも触れられない、それにお宝コレクションにもさわれなくなる。ぼくが今夜ここで死んだら、こうやってわざわざ出かけてきたことに意味はあるんだろうか？

本当に。

トーヴァは今夜、来なかった。明日の晩も来ないかもしれないけど、いつかは来る。彼女は別れも告げずにいなくなるような人じゃない。絶対に。

そしたら、アシカ像の尾の下をぞうきんで拭きたい衝動を抑えられないはずだ。抑えられるわけがない。そんなところを掃除するのは自分ひとりと本人もわかっている。

そのとき、ぼくが彼女のために置いたものを目にするだろう。そこできっと、気づいてくれる。

不渡り小切手

イーサンは氷二個の上からラフロイグのシングルモルトウイスキーを注ぎ、ごつごつしたソファに腰をおろす。夕闇が居間に忍び寄り、正面の窓から陽の光が時間をかけて、ロックグラスからウイスキーがなくなっていくのと同じくらいゆっくり引いていく。

キャスモア。

キャメロンが最初に名乗ったときからずっと、名字が頭のどこかに引っかかっていた。キャスモアという名字には聞き覚えがあるが、いったいどこで目にしたんだろう？　それがけさ、歯を磨いているときに、ふと記憶がよみがえった。

不渡り小切手だ。

スーパーでの買い物の支払いに小切手を切るのが一般的だったころ、不渡りになるのはよくあることだった。決済できなかった場合、その小切手を壁に貼っていた。たしか、九〇年代だったと思う。

〈ショップ・ウェイ〉を買ったとき、レジの下のカウンターに古くてくしゃくしゃの紙片がいくつも貼ってあったのを思い出す。お客から受け取ったが不渡りになった小切手だった。注意をうながす意味もあったのだろう。なかには何年も前から貼ってあるものもあり、イーサンがいま思い出したのもそんななかの一枚だ。上の隅の住所欄にダフネ・キャスモアという名が活字体で書かれていた。小切手の額はささいなものだった。六ドルと数セント。

イーサンは貼ってあった小切手を全部はがした。そういう経営方法を採るつもりはなかった。それでも、名前だけは心のなかにメモした。

ダフネとキャメロンを結びつけるのは造作もなかった。数カ月前にプレミア会員の権利を購入した家系図サイトでマウスを何度かクリックしただけで、ダフネ・キャスモア(のちに結婚してダフネ・スコットとなった)と、カリフォルニア州モデストに住む異父姉で六十歳のジーン・ベイカーにたどり着いた。ミズ・ベイカーがネット検索でよく引っかかるのは、コレクターと荷主のためのコミュニティにいくつか関与していることが大きいようだ。イーサンはそういうタイプをよく知っている。がらくたの売買を趣味にしてる人たちだ。たしかキャメロンは、おばがものをためこむと文句を言ってたっけ。ならば合点がいく。

イーサンはグラスに残ったスコッチを飲みほす。いまは誰も小切手を切らなくなったのはありがたい。いわゆる詐欺師の名があんな形でさらされ、おおやけに恥をかかせるようなまねをするのは……なんと残酷なことか。とくにダフネ・キャスモアの不渡り小切手を見ると、これを切った人がかわいそうでたまらなくなった。こんなはした金で罪人扱いされるとは。わずか六ドルぽっちの買い物をちょろまかしたことのなにが、店の人間の不興を買ったのだろう？

奈落の底に突き落とすようなことをしなくてもよかったはずだ。

とにかく、キャメロンがぽつりぽつりとしてくれた母親の話からすると、そういうことらしい。母親のことに話題がおよぶとあの若者は口が重くなるが、これまで聞いた話から、ドラッグがらみなのは容易に推測できる。そこに立ち入ってほしくないキャメロンの気持ちを責められるわけがない。彼は母親に捨てられたのだ。

居間はもう真っ暗で、イーサンはラフロイグをもう一杯注ごうとキッチンに行く途中、さっき蹴るようにして脱いだスニーカーにつまずいて転びかける。キャメロンに町でささやかれている噂話を教えてやるべきだという気持ちもある。サンディ・ヒューイットが〈ショップ・ウェイ〉の青果コーナーの真ん中でぺらぺらしゃべっている以上、ひろまるのはまちがいないからだ。遅かれ早かれ、あの若者の耳にも入ってしまう。三十年前に行方不明になった十代の少年について、彼の母親がなにか知っているかもしれないという噂が。知っていながらなにも言わなかったという噂が。キャメロンが母親に抱いているイメージがいま以上悪くなるとは思えない。なにしろ、事件が起こったのは、彼が生まれる何年も前のことなのだ。

いや、本当にそうか？

キャメロンはいまいくつなんだ？　歳の話をしたかどうか記憶がないが、二十五よりも上ということはないんじゃないのか？

それにトーヴァの問題もある。

長年、買い物の袋詰めをしてきた相手を、どこまで知っていると言えるのか？　すでに彼女がダフネ・キャスモアに関する情報を躍起になって探していることくらいは想像がつく。語られずにきたことを語ってくれると思えるその女性が見つかるまで、探すのをやめないだろう。トーヴァはエリックの死に関する公式見解を鵜呑みにはしていない。

そのあとはどうなる？

キャメロンがダフネ・キャスモアの息子であると、イーサンがトーヴァに伝えるべきだ。友だちの口から聞いたほうがいい。あのふたりは仲がいい。あの若造がどうやってトーヴァの殻を破ったのか、イーサンにはまったくわからない。イーサン自身も一年近くにわたって、そうすべく努力してきた。けれども、キャメロンの母親がトーヴァの息子の身に起こったことに関与している可能性があるとしたら、キャメロンの姿が目に入るたび、彼女はなにを思うだろう?

もう夜十時過ぎだが、トーヴァ・サリヴァンは夜型人間だ。イーサンは気持ちを落ち着かせ、電話を手にする。夕食に来ないかと彼女を誘おう。

無料の食事のマイナス面

キャメロンはあきれるほど熟れていない桃を、ひとくちだけ食べてほぼまるごと、桟橋の突端にあるごみ箱に投げ入れる。イーサンがただでくれる賞味期限切れの食べ物はありがたくもあり、迷惑でもある。けれども、おかげでこの夏は食べるものに使う金をかなり節約できたし、おまけに、イーサンの家のドライブウェイにただでキャンピングカーをとめさせてもらうことができた。イーサンにはかなりの恩がある。

ピュージェット湾の上空に無数の星がちりばめられ、インクを流したような水面に銀色の光が反射し、その見事なまでに不規則な光の並びを見てキャメロンは、エイヴリーの鼻梁に散る焦げ茶色のそばかすを思い出す。水面から視線をはずし、携帯電話を充電しているキャンピングカーに戻る。この浜辺に車をとめ、目が覚めたときにフロントガラスの向こうにひろがる海が見えたら最高だろうな、などと考える。やってみようと思ったこともあるが、イーサンによれば、彼の友だちでソーウェル・ベイの夜間のパトロール警官をやっているマイクは、キャンピングカーが公共の駐車場にとまっていたら、いそいそとレッカー移動するはずだとのことだ。夜明け前の退屈な時間に、暇つぶしの仕事をマイクにあたえるだけだ。ひょっとしたら、いつかここに住んで、海の見える家を持つことになるかもしれない。それも、サイモン・ブリンクスを見つけられればの話だ。

しかし、それはあくまで明るい未来の話。今夜はこのキャンピングカーで坂をのぼり、イーサンのドライブウェイの決められた場所にとめる。けれども、バンキングアプリにログインして、あらたに給与が振りこまれたか確認するのが先だ。振りこまれていた。ジーンおばさんに借金を耳を揃えて返すのに必要な、最後の金。いくらか上乗せできそうなので、ボーナス分をプラスして送金の操作をしたとき、高揚感が全身を駆け抜ける。つづいてテキストメッセージにハートの絵文字をつけて送るが、おばさんはおそらくぐっすり眠っているころだろう。もう十一時過ぎだ。

二百ドルほど残った。全額、貯金にまわすべきだろう。当然そうすべきだ。けれども彼はよく知っているサイト、インディー・バンドの音楽を売るサイトを表示させる。モス・ソーセージもよくここに自分たちの曲をのせていたが、ここを訪れたのはそれが目的じゃない。好奇心から自分の名前で検索するが、なにもヒットしない。まあ、意外でもなんでもない。おそらくブラッドがバンドの楽曲をすべて取りさげたのだろう。仕方ない。それはともかく、まだ無名のジャムバンドふたつが見つかるまで検索する。どっちもかなりいいバンドだ。グレイトフル・デッドのような、フィッシュとかそのへんのような、イーサンの好みだけど、新しいバンド。キャメロン・キャスモアはしみったれたキャンピングカーに暮らす、負け犬の無気力野郎かもしれないが、いい音楽はわかる。両方のバンドのデジタルアルバムを買い、送り先としてイーサンのメールアドレスを入力する。

これが第一歩だ。

キャンピングカーのウィンドウの外がまだ真っ暗な時間に、携帯電話が鳴る。キャメロンはあちこち手探りし、やっと電話を見つける。ジーンおばさんの番号が画面に表示されたのを見て、彼の顔から血の気が引く。このまえ、真夜中に電話してきたときは病院からで、そのときおばさんは頭がくぼんで、腰を骨折し、しかも病室には警官がふたりいて、〈デルの酒場〉での言い争いの一部始終について供述を取っていた。

「もしもし?」彼は息せき切って電話に出る。あのときは二十分ほどで病院に駆けつけられた。いまは何時間運転することになるか考えたくもない。

「あたしはぴんぴんしてるよ、キャミー」おばさんは彼のうわずった声の調子を読み取ったらしく、そう言う。

「じゃあ、なんでいまごろかけてきたの?」キャメロンは時間を確認する。「午前一時だよ？」

「起こしちゃったかい？」

「うん、まあね」

「てっきり、バーかどこかにいるものとばかり思ってた」

「まさか。もうぐっすり寝てたよ。きょうは休む間もなく仕事してたからさ」

「悪かったね。あんたから送金があったと伝えたかっただけなんだよ。ずいぶんと多いようだけど」ジーンおばさんは調子はずれの口笛を吹く。飲んでるのかな？　くぐもった男の声がかすかに聞こえ、キャメロンはウォリー・パーキンズがおばさんのトレーラーハウスにいるんだろうかと気になる。

キャメロンは体を起こして目をこする。「余分に送ったのは利息がわりだ」最新のプライムレートと、公債に投資していたら当然得られたはずの利子から計算したことはつけくわえない。実際には投資などしたことはないが、それはどうでもいい。

「利子をもらうなんて話はしなかったと思うけど」おばさんの声は冷ややかだ。

「でも、おばさんには借りがある」ものすごい借りがある、とまでは言わない。

「おまえはなんの借りもないよ」おばさんはあきらかに滑舌が悪くなっている。まずまちがいなく、ウイスキーをいくらか飲んでいる。「そもそも、返してもらおうなんて考えてなかったことだしね」

「返すつもりだったに決まってるじゃないか」キャメロンは毛布をはねのける。「実際の話、サイモン・ブリンクスから借りをきっちり返してもらったら、それを頭金にすればいいと思ってる」

「頭金？」

「おばさんのだよ。町中に家を買うんだ。トレーラーパークから出してやる」

「実を言うと、あたしはこのトレーラーパークが気に入ってんだよね」

背景でだだをこねるような男の声が響く。「どうしたんだ？」

「ウォリー、あたしたちが住んでるのはごみ屋敷だっけ？」

キャメロンが早口でまくしたてる。「おれはごみ屋敷なんて言ってない！」

「そこまで露骨には言ってないってだけ」ジーンおばさんは冷ややかに言う。「いいかい、急に金回りがよくなって、あっちでもこっちでも、必要としない人にまで家を買ってやろうとするのは喜ばしいよ。けど、その金は大事にとっておいて、自分の人生に役立てたらどうなんだい？」

「おれがなにをしようとしてると思ってるのさ？　くずみたいな手札なのはおれのせいじゃない」

「うん、それは誰のせいでもない。でも、やり方をコントロールしないと」水がはねる音と角氷が触れ合う音が聞こえ、しばらくの間ののち、また同じ音がする。おかわりの二杯が注がれたのだ。

キャメロンはキャンピングカーの後部扉を大きくあけて外に転がり出ると、イーサンの家のドライブウェイを歩きはじめる。夏の暑い陽射しにあぶられた舗装路の熱が足裏に伝わる。「おれはできるかぎりのことをやってきた。ソーウェル・ベイがおれの生まれ故郷だと、教えてくれてもよかっただろうに」

ジーンおばさんは鼻で笑う。「それで状況が変わったとでも言うのかい？」

「もっと早く、親父を見つけられたかもしれないじゃないか。三十になるより早く」

「あの男はおまえの父親じゃない」

「なんでそう言い切れるんだよ」

「おまえの母親はあたしの妹なんだよ、キャミー」ジーンおばさんの声には疲労の色がにじみ、すっかり元気がなくなっている。「おまえの母親にはいろいろ欠点があったけど、ばかじゃなかった。おまえの父親が大物のビジネスマンだったら……つまり、いくらかなりとも生産性のある社会人だったら、いやせめて、生きていさえいたら……どうなってたことか。そんな単純なことだったら、おまえの人生になんらかの形でかかわらせたはずだよ」

「そういう本人が、おれの人生にまったくかかわらなかったじゃないか」キャメロンはイーサンのドライブウェイのひびからのびているメヒシバを蹴る。「見捨てるのは彼女にとって簡単なんだろう」

「見捨てるのは」ジーンおばさんは小声で言う。「なによりもつらいものだよ」

キャメロンは顔が無意識にゆがんでいくのを感じる。桟橋の下でサップをやったときにエイヴリーが言ったのと基本的に同じ内容なのに、ジーンおばさんの口から聞くと、なぜかコンクリートの隙間に生えた草を蹴散らしたくなる。

「あのさ、そろそろ切らないとまずいんだ」キャメロンは言う。「朝から仕事がある」うそだ。仕事は正午過ぎからだが、責任感のある人間が夜中の電話を切るときに、いかにも言いそうな言い訳に思える。

ジーンおばさんが一瞬、送話口を覆い、またウォリー・パーキンズと言葉を交わす。

「わかった、キャミー。でも、来月、あたしたちはクルーズに出かける前にシアトルを通るから、そのときに会いましょう」

あたしたち？

「もちろん」キャメロンは答える。ま、いいか。電話を切ると、キャンピングカーの後部扉を閉め、マットレスにまた横になる。

デートじゃない

翌日の土曜日の午後五時、トーヴァはイーサンの家を訪問する。

これはデートじゃない。

むき出しの腕にひんやりとしたものを感じながら、ガラスの瓶を抱える。ちょうど、赤ん坊をおそるおそる抱っこするときのような要領で。このほうがイーサンに手みやげとして渡すのに行儀がいいと思ったのだ。バーブは無造作に首のところを握り、これはウッディンヴィルのワイナリーの昨シーズンのカベルネ・フランで、ものすごくおいしくて、デートに持っていくのにぴったりだというようなことをくどくどしゃべりながら、突き出してきたけれど。

デートじゃないわ。トーヴァは繰り返し訴えた。キャメロンならば、百万回も、と言うところだ。あくまで夕食を一緒に食べるだけ。

長居はできない。誘いを受けたとき、引っ越しの荷造りがあるという理由をあげて、そこははっきり言っておいた。白状すると、自由に使える時間をすべて注ぎこみ、スノホミッシュ郡立図書館が見せてくれるあらゆる資料にあたって、ダフネ・キャスモアに関する情報を探していた。けれどもその調査が行き詰まり、役に立ちそうな情報がほとんど得られていない状態だ。ひと晩くらい休んで、友だちと食事をしたっていい。

友だちと？　イーサンは友だちなの？

いずれにしても、手みやげもなしによそのお宅を訪ねるのは失礼だろう。トーヴァ自身はそれほどワインを飲むわけではないが、みんなはそうしている。バーブの強引さにいくらか感謝する。さもなければ、手ぶらでお邪魔するという失態をおかしていたところだし、自分でなにか調達するにしても、〈ショップ・ウェイ〉に出向いてイーサンから買うわけにもいかないのだから。

彼女はまっすぐ前を向き、ずんぐりした平屋建ての家に向かって短いドライブウェイを歩いていく。足首はほとんど治っていて、ほんの少し足を引きずる程度だ。生い茂るアジサイとツルニチニチソウが小さなポーチにまでのびている。トーヴァは道をふさぐ枝を持ちあげて通り、気が変わらないうちにと、呼び鈴を押す。

「やあ、いらっしゃい、トーヴァ」イーサンは一歩うしろにさがり、なかに入るようながす。声が妙におとなしい。彼女がワインを渡すと、彼は礼を言い、ハンドバッグを預かろうと言って、隅に置かれたちょっと傾いたコートラックのほうを示す。

「ありがとう、でも、バッグは手もとにあっても邪魔じゃないから」トーヴァはバッグを聖書に出てくるイチジクの葉のように腰のところに持っていく。それがないと素っ裸になってしまうというように。

「なら、いいんだ」イーサンは言う。

こぎれいなカーペットの上を進む途中、この家の主役に、レコードのコレクションで埋めつくされた居間の壁に目が吸い寄せられる。パーティクルボードに張った安いベニア板がはがれかけている。昔の自分の家ならば、ウィルがはがれたボードを鋲(びょう)でとめてくれただろう。トーヴァは中途半端にくっついているかさぶたをはがすように、ベニア板をいじりたい衝動をどうにかこらえる。

よその家に入るのはどんな場合でも親密な行為だ。トーヴァは写真を飾っていないかと見まわすが、一枚もない。そのかわり、どの壁にも美しく額装したコンサートのポスターが飾られている。グレイトフル・デッド、ヘンドリックス、ローリング・ストーンズ。ティーンエイジャーの部屋のようなインテリアだけど、なんとなくイーサンにぴったりという気もする。

びっくりするほどきちんと整頓されている小さなキッチンに案内される。マッシュルームが煮えるにおいがするそのキッチンで、ふたりは世間話をする。トーヴァは世間話が好きだったためしはなく、いまもどうにかこうにかやり過ごす。イーサンからバーブの〝ものすごくおいしい〟カベルネ・フランをなみなみと注いだゴブレットを差し出されると、ありがたく受け取る。

「乾杯、ラブ」イーサンは言う。

「乾杯」トーヴァも言い、彼のグラスに合わせる。

しばらくのあいだ、何度かワインに口をつけていたが、やがてトーヴァはカウンターにあったサングラスを手に取る。キャメロンのだ。「彼に自宅を使わせてくれてありがとう」

イーサンがフライパンに赤ワインをひと振りすると、フライパンはそれに反応してじゅうじゅうと音を立て、湯気がもうもうとあがる。「実を言うと、ちょっとした話し相手がいるのはいいもんだよ」

トーヴァはうなずく。言いたいことはわかる。水族館でもキャメロンがいるようになってよかったと思っている。「ええ、そうね」

「言ったことはあったっけか。おれは十四人家族で育ったんだ。きょうだいは全部で十一人。ちっちゃかったころ、大人になったおれが、いまにもはち切れんばかりの家にいるところをよく想像したもんだ」

トーヴァの顔に笑みがこぼれる。「大家族で有名なのはアイルランド人だとばかり思ってた」

「うん、おれたちスコットランド人も負けてない」イーサンは彼女に笑いかけると、マッシュルームのソースをこそげ、ひと皿にひとつずつのった分厚い鶏胸肉にかける。トーヴァはよだれが出そうになり、自分でもびっくりする。人にこんなすてきな料理を作ってもらったのは、いつ以来だろう。

最後の何口かを味わっていると、スクリーンドアを乱暴に閉める音がする。数秒後、キャメロンが顔をくもらせ、ものすごいいきおいでキッチンに入ってくる。トーヴァがイーサンとキッチンテーブルを囲んでいるのに気づくと怖い顔が一瞬ゆるみ、困惑の表情が取って代わる。

怒りはすぐに戻るが、それはイーサンだけに向けられているようだ。「なあ、おい。ちょっと話せるか？」歯を食いしばっているような声だ。

「もちろんだとも。言ってみろ」イーサンは応じる。

「サーフショップでぶらぶらしてたら、あんたの店で働いてるタナーってガキが仲間何人かと入ってきた。そいつらがなにを言ったかわかるか？」キャメロンの口調は冷ややかだ。「あんたがおれの――」

「ああ、わかった、わかった」イーサンはあわてて席を立つ。キャメロンをきつい目でにらみながら、居間のほうへと連れていく。肩ごしに、ちょっと失礼する、ひとりで食事、というかその残りを食べててほしい、一分ほどで戻るからと言い置く。ふたりは小さな家のどこかに、おそらくは奥の寝室だろう、話を聞かれない場所に姿を消す。

あの子、いったいどうしたのかしら？　うしろめたさがトーヴァの気持ちをかき乱す。この二日間、掃除のレッスンを休まなければ、わかってあげられたかもしれない。〝ほんの一分〟がずいぶんかかっている。わたしにできるのは、食事のあとかたづけをすることくらいだ。それならできる。料理をしたあとのこのキッチンは惨憺たる状態になっている。ワインのせいで、いつもよりも頭が軽くなったように感じながら、スポンジはどこかと探すが、キッチンの流し近くのどこにも見つからず、トーヴァは舌打ちをする。イーサンはなにを使ってお皿を洗っているのかしら？　見える範囲にスポンジもふきんも見当たらない。

探すとしたら、流しの隣の抽斗と考えるのが理にかなっている。けれども、がらくたがごちゃごちゃ入っているだけらしい。その隣の抽斗をあけたが、それもまた、紙、道具、あれやこれやが適当に入っているだけだ。トーヴァはため息をつく。なんで男の人はみんなこうなの？　ウィルも好きなようにさせたら、家じゅうの箪笥という箪笥をがらくた専用の抽斗と同じ状態にしてしまったにちがいない。トーヴァはマーセラスがねぐらの砂利の下にコレクションを隠しているのを思い出し、小さく含み笑いを漏らす。なんの役にも立たないごみをためこむ男の習性に種は関係ないようだ。

流しの下には食器洗いに使うものがあってもおかしくないが、キャビネットの扉をあけると、箱入りのシリアルと、電子レンジでチンする即席カップライスがおさまっている。彼女は口をあんぐりあける。

食品を流しの下に置く人なんているの？

アドレナリンが頭に放出され、目がくらんでくる。これはそうとう手こずりそうだ。キッチン全体を整理しなおす。戸棚と抽斗をきれいに拭く。イーサンにはわたしのような存在が絶対に必要だけど、それをどのくらいわかっているんだろう？ トーヴァは目を閉じて深呼吸をする。とりあえずいまは、お皿を洗うことに専念すべきだ。

流しの下のキャビネットをもう一度調べると、ぼろきれが見つかる。よくよく見ると、白地に褪せたプリントのある古いTシャツだ。ぼろきれにしか見えない。洗い物をするのにぴったりだ。

最後のお皿を乾燥用ラックに立てかけると、Tシャツでカウンターを拭き、イーサンが無造作に注いだせいで飛び散ったカベルネ・フランを拭き取る。ぐしょぐしょのコットン地にワインが染みこんでいき、流しでゆすいで絞ると赤い染みは薄くなって淡い紫色になる。トーヴァがぴかぴかになったキッチンをながめて、誇らしさで胸をいっぱいにしていると、見計らったようにべつの部屋から声が聞こえてくる。ふたりが戻ってくるようだ。言い争いはおさまったらしい。

キャメロンはトーヴァと目を合わせないまま、裏のドアから出ていく。ほどなく、キャンピングカーの派手なエンジンが咳きこみながら始動する。

「トーヴァ」イーサンの声がこわばっている。

「大丈夫なの？」トーヴァは彼のほうに一歩踏み出す。

「きみに話さなきゃいけないことがある」彼は足を踏み換える。トーヴァがキッチンをすみずみまできれいにしたのに、まったく気づいていないようだ。

「話って？」トーヴァは急かすが、急かしてよかったのかと自問する。急に、とにかく家に帰って、ソファにすわりたくてたまらなくなる。夜のニュースが見たい。クレイグ・モレノとカーラ・ケッチャムと気象予報士のジョーン・ジェニソンによる、小さくまとまった予測の範囲内のやりとりが聞きたい。小さくまるめたぼろ布／Tシャツをカウンターに置き、両手を組む。

イーサンの目がカウンターに置かれたものに釘づけになる。目が飛び出しそうになる。「いったいなにを……？」彼は奥まで入ってくるとワインの染みがついたぼろ布を目の前にかざす。赤ら顔から血の気が失せる。

トーヴァは落ち着かぬ様子で背筋をのばす。

「なにをした？」

「お皿」トーヴァは腰に両手を置く。「キッチンをきれいにして、お皿を洗って、カウンターを拭いたわ。流しの下のごちゃごちゃしたものから手をつけようかと思ったけど、でも――」

「そうか」イーサンはかすれた声を絞り出す。ぼろ布と化したTシャツをテーブルに落とし、椅子に身を沈め、大きな頭を両手で抱える。そしてくぐもった声でこう言う。「グレイトフル・デッド、メモリアル・スタジアム。一九九五年五月二十六日」

「それがどうかしたの？」

彼は顔をあげ、目をぎらつかせる。「シアトルでの彼らの最後のライブ。ジェリー・ガルシアにとっての最後のライブのひとつだ」

「どういうことか……あの……」トーヴァは頭がくらくらする。ジェリー・ガルシアがグレイトフル・デッドのリードボーカルで、一九九五年に亡くなったことくらいは知識として知っている。クロスワードパズルの作成者がたまにそれをアレンジしたものをヒントに使っているが、ポップカルチャーへの目配せ（めくばせ）としてはいささか平凡すぎるといつも感じている。

「このTシャツ。そのライブのときのものだ。レアものなんだよ」イーサンは長々と息を吐き出し、立ちあがる。

「でも、流しの下にあったわよ」

イーサンは腕をキャビネットのほうに振り動かす。「そうだ。あのクローゼットにしまっていた」

「あれはクローゼットじゃない。キャビネットよ」

「どっちも仕切りがあって、扉がついてる！　なにがちがう？」

トーヴァは腕を組む。「そうだけど、ほかの人は流しの下には洗いもの関係のものをしまってるわ」

「ほかの人がどうやってようと関係ない」イーサンは鼻梁をつまむ。「赤ワインの染みか。落ちるよな？」

「薄くはなると思う」トーヴァは言う。「漂白剤を薄めずに使えば」

「でも、そしたら……」

「ええ」彼女は認める。「ほかの色も全部消える」

イーサンはなにも言わず、大儀そうに立ちあがり、ふらふらとカウンターに歩み寄ると、バーブに持たされたカベルネ・フランの残りを全部、自分のグラスに注いで、一気に飲みほす。トーヴァは口を針金でくくられたように閉じ、足に根が生えたようになりながら、呆然と見つめる。大切な衣類をキッチンのキャビネットに突っこんだままにしておく人なんているの？　しかもひどく型崩れしてたし、色は褪せて着古されていたのよ？

ちがう、ひどく着古されてたんじゃない。すごく大事にしていたんだ。

「ごめんなさい、イーサン」

彼は胸を張る。「うん。もう気にしなくていいよ、ラブ」

「そろそろおいとまするわ」トーヴァは身を震わせながら言う。「お食事をごちそうさま」

「待ってくれ。大事な話がある。今夜来てもらったのにはわけがあって、実は……」

けれどもトーヴァはもう、腰のところでバッグを押さえながら、家を突っ切っている。玄関を出ると、うしろでドアが静かに閉まる。

レアもの

トーヴァはロック音楽というのがあまり好きではない。少なくとも、最近のものは。もちろん、若い娘のころはチャック・ベリーとリトル・リチャードが好きだった。それに、キングであるエルヴィス・プレスリーも。新婚当時、土曜の夜になるとウィルに連れられてダウンタウンのホールに踊りに出かけ、足が腫れるまでジルバを踊った。けれども、十代のエリックが自室でがんがん鳴らしていた音楽は？　あれは騒音以外の何物でもない。

ジャニス・キムのノートパソコンのスピーカーから流れてくるギターとドラムは、そのちょうど中間だ。リードボーカルがなんて歌っているかは聞き取れないが、いい声をしている。楽曲はあてどなくさまようような音だ。なのにめっぽうおもしろい。

「ちょっと待ってて。いまボリュームを落とすから」ジャニスはキーボードを叩く。「音楽が自動で流れるスクリプトが埋めこんであるウェブサイトって、ちょっといやよね？」

「まったくだわ」トーヴァはなんのことやらさっぱりわからないまま答える。部屋の奥で、ふかふかのソファに寝そべっているロロが頭をもたげる。小さな犬はあくびをして立ちあがり、全身をぶるっと震わせると、小走りでやってくる。ジャニスが膝にのせ、トーヴァは手をのばしてすべすべの頭をなでてやる。

「あ、あった。あなたが探してるのはこれでしょ?」ジャニスが写真を拡大すると、ひょろりとした男性が褪せた白いTシャツをかかげているのが見える。トーヴァが昨夜イーサンの自宅でだめにしたのと、まったく同じTシャツだ。トーヴァが帰宅したときには、イーサンからのメッセージが留守番電話に残されていて、Tシャツのことは気にしなくていいとことさら強調していた。けさは携帯電話にもテキストメッセージがあり、昨夜の険悪な雰囲気を謝り、電話をかけてほしいと頼みこんでいた。トーヴァは折り返そうかとも思ったが、メッセージへの返信の方法がわからなかったし、いずれにしてもジャニスに連絡を取って手を貸してもらうほうが大事と思ったのだ。

イーサンはあのTシャツに愛着を持っていた。トーヴァは正しい形で解決しなくてはいけないと考えている。

「ええ、それよ」トーヴァはそのTシャツの前とうしろ、木のダイニングテーブルに置いたところなどを写したほかの写真をジャニスが次々にクリックしていくのを見ながら言う。

「このオークションサイトを使ったことはないけど」ジャニスは画面に目をこらす。

「でも、安全な暗号化方式を使ってるし、ちゃんとしたサイトみたいね」

「そう」トーヴァはうなずく。なぜ一九九五年のグレイトフル・デッドのツアーＴシャツを手に入れようとしているのか、ジャニスはろくに質問してこないのがありがたい。トーヴァがチャーター・ヴィレッジに入居する意志を宣言して以来、残っているニット・ウィットの仲間はみな、妙に気を遣っているように思える。

「じゃあ、ここに自分のクレジットカード番号を入力して」ジャニスが次のページを表示させようと、クリックする。あらたなページがロードされると、彼女の額にしわが寄る。「あら、変ね」

「なにが変なの？」

「シャツのお値段は二千ドルって書いてある」

ジャニスが仰天したのを察知したのだろう、ロロがキャンキャン吠える。

「そうね」トーヴァは息をのみこみそうなるのをこらえ、こともなげに先をつづける。

「仕方ないわ。レアものなんだから」

ジャニスが目を細くする。「いったいいつからコンサートグッズを集めるようになったの？　なにをやらかそうとしてるわけ、トーヴァ？」

「なんでもないわよ」トーヴァは手を振って質問をしりぞける。「物事をいい方向に向かわせたいだけ」彼女はバッグに手を入れて財布のなかをのぞき、一枚だけ持っているクレジットカードを見つける。現金払いができないときだけ使うカードだ。

「これを売りに出してる人からすれば、あなたのおかげできょう一日がいい方向に向かうのはたしかでしょうね」ジャニスはつぶやき、トーヴァのカードを受け取って、番号を入力する。緑色の〝購入〟ボタンを押す前に、最後にもう一度トーヴァに懐疑的な目を向ける。「本当にいいの？」

「ええ。いいからやって」心臓の鼓動がなぜこんなに速いのか、トーヴァには不思議だ。だめにしたものの代わりを買うだけだし、彼女の銀行口座にとって、二千ドルなど痛くもかゆくもないのに。

ノートパソコンの中央で小さな円が数秒間、くるくるまわっているが、やがて、ありがとうございましたと書かれた画面に変わり、ジャニスが「これでよし」と言う。「領収書がメールで届いたら、プリントアウトしてあげる。二、三週間のうちに発送するみたいよ」

「三週間！」トーヴァは首を横に振る。「だめよ、三週間なんて待てない」

「三週間も待てない、ですって？　薄汚れた古いTシャツごときに？」

「ええ」トーヴァは顎を引く。ネットショッピングの流行がなぜばかばかしいか、これも理由のひとつだ。購入したものを手に入れるのに三週間待たされても気にならない人など、どこにいるの？

「あ、でも、直接受け取ることもできるって書いてあるわ」ジャニスが画面をスクロールしていくと、文字と絵が現われる。彼女は不安そうにトーヴァを見やる。「倉庫があるのはタックウィラですって」

タックウィラはシアトルの南、空港の近くにある。ソーウェル・ベイから車で行くには、少なくとも三時間かかる。シアトル中心部の道路状況によっては、もっとかかるかもしれない。

「そうしたほうがよさそう。いまから変更できる？」

ジャニスはあきれた顔になる。「本気？」

「本気」トーヴァはまねをする。

「了解」ジャニスは納得がいかない顔で、いくつかボタンをクリックする。しばらくののち、プリンタが起動し、プリントアウトされた紙が吐き出される。彼女はロロを床におろし、プリントアウトを取ってトーヴァに渡す。小さな粒子の粗い地図に、タックウィラの住所が書かれている。

「これでいいわ。手伝ってくれてありがとう」トーヴァは強くうなずき、プリントアウトをたたんでバッグに突っこむ。

「まさかそこまで運転していくつもりじゃないでしょうね？」

「運転していくつもりだけど」

「シアトルまで車を運転したのはいつが最後だった？　それに高速道路を走ったのは？」

トーヴァは答えないが、ウィルが治療の最後の回を受けるときだった。夫はワシントン大学の専門医に診てもらっていた。残念ながら試験薬はウィルにはあまり効かなかったが、ためす以外の選択肢はもちろんなかった。

「わたしも一緒に行く」ジャニスが言う。「それにピーターも連れていく。あの子に運転させればいいわ。ちょっとカレンダーを確認するから、日にちを決めて――」

「いいのよ、ありがとう」トーヴァは口をはさむ。「ひとりで行けるから。きょうのうちに手に入れたいの」

ジャニスは腕組みをする。「まあ、自分がなにをしようとしてるか、ちゃんとわかってるんでしょうね。気をつけてよ。携帯電話を忘れずに」

州間高速道路は渋滞した車で埋まり、その様子は缶詰のニシンを思わせる。濡れたフロントガラスの向こうのブレーキランプが赤やピンクの光を放ち、こぬか雨をワイパーが払う。いつもならからっと暑い陽気だが、こんな天気はめずらしい。トーヴァが二年ぶりの高速道路に乗っているあいだに、本格的な雨になるにちがいない。

愛車のハッチバックは少しずつしか進まない。トーヴァと同じ真ん中の車線を走っている車が、次々と右に車線変更しているようだ。左の車線が通れなくなっているのだろう。ウィンカーを出しかけたところで、カップホルダーに入れた携帯電話が鳴る。トーヴァは画面をタップする。「もしもし?」なんの反応もない。携帯電話をスピーカーのようにする方法をジャニスに教わったのに、ずらりと並ぶ小さなまるいアイコンのどれだったか思い出せない。べつのアイコンをタップして、今度は少し大きな声で呼びかける。「もしもし?」

「サリヴァンさんでしょうか?」電話から男性の声が響く。

「はい」トーヴァは答える。「わたしです」

「どうも、パトリックです。チャーター・ヴィレッジの事務局の者です。きょうはいかがお過ごしですか?」

「元気にしてるわ、ありがとう」トーヴァは最後にもう一度バックミラーを横目で見ると、息を殺し、車を右車線に移動させる。息を吐き出すが、電話の向こう側にいるパトリックにも聞こえただろうかと気にかかる。

「そうですか。お電話したのは、最終の入金手続きを進めていいか、確認のためです」

「ええ」とトーヴァ。

「まだそちらから承認書類が届いておりません。ほかの郵便にまぎれてしまったのではないかと」

「ああ、なるほど。近ごろの郵便ときたら、あれですものね」

今度はさっき右車線に合流した車が、こぞって左車線に移動しようと躍起になっている。なんでみんな、自分で決められないの？　車の動きを見ていると、捕食者の攻撃をかわそうと一斉に同じ方向に移動する無力な魚の群れを思い出す。サメから逃げても、反対側にいるアザラシに食われてしまうだけなのに、それがわかってない。

パトリックが咳払いをする。「ですので、こうしてお電話を差しあげたのは、入居日を確定させるため、最終の入金をしていただく必要があるからです。たしか入居日は――いま調べますので、少々お待ちを――ああ、来月ですね」

トーヴァは思っていた以上に強くブレーキを踏んでしまう。「ええ、たしかそのはず」

「上司がこの件を気にしていたのも道理です。さてと、状況が状況ですので、サリヴァンさんの口頭での承認を持って、先に進めることも可能です。それでよろしいでしょうか？」

トーヴァはハンドルを切ってセミトレーラーをよけ、もうひとつの車線に戻る。そっちはかなりの速度で流れているが、もうひとつの車線はぴくりとも動いていない。

なんでこんなおかしなことになるんだろう。どちらかの車線を選ぶという小さな判断のひとつひとつで、目的地にいつどのように着けるかが決まる。生前のウィルは食料品の買い物に行くトーヴァにときどき付き添ってくれたけれど、なぜかウィルが選ぶレジの列は、必ずと言っていいほど進むのが遅かった。それも一種の才能だねと、よく冗談のネタにしたものだ。

エリックが死んだ日の午後、トーヴァとウィルはスーパーに出かけた。エリックが昔から好きだった、クリームたっぷりのジャンクな箱入りスナックケーキを買ったのを覚えている。あの日もウィルが選んだレジの列は、進むのが遅かっただろうか？速く進む列を選んでいたら、フェリー埠頭の仕事に出かける前のエリックと顔を合わせられただろうか？冷蔵庫からビールを盗む現場を押さえられただろうか？そしたらエリックは、つき合っている女の子がいると、話してくれただろうか？彼女の名前はダフネだと教えてくれ、夕食を食べに連れてくるのが待ち遠しいと言ってくれただろうか？

それでなにかが変わっただろうか？

「もしもし？　サリヴァンさん？　聞こえてますか？」

「ええ」トーヴァはまばたきし、カップホルダーに立てた携帯電話に目を向ける。

「聞こえてます」

「大丈夫ですか？」パトリックの声は気遣わしげな響きを帯びている。トーヴァは彼が、チャーター・ヴィレッジの見学ツアーで通りかかったガラス張りのオフィスで、デスクのひとつに身を乗り出すようにして電話をかけている姿を想像する。

「進めてちょうだい」彼女は言う。「手続きを進めて」

バースデーカード一枚よこさない

キャメロンが建物の半分までモップ掛けを終えたころ、トーヴァが一時間近く遅れてあわてた様子で玄関から駆けこんでくる。

「ごめんなさい、遅くなっちゃった」彼女は言う。

「大丈夫だって。おれひとりでもなんとかやっていけるってことで意見が一致してるじゃないか」彼はほほえむが、彼女が来ないので気落ちしていたことは言わずにおく。それに、おかしなおばさんと思いつつも、トーヴァと過ごす夜を楽しみにしていたことも。きょうは少しさびしさを感じていた。ゆうべの口論以来、イーサンとはほとんど口をきいていない。イーサンが町じゅうにまき散らしているらしきデマときたら……支離滅裂にもほどがある。不渡りの小切手がどうとかこうとか。そんなの大昔のことじゃないか。キャメロンの母親が落伍者なのは、いちいち教えてくれなくてもわかってる。

トーヴァはうなずき、秘密めかすように顔を近づける。「きょうは、ごみ箱に袋がちゃんと入っているか確認しないでおくわね。信用してるから」

キャメロンは息をのみ、わざとらしく驚いてみせる。「ごみ箱集めをまかせてくれるって？　すげえ。ついにやったぞ！」彼は大声で笑い、トーヴァも一緒になって笑う。「ところで、どこに行ってたんだい？」

「それがね、すごい冒険の旅をしてきたの」トーヴァはぞうきんを手に取り、ブルーギルの水槽のガラス面を拭きはじめ、信じがたい話を伝える。グレイトフル・デッドのツアーグッズのこと、ネットオークションのこと、タックウィラの倉庫にいた男は、トーヴァが友だちのメールアドレスを告げられず、せっかく買ったものをなかなか渡そうとしなかった。友だちのアドレスを使ったのは、自分のアドレスがないからだ。話しながらトーヴァはガラスについた指紋をこすり落とす。トーヴァらしくもなく、頬が赤くなっている。

「あら、やだ」彼女はそう言って小さな笑い声をあげる。「わたしったら、ひとりでぺちゃくちゃしゃべりっぱなし」

「全然かまわない。おもしろかった」キャメロンはくすくす笑う。「なんなら、おれがメールの設定を手伝おうか。金はかからない」

「わたし、パソコンを持ってないもの」

「おれだって持ってない。おれのメールは携帯電話に届くんだ」

「あなたの携帯電話に」トーヴァは言い、一蹴するようにぞうきんを振る。「若い人たちはなんでも携帯電話なのね」

「でもさ、スマートフォンを持ってれば、向こうに行っても連絡を取るのが楽だろ」

それを聞いて、トーヴァの顔がこわばる。その話題を持ち出さない約束なんじゃなかった？ 彼女がここを離れるのはトップシークレットなんじゃないの？ でも、そんなのってある？ イーサンは軽い調子で何度もその話題を持ち出してきている。見込みのない片思いの相手が北部に移ってしまうことが、彼の不満の源なのだ。

「スマートフォンね。考えておく」トーヴァはほほえむ。「このあいだの夜、イーサンのところでごあいさつできなくて残念だったわ」キャメロンの心を読んだように言う。

「イーサンはあんたとのデートにえらく興奮してたぜ。どうだった？」

トーヴァは背筋をのばす。「あれはデートじゃないわ」

「ふうん。じゃあ……ディナーってことで」

トーヴァはぞうきんをたたんで尻ポケットに突っこみ、カートにもたれる。「あのね、ウィルが亡くなるまで、わたしたちは四十七年間の結婚生活を送っていたの。デートなんてするわけにはいかないのよ」

「なんで？」

トーヴァは説明するまでもないと言うように、ため息をつく。ふたりはしばらく無言で掃除をし、湾曲した廊下をまわって、アシカ像の前で足をとめる。キャメロンはアルコーブの隅々も、ベンチの下もごみ箱のうしろもしっかりとモップをかける。

トーヴァはアシカ像の毛のない頭をぞうきんで磨く。「尻尾の下もちゃんと拭いてね」

「なんの下?」

「像の尻尾の下。ほら、わたしがやるから見てて」彼女はぞうきんを手にしてぴかぴかになった真鍮(しんちゅう)の尾の下にもぐりこませる。キャメロンは天井を仰ぎそうになるのをどうにかこらえる。そんなところが汚れるわけがない。

「ああ、そうだよな。なにごとも正しいやり方というものがあるって言うんだろ」キャメロンはつぶやくが、トーヴァの耳には届いていない。彼女は像と床のあいだの小さな隙間にあるなにかをじっと見つめている。

彼女は手に持ったものから目を一瞬たりとも離さず、のろのろと立ちあがる。クレジットカードだろうか? その表情からすると、いつもなら〝うそでしょ〟とか〝おやおや〟とか〝まあ、どうしましょう〟という言葉が出てくるはずだが、長いこと彼女はなにも言わない。

「これ、あなたの運転免許証?」ようやくトーヴァはカードをかかげ、小声で訊く。

たしかにキャメロンの免許証だ。今夜帰る途中、テリーのオフィスから回収するつもりだった。それがなんで、こんなところにあるんだ？

「うん、そうみたいだ」彼は受け取ろうと手を差し出すが、トーヴァはしっかりつかんで、じっくりと見ている。

「キャメロン」彼女はゆっくりと言う。「あなたはお父さんを探しにソーウェル・ベイに来たのよね。それに、お母さんとは音信不通というのも聞いてる。でも、お母さんのお名前はなんていうの？」

彼は顔をしかめる。「なんで？」

トーヴァは辛抱強く待つ。

「おふくろの名前はダフネだけど」

「ダフネ・キャスモア？」

「うん、そう」なんなんだよ、これは？　もう一度免許証に手をのばすと、今度はあっさり渡してくれる。トーヴァの顔は天窓から射しこむ月の光のように青白くて細い。

「彼女はエリックとつき合っていた」トーヴァはぽつりと言う。「あなたのお母さんが交際相手だった」

エリックの失踪についてイーサンではなくトーヴァ自身から聞くのは、まったくの別物だ。ふたりはアルコーブのベンチに、アシカのすべすべした背中をはさんで向かい合わせにすわる。ハイスクールの最終学年を終えた夏のこと、七月の夜に息子がフェリー埠頭での仕事に出かけたきり戻らなかった話を、トーヴァは穏やかな落ち着いた声で語る。ヨットがなくなっていることには誰も気づいていなかった。アンカーロープが切断されていた。

「わたしは信じられなかった」トーヴァは首を横に振る。「あの子が自殺したなんて信じられなかった。エリックにつき合っている女の子がいて、その女の子の存在をお友だちが知らなかったという話を聞いたとき……」

「ちょっと待って。つき合ってる女の子って。なんでおれのおふくろだとわかったの？」

トーヴァはベンチについた黒い汚れをこする。誰かの靴でついたものだろう。「昔のクラスメート。ずっと忘れていた記憶」

「で、警察はそのクラスメートから話を聞かなかったの？」

トーヴァは舌を鳴らす。「アダムは親しかったわけじゃないし、捜査は当初、徹底的におこなわれた。でも、目撃者はひとりも見つからず、手がかりはゼロ……まあ、警察としてはさっさと終わりにしたかったんでしょう」

「おれのおふくろがなんか関係してると……」キャメロンは小さく口笛を吹く。

顔をあげたトーヴァの表情からはなんの感情も読み取れない。「さあ。でも、彼女は息子とつき合っていたらしいから。あの晩、一緒だったのかもしれない。なにか話が聞ければ……」そこで言葉が途切れ、彼女は唾をのみこんでからつけくわえる。「お母さんとどうすれば連絡が取れるかしら？」

キャメロンは首を横に振る。「九歳のときから、おふくろの顔を見てないんだ」

「なんの便りもないの？　バースデーカード一枚も？」

その問いがキャメロンの腹をナイフのようにえぐる。同じことを何度自分に問いかけたことか。ジーンおばさんからはいつも、お母さんはおまえを愛してると聞かされてきた。いなくなったのは、おれのためを思ってのことだと。いつの日か、自分のなかの悪を成敗(せいばい)して、関係を築けるようになるかもしれないと。けど、九十九セントのバースデーカードを買って切手を貼ることすらさせないほどパワーがある悪ってなんだよ？　実際にはおふくろはもう死んでいると、何度自分に言い聞かせたことだろう。おふくろはおれのことなどこれっぽちも気遣ってないと考えるより、そのほうが傷つかずにすむ。

「ない。バースデーカード一枚よこさない」彼は立ちあがってアルコーブの外に出る。目がつんと痛み、しょぼつき、潤んでいる。それをトーヴァに見せる必要はない。何度かしっかりとまばたきして、涙を押しとどめる。

そんな単純なことだったなら、おまえの人生になんらかの形でかかわらせたはずだよ。ジーンおばさんの言葉が頭蓋を突き破る。**おまえの母親にはいろいろ欠点があったけど、ばかじゃなかった。**父親が死んでいたのなら……ふたりが十八歳のときになにかの事故で死んでいたら……キャメロンの人生に父親がかかわってこなかったれっきとした理由になる。目をきつく閉じる。そんなことがあるんだろうか？　つまりそれはトーヴァがおれの……まさか、ありえない。彼女はものすごく小柄だし、ものすごくすてきだ。彼の一族には小柄な人もすてきな人もいない。それに母親はひどい人間などではないということになる。被害者ではなく、キャメロンを苦しませている張本人どころか、殉教者のようなりっぱな人だったかもしれないのだ。そんなのは理解不能で、彼はその考えを頭の外に追いやる。

トーヴァが近づいてきて、ふたり並んで大きな大水槽の前に立つ。タラの群れが人工的な水流に乗ってのんびり泳いでいく。四分待てば、またやってくるのをキャメロンは知っている。死ぬまで周回しつづけるとは、なんという一生なんだろう。

「お気の毒に」トーヴァはそう言って、彼の肩に手を置く。さするでもなく、ぎゅっと握るでもなく、触れることで彼の痛みのいくらかを吸いあげてみせるというように、ただのせている。その手はとても温かく、母性が感じられるほどで……ちがう、とキャメロンはその考えを押しやる。彼女はただ親切にしてくれているだけだ。なぜなら、最初のうちこそ気丈という殻をまとっていたが、トーヴァは人並みはずれて親切な人だからだ。キャメロンは彼女を見おろし、この小柄な女性がどれほど強靭(きょうじん)な心の持ち主で、わずか九十ポンドの体でどれだけの悲しみに耐えてきたのかを思い知らされる。さらにいま、彼女はキャメロンの悲しみまでものみこもうとしている。

人間はどれだけの悲しみに耐えられるのだろう？

水槽に目を向けると、大きな体をした灰色のカグラザメが、なにかを探すように、寸詰まりの鼻で砂にゆっくりと弧を描きながら近づいてくる。「おれもエリックのことを残念に思ってる。おふくろがなんらかの形でかかわっているのも残念だ」

「あなたのせいじゃないわ。でも、ありがとう」

サメのまるく小さな目がふたりをとらえ、一瞬、そこでじっとしたのち、また動きを開始する。

トーヴァの口がこわばった笑みの形になる。「そろそろ床掃除にかからなくちゃ」

キャメロンが仕事から戻ると、イーサンの家の明かりは消えており、ことをまるく納めようというもくろみはおじゃんになる。けっきょく、イーサンのわけのわからない話もまったく根拠がないわけじゃなかった。それに心のどこかでキャメロンは、それが単なる噂以上のものではないかと疑っている。母親がこの町最大の悲劇に関与しているかもしれないと。

それを知って、当然、悲しむか腹を立てるかするだろうと思って待っているが、どれだけ努力しようとも、そういう感情はわいてきそうにない。そもそも、どうでもいいことじゃないか。噂など、好きなように流せばいい。町の人がダフネ・キャスモアについてあれこれ言ったところで、キャメロンは屁とも思わない。ダフネ・キャスモアがどうなろうと知ったことじゃない。

キャンピングカーのミニ冷蔵庫をあさって、クラッカー、チーズ、ランチョンミートがのったプラスチックのランチトレイを見つける。先週イーサンが店からいくつも持ち帰り、キャメロンにも少しやると言って聞かなかったのだ。賞味期限が切れてるから店で売るわけにはいかないんだ、とイーサンは説明したが、しっかり処理してあるから、まず腐ることはない。ビニールの包装をはがすと、正方形の仕切りに入っているサラミの山からコショウのにおいがただよってくる。それをクラッカーにのせて口に入れようとしたとき、電話の着信音が鳴る。

エイヴリーからだ。**起きてる?**

さっき仕事から帰ったとこ。つづけて、母親とトーヴァとエリックがからんだ出来事の一部始終をメールに書きはじめる。画面に文字がぐちゃぐちゃとあふれたのを見て、気が変わり、文字をバックスペースキーで消していく。テキストメッセージで送れる分量じゃない。

エイヴリーから返信がある。**今週サップをしにいかない？　水曜の午後はどう？**

たしか今週、水曜日の午後は休みだよね？

キャメロンは薄暗いキャンピングカーの居住スペースに向かってにやりとする。返信を送る。**何時？**

四時とか？　店に来て。少し早めに抜けられるかも。

少なくとも彼女は夜明けにしようとは言わなかった。午後の四時なら行ける。夜のシフトまでの短いひとときではあるけれど。親指を立てる仕種の絵文字を送る。

今度は着替えを持ってきて。持ってこないなら……わかってるよね。エイヴリーはウィンクをする顔の絵文字をくわえる。

満足感のような温かな気持ちが体内にあふれるのを感じながら、キャメロンは布団にもぐりこむ。

もしも

メアリー・アン・ミネッティの十代の孫、テイタムが妊娠したとニット・ウィットの仲間が知ったのは、三年近く前の午後のことだった。けれども、そのときの記憶がきのうのことのように叩きつけてくる。

あのとき、自分以外のメンバーはその知らせにあきれた。けれどもトーヴァはみっともなくも、ただただうらやましいと思った。

十八歳。テイタムは十八歳で、むずかしい選択に直面していた。ニット・ウィットの仲間はこの難題について議論を戦わせたけれど、トーヴァにとってこの問題は〝もしも〟のひとことでしかなかった。

もしもエリックがテイタムの立場だったら？　もちろん、男と女、立場の違いはあるけれど、とにかく彼が十八歳のときに、人生が断ち切られる前の十八歳のときに父親になっていたら、どうなっていただろう？　トーヴァには孫ができたことだろう。すばらしい恵みがもたらされたことだろう。

テイタムはそのまま赤ん坊を産んだ。メアリー・アンの娘のローラが、予想外の孫の育児を手伝い、トーヴァの知るかぎり、その後も順調に来ている。当然、こういうケースばかりではない。メアリー・アンの家族には赤ん坊に手を差しのべる手段があり、テイタムは生まれた赤ん坊をわが子として育てる意志があり、トーヴァの見たところ、赤ん坊の父親はいまもそこそこ協力的でちゃんと子育てにかかわっている。まさしく、理想的な結果と言える。けれども、同じ状況でもべつの結末の場合は？　たくさんの可能性が考えられる。

キャメロンの運転免許証にあった生年月日がトーヴァの頭に焼きついている。彼はあの翌年の二月に生まれている。

そして彼の母親。誰だか知らないけれど。その彼女がエリックとつき合っていた。おそらくは。

キャメロンが探している父親が、本当の父親ではないとしたら？　トーヴァは頭のなかで、覚えているかぎりの彼との会話を、探している男性について彼が言っていたことをかたっぱしから吟味していく。不動産開発業者で、あちこちに大型の広告看板を出している人物。キャメロンは指輪と写真がどうのと言っていたが、ほかはどうしても思い出せない。キャメロンの言葉のどれを取っても、エリックを想起させるものはなかった。それに状況がどうあれ、キャメロン自身はあの男性こそ自分の父親だと信じこんでいる。それこそ、自信たっぷりに。

エリックも同じように自信たっぷりだった。

トーヴァは椅子の肘掛けに指を這わせ、木目模様を爪でなぞる。月明かりに照らされた庭のひまわりに夜風が当たり、彼女の希望的な考えすべてにうなずく聴衆のように、花が揺れる。けれども、こんなことを考えても無意味だ。エリックは子どもを持つことができなかった。ダフネ・キャスモアは十八歳のときに何人もの若い男性とつき合っていたのかもしれない。なにしろ自由気ままな十八歳だ。ハイスクールの最終学年を終えた夏のことだ。そんな彼女を誰が批判できよう？

そんなことがわたしの身に起こるのは、並外れた幸運でしかない。けれども、ダフネ・キャスモアはどうにかして、わたしを見つけたはず。絶対に。子どもを祖父母に会わせない母親なんているわけがない。とにかく、トーヴァは並外れた幸運というものを信じていない。

キャットがウッドデッキの手すりに飛び乗って、トーヴァに向かって首をかしげてみせる。この子をどうしたものかと、またも考えこむ。この家の売却の成立も、チャーター・ヴィレッジへの入居も目前に迫っている。施設ではペットは飼えない決まりだ。電話で確認した。

キャットはトーヴァの膝に飛びおりるかまえを見せるが。けっきょく床におりて、トーヴァの足もとでまるくなる。
いまから距離を置こうとしているみたいに。

見事な骨組み

トーヴァがキャットの朝食用ボウルを洗っていると、ジャニスから電話がありランチに誘われる。月曜日にランチを食べにいかない？　どういうことだろう？　ジャニスは〈ショップ・ウェイ〉のデリコーナーにしようと言い、トーヴァがエランドにあるテックスメックス料理の店を提案すると驚いた声を出す。

「そこでいいの？　わかった。途中で乗せていくわ」ジャニスは言う。

豪華なブースにゆったりとすわり、トルティーヤチップスとサルサソースが前に置かれてようやく、ジャニスが切りだす。

「あなたがニット・ウィットに参加するのは今週で最後よね」

トーヴァはうなずく。

「これで残るは三人だけになるのに、お別れのパーティもなしに行かせると思ってるの？」

「ばかなことを言わないで。パーティなんかいいわよ」

「そうは言うけど、バーブがケーキを焼いて持ってくるって言ってるの」ジャニスはチップスを一枚取って、サルサソースにひたす。「だからせめて、みんなで食べましょうよ」

「バーバラったら気がきくんだから」トーヴァは言う。「ケーキは楽しみだわ」

「楽しみよね」ジャニスは繰り返す。「トーヴァ、ちょっと言葉遣いは悪いけど、くそな言い訳はいいから、なんでこんなことをしなきゃいけないと思うのか、ちゃんと説明してちょうだい」

なんだ、それが目的だったの。「どういうこと？」

「これよ！」ジャニスは奇抜（きばつ）なマクラメ編みの壁掛けを飾ったレストランの内装そのものが犯人だと言うように両手をあっちにこっちに振りまわす。

「チャーター・ヴィレッジはとてもいいところだもの」トーヴァは言葉穏やかに言う。

「そうかもしれないけど、いまわたしたちは人生の黄金期にいるのよ。その黄金期を、なんで知らない人ばかりに囲まれて過ごそうと思うわけ？」ジャニスの声がうわずる。「わたしたちのことはどうでもいいの？」

トーヴァは反論しかけるが、言葉が喉に引っかかってうまく出てこない。

「それだけじゃない」ジャニスが、大好きな法廷ドラマに出てくる裁判官のように指をいかめしく立ててつづける。「イーサン・マックのことはどうするの？」

トーヴァは口をひらく。「彼がなんなの？」

「トーヴァ、彼はあなたに夢中なのよ。ちょっとくらいチャンスをあげたらどう？」

「イーサンはすばらしい人よ。でも、ウィルとわたしは――」

「そういうことは言わないの。たしかに、わたしはあなたと同じ立場になったことはないけど、ピーターと何度となく話し合った。どちらかが先に天に召されたら、残されたほうは前に進むべきだって。わたしたちはそんな年寄りじゃないのよ、トーヴァ。まだ何年も人生がつづくの。何十年かもしれない。七十歳は新しい六十歳よ！」

トーヴァは思わず、短く含み笑いを漏らす。「どこでそんな科白、覚えたの？　トーク番組？」

「どうでもいいでしょ。トーヴァ、お願いだから考えなおして。本当にそうしたいのなら、しょうがない。でも、それしか方法がないわけじゃないでしょ」

「ジャニス、ひとつ頭に入れておいてちょうだい」トーヴァは膝の上で手を組む。

「わたしはあなたやメアリー・アン、バーバラとはちがう。転んだときに付き添ってくれる子どもがいないの。下水管の詰まりを直したり、薬をちゃんと飲んでいるか気を配ってくれる孫もいない。そのことでお友だちやご近所さんに迷惑をかけたくもない」

「それがあなたの悪いところよ」ジャニスが穏やかに言う。「なんでも迷惑だと思うところが」

「チャーター・ヴィレッジに入居する以外にも方法はあるかもしれないけど、これが最善なのよ」トーヴァは顎を引く。「だいいち、もうあと戻りはできないし。水曜日に家の売却に関する書類に署名することになっているんだから」

「で、いつチャーター・ヴィレッジに移るの？」

「来週。でも、エヴェレットのホテルのどれかにしばらく滞在するつもり」

ジャニスはがっかりしたようにほほえむ。「じゃあ、あなたが施設に入居したら、バーブとふたりで訪ねていく。すてきなスパの予約を入れておいてもらおうかな」

「もちろん」トーヴァは言う。

しばらくすると快活なウェイトレスがやってきて、オリジナルのマルガリータのフレーバーを明るい笑顔で述べる。ジャニスはダイエットソーダを注文する。トーヴァはコーヒーをブラックでと頼む。ウェイトレスはうなずいていったん立ち去るが、すぐに戻ってきて、まだコーヒーが用意できていないと言って謝る。午後のこの時間、コーヒーを注文する人は少ないのだ。十五分ほど待てば、淹れられますが、とウェイトレスは言う。あるいは、エスプレッソ・バーのものはいかがでしょう？　カプチーノ、ラテ、それともモカなどは？

「小さいサイズのラテをいただくわ」トーヴァは不承不承言う。エスプレッソ・バーですって。贅沢だこと。

火曜日の午後、トーヴァは〈ショップ・ウェイ〉まで行く準備をする。イーサンの自宅でのディナーをぶちこわしにして以来、はじめてだ。

そしておそらくは、これが最後になる。どうしても必要なものをいくつか買うだけだ。冷蔵庫はいまも半分ほど詰まっていて、引っ越しの日は刻々と近づいている。食料品の買い出しの間隔がここまであくとは思っていなかったけれど、冷凍したキャセロール料理がなかなか減らないのだからしかたがない。ジャガイモとヌードルとグレイビーソースとチーズのせいで頬がふっくらしてきたのを、けさ、入浴後に浴室の鏡を見て気がついた。服を着たあと、頬にいくらか紅を差した。

家を出る前に四回も、グレイトフル・デッドのTシャツがトートバッグに入っているか確認する。きょうは買い物をしにいくだけではないからだ。玄関を出ようとしたとき、筒型にした新聞が玄関マットの上に置きっぱなしになっているのを見て驚く。けさは忙しすぎて、取りこむのを忘れていた。購読はやめたはずだが、先日、配達にまわっている若い男の子にそう告げると、相手は肩をすくめ、トーヴァがこの家にいるかぎり配達するのはかまわないと言われた。どうせいつも、たくさん残るんだからと。トーヴァはにっこり笑って礼を言った。本当にいい子で、去年のクリスマスにはたっぷりチップをはずんであげたくらいだ。

どっちにしても、彼女のクロスワード熱はいま、べつのルートで満たされている。先週、携帯電話にジャニスからのメッセージが表示され、対戦型のクロスワードゲームで勝負を挑んできた。ボタンを一回タップするだけで、小さな画面にたくさんのクロスワードパズルが現われた。

膨大な数のクロスワードパズル。いくらでもやりたい放題だ。これってすごくない？

もちろん、これまでのところ全対戦でトーヴァが勝利しているが、ジャニスも急速にうまくなってきている。

トーヴァが〈ショップ・ウェイ〉に入っていくと、イーサンはデリコーナーを担当している。耳のうしろにペンを挿した彼はお客としていた会話を中断し、トーヴァに手を振る。

「こんにちは、イーサン」彼女は落ち着いた声であいさつする。入り口近くに重ねられた買い物かごをひとつ取る。

「いらっしゃい、トーヴァ」彼はそう言うと、あきらめたような顔を向けてから、コーナーに押し寄せたお客たちから注文を取る仕事に戻る。

トーヴァはどの品もカートに入れる前に何度も何度も吟味し、買うものを慎重に選ぶ。ジャムとジェリーはいまセール中で、ひとつ買えば、ひとつおまけしてもらえる。けれどもジェリーはふたつも必要ない。そもそも、ひとつ買う必要すらないかもしれない。チャーター・ヴィレッジの個室には小さなキッチンと冷蔵庫があるとはいえ、向こうで自分専用のジャムが必要になるとは思えない。トーヴァは小さな瓶に入ったラズベリージャムをひとつ選ぶ。今週中に使い切らなければ、施設に持ってこう。

買うものを選びおえたときには、レジはふたつあいていて、デリコーナーにいた大勢のお客の相手を終えたイーサンが左側のレジを担当しているのを見て、トーヴァはほっとする。左側のほうが列は長いが、迷うことなくそっちを選ぶ。コンベア台につつましい数の買い物を置き、それから、いちばん最後にきちんと巻いたTシャツを、一クォート入りの牛乳とワックスのようなオレンジ色をしたグレープフルーツではさむ。

「家が売れたんだってね。おめでとう」イーサンは気まずい気持ちを吐き出そうというのだろうか、咳払いをする。パン、ジャム、コーヒー、卵とレジに打ちこんでいく。顔をあげることなく、トーヴァの箱入り薄焼きクラッカーのバーコードをスキャンし、青リンゴ一個の重さを量る。最後に、白いシャツを手に取り、左手で二度向きを変え、右手に持ったスキャナーを向けてバーコードはどこかと探すうち、ようやく、ああという表情が顔に現われる。巻いたシャツをひろげると、口をぽかんとひらく。

「いったいこいつをどこで……？」網にかかったような声が出る。「いや、だから、どうやってこいつを……？」

トーヴァは背筋をのばす。「インターネットで買ったの」

「ええっ？」

「ネットオークションサイトのひとつで。ジャニス・キムに協力してもらって」

イーサンは急にまじめくさった声になる。「これにいくら払ったんだい、トーヴァ？」

「それは、あなたが気にすることじゃないと思うけど」

彼はまたシャツを巻き、それをいらだったように振る。「こういうのは高いんだぞ。何千ドルもする」

すでにトーヴァのうしろには三人のお客が並んでいる。そのうちのふたりが一部始終を見届けようと首をのばしている。

「そんなに怒らなくてもいいでしょう」トーヴァは声をうわずらせる。「だめにしてしまったもののかわりにと思っただけなんだから」

イーサンはシャツを胸に抱く。「たかがTシャツじゃないか」とつぶやく。

「あなたにとっては大事なものだったじゃない」トーヴァの声は震えている。

「いろんなものがおれには大事だよ」

「ごめんなさい」トーヴァはかすれた声を出す。

「謝らないでくれ、トーヴァ」彼の大きな緑の目が細くなる。「おれの家であの夕食をやり直せるなら、こんなTシャツなど百枚くれてやってもいい」彼はシャツを高くあげ、グレイトフル・デッドのコンサートの模様を思い浮かべる。彼はトーヴァにほほえみかける。「本当にインターネットで買ったのかい？」

「そうよ。しかもタックウィラまで車で行って、引き取ってきたの」

イーサンは目をまるくする。「あそこまで車を運転していったって？」

「ええ」

「フリーウェイを使って？」

「だって、ほかに使える道なんかないじゃない」

「すごい人だな、きみは。わかってるかい？」

トーヴァはどう反応すればいいかわからず、支払いのために札を何枚か差し出す。けれども自宅に戻って、薄焼きクラッカーにバターを塗り、一個だけ買った青リンゴを切りながら、イーサンの言葉を頭のなかで何度も何度も再生する。

トーヴァは水曜の午前十一時、指示されたとおりにエランドにある弁護士事務所でジェシカ・スネルと落ち合う。売買契約に必要な署名をするためだ。

蓋をあけてみれば、その書類はまだ用意できていない。きょうは署名せずにすむかもしれないと思い、トーヴァの胸を締めつけていたものが一瞬ゆるむ。けれどもコピー機にちょっとした不具合があったとかで、数分遅れるだけで終わる。受付係は不手際をばかていねいに詫び、ジェシカとトーヴァにコーヒーを勧める。ジェシカは断るが、トーヴァはありがたくもらう。薄いし、紙コップのせいでワックスのような後味がするが、それでもトーヴァは口に運ぶ。小さな会議室で待つあいだ、ジェシカはトーヴァに買い手に関する情報を追加でいろいろ教えてくれるが、当然ながら、トーヴァから知りたいと言ったわけではない。相手はテキサスの一家だ。幼い子どもが三人いる。夫が転勤になり、この夏、妻とふたりで不動産を探してまわった。夫妻はトーヴァの家に惚れこんだ。ながめ、構造。これからあちこち手を入れるつもりでいるが、家の骨組みがすばらしいと言っているとのことだ。

「父が聞いたらきっと喜ぶわ」トーヴァは礼儀としてそう言う。

とうとう書類が姿を現わす。スラックスと赤肉メロンの色をしたブラウス姿の女性がトーヴァの隣にすわり、書類の内容を説明する。サインをするとき、トーヴァのペンが紙にこすれる。

「こんなに早く合意に達していただけて、買い手の方もたいへん喜んでいるそうよ」ジェシカは言う。「あちらの代理人からそう伝えてほしいと言われたの」

「そうでしょうね」トーヴァは言う。早い契約成立はトーヴァにとっても望ましかった。長々と引きのばす意味なんてある？　テキサスから来た買い手のほうも寛大で、トーヴァがチャーター・ヴィレッジに入居する日に合わせ、鍵を引き渡す日を二日遅らせてくれた。

「それと、ちょっとおかしな話だけど、内覧のときに家がものすごくきちんと片づいてることにあちらは気づいたそうよ」ジェシカは偽りのない笑顔で言う。「代理人の方が言っていたけど、奥さまが雑誌から抜け出たみたいな家とおっしゃったんですって。それを聞いて、悪い気はしないんじゃないかしら？」

トーヴァは小さな笑い声をあげる。「あなたも気づいているでしょうけど、わたしから整理整頓を取ったら、なにも残らないわ」

「ソーウェル・ベイの誰もが気づいているでしょうね。あなたがいなくなったら、みんなさみしがるわ、トーヴァ」

赤肉メロン色のブラウスの女性がおめでとうございますと笑顔で言い、トーヴァと握手をし、つづいてジェシカ・スネルとも握手を交わす。トーヴァは握手がどうしても好きになれない。少なくとも相手が人間の握手は苦手だ。タコならば話はべつ。それでも、ちゃんと手を握る。

さあ、これで終わった。

その日の午後、トーヴァは思い切って屋根裏に、リネンと写真がほんのわずか残っている場所にあがる。いいかげん、全部終わらせなくてはいけない。トーヴァは床に仰向けになり、天井を見あげると、梁が午後の陽射しを受けて輝いている。家は木でできた怪獣で、内側からその肋骨を十代のころのように見あげる。たしかに見事な骨組みをしているから、誰かのいい家になるだろう。テキサスから来た家族の。三人の幼い子どもの。

子どもたちはこの屋根裏部屋を遊び部屋として使うだろうか？　トーヴァはそう願っている。幸せそうなきょうだい三人が梁の下で笑い合い、子どもなりのテキサスなまりでぺちゃくちゃおしゃべりする光景が目に浮かぶ。もしかしたら、子どもの数はまだ増えるかもしれない。両親はこれからも子作りをつづけるかもしれず、そうなると家族はさらに大きくなって家がいっぱいになり、イーサンのいまだ達成されていない夢に出てくる大家族のように、縫い目から破裂してしまうかもしれない。両親はみずから築いた家族という山のてっぺんで歳を重ね、時に山の一部が崩れたとしても、支え手の数は充分にある。

彼らがひとりでティータオルを荷造りすることはない。

トーヴァは長々と息を吸いこんでから立ちあがる。「もういいかげんにしなさい」

と声に出して言う。一九八九年の夏の一夜に、人生のすべてを左右させるのはもうおしまい。存在するはずのない答えを探すのはもうおしまい。この家で、そんな亡霊と暮らすのはもうおしまい。チャーター・ヴィレッジであらたなスタートを切るのだ。

その後の二時間、彼女は残ったタオルやらシーツやらあれこれを箱に詰める。処分しない本を入れる箱は半分しか入っておらず、まだ持ち運びに苦労するというほどではないので、ダフネ・キャスモアを見つけたソーウェル・ベイ・ハイスクールの卒業アルバムも一緒に入れる。

ずっしりとしたアルバムにはさまれているその写真を、若い女性の笑顔をしっかり覚えている。彼女を見つけようとしたのは無駄骨だったの？　そうかもしれないけれど、やらないという選択肢はなかった。彼女が何者でいまどこにいるとしても、ダフネ・キャスモアは生きているエリックを見た最後の人物なのだ。卒業アルバムの写真の人物にほんの少しでも似ている顔を人ごみのなかに見つけたら、長々と見つめてしまうにちがいない。

はめ殺し窓の向こうを見やると、雲ひとつない青空のもと、高速モーターボートがくさびの形の航跡を描いて湾を横切り、さざ波がちらちら揺らめいている。チャーター・ヴィレッジの敷地は数マイルほど内陸にあるから、ここととはずいぶん景色がちがうだろう。朝、目が覚めて、海が見えないと、不思議な気持ちがすることだろう。

「あなたが教えてくれればいいのに」トーヴァは湾に向かって言う。これからもずっとそう願うことだろう。けれども、あの晩、なにがあったかわかったところで、あの子は帰ってこない。なにをしたところで帰ってこない。

箱の蓋を閉め、テープで封をする。

見えすいた大胆なうそ

モス・ソーセージはいつも、ライブの最後は同じ曲の並びで締めた。キャメロンは最後の曲のオープニングコードをフェンダーでつまびく。通電していないものの、イーサンの家の居間が音で満たされる。キャメロンはいま、その居間のソファに大の字になり、下の乾燥機にかけている服が乾くのを待っている。なにしろきょうは水曜日で、水曜日は洗濯をする日だと、トーヴァからいつも耳にたこができるほど聞かされている。どうやら、それがキャメロンの頭にしっかりインプットされてしまったらしく、けさ起きていちばんに、キャンピングカーの床から汚れた服をかき集め、タイド洗剤の模造品のボトルを手に、イーサンの家の地下にあるユーティリティルームに向かった。

派手にストラミングしながら、かなり難易度の高いコードのひとつをばっちり鳴らす。おお、やった。まだ腕はさびついてない。この夏はほとんどギターに触れなかったせいか、金属製の硬い弦でやわらかい指の腹がひりひりする。けれども、気持ちのいい痛みだ。

あくびをし、使い古されたソファ用クッションふたつのあいだにギターを置き、サイドテーブルのボウルからシリアルをひとくち食べ、顎についた牛乳を手の甲で拭うと立ちあがり、のんびりした足取りで正面側の窓まで行く。ここから見るとキャンピングカーがそうとう汚いのがわかり、まぶしい陽射しのせいで、フロントガラスがよけいに汚れて見える。エイヴリーとサップのデートに行く前に、午後は洗車するとしよう。

まばらに生えた前庭の芝生が黄みがかった茶色に変色しつつある。誰もかれもが暑くて乾いた天気がつづいているという話題に終始している。〝暑くて乾燥している〟という表現はモデストとは意味合いが異なっているが、モデストの記憶がゆっくりと失われているのか、このごろでは気がつけば、相手の話に相づちを打っている。こうなったのはいつからだ？

「おはよう」イーサンが石鹼のにおいをただよわせながら、居間を突っ切っていく。

キャメロンはそのあとを追ってキッチンに入る。イーサンのひげはぐっしょりと濡れ、いつもはほぼ髪のない頭にちょぼちょぼ生えているだけの細い産毛(うぶげ)をなでつけようとしていた。みすぼらしい昔のロックバンドのTシャツやいつものフランネルのシャツではなく、ストライプ柄で襟のあるゴルフシャツを着ている。イーサンがそんな……

普通の服を持っているとは知らなかった。シャツの裾はカーキのズボンにたくしこんであるが、ズボンは丈が一インチは短く、ウエストには革の編み込みベルトを締めているが、まるく膨らんだ腹で隠れて見えない。

「なんで『ボールズ・ボールズ』のエキストラみたいな恰好をしてるんだい？」キャメロンは口角をあげて茶化す。「またトーヴァとデートだったりして」

イーサンは流しでやかんに水を満たす。「トーヴァと？　まさか」カチリという音とともにコンロのスイッチを入れ、電熱ヒーターの上にやかんをのせる。「もちろん、今週中にちょっと寄って、お別れを言うつもりではいるよ」

「ああ。そうだね」キャメロンはお笑いゴルフ映画を引き合いに出してからかったのを取り消したくなる。

「きょうは店で面接があるんだよ」イーサンは言う。戸棚からマイボトルを出し、なかにいつものイングリッシュブレックファストのティーバッグをひとつ落とす。「新しく昼の店長を雇わなきゃならなくてね。なんなら、臨時雇いでもいい。メロディ・パターソンの件は聞いているだろ？　息子がたいへんな病気にかかってね。シアトルの子ども病院に入院させなきゃならなかった。息子を看病するため、いま長期休暇を取ってるところだ」

「そりゃ、たいへんだな」キャメロンは言う。たしかにそうだ。メロディ・パターソンは気立てのいい女性だ。けれども、イーサンの最初のひとことがキャメロンに堪える。その言葉が気の毒なメロディを見舞った悲劇をずたずたにし、キャメロンに突き刺さる。

店長。イーサンはそのポストにキャメロンをつけようとは考えなかったのか？　はじめてここに来た夜のことを思い出す。ばか高いスコッチで酔っ払い、店で働かせてくれないかと頼んだときのことを。

イーサンはメロディの亭主のこと、一家が入ってる保険では子どもの分をまかなうのは〝とにかく面倒くさい〟ことなどをとりとめもなくしゃべっている。彼にはなんの関係もないことをだらだらと。けれどもイーサンは、牛乳のバーコードを読み取ったりトマトの重さを量りながらであっても、客と際限なくおしゃべりをする。

「なあ」キャメロンは話を断ち切る。「まだ応募を受けつけてる？」

「店長職の？　そのはずだが。誰か心当たりがあるのか？」

キャメロンは耳の先がものすごく熱くなるのを感じる。きっと真っ赤になっているにちがいない。「おれだよ、当然」

「おまえさんだって？」イーサンはいかにも意外そうな顔をする。「うんまあ……考えないでもないが」それから首を左右に振る。「いいか、募集してるのは店長職だ。何年か経験のあるやつがいい。スーパーの仕組みを熟知してないと困る。在庫、販売管理、さらには簿記の知識も若干必要だ。軽々しく考えてもらっちゃ困る」

「つまりおれにはできないと本気で思って……」キャメロンは最後まで言い終わらないうちに引っこめる。そこで言い直す。**おれにはできないと本気で思ってるのか、あんたのところの仕事が？** 学位だのなんだのも持ってない。「たしかに、おれには経験ってものがないかもしれない。けど、あんたも知ってのとおり、おれは頭がいい」

声が震える。「本当に頭がいいんだ」

イーサンは目を大きくひらく。「頭がよくないとは言ってないだろうが、キャメロン」

「だったら、仕事だって学べるよな」

「ああ、たしかに」イーサンはマイボトルのキャップをはずす。「本気でスーパー業界で働きたいなら、おれがノウハウを伝授してやる。そうできれば最高だ。けどな、とりあえずこのポストには……それなりの資格がある人でないとだめなんだよ」

「おいおい、ちょっと待てよ」キャメロンは途中、キッチンの椅子につまずきそうになりながら、足音も荒くキッチンの窓に歩み寄る。「そもそも〈ショップ・ウェイ〉で働くのに必要な資格ってなんだよ？　四六時中しゃべりつづけることか？」彼は振り返り、イーサンをにらむ。

イーサンのいつも赤らんだ顔がいっそう赤くなる。

キャメロンはこのくらいにしておくべきだとわかっていながら、さらに食ってかかる。「他人の秘密を勝手にさらすことか?」言ってやれ、言ってやれ。「他人の私生活の悪口を言うことか?」言ってやれ、言ってやれ、言ってやれ。「おれのおふくろの噂をひろめることか?」

「ダフネ・キャスモアを見つけようとしただけだ」イーサンの声は穏やかだが、張りがある。「力になろうとしただけだ」

「あんたの助けなんか求めてない」

「おまえさんのためじゃない」

言い返そうとしたところでようやくイーサンの言葉が耳に届く。

「彼女のためだ」イーサンはつづける。「トーヴァのためだ。力になろうとしたんだよ……気持ちに区切りをつけられるように」

地下で乾燥機のブザーが鳴るが、キッチンの床があるのでくぐもって聞こえる。洗濯と乾燥の終了だ。

「勝手に言ってろ」キャメロンはつぶやくと、大股でキャンピングカーに向かう。洗濯物はあとで取りに来ればいい。

途切れ途切れにうとうとしただけだが、まったく眠れないよりはましだ。ジーンおばさんがいつも言ってたじゃないか、朝いちばんに物事が悪い方向に向かっていたら、ベッドに戻って最初からやり直せと。

きょうはそうするのがよさそうだ。

しかし、どこかの時点でキャメロンは深い眠りに落ちたらしく、ブーンブーンというしつこい音で目が覚めたときには、もう午前中ではなくなっている。キャンピングカーのウィンドウから午後の陽射しが入り、彼は目をしょぼしょぼさせながら寝床を引っかきまわし、電話はどこかと探す。

まずい。きっとエイヴリーからだ。一緒にサップをやる約束があった。もう四時過ぎか？ キャンピングカーのなかは、一日じゅう太陽にあぶられたときの常で、暑いし、むしむししている。まったく、電話はどこだよ？ 目覚ましをセットしたはずなのに、どうなってるんだ？

ようやく、床の上、けさ洗濯する物を集めたときに見過ごしたとおぼしき汚れたソックスの下で見つかる。寝ぼけてよくまわらない舌で謝罪の言葉を矢継ぎ早に繰り出すつもりで出ようとしたとき、まだ三時だと気がつく。それから発信者番号に目を向ける。シアトルの市外局番で、エイヴリーからじゃない。

「もしもし？」

女性の声が応じる。「キャスモアさまでしょうか？」

「ええと、うん。あ、いや、そう、おれだ」

「よかった。お電話がつながってほっといたしました。わたしはブリンクス開発のミシェル・イエイツと申します」

キャメロンは上体を起こす。

「何度かアポイントメントを取ろうとお電話くださったとのことで、ご連絡が遅くなりまして、申し訳ありません。ブリンクスがしばらくシアトルを離れていたものですから。現在は戻っておりまして、たまたまですが、きょうこれからスケジュールにあきがございます。ぎりぎりなのは重々承知しておりますが、お会いになりますでしょうか？」

「会う？　彼……と？　きょう？」

「開発業者のキャメロン・キャスモアさまでいらっしゃいますよね？」ミシェルの声に不審の色がにじむ。

ああ、そうだ。そういうことにしてたんだった。

ミシェルはつづける。「二週間ほど前にいくつかメッセージを残していらっしゃいますね。ブリンクスとあらたなチャンスのことでお会いになりたいとかで」

ふむふむ、こいつは真っ赤なうそだな。

キャメロンは咳払いをする。「ええ。そうです。その電話をしたのはわたしです」

留守電に吹きこんだ作り話が効果をあげたとは信じられない。本当に効果があったとは。何週間も閉め切られたオフィスに無駄足を運び、むなしいはったりをかましてきたが、それが功を奏したのだ。見えすいた大胆なうそ。頭をかすめるわずかな罪悪感に目をつぶり、キャメロンは言う。「ええ、うかがえます。お時間は？」

ミシェルが六時に来てほしいと言い、シアトルの住所を告げると、キャメロンはそれをガソリンスタンドのレシートの裏に走り書きする。「エレベーターで地下におりてください」ミシェルがつけくわえると、キャメロンは奇異に感じる。地下のオフィス？

キャメロンはミシェルとの通話を切るとすぐテリーに電話をかける。テリーは四回めの呼び出し音で出るが、なにかに気を取られているような声だ。

「言いにくいんですけど」キャメロンは言う。「夜の掃除、少し遅くなってもいいですか？　やれると思いますけど、ちょっと……用事ができちゃって」彼は息を吸い、サイモン・ブリンクスとの状況について、社会人らしく説明する。

「かまわないよ、キャメロン」テリーの声はあいかわらずぴりっとしない。おれの話をちゃんと聞いてるんだろうか？

「ありがとう。それと、えっと……常勤の掃除係として雇ってもらいたいんだけど、近々話せませんか？　えっと……パートじゃなく」

「もちろん、かまわないよ」一瞬、くぐもった声が聞こえる。「悪いけどさ、ちょっといま急いでるんだ。今夜のことは心配いらない。あせらなくていいから。わかったかい？」

「わかりました」

彼はいつもとちがうテリーに首をかしげながら通話を切る。たぶん、ちょうど忙しいときに電話してしまっただけだろう。それから地図アプリを立ちあげ、ミシェルから教えられたシアトルの住所を入力する。車で二時間。つまり、四時には車に乗っていなくてはいけない。サップボードではなく。

エイヴリーはわかってくれるはずだ。町を出る途中で店に寄って、直接伝えよう。

四時ちょっと前、彼は〈ソーウェル・ベイ・サーフショップ〉のドアをあける。店のいちばん奥にあるウェットスーツのラックのうしろから、人影が現われる。エイヴリーでないので、キャメロンは驚く。

現われたのは彼女の息子のマルコだ。

少年はぎこちなく会釈するだけで、なにも言わずにラックのうしろに引っこむ。

「あのさ」キャメロンは声をかける。「お母さんはいる？」

「用事で出かけてる」マルコはよく磨かれた木の床に膝をついている。わきには蓋のあいた箱があり、引き金がついていて、ノズルから表面がつるつるの細長い紙を垂らしたプラスチックのなにかを手にしている。値札を貼るタグガンだ。

「きみもここで働いてるんだ」キャメロンは陳列されているあざやかなオレンジ色の足ヒレを軽くつつきながら言う。この前ここに来たときにはなかった商品だ。いちばん小さいサイズからいちばん大きいサイズまで、きれいに並んでいる。アヒルの一家から足だけを盗んで、ここの壁に吊したように見える。

マルコは舌打ちをする。「しかたないだろ」彼はネオプレン製のライフジャケットのタグに値札シールを貼り、壁から出ている金属製の長い釘にいちばん上の輪っかを通す。

「ははあ。児童の強制労働か。通過儀礼ってやつだな」キャメロンはおかしそうに笑う。

マルコは無反応だ。

「で、お母さんがどのくらいで帰ってくるかわかる？」キャメロンは入り口のほうをちらりと見やる。「四時にここで待ち合わせのはずだったんだけど」時間を確認する。あと五分だ。

マルコは顔をあげる。「はずだった？」

「うん。サップで海に漕ぎ出すことにしてたんだけどさ、ちょっと……用事ができちやって」キャメロンは唇をかみ、マルコに一部始終を話しかけて、すぐにやめる。なにもティーンエイジャーに事情を説明する義理はない。

「母さんに待ちぼうけをくわせるつもりなんだ」マルコは感情のこもらない声で言う。

「もちろんちがう。お母さんはちゃんとわかってくれる」

マルコはまた一枚、値札シールを貼る。「そうだね」

「自分の口で説明したくて、わざわざこうして来たんだ」キャメロンはまた時間を確認する。四時には車に乗ってないと。人生でいちばん大事な面会だ。遅れるわけにはいかない。咳払いをする。「というわけで、もう行かないと。お母さんに、おれが寄ったこと、伝えてくれるかな？　ドタキャンしてすまないと言ってもらえる？」

「いいよ。伝えておく」

「ありがとう」キャメロンは店を出ると、四時になるころにはフリーウェイに向かっている。

SOB

シアトルはビル、バイパス、トンネルに側道、レゴのセットによくあるたぐいの、ハイウェイの上に建っているようにしか見えない超高層ビルからなる、見ているだけで頭がくらくらしそうな迷路だ。左の出口、右の出口、高架橋に追い越し車線、高架道路にアンダーパスが、コンクリートでできた巨大なスパゲッティのように入り乱れ、海からそそり立つ丘の中腹にへばりついている。

以前、空港からソーウェル・ベイに向かう途中、車でここを通ったが、今度のほうがより鮮明に目に映る。モデストとくらべると、まったくの別世界だ。

キャピトル・ヒルの出口が近づいたのが見え、ウィンカーを作動させる。右車線を進み、左に曲がり、三ブロック行ったところで右に折れる。フリーウェイをおりてから市街地に向かうまでに曲がるところは、念のため、すべて頭に入れてきた。

ようやく目指す通りに入って目的の番地を探しはじめる。何台もの車がクラクションを鳴らしながら追い越していくなか、キャメロンはのろのろと進みながら、ぎちぎちに並ぶ店舗に目をこらす。コーヒーショップにジューススタンド、歩道のラックまで商品でぎっしり埋まった古着屋。美しい八月の夜の六時十分前。あたりは流行に敏感な若者と、犬を連れた近所の人々でざわついている。メッセンジャーバッグを肩にかけた会社帰りの人々が、しっかりした足取りで歩いていく。

ミシェル・イェイツから教わった住所が見つかる。念のため、二度確認したのは、なんの変哲もない灰色のドアがひとつあるだけだからだ。こうして会うために何週間もかけたのに……本当にこれがブリンクス開発の建物なのか？ もっとぴかぴかした高層のオフィスビルだとばかり思ってたが、シアトルの成功者たちはこういうのを好むのかもしれない。パストラミではなく薄く切ったヤムイモを、鉄筋の高層ビルではなく、つつましい入り口の店を。

奇跡的に、そのブロックを二度、ぐるっとまわったところで正面に駐車場所が見つかる。

エンジンを切って携帯電話を確認する。あいかわらずエイヴリーからはなんの連絡もない。テキストメッセージを送ったほうがいいだろうか？ いや、あとで電話しよう。そのころまでには父親についていろいろ話してやれるだろう。キャンピングカーのドアをいきおいよく閉める音は、にぎやかな都会の雑音にのみこまれる。コンソールボックスから食べかすまみれの二十五セント硬貨を二枚、パーキングメーターに投入する。

驚いたことに、なんの変哲もない灰色のドアには鍵がかかっていない。あけるととりたてて特徴のない玄関が現われる。一見するとアパートのようだ。左側の壁に少しへこんだ郵便受けが六個並んでいる。チラシや不要なダイレクトメールが床に散らばっている。

右には階段があるが下に行くのはなさそうだ。まっすぐ前方、奥の壁にエレベーターがあり、こちらは上行き、下行き、両方の呼び出しボタンがついている。ミシェルはエレベーターに乗って地下におりろと言っていた。

「これでもう引き返せないぞ」エレベーターの到着チャイムが鳴り、キャメロンは自分にそう言い聞かせる。

エレベーターをおりるとすぐ、奇妙なにおいに気がつく。真夏には不似合いな、蠟とシナモンのようなスパイスが入り交じったにおいだ。エレベーターのドアがあいた瞬間からそれが襲いかかってくる。においのもとは、暗い廊下のいたるところに置かれたキャンドルにちがいない。キャンドルは両側に置かれた鏡によって、小さな炎が無限にひろがっているように見える。じっくり見ると、キャンドルはどれも本物じゃない。それで合点がいく。地下にこんなにたくさんのキャンドルを置いてもいい消防法などあるはずがない。

いったいここはなんだ？

すり切れた灰色のカーペットが敷かれた廊下を進み、角を曲がると、世界最小のカクテルラウンジのなかに放りこまれる。

誰もいない。短いカウンターの下にスツールが五脚おさまっている。温かみのある光が真鍮の天井タイルに反射して、全体が淡い黄色に輝いている。

カウンターの上に目をやると、小さな四角い紙がホルダーに立ててある。メニューだ。ドロミノウの特注献酒（ライベイション）、というのがいちばん上に書いてあり、その下にさらにふざけた名前の飲み物がいくつもつづいている。キャメロンは値段を見て目をぱちくりさせる。見間違えじゃないよな？　このライベイションとやらの半分の金があれば、どのスーパーでもビールの六本パックが買えるのをみんな知らないのか？　彼はスツールを出して腰をおろす。

グラスを合わせるような音がして顔をあげると、カウンターの奥のドアから若い女がひとり入ってくる。背が低く、あざやかな緑色の髪はまったいらな芝生を思わせる。積みあげたハイボールグラスを両手で器用に持ち、ほんの一瞬、目に驚きの表情を浮かべるだけで、カウンター下の見えない棚にグラスを置く。「店は八時からです」女は顔をあげもせずに言う。

「会う約束があるんだ」キャメロンは咳払いをする。「ブリンクスさんと」

芝生のような髪をした女は顔をあげる。キャメロンがこれまで遭遇したなかでいちばんつまらない存在だと思っているのか、おそろしいほど表情がない。

「本当なんだよ」キャメロンは言う。「ミシェルがお膳立てしてくれた」ミシェルとファーストネームで呼んでもかまわないだろう。

女は肩をすくめる。「わかった」彼女は言ってカウンターからいなくなる。「彼にそう言ってくる」

サイモン・ブリンクス。

この二カ月間、その名前を何度も何度も頭のなかで繰り返し、屋外広告用に大きく拡大された写真を何度も何度も目にしてきたせいで、むさ苦しい男が疲れたような笑みを浮かべて奥から現われたとき、それが同一人物とは信じられない。

「どうも」キャメロンの声は突然震え、落ち着きのないものになる。「おれは――」

「きみが誰かは知っている、キャメロン」カウンターのなかでサイモンの笑みが大きくなる。

「本当に？」キャメロンの心臓がドクンと大きく鳴る。原因は不安だろうか？　それとも怒り？　目の前のこの男を殴ったり、ゆすったりするのは論外という気がしてくる。

で示す。「きみも知ってのとおり、わたしは多くのオフィスと土地を所有しているが、ここはもともとダフネのためのものだったんだよ。だから、きみと会うのにぴったりの場所だと思ってね」

キャメロンの心臓が激しく脈打ちはじめる。ダフネのため？　ブリンクスのやつは、これまでずっと親失格だったことを、あっさり認めるつもりなのか？

ブリンクスはほほえむ。「ナタリーとはもう会ったね」彼はカウンターの奥の扉、芝生色の髪をした若い女が消えた扉に頭を傾ける。「あの子は一部始終を知っている」

「一部始終」キャメロンはそれだけ口にするのもやっとだ。

「そうなんだよ。わたしの娘なのでね」

娘。頭がくらくらしてくる。父親、それに……妹？　思わず、もう一度カウンターの奥の扉に目を向ける。あの変わった髪の娘が本当におれの妹なのか？

ブリンクスは両手を組み、カウンターに肘をつく。「お母さんと目がそっくりだな」

「おふくろと」キャメロンはごくりと唾をのみこむ。

「ダフネはいつもこの世のものとは思えない美しい目をしていた」

キャメロンははずかしいほど鋭く息をのむ。たしかに母はきれいな目をしていた。捏造（ねつぞう）した記憶なのか、それとも実際の記憶なのかどっちだろう。

「ま、それはともかく」ブリンクスは会話をもっと当たりさわりのない方向に向けようというのか、小さく肩をすくめる。「なにか飲み物を作ろうか?」

「飲み物?」

「オールド・ファッションドでもこしらえようか?」

「いや、ビールがいい。銘柄はなんでも」キャメロンは思わず口走る。耳が熱くなる。なんでそんな気を遣うんだ、おれは? 父親によく思われようとするのは生まれつきの性格なのか?

ブリンクスは無言でカウンター下の冷蔵庫に手をのばし、ロングネック瓶二本を指にはさんで立ちあがる。キャップをあけると瓶からプシュッという音がする。「乾杯」彼は一本をかかげて言う。

「乾杯」キャメロンも返す。あとになってこの話を振り返ったら、どれだけ異様に思えるだろう? エイヴリーとエリザベスに話して聞かせたとしたら?

「当然、お母さんのことで訊きたいことがあるんだろう?」ブリンクスは長々とビールを飲んだのちに言う。

キャメロンは居住まいを正す。いつまでもうじうじしていてはだめだ。彼は落ち着いた声で言う。「あんたにいくつか質問がある」

「ほう?」ブリンクスは首をかしげる。「なるほど、いいだろう。誰もがわたしを謎の存在と思うようだが、きみに対してはなんでも正直に答えよう」そう言ってほほえむ。「さあ、なんでも訊いてくれ」

「どうしてあんたは……」キャメロンはそこで唾をのみこみ、気を取り直してからもう一度質問を口にする。「えっと、だから、いったいなんで……」嗚咽（おえつ）がこみあげ、喉が苦しくなる。どうして言葉が出てこなかった場合にそなえ、第二の作戦を考えておかなかったんだ？

「なにが、いったいなんでなんだい？」サイモン・ブリンクスは顎をかく。「なんで手放したのかって？　うん、彼女のことは大切に思っていたよ」

キャメロンは顔をこわばらせ、辛辣（しんらつ）な声で吐き捨てる。「でも、おれのことは大切に思ってくれなかったじゃないか」

「きみのこと？　もちろん、大切に思っているとも。彼女の息子なんだから。でも、わたしになにができたというんだ？　彼女が――」

「おれはあんたの息子でもあるんだよ！」キャメロンの声がうわずる。

サイモン・ブリンクスは一歩うしろにさがり、すぐにわれに返る。「申し訳ないが、キャメロン、それはちがう」彼は穏やかに言う。

「おれはあんたの息子だ」キャメロンは繰り返す。

ブリンクスは首を横に振る。「ダフネとわたしはそういう関係ではなかった」

「そんなわけない」キャメロンは顎が震えはじめるのを感じ、ぎくりとする。こういう展開は予想できたはずだろ？　もう完全に手詰まりだ。こうなるのは覚悟していたはずだ。少なくとも覚悟してきたつもりだ。だったらなんで、いまにも感情が爆発しそうになっているんだ？

「さっきも言ったように、きみが訪ねてきたことには驚いていないんだよ、キャメロン。だが――」

「なんでクラスリングをやったんだよ？」キャメロンはポケットから出してカウンターに落とす。ブリンクスはそれを手に取ってながめるが、その顔にかすかな笑みがひろがっていく。向きを変え、内側に目をやると、その笑みが消える。

「わたしのではない」彼は言葉静かに言う。

「しらばっくれるな。写真を見たんだぜ」

ブリンクスは指輪をカウンターにそっと置く。「ダフネはわたしの親友だった」彼は言う。「ああ、どういうふうに受け取られるかはわかっているが、わたしたちは本当にただの友人だった。親友だったんだよ」

キャメロンは反撃しようとする。けれども、ジーンおばさんがいつも、彼とエリザベスのことで皮肉を言ってたのを思い出す。重苦しい気持ちが鉛の風船のようにしみこんでいく。父親探しは二カ月前からいっこうに進展していない。

「つまり、おふくろとは、えっと……寝てない？」キャメロンはあまりに下品な質問をする自分に嫌気が差す。

「ああ、そういうことだ」ブリンクスは含み笑いを漏らす。すぐに彼は真顔に戻る。「いいかい、お望みならばDNA検査をしたっていい。それについては百パーセントの確信がある」彼はクラスリングをまた手に取って、もう一度内側を見やると、カウンターに戻す。「ちょっと待っていてくれ。すぐに戻る」

数分後、ブリンクスはよれよれの堅表紙の本を持ち、なにかをてのひらに包みこむようにしながら戻ってくる。本をカウンターに置くと、埃がふわりと舞いあがる。その表紙にはソーウェル・ベイ・ハイスクール、一九八九年度卒業生とある。桟橋に立つサイモン・ブリンクスとダフネの写真を含め、おそらくこれを誰かがスキャンにしてインターネット上に投稿したのだろう。そこへ、ブリンクスがてのひらを差し出してくる。「これがわたしのだ。見てごらん」

キャメロンはその指輪を手に取って左手で持ち、自分が持ってきたほうを右手に持つ。重さはまったく同じのようだ。ほぼ同じなのに……まったくちがう。

ブリンクスはカウンターの奥に頭を傾ける。「あっちに大きな未完成のスペースがあってね。いまは倉庫として使っている。だが、ハイスクール時代のあれこれが全部そこにあるのだから、あながち的はずれな使い方じゃないだろう。というのも、そもそもわれわれの場所になるはずだったんだから」

　われわれの場所？　どういう意味だ？　キャメロンはＥＥＬＳの文字が彫られていると期待して、ブリンクスの指輪の内側に目をやるが、驚いたことに、彫られている文字はＳＯＢだ。

「このＳＯＢってのは？」彼は尋ねる。

　ブリンクスはくっくっと笑う。「わたしのイニシャルだ。サイモン・オーヴィル・ブリンクス。もっとも、あまりおおっぴらには言っていない。だって自分でジョークを書いてるようなものじゃないか。ラッキーなくそ野郎(son of a bitch)ってな？」

　キャメロンはカウンターに置いたゴールドの指輪ふたつをじっと見つめる。「あんたは自分のイニシャルを彫ってもらったわけだ。みんなそうしてたのか？」

「ほぼみんな、そうしていたはずだ」ブリンクスは肩をすくめる。「気のきいたイニシャルを入れた連中も多かったな。グループ全員で神(GOD)と彫(ほ)ったりとかね。それに〝ケツ(ASS)〟と彫ったやつもひとりやふたりじゃなかったはずだ。わたしも〝ＡＳＳ〟にしようかと思ったが、おふくろに殺されちまうのでね」

「こいつに見覚えは？」キャメロンはＥＥＬＳの文字が入った指輪を手に取る。誰だか知らないが、海洋生物大好き人間にちがいない。あるいは、寿司が好きなやつか。上乗せ料金を払って四文字彫ってもらったんだろうか？

ブリンクスは首を横に振る。「力になれればいいんだが」

「EELSに心当たりはないってこと？」

ブリンクスは穏やかにこうつけくわえる。「わたしも父親を知らないまま育った」

「ふうん。それでも億万長者になったんだ」キャメロンは肩を落とす。

「身を粉にして働いたからだ」ブリンクスの声にとげが混じる。「いいかい、しかもわたしはソーウェル・ベイの出身だ。わたしときみのお母さんがどうやって出会ったか知ってるかい？　どうやって大の親友になったのかを？」

「え……知らないけど」正直言って、キャメロンはそこまで考えていなかった。ふたりがつき合っていたと思っていたときも、よくあるパターンで学校で知り合ったとばかり思っていた。

「わたしも彼女も、同じおんぼろアパートに住んでいてね。彼女が住んでたのは三年と四年のあいだだった」ブリンクスは言う。「いわゆる、ハイウェイの治安が悪い側だ」

「ソーウェル・ベイにハイウェイの治安が悪い側があるとは知らなかった」

ブリンクスは大笑いする。「たしかに、近ごろじゃ、町全体がハイウェイの治安が悪い側だらけだが、またもとのように戻りつつある」そこで彼の口調が変わる。まじめな話を始める。「ここ数年でかなりの開発がおこなわれている。わたしはあっちでウォーターフロントのマンション建設を手がけている。とてもいい建物だよ」

キャメロンはうなずく。ほんの一瞬だけ、その現場で雇ってもらえないだろうかと考える。しかし、おそらく信用照会がおこなわれるだろうし、そうなったらば、まあ……無理だろう。かつての親友の息子であっても。

「それはともかく」ブリンクスは身を乗り出し、またもカウンターに肘をつく。「ふだん使っているオフィスでなくここで会おうと言ったのは、きみならここが気に入ると思ってのことだ」彼はカクテルのメニューを手にし、それをじっと見ながら言う。

「さっきも言ったが、彼女のためにここを作ったのでね」

キャメロンはすっかり困惑して、小さなラウンジを見まわす。キャピトル・ヒルに建つなんの変哲もないアパートの地下にある、滑稽なほど小さなバーを……おれのおふくろのために？

「もう少し大人になったら、こういうのをやろうと話してたんだよ。言っておくが、まだ八〇年代のことで、当時は隠れ家的なレトロなバーなど流行の最先端を行ってる連中は誰も話題になんかしていなかったんだよ」ブリンクスは目をぐるりとまわして見せる。「ふたりのティーンエイジャーがどこからそんなアイデアを思いついたのかわからないが、とにかく、何時間もあれこれ話し合ったものだよ」彼はさらに顔を曇らせる。「もちろん、そのときはまだ彼女は……問題を抱えていなかった」

「問題」キャメロンはつぶやく。

ブリンクスはまだ両手に持ったメニューに目をこらしている。「店の名前を決めたのは彼女だ。なんとも奇妙な名前だけどね」彼は顔をあげ、うっすらほほえむ。「ドロミノウ。それは――」

「小さな魚だ」キャメロンが割りこむ。「川あるいはきれいな水があるところに棲息。かなりの悪条件でも生存可能。温度が極端に高くても低くても、あるいは水のなかにほとんど酸素がなくても。つまり、環境が悪化したなかでも、たいてい最後まで生き残る。小さな魚の世界におけるゴキブリと言っていい。けれども、ゴキブリよりははるかにいけてる名前がついている」

ブリンクスは呆然とする。「いったいどうして、そこまでくわしく知っているんだい?」

キャメロンは肩をすくめ、以前どこかで読んだんだと説明する。「こういう豆知識的なやつをためこむ性分でね。仕方ないんだ」

ブリンクスは大笑いする。「おふくろさんそっくりだな、まったく」

キャメロンは口をぽかんとさせる。「おれが?」

「ああ、そうとも。卒業したら『ジェパディ!』に出演したいと言ってたな」ブリンクスは咳払いをする。「家族は誰も彼女に理解を示さなかった。だから、本当の自分を見せないようにしていたらしい。お姉さんにも」

キャメロンの目のふちに大粒の熱い涙が盛りあがる。恥ずかしさのあまり、思わず唇を強く引き結び、渋面をこしらえたのが自分でもわかる。

「気に入らないことがあると、彼女もよくそういう顔をしていたよ」ブリンクスが言う。

キャメロンは引き結んだ唇をこぶしで押さえる。「この正確な記憶力は親父の遺伝だと、ずっと思ってた」

「うん、それもあるかもしれないな」ブリンクスは言う。「きみのお父さんが誰か、ダフネはわたしに教えてくれなかったが」

キャメロンは遠慮がちに鼻を鳴らす。「おれにもだ」

「ダフネはなぜか自分の殻に閉じこもるところがあったからね。わたしたちはとても親しい間柄だったが、彼女は自分の人生について、あまり話してくれなかったように思う。これもそのひとつだ。彼女なりの理由があったのはまちがいない」

「そうだな。で、その理由とやらのせいで、おれは両親なしに育った。おれを見捨てて出ていくだけのごりっぱな理由とやらがあったんだろうよ」

「それについては、わたしも疑っていない」ブリンクスは一片の皮肉もなく言う。「彼女はきみを愛していたんだよ、キャメロン。この世のなによりも。わたしに言えるのはそのくらいだ。彼女がしたことはすべて、愛あればこそなんだよ」

カウンターの奥の扉の向こうからだろう、半開き状態の場所でなにかがカタカタいっている。芝生色の髪の娘がすべて盗み聞きしてるのか？　あの娘はなんていう名前だっけ？　ナタリー？　吐き気がもろに腹部を襲う。彼女はきっと一部始終を知っている。父親の才能あふれる親友が妊娠しておかしくなったことも、その息子がいつの日か自分たちを探しに来るかもしれないことも。いつものことだが、キャメロンに知らされるのはやはり最後なのだ。

ブリンクスはため息をつく。「もっと話してあげられればと思うよ。せっかく期待を胸にここまでやってきてくれたのに……まったくちがう結果になってしまったのは、本当に申し訳ない」

「おふくろがどこにいるかわからないか？」キャメロンは膝の上で両手を握り合わせる。本気で訊いてるのか？　知りたいかどうかもわからないのに？

けれどもキャメロンがちょっとほっとしたことに、ブリンクスはかぶりを振って言う。「いいや。いまはまったくわからん。もう何年も見かけてない」

「おふくろはなにを――いや、どこに――」

「以前はワシントン州東部のどこかに住んでいた。わたしの自宅にひょっこり顔を出したことがある。金を無心していったよ。もちろん、あたえた。しかし、あのときもまだ苦しんでいたんだよ、キャメロン。まだ薬物を使っていた」ブリンクスは眉間にしわを寄せる。「金を渡さないほうがよかったのかも、とも思う。それについてはなんとも言えない。無理にでも自宅に引っ張りこんで、客用の寝室に閉じこめたい気持ちもあった。治してやりたかった。だが、当時、わたしはナタリーの世話で手一杯だった。それに、まあ……ぼろぼろのままでいいと思っている人間を治すのは無理だ」

「たしかに」キャメロンは作り笑いを浮かべる。「おれもおふくろの血を引いてるってわけか」

「自分を卑下するものじゃない、キャメロン」

「ごみ箱にビニール袋を取りつけることすらまともにできない男なんだよ、おれは」

ブリンクスはけげんな顔を向ける。

「水族館でね。おれはそこで魚をぶつ切りにしたり掃除をしたりして働いてる。で、ごみ箱に――ま、その話はいいや」キャメロンはくだらない無駄話をぷっつりと断ち切る。ハイウェイの治安の悪い側出身だが、腕一本でのしあがった有名な不動産業界の大物でありレトロなバーのオーナーでもあるサイモン・ブリンクスが、掃除係の愚痴を聞きたいとは思えない。

長い間ののち、ブリンクスは言う。「ダフネはきっときみを誇りに思ってくれるだろう、キャメロン」

「ああ、そうだな」キャメロンは、これでドロミノウのビールの払いに足りるよう願いながら、五ドル札をカウンターに叩きつけるように置く。まあ、だいたいこのくらいだろう。

ブリンクスはその金を押し返すが、すでにキャメロンはドアに向かっている。

新しいルート

キャンピングカーの運転席に戻ったキャメロンはハンドルをぴしゃりと叩く。エイヴリーからメッセージが来てますように、折り返し電話して、ちゃんと耳を傾けてくれる相手にこの一時間の出来事をすべて話して聞かせる口実ができますようにと祈りながら携帯電話をチェックするが、なにもない。さて、どうするか？　ダッシュボードを指でとんとん叩き、キャピトル・ヒルを行き交う人々をながめる。夕食に行く人、クリーニング店に預けた洗濯物を持って帰る人、ウィンドウショッピングをする人。誰もかれもがありきたりで幸せな生活を送っている。

ふざけやがって。

電話が鳴るまでどのくらいすわっていたんだろう？　電話が鳴り、キャメロンはぎくりとする。テキストメッセージだが、エイヴリーからではなくブラッドからだ。写真だ。キャメロンはタップする。ふにゃふにゃの赤い顔を水色のブランケットに包まれた小さな赤ん坊がキャメロンを見つめ返している。宇宙人の幼子のようだが、かわいらしい宇宙人の幼子だ。エリザベスの顔が四分の一ほど写真に写りこんでいるが、輝くような笑顔をしているにちがいない。急速遂娩による出産でも無事だった。二十一世紀という時代だからこそだ。

キャメロンは両目を閉じて深呼吸する。〝とうとうおまえも親父か！〟とメッセージを返す。数秒後、ブラッドは頭が爆発する絵文字のメッセージで反応する。

キャメロンはテキストメッセージのやりとりをしながら、エイヴリーあてのメッセージも書く。**やあ、ちょっと話せるかな？**　そのメッセージをモバイルネットワーク空間に放つと、キャンピングカーのギアを入れ、駐車スペースから車を出す。

シアトルを離れる道はおそろしく混んでいるが、キャメロンは渋滞にはまっているのが十分なのか三時間なのかわからなくなっている。キャンピングカーはのろのろと進み、エンジンはかかっているものの一向に動かない車のブレーキランプが混じり合い、黒ずんだ赤い靄のように見える。助手席に置いた携帯電話が繰り返し着信音を鳴らし、キャメロンがエイヴリーからかと思って見やると、またもブラッドからだ。今度も赤ん坊の写真だ。キャメロンは電話を座席に置いたファストフードの袋の下に突っこむ。見えなければ、気になることもない。

けれども彼の頭のなかには、ほかにもいろいろな考えが渦巻いている。しかも、おとなしくさせるすべはない。頭の奥のほうから辛辣な言葉が飛んでくる。やっぱりちがったじゃないか。できすぎた話だと思ったよ。こんなことがおまえの人生に起こるはずがない。ここはおまえが住む世界じゃない。あの男はおまえの父親じゃなかった。彼女はおまえの恋人じゃない。

少なくともいまのキャメロンには、そう悪くない仕事がある。テリーはきっと正規職員として雇ってくれると、トーヴァから何度となく言われている。それで充分じゃないか？ 自分でも、ガラス磨きのテクニックは格段の進歩を遂げたと認めざるをえない。いつもあれをぴかぴかに磨きあげている。しかも、館内のすみずみまでモップをかけるのにも、いまでは一時間もかからない。

じゃあ、と辛辣な声が割って入る。なぜあいつは雇うと言わなかったんだ？ きょうの昼間、キャメロンが探りを入れたときに？

おまえは自分で思ってるほど優秀じゃないんだよ、とせせら笑う声がする。こんな小さな町のスーパーを切り盛りできる能力すらないってことだ。

「黙れ」キャメロンは自分をののしり、いちばん左に車線変更し、アクセルを踏みこむ。

ようやく車が流れるようになり、ふと気がつくと、給油ランプが点灯している。キャメロンは目をしばたたく。ソーウェル・ベイまであと二十マイルちょいだ。おそらくもつだろう。一か八かだ。けれども、次の出口でおりてガソリンスタンドを見つける。

コンビニエンスストアの店員は感じよくほほえみ、ポテトチップスひと袋とペットボトルのソーダをレジに入力する。これが今夜の夕食だ。キャメロンは笑みを返さない。もうほほえみ方も忘れてしまった気がする。店員が雑談のつもりで調子はどうかと尋ねてきても、キャメロンの顔は無表情のまま変わらない。

店員の問いかけを聞き流し、煙草をひと箱追加してほしいとだけ告げる。

給油ノズルからガソリンがキャンピングカーに注入されるあいだ、彼は携帯電話の画面をスクロールしていくが、純粋に惰性(だせい)によるもので、次々に表示される文字や画像を見てはいても、脳にはまったく取りこまれていかない。しかし、一枚の写真が目にとまる。

ケイティ。

ブロックを解除してくれたのか？　彼女の名前をタップすると、思ったとおり、彼女のプロフィールが表示される。例の高慢ちきな笑みを浮かべている。世界を創りあげたのは彼女で、キャメロンは運よくそこに住まわせてもらっているだけの存在だと言っている笑み。

彼女はこの夏、ものすごい数のあらたな写真を投稿していた。キャメロンはフィードをざっとながめる。半分の写真ではいけすかない男が彼女になれなれしく腕をまわしているが、どの写真でもばかまる出しのラップアラウンドサングラスをかけているので、そいつのあほ面が拝めない。

こいつはもう彼女のアパートメントに移り住んだのだろうか？　十中八九、忘れずに賃貸借契約書に自分の名前を書いたにちがいない。勤め先は退屈なオフィス。真新しいSUV車を乗りまわしているが、四輪駆動が必要になったことなど一度もないはずだ。電動歯ブラシを使っている。週末には、ふたりそろってこいつの両親と夕食をともにしてるにちがいない。

ありきたりで幸せな人生を歩んでる連中などくたばっちまえ。どれだけ努力したところで、キャメロンにそんな人生は手に入らない。ここワシントン州でも。

地図アプリをひらく。新しいルートを入力する。ソーウェル・ベイからモデスト。所要時間は十五時間。

早めの到着

水曜の夜、トーヴァが到着するとドアが大きくあいている。いつもより早い時間だが、電話してきたテリーの声はかなりぴりぴりしていた。夕食の皿を洗わずに放置し、大急ぎでキャットのボウルにフードを入れてやって、水族館に急いだ。

このあけっぱなしのドアが問題なの？　キャメロンが裏口のドアをあけっぱなしにしてマーセラスが逃げ出そうとしたときのことを思い出し、胃が飛び出そうになる。

けれども、ほどなくテリーが満面に笑みをたたえ、手を振りながらのんびりと現われる。

「なにがあったの？」トーヴァは近づいていきながら尋ねる。

「いよいよなんだ。きみの退職が明日に迫っているという意味じゃないよ」

トーヴァは首をかしげる。

「これから搬入なんだ」テリーはつづける。彼はすっかり舞いあがっている。「きみがいるうちにこうなるとは思っていなかったんだがね。電話をしたのは、きみもそれに会っておきたいんじゃないかと思ったからだ」彼はおかしそうに笑う。「それ、じゃない。彼女だ。きみも彼女に会っておきたいんじゃないかと思ったんだ」

〝彼女〟っていったい誰のこと？

トーヴァが尋ねるより早く、トラックが轟音とともに駐車場に入ってくる。けたたましいバックアラームを鳴らしながら、バックでドアに近づく。偏屈そうな男が保冷庫から出した木箱をフォークリフトにのせる。配達員は最初、大きな木箱をその場に置いていくと言って聞かないようだが、テリーがなかに運びこむのを手伝ってほしいと説得する。トーヴァはバッグをしっかりと抱きかかえ、大きな木箱をあけ放したドアから入れ、湾曲した廊下伝いに運んでいくふたりを追う。かなりの大仕事だ。

ポンプ室までついていくと、そこでテリーと配達員は木箱をおろす。そろそろと床におろしていくと、水がはねる音がはっきりと聞こえる。配達員はまたたく間にフォークリフトとともにいなくなる。

「ちょっとそいつを見ててくれるかな、トーヴァ」テリーが言う。「書類にサインをしないといけなくてね」彼は配達員のあとを追って駆けだす。

トーヴァは木箱をじっくりとながめる。片側に赤い大きなステンシル文字が書いてある。**天地無用**。反対側には〝**生きているタコ**〟の文字。

「そいつを見ててくれってどういうこと？」トーヴァはマーセラスがいる水槽の裏の

薄いガラスごしになかをのぞきながら、彼に問いかける。部屋の中央に置かれた〝**生きているタコ**〟の木箱からはなんの気配もしない。あまりに静かなので、本当に生きているものがなかに入っているのか疑問に思うほどだ。わたしはなにを見ていればいいの？

マーセラスがさあねと言うように腕を振る。彼もわからないのだ。

「でも、すぐにわかるわよね」トーヴァはひとりつぶやく。「いずれにしても、あなたに新しいお隣さんができるみたい」

マーセラスからふたつ水槽をはさんだところに、空になった水槽がある、以前はパシフィックシーネットルがいたはずだ。どこに行ってしまったんだろう？　空の水槽はきれいすぎるし、なかの水が透明すぎる。トーヴァはポンプ室から顔を出す。テリーの姿はどこにもない。彼女は急いで踏み台を引っ張ってきて、タコの水槽の蓋をあげる。マーセラスが腕の先端を水から出し、トーヴァはその腕に手を近づける。マーセラスはいまではすっかりおなじみになった動きで、彼女の手首に自分の腕を巻きつける。生まれたばかりの赤ん坊が母親の指をつかむのにも似た、本能とも言える行動だ。

けれども、マーセラスは赤ん坊ではない。タコとしてはもう高齢だ。そして今夜、彼の後任のタコが到着した。廊下から足音が響き、トーヴァは水から手を引きあげて踏み台からおり、水槽の下にそれをしまいこむ。シャツの裾で腕を拭っていると、テリーが金槌を手に大股で入ってくる。

「どうだい？　箱をあけてなかから出してやろうか」

「新しいタコなのね」トーヴァは確認するように言う。

「そうなんだよ！　実は予定よりもいささか早く届いてしまってね。でも、彼女は保護されたタコなんだ、カニ獲りの仕掛けに引っかかって、逃げようとして傷ついていたのをアラスカの団体が治療してやったそうだ。断れるわけがないじゃないか」テリーは金槌の釘抜き部分で木箱のへりのひとつをこじあける。

トーヴァは腕を組む。「予定よりも早く届いたというのは？」

テリーはため息をつく。「マーセラスは……トーヴァ、きみも気づいてるだろうけど、ミズダコとしてはものすごく歳を取っている」彼はうなるような声を漏らしながら木箱の蓋を持ちあげる。「でも、歳のわりには元気だよな。寿命を超えて生きる気満々だ。しかし、彼があとどのくらい生きられるかについては、サンチアゴ先生もぼくもはっきりしたことはわからない。けさはものすごく状態が悪かったから、もって数週間、あるいは数日といったところかもしれない」

「そうね」トーヴァはマーセラスの水槽にちらりと目をやるが、どこにも姿が見えないので、ねぐらに閉じこもっているにちがいない。

「こんなに長生きするとは、すごいもんだ」テリーはトーヴァに探るような目を向ける。「マーセラスも保護されたタコなのを知ってたかい？」

トーヴァは驚いて眉をあげる。「知らなかったわ」

「運びこまれたときはひどい状態でね。触手の一本が半分なくなっていたし、全身、傷だらけだった。その年いっぱいもつとも思わなかったね。それがどうだ、四年たったいまでも……」テリーはほほえみ、首を振る。「マーセラスはおとなしくていいやつだ。夜、水族館のなかを徘徊することはあるけれど」

トーヴァの脈拍が速くなる。いまごろになって……幇助したことで叱責されるんだわ。あのおぞましい締め具を処分したことで。

彼女の表情を見て、テリーは言う。「いいんだよ、トーヴァ。けっきょくのところ、どんな脱走対策を取ったところで効果があったかわからないんだから」彼はまた首を振る。「次の子はもう少しお行儀がいいんじゃないかな。たぶん」

木箱のなかにはスチールの樽が入っていて、上部を細かい網でふさいである。なかでバシャバシャ音がする。

「さて、なかを見てみよう。なにか名前で呼んでやりたいところだが、命名権をアディにあたえると約束してしまったし、彼女は昨夜、真夜中過ぎまで起きてああでもないこうでもないと考えてリストを作っていたからね」娘の名前を口にしただけで、テリーの顔に笑みがひろがる。マーセラスの名前をつけたときアディは四歳で、八歳になったいまでもタコの名前を決めるのを楽しんでいる。なんてかわいらしいんだろう。

「きっとすてきな名前をつけてくれるわ」トーヴァは言う。

樽の蓋が簡単にあき、トーヴァは思わず苦笑する。マーセラスだったら、こんなお粗末な容器でここまで運べなかっただろう。ブリティッシュ・コロンビア州の海岸あたりで逃げ出したにちがいない。

「いたいた」テリーがやさしく呼びかける。

トーヴァはなかをのぞく。タコは樽の底でまるくなっているが、隠れる場所がまったくないので当然だ。体の色がサーモンピンクなのでトーヴァはびっくりした。マーセラスのくすんだオレンジ色とはまったくちがう。

「いまから彼女をそこの水槽に移すの？」

「今夜はやらない。サンチアゴ先生が来るまで待たないと。明日の朝いちばんに来ることになっている」

見ていると、新入りのタコはまるまった体から触手を一本、おずおずとのばし、すぐに引っこめる。

「新居を気に入ってくれるかしら？」

「正直言ってわからないよ、トーヴァ」

トーヴァはテリーの率直な物言いに驚き、眉をあげる。ただの雑談のつもりだったのに。

「誤解しないでくれ、ぼくたちだって全力をつくすさ」テリーはつづける。「でも、マーセラスをごらん。水族館で引き取ったとき、ぼくらは彼の命を救ったわけだけど、水槽に閉じこめられた彼は、ずっと気に入らない様子だった」

「ものすごく退屈しているのはたしかね」トーヴァはうなずく。

テリーはおかしそうに笑う。「ソーウェル・ベイ水族館での暮らしには満足してもらえなかったようだ」

トーヴァは腰の痛みをやわらげようと近くの椅子に寄りかかり、頭で木箱を示す。

「じゃあ、まわりをモップで拭いておきましょうか？」

「ここは掃除しなくていいよ、トーヴァ。だろ？」テリーは慎重な手つきで木箱の蓋をもとどおりはめる。

「いいのよ。手を動かしていたいんだから」

「そうか、キャメロンに手伝ってもらうといい。今夜は少し遅れるかもしれないと言っていたが、そろそろ来るはずだ」テリーは腕時計に目をやる。木箱の蓋を最後に軽く叩き、水温がどうの、水素イオン濃度がこうのとひとりごとをつぶやきながら出ていく。

二匹のタコとともにポンプ室に残されたトーヴァはなにかおかしいという奇妙な感じに襲われる。

「さてと」彼女はひとりつぶやき、バッグを拾いあげる。「床掃除から始めましょうか」用具庫に向かう途中、キャメロンの古くてぼろいキャンピングカーが彼女のハッチバック車の隣にとまっているのではと思いつつ、玄関から外をのぞく。けれどもキャンピングカーは影も形もない。

一時間後、トーヴァはカードキーをもてあそびながら、テリーのオフィスの前でうろうろしている。彼は遅れてやってくる。捕まえられてよかった。

「明日の掃除が終わったら、これはあなたのデスクに置いていけばいい？」彼女はカードキーをかかげて言う。

「うん、それでいい」テリーはデスクを指でこつこつ叩く。まだ興奮覚めやらぬといった様子だ。「ついさっき、サンチアゴ先生と電話で話した。明日、新しい仲間の様子を見に来てくれる。しばらくのあいだは樽から出さないほうがいいと考えているようだ」

「あら、そう」トーヴァは声に感情がこもらないように気をつけながら言う。新しいタコのことはとくになんとも思っていないと、どう説明すればわかってもらえるだろう？　彼女にしてみれば、マーセラスのかわりなどいないことを。

テリーはつづける。「マーセラスがいる場所にそのまま移したほうがいいんじゃないかって話なんだ……もちろん、空きができたらだけど」

トーヴァは唾をのみこむ。

「で、キャメロンは今夜、来なかったのかい？」テリーは立ちあがって、帰り支度を始め、散らかったデスクの上の書類をまとめる。

「ええ」トーヴァはおずおずと答える。

「変だな。病気かなにかじゃないといいが」テリーはパソコンを入れたバッグのファスナーを閉める。「ひとりで館全体の掃除をさせることになって、申し訳なかった」

「そんなの全然気にしてないわよ」トーヴァはにっこり笑う。「これから先ずっと、ここを掃除していたことをなつかしく思い出すでしょうね」

テリーは首を振る。「まったくきみは変わってるよ、トーヴァ。きみがいなくなったら、みんなさびしがるだろうな」

「あら、うれしいことを言ってくれるのね。わたしもみんなの顔が見られなくなると思うとさびしいわ」

廊下を歩いていく彼の背中にトーヴァが声をかける。「テリー？　もうひとつ言い忘れてた。ありがとう」

テリーは首をかしげる。「なんのことだい？」

「この仕事をさせてくれたこと」テリーが言う。

「選択の余地はたいしてなかったからね」

「どういう意味？」

「きみを雇ったときのことさ。ほかにこれというのがいなかったんだ。きみならノーと言わないとわかってた」テリーはにやりと笑う。「きみは本当に強い人だよ、トーヴァ。自分でもわかってるだろ？」

トーヴァは磨きあげたタイルに目をこらす。そわそわと足を動かすと、スニーカーのあとが一瞬だけつく。「まあね。忙しくしているほうがいいもの」

テリーはトーヴァをちらりと見る。「強いと言ったのは、きみのモップさばきがいままでぼくが見た誰よりもうまいからってだけじゃない。もちろん、それもあるけど」彼はまたもにやりと笑うが、今度はさっきよりもいとおしむような笑顔だ。「あのさ、ジャマイカにいた時分、ひいおばあさんがよく言ってたんだよ。自分は〝年寄り（オールド）だけど冷淡（コールド）じゃない〟ってね。祖母は九十代後半まで生きた。亡くなる直前まで台所に立って、子どもだったぼくたちにレーズンパンを焼いてくれたな。彼女も忙しくしているのが好きな人だった」

「とてもすばらしい女性だったみたいね」

「きみもだよ」テリーは大きな手でトーヴァの小さな肩をつかむ。「もしも気が変わったら、トーヴァ、ここソーウェル・ベイ水族館はいつでもきみを待ってるからね」

「そう言ってもらえるとうれしいわ」

テリーはモップをかけたばかりの床の上を慎重に進みながら、出ていった。

見放されて

正面玄関のドアがかちりとあいたとき、トーヴァはちょうどカートを用具庫にしまい終えたところだった。テリーが忘れ物でもして、取りに戻ってきたのかしら？けれども廊下で鉢合わせしたのはキャメロンだ。彼は苦悩に眉をしかめ、猛然と休憩室があるほうに向かう。トーヴァに気づくと急停止し、険のある表情が一瞬やわらぎ、そこに驚きがくわわる。

トーヴァは両手を腰に当てる。「まだいたんだ」「どこに行ってたの？」

「どうでもいいだろ」

「どうでもいいわけないでしょ。仕事なんだから。しかも、何時間も前に来てなきゃいけなかったのよ」トーヴァは唇を引き結ぶ。「ちょっと遅れたなんてものじゃない。しかも、今夜は一大イベントがあったのに、それを見逃したのよ。新しいタコが来たんだから」

キャメロンは黙っている。この若者を見ていると、なんとなくコイルばねを連想しところ。彼女は彼の肩に手を置く。「大丈夫？　なにかあったの？」

　彼はその手を乱暴に払いのけ、うろうろ歩きはじめる。「なにかあったかって？

そうだな。イーサンは他人のことに口出ししなきゃ気が済まないお節介野郎で、おまけにおれのことなど毛ほども信用してない。あいつとの友情もこれまでだ。ほかの友だちはどうかって？　モデストにいるたったふたりだけの友だちは？　ふたりのところには赤ん坊が生まれたばかりで、バンド活動もおしまいだ。モデストと言えば、おれのくそったれなおふくろの話はしたっけか？　あの女はおれを捨てたんだよ。おれの人生にとってあれが最低の出来事だった。ジーンおばさんはおふくろのかわりになろうとしてくれたし、せいいっぱいやってくれたけど、いつまでもおれを子ども扱いしないでほしかった。こっちで彼女ができたと思ってたのに、その女はなんの連絡もよこしやしない。おれがデートをすっぽかしたと思って頭に来てるんだろうが、用事ができたんで行けなくなったと、直接伝えようと思ってわざわざ出向いたんだぜ。おれのしょぼい人生のなかでいちばん大事な面会のためだってことを伝えるために。少なくとも、おれはそう思ってた」そこで言葉を切り、もう一度深呼吸する。「それにおれの荷物の件だ。二カ月前、こっちに来るときの飛行機に預けた荷物のことだ。どうやら、いまイタリアで長期休暇を満喫してるらしい。いまさら、あんなもの、必要ないけどな」

ふと気がつくと、トーヴァはキャメロンの言葉という強風に吹きつけられたみたいに、うしろの水槽にぴったり背中をくっつけている。背筋をのばし、風に乱されたかのように髪をなでつける。キャメロンの話はよくわからないが、わかっているふりをしてうなずく。

「しかも、こんなのはまだ序の口だ」キャメロンはポケットに手を入れ、厚みのある指輪を出す。男もののクラスリングのように見えるが、トーヴァからは若者のてのひらにのっているのがちらりと見えただけで、腹立たしそうに握られたこぶしにのみこまれてしまう。キャメロンはまたうろうろ歩きまわる。静電気のような苦々しさを声ににじませながら話をつづける。「傑作なのは、なにもかもがまったく無意味だったってことだ。あいつですらなかった」

「なんのことを言ってるの、キャメロン?」トーヴァは彼の肩に手を置くが、彼はまたもそれを乱暴に払いのける。

「あいつは親父じゃなかった。おれがソーウェル・ベイまで来た目的の相手だよ。おれが時間をかけて突きとめた男。おふくろの昔の友だちってだけだった。指輪はあいつのものじゃなかった」

「じゃあ、誰のものなの?」

「この先ずっと、謎のままだろうね」

トーヴァはかける言葉がなかなか見つからない。ようやく、ひとことこう言った。

「本当に残念だったわ、キャメロン」

「まったくだ」彼は唾をのみこむ。「だって、なにもかも、時間の無駄だったんだから」

「誰かを失ったときは取り乱してもいいのよ」トーヴァはぽつりと言う。

キャメロンはトーヴァにはよく聞き取れないことをつぶやくと、足音も荒く正面玄関に向かう。トーヴァは必死にくらいついていく。本当に辞めるつもりなの？

意外なことに、彼は正面玄関のドアから出ていかず、ポンプ室に入っていく。トーヴァが驚きに目を見張っていると、彼は部屋の中央に置かれたままの〝生きているタコ〟の木箱をまわりこみ、ウルフイールの水槽の蓋を乱暴にはずし、そのなかにクラスリングを落とす。指輪は静かに水槽の底まで沈み、砂煙のなかに消える。

「おい、イール(Eels)ども。そいつはおまえたちにお似合いだ」キャメロンは苦々しげにつぶやく。

トーヴァは水槽をじっと見つめる。なんなの、いったい？　一匹のウルフイールが彼女を見つめ返す。針のようにとがった歯が青い光を受けてぎらりと輝く。

彼女は咳払いをする。「ちょっとすわってコーヒーでもどう？　見てのとおり、今夜の仕事は終わったけど、明日、やるべきことについてきちんと話し合いましょう。わたしの最後の日だから。円滑に引き継げるようにしておきたいの」

「コーヒー？」キャメロンは外国の言葉のようにその言葉を発する。一瞬、吹き流しが真下に垂れるように、その顔からいっさいの表情が消える。彼は首をすばやく横に振り、次の瞬間、ふたたび嵐が吹き荒れはじめる。「遠慮しとく。休憩室に置き忘れたフードつきパーカを取りに寄っただけだから」

彼はポンプ室を出ていき、トーヴァがあとを追う。「でも明日はどうするの？」

「明日なんかない」彼は首だけうしろに向けて言う。「テリーは雇うと言ってくれなかった。だったら、いつまでもここにいる必要なんかないだろ？　ごみ箱を空にしたり床にモップをかける程度の仕事すらあたえてもらえないとは、おれはどれだけ無能なんだって話だよな。あ、いや……悪く取らないでくれよ」

「あら、それは絶対に誤解よ。このところテリーは頭がお留守になってるだけ。新しいタコが――」

「もう誤解にはうんざりだ」彼は休憩室に入ると、すぐにパーカを脇に抱えて出てくる。「とにかく、おれはここを出ていく」

「どういう意味？」

「カリフォルニアに帰る」キャメロンはトーヴァとまともに目を合わせようともしな

い。憂いを帯びた冷笑が顔いっぱいにひろがる。「車で長旅に出る」

「いまから？」

「うん」キャメロンはぶっきらぼうに答える。「とっくに出発してるはずだったけど、おれも間が抜けてるもんだから、きょう、ほとんどの荷物をイーサンの家に置きっぱなしにしちまったんだ。洗濯物も。ギターも。それを取りに戻ってきた」彼はフードつきパーカをかかげる。「こいつも持ち帰ろうと思って寄ったんだ」

「いなくなるのに、テリーにひとことも言ってないの？」

「見当ぐらいつくだろ」

「明日、あなたが来なかったら、どうなるかわかってる？」

「くびになるだけだろ？」

「そしたら、誰が餌の準備をするの？　こんなにたくさんいる、わたしたちの……友だちの餌を？」

「そんなの知るか。べつにたいしてむずかしい仕事じゃないんだし」

トーヴァは彼を冷ややかな目で見つめる。「そんな仕事の辞め方ってないでしょ」

キャメロンは肩をすくめる。「知るわけないだろ。自分から仕事を辞めたことなんかないんだから。いままでずっと、辞めさせられてばかりだったんだから。おれはそういう星のもとに生まれたんだよ」そう言ってテリーのオフィスに入っていく。彼女もついていき、彼がプリンタのトレイから紙を一枚抜いてなにやら走り書きし、それをたたんでテリーのデスクに置くのをじっと見ている。

「さあ。これならいいか？」

トーヴァはメモを手に取って、キャメロンに突き返す。「ちゃんとした手続きもしないで上司に背を向けるなんて……あなたはそんな人じゃないはず」

「いいや、おれはそんなやつなんだよ」声がうわずっている。彼は紙をデスクに放る。

「本当に」

とらわれの身の生活一三六一——ああ、もう、さっさと本題に入ろう。指輪を回収しなくちゃいけないんだから。

人間はウルフイールに対して理性的な判断ができない。みんながウルフイールを〝おぞましい〟とか〝醜い〟とか〝化け物〟と呼ぶたびにハマグリをひとつもらっていたら、いまごろぼくはまるまる太ったタコになっていただろう。

その評価はまちがってない。客観的に言って、ウルフイールはグロテスクだ。ぼくがなかに入ったり探索したりしたことがない水槽はあまりないが、その数少ないひとつが彼らの水槽だ。でも、それは彼らの残念な外見とは関係ない。

もうずっと昔、ぼくが捕獲されて水槽にとらわれの身となる前のことだ。ぼくは若くて、世間知らずで、人間が言うところの〝泊まれそうな場所〟を大海原で探してた。岩に隠れた洞穴が目に入った。ぼくにぴったりのねぐらになりそうだった。すでに使われているとは気づかなかった。

こんなにも聡明な頭があるんだから、もっと用心すればよかった。岩の隙間からなかをのぞいたとたん、そいつが襲ってきた。ウルフイールの針のような歯と肉厚の顎は見た目が醜いだけじゃなく、とんでもなく強い。ぼくはミスの代償として三つのものを失った。

ひとつめはぼくの自尊心。

ふたつめは腕の一本。腕は翌日には生えはじめたけど、そのときにはもう遅かった。

三つめは自由。誤った判断によってこんな怪我を負わなければ、いわゆる保護とやらを逃れられたはずだ。

ぼくは辛抱に辛抱を重ね、トーヴァがいなくなるのを待つ。ポンプの筐体のねじをゆるめるのは、このところだんだんむずかしくなってきているけど、がんばってはずす。小さな隙間から半分ほど体を出したところで、最近ではとみに急激になってきた〝副作用〟がすでに出はじめる。

時間はあまり残されていない。

ぼくは水槽のなかに入りながら、陳腐な言葉で話しかける。ぎらつく頭をねぐらの出入り口からのぞかせている大きなオスがぼくを威嚇（いかく）するようににらんでくる。ほどなく、メスも顔を出す。

ふたりともきょうはとてもすてきだね、と水槽の反対側に腕をまわしながら、ぼくは声をかける。二匹がまばたきする。ぼくの心臓がどきどきと早鐘を打つ。

いつまでもこうしてるわけじゃないから、と約束の言葉を口にして、ぼくは底に向かって沈んでいく。

二匹がいる水槽の底は、粗砂利が敷いてあるぼくのとちがい、砂でできていて、そこをさらいながら探すと、感触のやわらかさに驚く。二匹は巣穴からさらに顔を出し、いつものように、突き出た顎をあけたり閉じたりしながらぼくの様子をうかがっている。薄い背びれがリボンのように揺らめくが、近づいてくる様子はない。

植物の根元の砂をさらったとき、ついに腕の先端の吸盤が冷たくて重たいものに触れる。ぼくはずっしりした指輪を取りあげ、腕のなかでも太くて筋肉質の部分で抱きかかえる。そこで持つのがいちばん安全だ。あいかわらず、ぼくの一挙手一投足をじっと見ているウルフイールたちにちらりと目をやる。これを持っていってもかまわないよね、と言うように。

自分の水槽に戻るほんの短い距離でも、体力が奪われる。ぼくは日に日に弱っている。重たい指輪を抱えたまま、自分のねぐらにもぐりこんで休む。次の遠出のためにスタミナを養っておかなくてはならない。最後の遠出のために。

超がつく天才

サーペンタインベルトとは、まったく言い得て妙だとキャメロンは思う。キャンピングカーのボンネットの下をものすごく長いヘビ(サーペンタイン)のようにうねうねと這っている。乾いた空気は埃と焼けたブレーキパッドのにおいがし、朝の陽射しが容赦なく照りつけてくる。路肩にとめたキャンピングカーのあけたボンネットの前に立っていると、数秒に一度、威嚇するようなフロントグリルのついたトレーラートラックが巨大カブトムシの行列よろしくフリーウェイを猛然と走ってきて、ヒューッという音とともに側頭部に強風が吹きつける。彼は片手で切れたベルトを引っ張る。もう片方の手にはグローブボックスにあった新品のベルトを持っている。

「なんなんだよ、もう」彼はエンジンルームをじっと見つめながらひとりつぶやく。

おもな部品はわかる。エンジンブロック、ラジエーター、バッテリー、オイルゲージ。それに、フロントガラスをきれいにする青い液体が入っている容器。

新品のベルトはグローブボックスにずっとあったのだ。なんで交換してもらわなかったんだ？　例のキーキーという異音。あの音が自然に消えるとは思えなかったのに。

　この十二時間、ずっと運転してきたが、その間も消えなかった。

　いや、正確にはそうじゃない。異音は消えた……パワーステアリングとともに。オレゴンとカリフォルニアの州境から百マイルほど南、レディング郊外を走る荒涼とした州間高速道路上で。キャメロンはなにをやらせても、決まってしくじる。情けない失敗をしたあとに、辞めてやると騒ぐことそのものが情けない失敗なのだ。

　いかにもって感じだ。

「大丈夫、やれる」彼は大きく息を吐き、それからバンパーに立てかけた携帯電話で動画をもう一度じっくりと見る。ほかにどうしようもない。このまま運転をつづければ、ほどなくエンジンがオーバーヒートしてもう直らなくなる。いや、動画ではそこまで言ってないが……とにかく、まずいのはたしかだ。

　だいいち、新しいベルトをつけるのはそんなにむずかしいはずがなく、彼、キャメロン・キャスモアは超がつく天才なのだ。

　そろそろ、超がつく天才らしくふるまうべきだ。

うなぎ(EEL)の指輪

トーヴァが退職する木曜日の午後、ジャニス・キムとバーブ・ヴァンダーフーフが四角い箱を持って玄関に現われる。

「どうぞ入って」トーヴァは言う。「なかが散らかっててごめんなさいね。荷造りがちょうど……」彼女は雑然とした室内をざっと手で示す。「コーヒーを淹れるわ」パーコレーターはまだ箱に詰めていなかった。最後に入れるつもりだ。

キャセロール料理だろうと思ってジャニスから箱を受け取るが、あまりに軽すぎる。キッチンのカウンターに置いて蓋をあけると、出てきたのは魚の形をした小さなシートケーキだ。アイシングで〝退職おめでとう〟と書かれている。

「こんなことしてくれなくてもよかったのに！」トーヴァは笑う。「でも、そのとおりよ。本当に退職するんだもの」

「ようやくね」ジャニスが言い、紙皿と紙ナプキンが入った包みを出す。

「どうせ、チャーター・ヴィレッジでも幅木の掃除係に雇ってほしいと売りこむつもりなんでしょうけど」バーブがキッチンテーブルの椅子に腰をおろしながらつけくわえる。

「そうね、その可能性も否定しない」トーヴァはほほえむ。コーヒーができあがり、パーコレーターがシューシュー音を立てる。トーヴァはしゃがみ、ゆっくりした足取りでキッチンに向かおうとするキャットの背中をなでる。

ジャニスがキャットをけげんそうに見つめる。「その子はどうするの？」

「うん、連れていくわけにはいかないわね」トーヴァは言う、「あなたたちのどちらかがペットを募集していないなら、フルタイムの外猫暮らしに戻ることになるわ」

ジャニスは両手をあげる。「ピーターにアレルギーがあるの。それにロロは猫を怖がるし」

キャットは飛びあがってバーブの膝に軽く着地し、盛大に喉をゴロゴロ言わせながらのびをし、毛でふさふさした頭を彼女の顎に押しつける。

「わたしは犬派なのよ」バーブは言いながらも、キャットの耳のうしろをかいてやる。

「あらあ、あなた、ずいぶんとやわらかいじゃないの。去年、アンディのところの子どもたちが猫を拾った話、したかしら？　いまはあの子たちの寝室で暮らしてて、シーツと毛布をかけて一緒に寝てるんですって。アンディには、ちゃんとノミの駆除をしなきゃだめよって言ったのよ。だって、動物が外からどんなものを持ちこむかわからないじゃない？　とにかく、彼女が言うには――」

「ごらんなさいな、バーブ。その子、あなたにぞっこんよ」ジャニスがくすくす笑う。キャットはあいかわらず電動丸のこみたいにゴロゴロいいながら、今度は毛繕いをするようにバーブの手の甲をなめている。

「もちろん、ノミの駆除はすませてあるわ」トーヴァはきっぱりと言う。

バーブはジャニスからトーヴァに視線を移す。「でも、わたしは犬派なんだってば！」

トーヴァはおかしそうに笑う。「人は変わるものよ、バーバラ」

「わたしたちみたいな年寄りでもね」とジャニスがつけくわえる。

「もう、わかったわよ。考えてみる」バーブはもごもご言うが、今度はキャットの灰色の腹をなではじめる。猫は満足そうに目を閉じている。

トーヴァは全員のコーヒーを注ぐ。「ふたりとももう夕食は食べた？　よかったらなにか温めて……」

「あら、そんなことといいのよ」ジャニスは手を振って断る。「あなたにはやらなきゃいけないことがたくさんあるんだもの」

トーヴァの唇がひょうきんな笑みの形になる。「夕食にこのケーキをいただきましょう」

水族館での最後の勤務もトーヴァはひとりで掃除をする。円形の廊下にモップをかけるのもこれが最後。水槽のガラスを一枚一枚拭くのもこれが最後。仕上げとして、最後にもう一度、アシカ像の尾の下を格別ていねいにこする。次にいつ、ここが手入れされるかわからない。

おかしなことだが、この仕事を始めたころは、まわりに海の生き物しかいないところがいちばん気に入っていた。誰ともつき合わずに忙しくしていられるし、他人のことに首を突っこまずにすむからだ。けれどもいまは、ひとりで掃除するのは奇妙にもまちがっている気がしている。どう考えても、ここにキャメロンがいないのはおかしい。そこまで断言できる自分にトーヴァは驚く。

けれども彼はいまごろカリフォルニアだろう。

掃除を終えると、最後にもう一度、薄暗い廊下をぐるりとまわる。ブルーギルに声をかける。「さよなら、みんな」

次はタカアシガニの番。「さらば、いとしき者たち」

「元気でね」と鼻のとがったカサゴに言う。「じゃあね、みんな」とウルフイールに声をかける。

隣にあるマーセラスの水槽はしんと静まり返っているようだ。トーヴァは顔を近づけ、岩だらけの巣穴に目をこらして彼がいる気配はないかとうかがうが、なにもない。今夜はずっと、彼の姿を見ていない。

ポンプ室にもう一度行ってみるが、裏からのぞいても、上から見おろしても、彼の姿は見つからない。踏み台をもとに戻し、樽の上からのぞきこむと、ムール貝の殻が散乱するなかにあたらしい雌のタコがあいかわらず小さくまるくなっているのが網の向こうに見える。「ねえ、なにか見なかった？　彼はいなくなっちゃったの？」そこで片手で口を覆う。「まさか――」むせぶような嗚咽が漏れ、言葉がつづかない。

新入りのタコはさらにぎゅっとまるくなる。

トーヴァは廊下に戻り、マーセラスの水槽の正面側のひんやりしたガラスに手を置く。岩と水にさよならを言ってもしょうがない。涙がひと粒、目からこぼれ、しわ深い頰を伝い、顎から落ちて、モップをかけたばかりの床に着地する。

トーヴァが約束どおりカードキーを置いて帰ろうとオフィスに入ると、テリーのデスクの上はひどく散らかっている。彼女はしょうがないわねと言うように肩をすくめ、雑然と置かれたものの上にプラスチックのカードをのせる。

スニーカーが床をこするキュッキュッという音をさせながら、ロビーを突っ切る。今夜の仕事が終わったら、このスニーカーは処分するつもりだ。ここの掃除をしてきた長年のあいだに、すっかりくたびれている。中古品店ですら、引き取ってくれないだろう。

ドアの手前で彼女は足をとめる。ドアの真ん前の床に、ぐしゃっとした茶色い物体が行く手をふさぐように置かれている。ほのかな青い光に目をこらす。紙袋かしら？入ってくるとき、どうして気づかずにわきを通り過ぎたんだろう？

腕が一本、ぴくぴく動く。

「マーセラス！」トーヴァは小さな悲鳴をあげて駆け寄り、かたわらの固いタイルの床に膝をつく。腰の骨がポキッと盛大に鳴るが、本人はほとんど気づいていない。老いたタコは血色が悪く、きらきらの目ですら、つやがなくなった大理石のように輝きが失われて見える。トーヴァは具合が悪い子どものおでこに触れるように、タコの外套膜にそっと手を置く。肌がねばついて湿り気がない。彼が腕を一本のばしてきて、トーヴァの手首、すでに輪の形がうっすら見える程度にまで薄くなった銀貨大の傷のすぐ上あたりに巻きつける。彼は一度まばたきをし、それから巻きつけた腕をかすかに締めつける。

「こんなところでなにをしてるの？」トーヴァはやんわりと叱る。「水槽に戻りましょう」トーヴァは手首から腕をほどいて立ちあがり、それからマーセラスを持ちあげようとするが、背中に強い力がかかり、腰のあたりに不吉な痛みが走る。

「そこを動かないでね」トーヴァは言いおくと、体が動くかぎり急いで用具庫に向かう。数分後、黄色いモップ用バケツをがらがらと押しながら戻ってくる。用具庫に置いてあったミルクジャグを使ってマーセラスの水槽から汲んだ数ガロンの水がバケツのなかで揺れ動く。マーセラスがまばたきするのを見て、安堵の気持ちが押し寄せる。まだ生きている。ぞうきんを水槽の水で濡らし、マーセラスの頭の上で絞って肌を湿らせてやる。彼はいつになく人間のようなため息をひとつ漏らす。

それで彼は動けるまでに復活したらしい。苦労しながら腕を一本あげる。トーヴァはバケツを彼のすぐそばまで引き寄せ、それから彼のお尻（というか、お尻に相当すると思われる部分）を少し押しあげてやったところ、マーセラスは黄色いプラスチックのバケツのへりを乗り越え、なかの冷たい水にドブンと浸かる。

「ここでなにをしてたの？」トーヴァはもう一度訊く。次の瞬間、その答えがわかる。マーセラスがぐったりしていた場所の床で、厚みがある金色の物体が光っている。トーヴァは腰をかがめて拾いあげる。ソーウェル・ベイ・ハイスクール、一九八九年度卒業生。きのうキャメロンが不可解にもウルフイールの水槽になにか投げこんだが、あのときトーヴァはクラスリングのように見えた気がしていた。

マーセラスはこれをどうやってあそこから取り出したのかしら？　それに、その理由は？

ソーウェル・ベイ・ハイスクールの一九八九年度卒業生？　ダフネ・キャスモアの指輪かしら？　でも、これは男性用だ。キャメロンはこれが父親のものと信じていたはず……。

てのひらにのせると、ひんやりしていてずっしりとくる。思い出のように。エリックもこれと同じものを持っていた。親なら誰しもそうだが、トーヴァも指輪が象徴するものをとても誇りに思っていた。あの晩も、息子は着けていたはずだ。彼とともに海に消えた指輪を。

トーヴァは指輪の向きを変え、内側に彫られた文字に目をこらす。耳のなかで心臓がどくどくいいはじめる。ブラウスの裾で指輪を拭い、もう一度文字を読む。

ありえない。

でもちゃんと書いてある。

EELS。

エリック・アーネスト・リンドグレン・サリヴァン（Erik Earnest Lindgren Sullivan）。

彼女の頭のなかを泳ぎまわっていた事実の断片がぶつかり合い、結びつけてほしいと懇願してくる。

つき合っている女性がいた。

エリック……そしてその女性。

エリックは子どもの父親になった。

トーヴァの知らない遠くの地で、育った子ども。キャメロンがあんなにもたくさんの表情と兆候を見せていたのに、いままで気づかなかった自分が信じられない。左の頬にハート形のえくぼができるのがすてきだなといつも思っていたのに、なぜそう思うのか、考えもしなかった。

「あなたは知っていたんでしょう?」彼女はバケツのなかのマーセラスに話しかける。

「もちろん、知っていたわよね」手を下にのばし、もう一度、彼の外套膜に触れる。

「あなたはわたしたち人間が認めているよりもはるかに知性が高いもの」

マーセラスは一本の腕の先を彼女の手の甲にのせる。

トーヴァはまたもへなへなと床にすわりこむが、今度はバケツのふちに両肘をついて体を支える。熱い涙がいきおいよく流れはじめ、とめようにもとめられなくなる。彼女のやせた肩が大きくあがり、嗚咽とともにいきおいよくさがるたび、涙の粒が顔を伝い落ちていく。ここには誰もいない。見ている人はいない。慎重さをかなぐり捨て、全身をつらぬく悲しみに身をまかせる。そうこうするうち、涙がゆっくりになり、そこへときおりしゃっくりが交じる。涙は涸れ、目が熱い。

やり場のないこの悲しみに、どれくらいひたっていたのだろう？　数分にも、一時間にも感じられる。ようやく顔をあげたときには、まるめていた肩に痛みが走る。

「あなたなしで、これからどうしたらいいのかしら？」トーヴァがしゃっくりをこらえながら言うと、マーセラスは万華鏡のような目をぱちくりさせるが、その目はこれまでになく潤んでいる。〝もって数週間、あるいは数日といったところかもしれない〟とテリーは言っていた。彼女は体を起こし、手の甲で涙を払う。「それを言うなら、あなたをどうしたらいいのかしら？」

立ちあがって肩をぐっと引き、腰の凝りをほぐす。「行くわよ、マーセラス。あなたを家に帰してあげる」

その晩、ソーウェル・ベイの海岸周辺に釣りに興じる人や日没後の散歩をする人がいたら、すごいものが見られたことだろう。体重が九十ポンドもない七十歳の女性が六十ポンドはありそうな大型のミズダコが入った黄色いバケツを引きながら、板張りの遊歩道を突堤の先端に向かって歩く姿を。しかし、今夜、その光景を目にするのはカモメだけで、彼らはごみ箱から蜘蛛の子を散らすように逃げると、マーセラスを運ぶトーヴァに向かってギャアギャアと甲高い怒りの声を浴びせる。猛スピードで移動しているわけではないのに、マーセラスはウィンドウをおろした車に乗っているみたいにバケツの両側に腕を一本ずつのせている。

トーヴァがおかしそうに笑う。「風が気持ちいいわね」

いまはかなり潮が引いている。岩に打ち寄せる音がほとんど聞こえないほど波が遠く、水辺の遊歩道から一マイルは離れたところにあるにちがいない。なにもない砂浜に大きな銀貨のように点在する浅い水たまりが月明かりを浴びてきらきら光っている。

「ここからは揺れるわよ」トーヴァがひとこと断る。

さまざまな岩を組み合わせた人工の防波堤である突堤は、なにもない砂浜を突っ切り、バレリーナの腕のように優雅なカーブを描きながら、海へとのびている。夏の午後ならば、ビーチコーミングをする人や冒険心にあふれるピクニック客でにぎわう場所だ。すわってアイスクリームをなめるのにもっとも美しい場所を求める人たちで。

いまは人っ子ひとりおらず、突堤の先端にカモメが一羽とまっているだけだ。

突堤の平坦だが小石交じりの表面をバケツを引いて進むのはたやすいことではない。あとで絶対に腰が痛くなる。それでもようやく、トーヴァとマーセラスは目的地点手前に到達する。引き潮なので、海面は岩より少なくとも数フィート下にある。腕の長さほど離れた突堤の先端から、カモメがトーヴァたちをぎろりとにらみ、身の毛もよだつような甲高い鳴き声をあげる。

「うるさいわね、もう。静かになさい」トーヴァが怒鳴りつけると、鳥は飛び去っていく。

塩水でぬるぬるする岩にそろそろと腰をおろす。バケツに手を入れ、ひとつ咳払いをしてから、ここに来るあいだに頭のなかで何度も練習した短いスピーチを始める。

「あなたにお礼を言わせてちょうだい」彼女が切りだすとマーセラスは最後にもう一度、彼女の腕をつかむ。「テリーが言っていたけど、あなたは保護されたんですってね。あなたは保護されないほうがよかったんでしょうけど、わたしは保護されてよかったと思ってる」

彼女はまばたきをして涙をこらえる。んもう、またなの？

「あなたはわたしをキャメロンへと導いてくれた。わたしの孫へと」最後の〝わたしの孫〟のところで声が震えるが、それと同時に、温かみがにじむ。〝わたしの孫〟と言うことは絶対にないと思っていたのに。ウィルがまだ生きていて、彼と顔を合わせることができていればと思う。せめて、モデストが千マイル以上も離れていなければ。「あなたったら、彼の運転免許証を盗んだでしょ。まったく悪い子なんだから」トーヴァは含み笑いを漏らし、マーセラスは首を振る彼女の手をぎゅっとつかむ。「あなたは教えてくれようとしたのよね、なのに、わたしは耳を傾けようとしなかった」

夜空の高いところを飛行機が飛んでいくらしく、遠いエンジン音が穏やかな湾一帯に響きわたる。「あなたが水槽のなかで一生を終えるなんて気の毒だわ。だから、マーセラス、わたしは最善をつくす。あなたの後釜が充分なほど手厚く世話をされ、知的な刺激をたっぷりあたえられるタコになるように……」

自分の口から出たその言葉がぐさりと突き刺さる。チャーター・ヴィレッジに行けなくなる。行くわけにはいかない。

大きく息を吸ってから、トーヴァはつづける。「これでお別れよ。でもテリーがあなたを救ってくれて本当によかった。だって、わたしはあなたに救われたんだもの」

トーヴァはそろそろとバケツを傾ける。海面まで約三フィート。重力に引っ張られるまでの引きのばされたように感じられるほんの一瞬、腕をトーヴァの手にからませたまま、マーセラスのこの世のものとは思えぬ奇妙な体は宙ぶらりんになり、濃いブルーの瞳がトーヴァの目をじっと見つめる。彼女の体が一緒に引きずりこまれそうになったそのとき、彼は腕を解き、真っ暗な海に大きな水しぶきをあげて着水する。

一切合切

「わたしのかわいい坊や」トーヴァは水族館のそばの桟橋にあるいつものベンチで海を見やりながら言う。銀色の月明かりを受けて海面がきらきら輝いている。

この二時間の出来事はとても現実とは思えず、それを言うなら、この二カ月間の出来事も同様だ。マーセラスはもういない。彼女の孫であるキャメロンもいない。明日になれば、自宅もなくなる。けれども、チャーター・ヴィレッジには引っ越さない。

トーヴァはいなくならない。

これからどうしよう？　とんと見当がつかず、いつものベンチにすわってしばらくのあいだ、海をながめている。しばらくのあいだというのは、大きなタコが小さな隙間をすり抜けようとして体の形を変えるがごとく、世の中の一般的な法則とは無縁の漠然とした時間という意味だ。ふと、彼女は腕時計に目をやる。かなり遅い時間になっているはずだ。午前零時まであと十五分。

もうほとんど明日だ。祖母としての初日。

エリックは子どもをもうけたことを知らなかった。子どもが生まれるというのに、みずから命を絶つはずがない。そんなことはありえない。だから、自殺じゃない。トーヴァはその説にすがり、細い指でベンチを強く握る。きっと事故だったんだ。酒が入った若者。判断力の低下。

あの子ならきっといい父親になっただろう。たしかに、当時はまだ十八歳だったけれど、メアリー・アンの孫のテイタムの例もある。彼女はちゃんとやっているではないか。エリックはキャメロンを全力で愛しただろう。そうしたら、すべてが——一切合切が——まったくちがったものになっていたかもしれない。

「あの、すみません」女性の声が桟橋の向こうから聞こえ、トーヴァははっとして物思いから覚める。こんな時間にいったい誰かしら？

スポーツ用ショートパンツにあざやかなピンクのトレーナー姿の人が、ただならぬ様子で駆けてくる。遊歩道の先、不動産事務所の隣のサーフショップのオーナーをしている若い女性だとトーヴァは気づく。

「こんばんは」トーヴァは目を拭い、眼鏡をかけ直すと、ベンチから立ちあがる。

「大丈夫？　ジョギングをするにはずいぶん遅い時間だけど」

若い女性は早足程度にまで速度をゆるめ、息を切らしながらベンチに近づく。「トーヴァさんですよね」

「ええ」

「わたしはエイヴリー」彼女は肩で息をしながら言う。「ジョギングしてたんじゃないんです。この先にある自分の店で書類仕事を片づけてたら、明かりがついてるのが見えて、それで水族館に誰かいるんじゃないかと思って」その目に浮かぶひそやかな絶望感はトーヴァもいやというほど経験がある。冷静さを失うまいとするときの表情だ。

エイヴリーの視線をたどって水族館の建物を見やると、たしかに明かりがまだついている。黄色いモップ用バケツは用具庫にしまった。トーヴァは帰るときに明かりをすべて消して、戸締まりするつもりでいた。

「キャメロンじゃないかと思ったの？」

エイヴリーはごくりと唾をのみこむ。「とにかく、もしかしたら……」

「はい」彼女の顔に安堵の表情が現われる。「彼、いますか？」

「残念だけど」

「どこにいるか、ご存じないですか？　昼間ずっと電話したけど、全然出てくれなくて」

トーヴァはかぶりを振る、「彼は帰ったわ。カリフォルニアに戻ったの」

「ええっ？」エイヴリーは口をあんぐりさせる。「どうして？」

「その質問に答えるのはかなりむずかしいわ」トーヴァの口ぶりは慎重だ。彼女はベンチのさっきまですわっていた場所にふたたび腰をおろし、若い娘は反対の端に、むき出しの両脚をお尻の下に折りこんですわる。トーヴァがつづける。「いろいろと誤解があったみたい」

エイヴリーは眉を寄せる。「誤解?」

「彼の言葉をそのまま引用したのよ」トーヴァは歳下の女性に向かって片方の眉をあげてみせる。「彼はあなたが……ええと、なんて言っていたんだったかしら……すっぽかしたと思ってるみたい」

「なんなの、それ?」エイヴリーはいきおいよく立ちあがる。「彼がすっぽかしたのよ! そのあと、話がしたいってメッセージをよこしたの。そんなの、いい兆候のわけがないでしょ?」彼女は手すりにもたれる。「頭にこなきゃいけないのはこっちよ。ここまで来てみたのは、彼のことが心配だったから」

トーヴァは水族館の廊下でキャメロンが放ったきつい言葉を思い出し、エイヴリーに話そうと思うが、躊躇する。お節介なことはしないほうがいい。でも、とは言うものの……キャメロンは家族なわけだし、家族はそうするものじゃないの? そう思ったとたん、思わず笑いだしそうになる。彼女は不本意ながらも、ようやくこう言う。

「彼は行けなくなったと伝えようとしたんだと思うわ」

「ううん、そんなことない」

「あなたのお店に立ち寄ったと言ってたわ」トーヴァはかぶりを振る。「そこでまた、誤解が生じただけなのよ」

エイヴリーは手すりに寄りかかり、強く握りしめた手に額を押しあてる。「マルコだわ」

「えっ？」

「わたしの息子。いま十五歳。わたしが銀行に行ってるあいだ、店番をさせてたの。キャメロンが電話してきたか、訪ねてきたか訊いたら、あの子はううん、と答えた。あの子がばかにしたように笑ったのがちらりと見えたときに、なにかあるなと思わなきゃいけなかったのに」エイヴリーは腹立ちまぎれに手すりを叩く。「わたしはこれ以上ないくらいがんばってるのよ、本当に。なのにあの子にはときどき、いらっとさせられる」

「子どもはみんな、ときどき扱いにくくなるものよ」トーヴァは立ちあがり、歳下の女性の隣に立つ。「息子さんはたぶん、あなたを守ろうとしたんだと思う」

「守ってほしいなんて思ってないのに」エイヴリーはむっとする。「わたしも、そのくらい見抜けなきゃ、母親失格だわ」

「自分を責めてはだめ。親になるのは臆病な人には向かないわ」

長い間ののちエイヴリーが口をひらく。「じゃあ、キャメロンはわたしのせいでカリフォルニアに旅立ったのね」

「うーん、そういうわけじゃないの。大きな誤解があったの。彼の父親という人のことで」

「あ、そうか。例の面会の件……彼の思ったとおりにはいかなかったんだった」エイヴリーはまたもうめく。「きのう電話すればよかった。店が忙しかったし、わたしは頭にきてたし……」彼女はショートパンツのポケットから携帯電話を出す。「彼とちゃんと話をしなきゃ」

トーヴァが見守るなか、エイヴリーは番号をプッシュする。電話はすぐ、留守番電話サービスにつながる。

「本当に行っちゃったんだ」エイヴリーはぽつりと言う。

「そのようね」

ふたりは月明かりに照らされた水面をしばらく無言でながめる。エイヴリーが口をひらく。「ここは静かね。この栈橋にはずっと来ていなかったけど」

「わたしのお気に入りの場所なの」トーヴァはぽつりと言う。

エイヴリーははるか下の黒い海に視線を落とす。「以前、ここのへりから人を説得したことがあってね。その人を思いとどまらせたの……どういうことかわかるでしよ」

「まあ」

　声をいくらか詰まらせながら、エイヴリーはつづける。「女の人だった。すぐそこにいたの。何年か前のことよ。その日、ものすごく早起きしてサップをしてたら、その人が手すりにすわってた。誰かに話しかけてた。実際にはひとりごとを言ってたんじゃないかな。顔色がひどく悪かった。ドラッグでもやってるみたいな感じ」

「そう」トーヴァの声はかすれている。

「おそろしい夜のことをずっとしゃべってた。事故。ドーン（ブーム）という音」

　ドーン（ブーム）という音。

　トーヴァは声が出せず小さくうなずく。

「その女の人は戦争中のなにかで苦しんでるにちがいないって、わたしはずっと思ってた。たぶん、爆発によるＰＴＳＤじゃないかと」

　ブーム。

　トーヴァは目を閉じ、その光景を想像する。なにかの拍子に船首がコースからはずれてしまい、たるんだ帆に悪いタイミングと悪い形で突風が吹きつける。帆桁（ブーム）が大きく振れる。エリックは頭を強打する。そして船外に投げ出される。

　事故。こんな経過をたどったのかもしれないし、ほかにいくらでも考えられる。セーリングチームのキャプテンで、腕のたしかなヨット乗りではあったけれど、あの夜は家からビールを盗み出していた。それに恋人も一緒だった。

「ときどき、あの女の人はどうなったんだろうって考えることがあるの」エイヴリーが言う。「いまも生きているんだろうかって。わたしが救ったことには意味があったんだろうかって」

トーヴァはぎくしゃくと息を吸いながら、エイヴリーと目を合わせる。「意味があったわよ。彼女を救ってくれてありがとう」それは本心からの言葉だ。

ばか高い路上轢(れき)死(し)体

六百八十二マイル地点まで来たところで、キャメロンはエンジンの水温計が気になって車をとめる。作動してる。ちゃんと直ってる。これでキャンピングカーが州間高速道路の真ん中で爆発する心配はない。

七百四十二マイル地点の出口の標識が目に入り、彼は子どものようにけらけら笑う。町の名前がウィードだってよ！　標識の写真を撮ってブラッドに送ってやるつもりで、ウィンカーを点滅させて路肩に寄る。カリフォルニア州大麻(ウィード)町なんて笑えるからだ。けれども、携帯電話はいつも入れてるカップホルダーに入ってない。おかしいな。車の後部座席に置きっぱなしにしたのかも。キャメロンはそのまま運転をつづける。

七百八十マイル地点で、携帯電話が見つからないわけに気づく。ベルト交換のとき、フロントバンパーに置きっぱなしにしたのだった。そこに置いてあるのが目に浮かぶほどだ。つまり、いまごろは、ばか高い路上轢死体になっている。思わずばか笑いする。もうかれこれ三十時間近く眠っていない。

ローグ川渓谷あたりのトラック用サービスエリアで、車をとめて六時間ほど仮眠をとるという賢明な判断をくだす。目覚めると、公衆トイレの冷たい水で顔を洗い、食堂でブラックコーヒーをテイクアウトする。出ていく途中、まだほとんど吸っていない煙草のパックをごみ箱に投げ捨てる。

百十九マイル出口、百四十二マイル出口、二百三十八マイル出口で、あるいはそのあたりで、退職を告げる愚かしい置き手紙についてつらつら考える。二百九十五マイル出口まで来ると、今度は頭のなかで謝罪の言葉を練りはじめる。

コロンビア川にかかる橋でワシントン州にふたたび入る。もちろん、北行き車線だ——ずっと北を目指して走ってきた。ちゃんとやり直すために。

ダーラナホース

トーヴァは最後にもう一度、コーヒーを淹れようとコンロで湯を沸かす。黒い電熱コイルにアボカドグリーンが映えるホーロー仕上げの天板は、昨夜磨きあげたからぴかぴかだ。染みひとつない。でも、そんなのどうでもいいことじゃない？　どうせ撤去して、最新式のこじゃれたレンジと交換するに決まっているのだから。なんの問題もなく使えるとしても、何十年も昔のキッチン設備なんかお呼びじゃないに決まっている。

何週間も働きかけた結果、トーヴァはチャーター・ヴィレッジへの早期入居が承認されていた。来週にはリッチな個室に入居できる。きょう、朝いちばんにホームに留守電メッセージを入れておいた。自分ではひと晩なんとか眠ったつもりだったのに、とんでもなく早い時間に目が覚めてしまったのだ。頭がぼうっとしている。チャーター・ヴィレッジからはまだ折り返しの電話がないけれど、事務所があいていないだけの可能性が高い。なにしろまだ七時を少し過ぎたばかりだ。

それはともかく、もう入居する気はさらさらない。

きょうは朝から忙しかった。すべての幅木の埃を払った。窓をしっかり拭いた。戸棚の金具を磨きあげ、すべてのドアノブの汚れを落とした。疲れているはずなのに、こんなに元気がみなぎっているのは生まれてはじめてだ。カーテンも家具もないと、立てる音のひとつひとつがまっさらな壁と床に反響する。スプレーを吹きかける音さえ、ひどく大きく聞こえる。けれども、忙しく体を動かしているのは気持ちがいい。掃除するのはいつでも気持ちがいい。手を動かしていられるからだ。

このあと、どこに行こう？　正午まではこの家を出なくてはならない。きのう家具の大半を搬出してくれた引っ越し業者には、行き先が変更になったとすでに連絡済みだ。ありがたいことに、早朝にもかかわらず電話に出てくれた。だけど、荷物の行き先をどこにすればいいの？　貸倉庫？

自分自身と身の回りの品については、ジャニスのところにもバーバラのところにも予備の寝室がある。迷惑でない時間になったら、まずはジャニスに電話しよう。なんなら、住まいが手配できるまで、ふたりの家を行ったり来たりするのでもいい。ウィルとの新婚旅行に持っていった花柄のキャンバス地のスーツケースはすでに荷造りを終え、いつでも出られるようになっている。自分のではないベッドで夜を過ごすと思うと、わくわくすると同時に、ちょっと怖くもある。

玄関ポーチからがさごそいう音が聞こえ、トーヴァはぎくりとする。コーヒーカップを下に置く。

キャットのはずがない。バーバラから昨夜のキャットの写真が送られてきている。いまは元気にやっているが、最初は外に出してもらえず、かなり気が立っていたらしい。その結果、いまは好きなように出入りさせているようだ。トーヴァは携帯電話に送られてきた写真にどう返信していいかわからなかったが、りっぱなひげを生やしたキャットの顔、いくらか見くだすような表情を浮かべた黄色い目を見ているうち、思わず頬がゆるんだ。

そのとき、呼び鈴が鳴る。

玄関のドアをあけたトーヴァは、自分の目が信じられない。

キャメロンは不安そうに眉を寄せる。学校のテストのことで神経をとがらせているときのエリックそっくりだ。ほんの一瞬、なつかしい思いに胸が詰まり、トーヴァは声が出せなくなる。こんなふうにエリックが玄関に現われてくれたらと、何度願ったことか。涙が一気にあふれ出る。

「やあ」キャメロンはそわそわと足を動かしながら言う。

トーヴァはどうにかこうにか、ひとこと絞り出す。「いらっしゃい」

「あの、こないだの晩は最低な態度をとってごめん。おばさんの言うとおりだった。

ぷいっといなくなるなんてよくないことだ」キャメロンは両手をポケットに突っこむ。

「それと、こんな朝っぱらから訪ねてきてごめん。あらかじめ電話するべきだったけど……とんでもないことがあって」

「いいのよ、そんなこと」トーヴァはドアをあけて押さえたが、その腕が自分のものでない気がする。幽体離脱しているような感じだ。

「おばさんが答えなきゃいけない義理はないのはわかってるけど」キャメロンの声は送電線のようだ。ぴりぴりしている。「けど、テリーはふだん、何時ごろ出勤するか教えてもらえるかな？　話したいことがあるんだ。直接会って」

「十時ごろじゃないかしら」

「十時か。わかった」キャメロンは長々と息を吐き出す。「テリーはいま、おれのこと、どのくらい怒ってるかな？」

「怒ってなんかいないわよ」

キャメロンは困惑した顔を向ける。

トーヴァは玄関を突っ切り、ドアわきに並んだフックにひとつだけかかっているバッグに歩み寄り、前ポケットからたたんだ紙を出す。秘密めかした笑みを浮かべ、それをキャメロンに差し出す。

「おれが書いたメモ？」彼は啞然とした表情になる。「おばさんが盗んだの？」

彼女は首を縦に振る。「もちろん、しちゃいけないのはわかってる。それでも、あえて盗んだ」

「だけど……どうして？」

「あなたは仕事をさぼるタイプの人間だと自分で言ってたけど、なんとなく信じられなくて」

「じゃあ……テリーはおれが辞めたのを知らないってこと？」

「あの人はまったく気づいていないと思うわ」

キャメロンは頬を赤らめる。「どうお礼を言ったらいいんだろう。だいいち、なんでおれなんかを信じてくれたのかもわからないよ。そうしてもらえるほどのことなど、なにひとつしてないってのに」

もちろん、ほかにも彼に見せなくてはならないものがある。もっとずっと大事なものが。いやだわ、わたしったら、こんなところに立ちっぱなしにさせちゃって。「どうぞ、なかに入って」彼女は玄関広間の先に案内する。「本当ならすわってもらいたいところだけど、でも……」彼女はさっと腕をひと振りして、がらんとした部屋を示す。

「うっわー。いい家だ」

トーヴァは顔をほころばせる。「そう思ってもらえてうれしいわ」後悔の念で胸が痛くなる。この家を建てたのは彼の曾祖父で、彼がここに足を踏み入れるのはこれが最初で最後になる。「ちょっとここで待っていて。渡したいものがもうひとつあるの」彼女はそう言うと、スーツケースがある寝室に急ぐ。

一分後、彼女は戻ってくる。持っていたものをキャメロンに差し出し、上に向けたてのひらに落とす。その内側を見た彼の眉間にしわが寄る。例の、なんのことかさっぱりわからなかった文字が彫ってある。彼は海の生き物、ウナギのことだろうと思っていたにちがいない。そんな文字をクラスリングに彫ったりする人なんている？　そんなことを考えながら、トーヴァは笑いをこらえる。どんなに頭のいい人でも、ときには勘違いをするものだ。

「彼のフルネームは」トーヴァは言う。「エリック・アーネスト・リンドグレン・サリヴァンだった」

キャメロンは口をひらくが声が出てこない。トーヴァはじっと待つ。彼の頭のなかで歯車がまわっているのが見えるようだ。頭のなかで歯車がかみ合いだしたとき、エリックもよくこんな顔をしていたっけ。キャメロンとエリックには似ているところがたくさんあるが、全部が全部、似ているわけではない。たとえば、目。これは母親から受け継いだものにちがいない。ダフネから。

とてもすてきな目をしている。

トーヴァはやたらとハグをするタイプではないが、キャメロンの表情が崩れかけると、いつの間にか磁石のように彼のほうに引き寄せられている。彼は両腕を彼女の首にぎゅっとまわして強く抱き寄せる。何時間にも思えるほど長いあいだ、彼女は彼の胸に、温かな胸に頬を預けたままでいる。彼のTシャツが染みだらけで、なぜかエンジンオイルのにおいがするのにいやでも気がつく。わざとそうしているのかしら？　もう二度と、Tシャツについて勝手な思い込みをするつもりはない。

彼は一歩うしろにさがり、目をまるくしながら笑う。「おれにばあちゃんができた」

「そうよ、どんな気持ち？」トーヴァは、体のなかにあるバルブが開放状態になったような笑い声をあげる。「わたしに孫ができた」

「うん、そうみたいだね」

「あなた、カリフォルニアに帰ったんじゃなかったの？」

キャメロンは肩をすくめる。「気が変わった。辞めるなって助言は正しかった。おれはそんな男じゃない」彼は部屋をとくとながめ、感心したようにうなずく。「めちゃくちゃかっこいい家だ。造りが……」

「この家はあなたのひいおじいさんが建てたのよ」

「マジで？」驚きの表情がキャメロンの顔をよぎる。彼は暖炉のマントルピースに、かつては父親の写真をおさめた額がいくつも並んでいたマントルピースに近づいて、そっと手を触れる。眠っている動物の脇腹に手を置くときのように、おそるおそる。トーヴァもやってくる。「わたしは幸せにも、六十年以上をここで過ごすことができた」手首をあげて腕時計で時刻をたしかめる。「六十年以上、プラス、三時間半」

「えっ。そうか。この家を売ったんだっけ」

「それはべつにいいの。手放す必要があるんだから。ここには亡霊が多すぎる」自分でも本心からそう思っているのか確信が持てないものの、少なくともだんだんその考えになじんできている。

キャメロンは自分のスニーカーを見おろす。「だったら、おばさんがここにいるあいだに来られてよかったってことだね。例の老人ホームに引っ越す前に」

「あら、ちがうのよ」トーヴァはキャメロンの言葉を払おうとするように手をさっと動かす。「そこには引っ越さないことにしたの」

「引っ越さない？」

「そうよ」

「じゃあ、どこに行くんだい？」

トーヴァは胸の奥から屈託のない笑いをあげる。「実を言うとね、自分でもわかってないの。バーバラのところか、ジャニスのところでしょうね。当分のあいだは。そのうち、次にどうするか決めるわ」

「名案だね」キャメロンは言う。「ま、キャンピングカー暮らしの男のひとりごとだけど」彼はにやりと笑い、頬にハート形のえくぼができる。つかの間、どこからどう見ても、わんぱくな孫息子にしか見えなくなる。トーヴァはスリッパがちゃんと床についているかたしかめようと、下に目を向ける。古い水槽のなかのマーセラスのように、ふわふわと宙をただよい、天井に向かって優雅に身を躍らせているように感じているから。胸がヘリウムで満たされ、上へ上へと持ちあげられているように感じているから。

トーヴァはこらえきれずに笑う。「じゃあ、ふたりともホームレスってことね」彼女は廊下を示す。「あなたのお父さんが子ども時代を過ごした場所を見る？」

エリックがかつて使っていた寝室は片づけるのがもっともつらい場所だった。三十年間、使われないままだった。その間、トーヴァはたびたび掃除をし、ベッドのシーツもときどき取り替えていたのに、中古品店の関係者が家具をすべて運び出したあと、長い時間をかけて隅にたまっていた埃を見て思わずたじろいだ。そこに息子の断片が、いまも閉じこめられている気がしたからだ。

堅木の床は敷物があった場所だけ色がちがっている。カーテンのない窓から陽が射しこんでいる。外では海風が古いロッジポールパインの枝を揺らし、光が反対側の壁に幽霊のような影を映している。いつだったか、満月の夜、カーテンを閉め忘れた幼いエリックが、その影を目にするなりお化けが出たと思いこんで、廊下を突っ切ってトーヴァとウィルの部屋に飛びこみ、上掛けにもぐりこんできたことがあった。トーヴァは彼が眠りにつくまで抱き締めてやり、そのあともひと晩じゅう、腕に抱いていた。

キャメロンは部屋のすみずみまでじっくりと見まわす。記憶にとどめようと、ジャニス・キムのパソコンのようにスキャンしようとしているのだろう。しばらくひとりきりにしてあげようとトーヴァが部屋を出かけたとたん、キャメロンがぽつりとつぶやく。「会ってみたかったな」

トーヴァは部屋のなかに戻って彼の肘に手を置く。「そうだったらどんなによかったことか」

「どうやって、えっと、持ちこたえたの？」キャメロンは彼女を見おろし、ごくりと唾をのむ。「だって、きのうまでここにいたのに、突然いなくなっちゃったんだろ。そんな出来事からどうやって立ち直ったのかなと思ってさ」

トーヴァは一瞬、言葉に詰まる。「立ち直るなんてことはないわ。ずっと。それでも、前に進むの。進まなきゃいけないの」

キャメロンは、かつてエリックのベッドが置かれていた床をじっと見つめ、なにか考えこむように唇をかんでいる。突然、部屋の奥まで進み、スニーカーのつま先で床板の一枚をつつく。

「ここ、どうしたの？」

トーヴァは首をかしげる。「どういうこと？」

「この家はどこもレッドオークの床板が敷かれてる。けど、この一枚だけはホワイトアッシュだ」

「あなたがなにを言ってるのか、さっぱりわからないわ」トーヴァは近づき、眼鏡をかけ直して床板をじっくりと見る。とくに目を引くものはなさそうだ。

「ほら、木目がちがうだろ。仕上げはほぼ同じだけど、完全に同じってわけじゃない」キャメロンはポケットから鍵束を出して膝をつき、キーホルダーの栓抜きになっている部分を床板の隙間に差しこみはじめる。しばらくすると床板がはずれ、その下に空間が現われ、トーヴァはびっくりする。

「思ったとおりだ！」キャメロンは空洞に目をこらす。

「うそみたい。いったい誰の仕業？」

キャメロンは大声で笑う。「十代の男なら誰だってやるよ」

「でも、ここまでしてなにを隠したかったのかしら」

「うーん……そうだな、友だちのブラッドは親父さんの雑誌を盗んでは――」

「まあ！」トーヴァの顔が赤くなる。「んもう、いやだわ」

「でも、ここに隠してあるのはそういうものじゃなさそうだ」キャメロンは小さな包みを取り出す。ビニールで包まれたそれをくしゃくしゃいわせながらトーヴァに差し出す。中身がなにかわかったとたん、彼女は思わず手から落とす。スナックケーキだ。というか、かつてはスナックケーキだったものだ。いまではかちかちに固まって、石のような灰色になっている。

「うお、クリムジージーじゃないか。なつかしい」キャメロンはパッケージを手に取り、じっくりとながめる。「うん、前に科学チャンネルで番組をやっててさ。核戦争で世界が破滅してもこいつは生き残るっていう都市伝説があるけど、実際はそうじゃないって話で、なぜかって言うと、これに安定剤として使われてるジグリセリドが——」

「キャメロン」トーヴァは抑えた声で口をはさむ。「まだほかにもあるわ」

「このなかに？」彼はかちかちになったお菓子をかかげ、目をこらす。

「ううん、そこに」トーヴァの視線は床下の隠し場所にひたと据えられている。

トーヴァの母が使っていた刺繍入りの古いティータオルに、ひと組のトランプほどの大きさのものが包まれている。

キャメロンはそれを取り出してトーヴァに渡す。彼女は震える指でタオルをひらく。現われたのは、彩色を施した木の馬だ。

「わたしのダーラナホース」ざらざらとしたつぶやき声がトーヴァの口から漏れる。彼女は人形のすべすべした背中を指でなぞる。欠けた破片がひとつ残らず接着剤で完璧にくっつけられている。塗装もし直してある。

六つめの馬。エリックは直してくれたのだ。

キャメロンが顔を近づけ、工芸品の馬をのぞきこむ。「ダーラナホースって?」

トーヴァは舌を鳴らす。この子は床板の木目やスナックケーキの安定剤からシェイクスピアにいたる雑多な知識をたくわえているくせして、自分のルーツについてはろくに知らないんだから。

彼女はダーラナホースを彼に差し出す。

彼は受け取り、トーヴァが見守るなか、彫ってつけた繊細なカーブをながめる。しばらくのち、彼は顔をあげる。「どうやってクラスリングを取り返したの?」

彼女はほほえむ。「マーセラスのおかげ」

自由の身の生活の初日

最初ぼくは、冷たい肉の塊のように沈む。腕はもう使い物にならない。いまのぼくは海に投げ出された漂流物も同然で、朦朧とした状態で海の底に落ちていく。突然、痙攣とともに体が目覚め、ぼくは生き返る。

変に期待を持たせようとしてこんなことを言ってるわけじゃない。死は間近に迫ってる。でも、まだ死んではいない。広大な海を全身で味わう時間はたっぷり残されている。一日か二日は闇を堪能できるだろう。海底のいちばん深いところのような闇を。

ぼくには闇がしっくりくる。

逃がしてもらったあと、ぼくは泳いですみやかに岩場を離れた。ほどなく、急に深くなっている場所にたどり着く。下へ下へとおりていく。光がまったく届かない深海の底へ。まだ子どもだったぼくが鍵を見つけた場所。いまぼくは、愛情たっぷりに育った息子の、ばらばらになってひさしい骨のそばで眠るために、そこに向かっている。

正直に言おう。こんなふうに終わりを迎えるとは予想もしていなかった。とらわれの身だった四年近くのあいだ、自分の死について思いをめぐらせなかった日は一日もなく、四枚のガラスに囲まれたあの水槽で息を引き取るものと信じこんでいた。ふたたび海の解放感を味わえるとは、想像もしていなかった。

どんな感じがするかって？　快適だ。まさしくわが家だ。ぼくは運がいい。本当にありがたい。

でも、ぼくの後釜はどうなるんだろう？　テリーは近々、ぼくの水槽の清掃と改装に取りかかるだろう。彼はその作業を見学客に見せないようにする手間すらかけないだろう。ガラスの壁に表示が張り出される――〝工事中。あらたな展示生物、まもなく登場！〟

外に出る途中、彼女の樽の前で足をとめた。側面をよじのぼり、なかをのぞきこんだ。彼女は若く、ひどい怪我をしていた。当然、おびえていた。だけど、この新しいタコには友だちができるだろう。ぼくには最後の短いあいだだけしか持てなかった友だちが。トーヴァなら彼女が楽しく暮らせるようにしてくれるはずだし、ぼくならトーヴァを信頼して命を託すだろう。実際、ぼくは何度も彼女に命を託した。そして今度はぼくの死を彼女に託した。

人間たちよ。きみたちはほとんどの場合、鈍感だし不器用だ。でもときとして、すこぶる頭のいい生き物になることがある。

その後

一カ月後、改修作業が完了し、テキサス州のナンバープレートをつけた引っ越しトラックがソーウェル・ベイの町に入ってくる。トーヴァはそれに気づかない。彼女は戦いの準備中だ。

「覚悟しなさいよ」彼女はゲーム板をひろげ、文字タイルを混ぜ合わせる。外では冷たい秋風が水面を渡っていく。灰色の空と渾然一体となった色彩のない水面に白波が立ち、それが冬の到来を告げる。

「どうかな。こっちこそこてんぱんにやっつけてやる」キャメロンがスライスしたチェダーチーズとまるいクラッカーをのせたトレイを手に、トーヴァの新居であるコンドミニアムの贅沢なキッチンから現われる。トーヴァは顔をしかめる。スウェーデン人のソウルフードであるルートフィスクを堅パン(ハードタック)にのせて食べてみてと、何度もしつこく勧めてきた。なのに、〈ショップ・ウェイ〉でこのクラッカーが特売だったんだよ、とキャメロンは言い訳した。ひとつ買ったら、ひとつ無料というあれ。そんなことくらいで、トーヴァもいちいちショックを受けたりはしない。

テリーに頼めば、ふたつ返事でキャメロンを今後も水族館で働かせてくれただろうが、労働時間も給与も充分とは言えなかった。それでもキャメロンは後任に仕事を教えるため、しばらくは勤めをつづけた。いまはアダム・ライトとサンディ・ヒューイットが住む界隈にある注文住宅の現場で、かつてないほど長く働いている。一月にはエランドにあるコミュニティカレッジで工学の必修科目の授業をいくつか受けるつもりらしい。本人は自分で学費をまかなうと言っているが、トーヴァは反対だ。なんとかしてやりたいと思っている。

「あなたが先攻よ」トーヴァは文字タイルを並べながら言う。

「そっちこそお先に。歳の順ってことで」キャメロンはからかい、右手の指にはめた父親のクラスリングを何気なくいじりつつ、自分のトレイに並ぶタイルをながめる。

トーヴァはわざとらしくむっとしてみせる。「こっちは五十年間、毎日欠かさず解いてきたクロスワードパズルがこのなかに蓄積しているんですからね」そう言って、自分のこめかみを軽く叩く。

キャメロンはにやりとする。「知るかよ、まじで。けど、おれ、こういうの得意な気がするんだよね」

知るかよ、まじで。いまではそんな言葉が彼女の生活のタペストリーに織りこまれ、すっかりなじんでいる。最初に〝JUKEBOX〟という単語を作る（七十七点で、ものすごく幸先がいい）。それに対し、キャメロンは〝JAM〟とつづる（三十九点）。

「あなたがここに住んでくれてよかった」トーヴァはぽつりとつぶやく。

「あたりまえだろ？　ほかにどこに住むっていうんだ？」

「ジーンおばさんのところとか」

キャメロンは目をぐるりとまわす。「おばさんはいま理想の生活を送ってるよ、まじで。この話はしたっけか、ウォリー・パーキンズと――」

トーヴァは片手をあげる。「ええ、聞いた」

「ここは本当に最高だよ。そのうち、ジーンおばさんもきっと訪ねてくる。すでに、東ワシントンで妹の足取りをたどるつもりだって言ってるくらいだ。おれは健闘を祈るって言ってやった――いったいなにを掘り出すことやら」キャメロンの顔がこわばるが、それも一瞬のことだ。「それと、春になったらエリザベスが赤ん坊を連れてこっちに来るつもりらしい。もちろん、ブラッドも一緒だけど、あいつはきっと、赤ん坊のヘンリーを飛行機に乗せると考えただけで大騒ぎするだろうな。ほら、ばい菌とかいろいろ心配だろ。でも、エリザベスが説得してくれると思うし、キャムおじさんも必要とあらば背中を押してやるさ」彼はおかしそうに笑う。

トーヴァもつられて笑う。わが家の赤ちゃん。エリザベスにもブラッドにもまだ会ったことがないけれど、キャメロンのおかげでトーヴァはすっかりふたりのおばあちゃんにもなったつもりでいる。窓の外に目をやる。たしかにここは最高だわ。ハリケーンに強いガラスを使った床から丸天井までの窓が居間の全長にわたってはめこまれ、頑丈な杭の上に作られたバルコニーに出るフレンチドアのところだけ、それが途切れている。潮が満ちると、トーヴァはコーヒーを手にバルコニーに出て、下のデッキに打ち寄せる波の音に耳を傾ける。

感謝祭になり、トーヴァとキャメロンは三人分のテーブルを準備する。

本当は四人のはずだが、エイヴリーは欠席だ。あとでパイを持って立ち寄ることになっている。感謝祭当日もサーフショップをあけることにしたものの、従業員を出勤させるつもりはないらしい。クリスマス（ホリデー）のショッピングを祝日（ホリデー）から始めるなんてばかげているにもほどがある。けれどもエイヴリーはいつも言っている。今年は店の売上げが好調で、ソーウェル・ベイそのものと同様、上向きであると。そこそこの売上げが見込める日を逃す気にはなれなかったのだろう。キャメロンは理解を示したが、そもそも彼女とはいつだって会える。

きょうはマルコもエイヴリーと一緒に顔を出すかもしれない。キャメロンはかなり声をひそめて、トーヴァにそう説明した。先だって、仕事の帰りに〈ナーフ〉の緑色のフットボール用のボールを一個買った。マルコが砂浜で遊びたいかもしれないからさ、というのがキャメロンの弁だ。あくまで、もしかしたらだが。遊んでくれなくても、それはそれでかまわない。

ターキーの夕食に三十分早く到着したイーサンが自分の席を確保する。あいている時間はいつも、トーヴァのコンドミニアムで過ごしているように見えることがある。けれども本当のところ、トーヴァは気にしていない。彼はたいてい、居間のリクライングチェアにおさまっている。その隣にはトーヴァがダーラナホースを並べているささやかな飾り棚がある。イーサンはウィルが昔使っていたレコードプレーヤーで音楽を聴くのが楽しくてしかたないらしく、神聖なものに触れるような手つきでプレーヤーを操作する。トーヴァはロックについて教わりたいと思ったことはなかったが、いま、こうして教えを受けている。イーサンがそばにいるとほっとする。

上着を脱いだイーサンを見てキャメロンが絶叫する。「どこでそいつを手に入れた?」

「ああ、これか?」イーサンの目がきらりと光る。腹をなでると、あきらかに小さめの黄色いTシャツがぴんと張る。胸のところにド派手な文字でモス・ソーセージと書かれている。

おいおい。なにがモス・ソーセージだよ?

キャメロンはまだ目をまるくしている。「そいつはおれのだ！　たしか最後に見たのは——うそだろ、ようやっと荷物が届いたのか？」

「妙な緑色のダッフルバッグはおまえさんの荷物ってことか？」イーサンはウインクしてみせる。「けさ、おれの家の玄関にあったから、きょうはついてるって思ったんだがな」

「やっとだよ」キャメロンは大声で笑う。「あのバッグは世界じゅうをめぐってたんだ。みやげ話をたっぷり聞かされるぞ、きっと」

ターキーとグレイビーソースの食事を終えると、イーサン、キャメロン、トーヴァの三人は山と積まれた汚れた皿をシンクに残し、しっかり着こんで海岸を散歩する。桟橋の先を見やると、ピュージェット湾が巨大な灰色の幽霊のように震えている。一面の雲の下、窓に斜めにひびが入ったかつての切符売り場がぽつんと建っている。

水族館の手前で三人は足をとめ、あらたに設置された像をほれぼれとながめる。八本の腕と重たそうな外套膜を持つブロンズ像。謎めいたまるい目が、頭の両側にひとつずつ。

水族館側は多額の寄付に尻込みしたが、トーヴァはどうしてもと言って食いさがった。銀行口座には手つかずの現金が大量に眠っている。現在、彼女は週に三回、あらたな像の前を通り、ボランティアとして水族館に顔を出す。パンフレットを配ったり、ミズダコの水槽の前に立ったりして、来館者がこの生き物への理解を深める手助けをしている。ピッパ・ザ・グリッパはまだかなりの引っ込み思案で、公開時間のほとんどを水槽の隅のガラスに身を寄せる、ぐにゃぐにゃしたピンク色の物体として過ごしている。青二才の名にふさわしい生き方をしているということだ。でも、それでかまわない。トーヴァは来館者が少ないときを見計らい、ガラスにぽつぽつついた指紋をこっそり拭いながらタコに話しかけるようにしている。

ふたつ隣の水槽にいるナマコは、数が減らなくなっている。ピッパには廊下をうろついて落とし物を集める趣味はないらしく、テリーはおおいに安堵しているようだ。トーヴァもそれについては内心、喜んでいる。やはりマーセラスは非凡なタコだったのだ。

一行はさらに海岸沿いを歩きつづけ、突堤を通りすぎる。マーセラスの突堤。いまは潮位が高く、寒い冬の夜に毛布を顎まで引っ張りあげるみたいに、防波堤が潮をかぶっている。穏やかな波が、防波堤のムール貝がへばりついた岩といないいないばあをして遊んでいる。キャメロンとイーサンはかれこれ三十分もフットボールの話題に興じているので、トーヴァはふたりの会話を頭から締め出す。

このまま海岸沿いに進めば、やがて丘の中腹に建つ彼女のかつての家の下を通る。トーヴァはときどき、夕暮れ時にそこを歩くが、家の前を通ると、屋根裏部屋の大きな窓が金色に輝いていて、それが木々の合間から漏れてくる。一度、ひとつにつながった紙人形がその窓に飾りつけてあるのがはっきり見えた。

その家には一度だけ再訪した。テキサスなまりの女性が、イーサンから番号を教わってトーヴァの携帯電話にかけてきたのだ。どうやらその女性は〈ショップ・ウェイ〉のレジに並んだときに、灰色の猫が敷地から出ていこうとしないというようなことを言ったらしい。このごろのキャットは、潮が引くと、トーヴァの家のデッキ下の砂浜でイチョウガニ獲りに興じている。キャットはこの新居が家だと言われても納得できないらしく、外で過ごすほうを好んでいるが、それも無理はない。新しい環境に適応するのはむずかしい。けれども寒くなるにつれて観念したのだろう、コンドミニアムのなかで過ごす時間が増え、ソファでまるくなっているか、そうでなければ、窓の前にすわり、空を自由に飛び交うカモメを黄色い目でじっと見つめている。

ぐるりとまわって桟橋に戻ってくると、トーヴァはほかのふたりと離れ、手すりのそばにひとりで立つ。大切に育てた息子と非凡なるタコの両方を連れ去ったくすんだ色の海に向かって、誰にも聞かれぬよう小声で呼びかける。「会いたいわ。ふたりとも」そして胸のところを軽く叩く。

向きを変え、ふたりのところに戻る。コンドミニアムに戻らなくては、そろそろエイヴリーがパイを持ってやってくる。どのみち、スクラブルで勝たなくてはいけないし。

謝辞

わたしの祖母はフクロウをコレクションしていました。ダイニングルームの毛足の長いカーペットの上に置かれた食器棚には、フクロウがところ狭しと置かれていたものです。子どもの時分、わたしは、そのカーペットの上で過ごすことが多かったように思います。すぐ隣に住んでいたので、いつでも好きなときに共有の裏庭を突っ切り、スクリーンドアを抜けて祖母の家のキッチンに飛びこんだものです。キッチンにはいつも手作りのクッキーが用意されていて、靴下だけを履いてリノリウムの床でスケートのまねごとをしても、やめなさいと言われることはありませんでした。

一九八〇年代のことで、フクロウはどれも、最近のベビーシャワーの場を飾るパステル調のものではなく、昔ながらのものでした。祖母のフクロウの置物の目は眠たそうで、鋭くとがったくちばしをしていました。本物のフクロウと同様、どの顔にも感情というものがほとんどありませんでした。

祖母がフクロウ好きだった理由はわかりませんが、わたしは彼女が亡くなるまで何年間も、ギフトボックスにフクロウをモチーフにしたブローチやティータオルを詰め合わせていました。ある意味、トーヴァの人生はアンナおばあちゃんをモデルにしていると言えるでしょう。トーヴァはあくまでフィクションですが、彼女もアンナおばあちゃんも自分に厳しいスウェーデン人です。ものに動じない。底なしに親切だけれど、感情をおもてに出すことはない。ぽつんと一本だけの枝に鉤つめを食いこませ、そこから動かないタイプです。フクロウのように。この文化の継承者であるわたしは、感情表現をオープンにするのが苦手です。けれども、努力します。この本をみなさんのお手元に届けるために、本当にたくさんの方々にご尽力をいただいたのですから。

まずはエーコ社のすばらしい編集者であり、はじめて会ったときからこの小説について的を射た編集方針を示してくれたヘレン・アッツマに海ほども大きな感謝を。ヘレン、弱点を削ぎ落とし、物語を輝かせるあなたの手腕は本当にすばらしく、その指導に対し心からありがたく思っています。また、有能で寛大で忍耐心の強いミリアム・パーカー、ソーニャ・チュース、TJ・カルフーン、ヴィヴィアン・ロウ、レイチェル・サージェント、メガン・ディーンズなどエーコ社の全員にも深く感謝します。

エマ・ハードマン率いるイギリスのブルームズベリー出版のチームにも感謝します。みなさんの情熱にはおおいに刺激を受けましたし、大西洋の向こうのこんなにも腕のたしかな方々と仕事ができて、本当に幸運に思います。

二〇二〇年の秋に一通の電子メールでわたしの人生を変えてくれたエージェントのクリスティン・ネルソンには超弩級(ちょうどきゅう)の感謝を。はじめてのビデオ通話のとき、わたしの四歳の息子が何度も何度も画面に入ってきては、紙パックのジュースがほしいとだだをこねたのに、ユーモアたっぷりに対応してくれてありがとう、クリスティン。あなたのクライアントのひとりに数えられることになるなんて、幸運すぎていまだに信じられません。さらに、ネルソン著作権エージェンシーの全員にも感謝します。なかでも、わたしの売り込みの手紙に目を通し、タコが語り手になると知って、余白に〝これは傑作か駄作かのどっちかね〟と言ってくれたマリア・ヒーターにはとても感謝しています。

マイヤー著作権エージェンシーのジェニー・マイヤーとハイディ・ゴールをチームの一員として迎え、海外での出版交渉を担当していただくことができたのはうれしいのひとことにつきます。ふたりはこの物語を世界じゅうの読者に届けるため、すばらしい仕事をしてくれました。

何年か前、本書の冒頭シーンの初稿を書いたのは、ワークショップで奇想天外な視点で書くという課題に応じてのことです。そのときちょうど、とらえられたタコがなかにごちそうが入った鍵のかかった箱をあける動画をユーチューブで見たばかりで、すぐにあれを使おうと思いたち、人間にうんざりして、いらだっている気むずかし屋のタコというキャラクターを生み出したのです。当時のわたしはタコのことなどなにひとつ知らず、いまもよく理解しているとは言えません。ですが、この地球でもっとも魅力に満ちた生き物だと断言できます。

動画に登場していたそのタコに、ありがとうの言葉を贈ります。タコ全般に対しても、ときどきその世界をのぞかせてくれたことをありがたく思っています。なかでもサイ・モンゴメリーにはとくに感謝しています。彼女がものしたすばらしいノンフィクション『愛しのオクトパス――海の賢者が誘う意識と生命の神秘の世界』（小林由香利訳／亜紀書房）には、ニューイングランド水族館でタコの飼育員たちを追う彼女の魅力的な（そしてハートウォーミングで、しばしばおもしろおかしい）体験が描かれています。また、頭足類に関するわたしの質問に答えてくれ、そしてなによりも保護活動と救助活動をおこなっているアラスカ水族館およびポイント・ディファイアンス動物園&水族館のみなさんもありがとうございました。

上述のワークショップの講師をつとめ、創作活動の初期段階から指導してくださったリンダ・クロプトンにはこの先一生感謝しつづけます。彼女は最初の一文字を目にした瞬間からこの物語を支持してくれました。

そのワークショップをきっかけとして、いまにいたるまで存続しているわたしの批評グループの基盤を築いた何人かの作家にめぐり会うことができました。ディーナ・

ショート、ジェニー・リング、ブレンダ・ラウダー、ジル・コッブ、そしてテラ・ワイス、みんなの意見はなににも代えがたく、折あるごとにズームで顔を合わせられたのが救いになりました。とりわけ、パンデミックの期間中は。

そのなかでもテラは、わたしが毎日送るテキストメッセージにがまんしてつき合ってくれ、ただでさえ忙しい日々のなかから何時間かを割いて、週に一度、電話で講評してくれました。執筆を進められたのは、こうやって目を光らせてくれる人がいたからこそです。テラ、この小説のどのページにもあなたの痕跡が残ってるわ。プロットのねじれを指摘してくれ、キャラクターに一貫性を持たせるよう助言してくれたあなたのかぎりない忍耐心なしには、この本の完成はなかったでしょう。

率直な意見と支援をしてくれたオンラインの執筆仲間の会、〈ライト・アラウンド・ザ・ブロック〉、とりわけ、クエリーサポートのみんな——ベッキー・グレンフエル、トレイ・ダウエル、アレックス・オットー、ヘイリー・ウォン、ジェレミー・ミッチェル、キム・ハート、マーク・クラマーゼウスキー、レイチェル・クラーク、ジャナ・ミラー、ショーン・ファロン、そしてリディア・コリンズ——に感謝します。海洋生物学の専門知識を授けてくれたカーステン・ボルツもありがとう。いつもそばにいてくれたジェイン・ハンター、ロニ・シェンヴァー、そしてリン・モリスもありがとう。

デュページ大学のライティングのワークショップと、講師のマーデル・フォティア先生へ。この本の一部をみなさんとワークショップで創りあげることができたこと、とてもうれしく思っています。最初の数章について心のこもった意見をくれたグレイス・ウィンターと、プロットの穴を埋めるのに手を貸してくれたグウィン・ジャクソンに感謝します。いつも話を聞いてくれ、わたしが必要とするタイミングで励ましてくれた、すばらしい友人であるジェシーナ・ペダーセンとダイアナ・モロニーに、ありがとうの言葉を贈ります。

そしていちばん感謝したいのは家族です。

人間がいかに強くなれるかを身をもって教えてくれた母のメリディス・エリス。彼女は愛情深く、思いやりがあり、とことん強い人です。ベンチプレスにしろ一マイルのタイムトライアルにしろ、いまだに彼女にはかないませんが、いつもそばにいてくれて、温かく抱き締め、ワインを飲みながらじっくり話を聞いてくれる人です。

就学前のわたしに読むことを教えてくれた父のダン・ジョンソン。わたしが本好きになったのは父のおかげです。いまも昔も変わらず、わたしのいちばんの後援者で、そのことにとても感謝しています。

わたしのすばらしい子どもたち、アニカとアクセルへ。おさなすぎるふたりは、世界をパンデミックが襲い、みんなが家から出られず、ママが不可解にも今年は小説を書きあげてみせると宣言した年のことなどほとんど覚えていないでしょう。わたしがヘッドフォンを着けて仕事をしなくてはいけないとき、（たいていの場合）ふたりで仲良く遊んでくれてありがとう。人生がつらくなったときにも、あなたたちのおばかぶりとたくましすぎる創造力が楽しい瞬間を何度となくもたらしてくれたわ。ネットフリックスと二〇二〇年になくなったスクリーンタイム機能に感謝。スナック菓子にも感謝。ものすごくたくさんのスナック菓子に。そして、紙パックのジュースにも！

最後になりますが、趣味だった執筆を仕事にする旅の道中、毎日かかさずサポートし、励ましてくれた夫のドリューに感謝します。彼はわたしの作品をとても厳しいながらも、できるだけいいところを見つけようとする目で読んでくれ、わたしが書いたばかげた話にもちゃんと目を通し、いろいろと指摘してくれました。一緒にこの旅をする相手には彼以外、考えられません。愛してるわ。

解説

大森　望

物語を語りはじめるのは、水族館にとらわれたミズダコ。

えっ、タコの一人称小説⁉　なにそれ？　と思う人は多いだろう。おそろしくへんてこりんなその小説が、まさかこんなにも泣ける人情噺(ばなし)になるなんて……。

大切な何かを失い、傷ついた者たちをやさしく見守る、心温まる物語。ファンタジーとかSFとかミステリーとかのジャンルを超えて、読者のハートにまっすぐ迫ってくる。まだ本文を読んでいない方は、だまされたと思って、ぜひ手にとってみてほしい。新人作家のデビュー長編ながら、けっして期待を裏切らない傑作だ。

物語の主な舞台は、米国ワシントン州シアトルの北に位置する、ピュージェット湾に面した架空の町、ソーウェル・ベイ。主人公のトーヴァ・サリヴァンは七十歳。長年連れ添った夫と二年前に死別し、いまはひとり暮らし。べつだん生活に不自由しているわけではないが、時間を埋めるため、夜勤のスタッフとして地元のソーウェル・

ベイ水族館で働きはじめ、主に清掃作業を担当している。かつて、大学進学を控えた最愛の息子エリックを海で失ったトーヴァは、三十年後のいまも息子のことが忘れられずにいる。

その彼女とひそかな絆を結ぶことになるのが、ソーウェル・ベイ水族館の人気者、巨大なミズダコのマーセラス。高度な知性を持つ彼には、夜な夜な水槽からこっそり抜け出して、他の水槽のナマコや貝を盗み食いする悪癖がある。ある晩、マーセラスが床のケーブルにからまって動けなくなっているのを見つけたトーヴァは、タコを解放してやる。その夜から、マーセラスの脱走癖に気づいたトーヴァだが、心配しながらも黙って見て見ぬふりをし、やがて両者のあいだにはひそかな友情のようなものが芽生えはじめる。

しかし、ミズダコの平均寿命は四年。ピュージェット湾で子どもの頃にとらえられ、以来ずっと水槽の中で過ごしてきたマーセラスにとって、残された時間は最長でもあと一六〇日しかない……。

途中から出てくるもうひとりの主要登場人物は、カリフォルニア州モデストに住む三十歳の売れないバンドマン、キャメロン・キャスモア。未婚で彼を産んだ母親のダフネは息子が九歳のときに消息を絶ち、それ以降、キャメロンはダフネの姉にあたるジーンおばさんに育てられた。社会に出たあとは、さまざまな仕事を転々として、どれも長つづきしない。恋人のケイティの家で暮らしているが、そのケイティからも愛想をつかされ、とうとう追い出されてしまう。やることなすことうまく行かない彼の唯一の希望は、一度も会ったことがないどころか、どこのだれかさえ知らなかった実の父親を見つけ出し、金銭を援助してもらうこと。かすかな手がかりを追って、キャメロンは北へと旅立つ。

小説は、トーヴァとキャメロン、この二人を軸に進んでいくが、陰の主役はタコのマーセラス。冒頭の独白からわかるとおり、彼は人間の言葉を理解し、字を読むこともできる——というのはさすがにフィクションの領分だろうが、現実のタコも、ユニークすぎるその外見にふさわしく(?)高度な知能を持ち、〝海の賢者〟とか、〝無脊椎動物界のスーパースター〟とか呼ばれている。

中でもいちばん有名なのは、ドイツの水族館シー・ライフ・オーバーハウゼンで飼育されていたパウルだろう。日本のマダコによく似た Octopus vulgaris という種に属するパウルは、サッカーW杯南アフリカ大会で、八試合(ドイツ代表の七試合プラス決勝)の勝敗をすべて的中させ、もっとも信頼できる予言者として、全世界にその名を轟(とどろ)かせた。予言の方法は以下のとおり。対戦するチームの国旗シールを貼りつけたアクリル製の箱を二つ用意し、中に餌を入れてから蓋を閉めて水槽に沈める。パウルが先に蓋を開けたほうの箱のチームが勝者と判定されたことになる。パウルは、準決勝のスペイン戦でドイツの敗北を〝予言〟。その予言どおりドイツが負けたときには、ドイツ代表サポーターの理不尽な怒りが集中し、「パエリアの具にしろ！」などと罵倒される騒ぎになった。

まあ、パウルが実際に代表チームの戦力を分析して試合結果を予測していたわけではないにしろ、その神秘的な姿のおかげで、なにか不思議な力がありそうに見えるのは事実。実際、タコは、国旗の模様どころか人間の顔を見分けることもできるし、ココナッツの殻を道具に使ったり、瓶のねじ蓋を回して開けたり、見つけた〝宝物〟をコレクションして住処（すみか）に溜め込んだり、鏡に映った自分を自分だと認識したり、多種多様な知力を持っているらしい。

こうしたタコの特性に着目し、物語の語り手に起用したのが、シェルビー・ヴァン・ペルトのデビュー長編となる本書『親愛なる八本脚の友だち』。二〇二二年の春に刊行されるや、そのユニークな設定と感動的な結末が絶賛されてたちまちベストセラーになり、世間の話題をさらった。

原題の Remarkably Bright Creatures は、冒頭に出てくる水族館の説明プレートに記されている一節、「すこぶる頭のいい生き物」から採られている。要するにタコのことを指しているわけだが、結末にはふたたび同じフレーズが登場し、今度はタコのマーセラスの視点から、人間に対して使われる。いわく、

「人間たちよ。きみたちはほとんどの場合、鈍感だし不器用だ。でもときとして、すこぶる頭のいい生き物になることがある」

つまり本書は、愚かな人間たちが、賢いタコの手（触腕）を借りて、remarkably bright creatures になるまでを描く小説だとも言える。

著者インタビューによれば、タコに着目したのは、数年前にインターネットで見たシアトル水族館の動画がきっかけだったという。一匹のタコが水槽から脱け出そうとするその動画を見て、タコの魅力のとりこになり、タコという生きものにはすばらしいキャラクター性があると確信した。その後、初めて参加した創作ワークショップで「思いがけない視点から書く」という課題が出たとき、すぐさま思い出したのがタコだった。その課題のために書いた文章が、そのまま本書の一ページ目になったとか。

ミズダコに関しては、実際に水族館に行ってひたすら観察することを含め、長い時間をリサーチに費やした。中でももっとも役に立ったのは、ナチュラリストのサイ・モンゴメリーが書いたノンフィクション『愛しのオクトパス――海の賢者が誘う意識と生命の神秘の世界』（小林由香利訳／亜紀書房）だった。トーヴァとマーセラスが触れあう場面のいくつかは、同書に描かれるサイ・モンゴメリーとタコたちとの交流をヒントにしているという。さらに、書き上がった原稿を海洋生物学方面の友人知人に送り、綿密にチェックしてもらったとのこと。

ミズダコ（学名Enteroctopus dofleini、英語ではGiant Pacific Octopus、またの名をNorth Pacific Giant Octopus）は、軟体動物八腕類上目マダコ科に属する世界最大のタコ。メキシコ、アメリカ、カナダ、ロシア、中国東部、日本、朝鮮半島など、北太平洋の沿岸に広く分布する。日本では食用目的で捕獲され、マダコと同様、刺身やたこ焼き、おでん、唐揚げなどさまざまな料理に使われている（マダコがあまり獲れない東北や北海道では、タコの料理と言えばミズダコを指すらしい）。知能は高く、『愛しのオクトパス』でサイ・モンゴメリーが水族館で出会い、こよなく愛するようになるのもミズダコたちだった。

ちなみに、本書のタコの名前は、水族館長の幼い娘がつけたという設定で、フルネームはMarcellus McSquiddles。ラストネームのマクスクィドルズというのは、十四歳の主人公ランディが忍者となって学校を守るコミカルなTVアニメ「学園NINJAランディ」に出てくるキャンディの名前。《ハリー・ポッター》シリーズの百味ビーンズみたいなもんでしょうか。マーセラス自身はこの名前を気に入っていないらしいが、それも無理はないか。

ともあれ、こうしてタコについての物語としてスタートした本書だが、実際にはそれは、人間についての物語だった。著者いわく、

「タコは、わたしたちが自分自身をもうちょっと離れた距離から、もうちょっとはっ

きりと見るためのレンズになってくれたんです」

人間ならざる存在であるタコが、ここでは、人間のほんとうの姿を映し出す鏡になっているわけだ。

対する人間側の主人公、トーヴァは、著者自身の亡き祖母をモデルにしたという。トーヴァと同じく小柄なスウェーデン人女性だった祖母は、やさしいと同時にストイックな性格で、いつも掃除やアイロンがけやかぎ針編みやクロスワードパズルで忙しくしていたけれど、もしかしたらそれは、動くことをやめると現実に直面しなければならなくなるのを恐れていたからかもしれない……という発想がトーヴァ誕生のきっかけになった。トーヴァのなんともリアルな存在感は、著者の祖母のおかげだろうか。

著者はシアトルの北に位置するワシントン州西部のタコマで育ち、子ども時代は地元の水族館で長い時間を過ごしたとのこと。ソーウェル・ベイの町と水族館のリアルな空気感は、著者自身の体験が反映しているのかもしれない。

ともあれ、リアルなタコとリアルな人間たちを触れ合わせることで、すばらしく魅力的な小説が誕生した。本書が日本でも多くの読者に愛されることを祈りたい。

二〇二三年十一月

◉訳者紹介
東野 さやか（ひがしの　さやか）
上智大学卒。英米文学翻訳家。訳書にハート『川は静かに流れ』『ラスト・チャイルド』『アイアン・ハウス』『終わりなき道』、クレイヴン『ストーンサークルの殺人』『ブラックサマーの殺人』『キュレーターの殺人』『グレイラットの殺人』（以上、早川書房）ほか多数

親愛なる八本脚の友だち

発行日　2024 年 1 月 10 日　初版第 1 刷発行

著　者　シェルビー・ヴァン・ペルト
訳　者　東野　さやか

発行者　小池英彦
発行所　株式会社 扶桑社
〒105-8070
東京都港区芝浦 1-1-1　浜松町ビルディング
電話　03-6368-8870(編集)
03-6368-8891(郵便室)
www.fusosha.co.jp

DTP制作　アーティザンカンパニー 株式会社
印刷・製本　株式会社 広済堂ネクスト

ISBN 978-4-594-09285-6 C0197